KiWi
PAPERBACK
1095

Das Buch

Der Bundesgerichtshof in Karlsruhe fliegt in die Luft. Die Bundesrepublik verfällt der Terrorhysterie. Während ganz Deutschland nach Islamisten fahndet, hat der Hamburger Historiker Josef Maria Stachelmann ganz andere Sorgen.

Denn der Universitätsdozent Stachelmann ist Vergangenheit: Seit seinem Abgang von der Universität hält er sich mit einem Büro für historische Ermittlungen über Wasser. Kaum hat er sich notdürftig eingerichtet, steht tatsächlich die klassische blonde Schönheit im Büro. Die Deutschamerikanerin Cecilia gibt Stachelmann den Auftrag, ihren Vater, Franz Laubinger, zu suchen, der Ende der Fünfzigerjahre spurlos verschwunden ist. Letzter Wohnort: Wolfsburg. Stachelmann findet bald heraus, dass Laubinger aus der Bundesrepublik fliehen musste, weil Menschen, die schon in Hitlerdeutschland verfolgt worden waren, in der Adenauerrepublik keineswegs unbehelligt leben konnten. Doch als er glaubt, den Fall gelöst zu haben, verstrickt er sich in einem Labyrinth aus Angst und Hass. Ein Unbekannter bedroht Felix, den Sohn seiner Freundin Anne. Wovor will der Unbekannte Stachelmann warnen? Wovon soll er abgehalten werden? Um Felix zu schützen, macht sich Stachelmann auf die gefährliche Suche. Am Ende verfolgt er einen Mörder, der das Töten von Staats wegen gelernt hat.

Der Autor

Christian v. Ditfurth, Jahrgang 1953, ist Historiker und lebt als freier Autor bei Lübeck. Er hat zuletzt die viel beachteten Romane »Die Mauer steht am Rhein. Deutschland nach dem Sieg des Sozialismus« (1999), »Der 21. Juli« (2001), »Der Consul« (2003), »Das Luxemburg-Komplott« (2005) sowie die Stachelmann-Krimis »Mann ohne Makel« (2002, KiWi 826, 2004), »Mit Blindheit geschlagen« (2004, KiWi 924, 2006), »Schatten des Wahns« (2006, KiWi 1008, 2007) und »Lüge eines Lebens« (2007, KiWi 1060, 2008) veröffentlicht.

Christian v. Ditfurth

LABYRINTH DES ZORNS

Stachelmanns fünfter Fall

Kiepenheuer & Witsch

Informationen über dieses Buch:
www.stachelmann.de

MIX
Papier aus verantwortungsvollen Quellen
FSC® C083411
FSC
www.fsc.org

Verlag Kiepenheuer & Witsch, FSC®-N001512

4. Auflage 2013

Umschlaggestaltung: Barbara Thoben, Köln,
nach einer Idee von Philipp Starke
Umschlagmotiv: © plainpicture/Onimage
Brillenmotiv: © getty images/photonica/CSA
Gesetzt aus der Bembo
Satz: Pinkuin Satz und Datentechnik, Berlin
Druck und Bindung: CPI – Clausen & Bosse, Leck
ISBN 978-3-462-04086-9

Für Elfi

»Gutes wird mit Gutem vergolten,
Böses mit Bösem.
Nichts wird vergessen,
die Zeit der Vergeltung wird kommen.«
Chinesisches Sprichwort

1

Hätte jemand den Ablauf der Ereignisse auf Tonband aufgenommen und das Band später mit extrem langsamer Geschwindigkeit abspielen lassen, dann hätte er das Summen gehört, als der Strom in den Zünder schoss, und den scharfen Knall, als dieser explodierte, worauf eine dumpfe Detonation folgte, als die Stahltonne mit ihrer Mischung aus Dünger, Diesel und anderen Chemikalien im Keller hochging, dann ein Bersten, Klirren und Krachen, als der Boden des Erdgeschosses hochgeschleudert und die Fassade neben der Tür, in Höhe des Wachzimmers, nach außen gedrückt und dann zerrissen wurde. Die Fenster der Vorderseite wurden auf den Vorplatz gesprengt. Dann war es plötzlich still, Rauch quoll das Treppenhaus hoch. Nach eineinhalb Minuten knisterte die Vorderfassade, ein Riss klaffte fast senkrecht nach oben, ein zweiter zog sich von der Stelle, wo der Eingang gewesen war, nach links, hoch bis ans Dach. Ein dritter Riss verband die beiden ersten. Dann wieder Stille. Nach einer knappen Minute grollte es leise, dann immer lauter. Als Bodenbalken der Decke brachen, knallte das trockene Holz. Dann rutschte die Fassade in der Mitte des Gebäudes herunter und türmte einen Haufen, wo vorher der Haupteingang war. Schließlich stürzten die Seitenflügel in die Mitte, wo nichts mehr sie stützte. Staub, überall Staub. Der mischte sich bald mit dem schwarzen Rauch aus dem Keller. Die Schwaden zogen über die Herrenstraße und weiteten sich über der Innenstadt.

Dies geschah am 22. August 2007, um 0 Uhr 30, in

der Herrenstraße 45a in Karlsruhe, Baden-Württemberg. Um 10 Uhr 11 ging bei der Deutschen Presse-Agentur in Berlin ein Bekennerschreiben ein. Absender die Gruppe Dar al-Islam, die mitteilte, der Anschlag auf den Bundesgerichtshof sei ein Vergeltungsakt für die Angriffe der Ungläubigen auf die Brüder im Irak und in Afghanistan. Sollte sich die Bundesregierung auch künftig am Krieg gegen die Rechtgläubigen beteiligen, seien weitere Anschläge unvermeidlich. Diese Vergeltungsakte seien Verteidigungsmaßnahmen und würden Deutschland immer härter treffen. »Karlsruhe ist nur eine Warnung.«

Die dpa veröffentlichte das Bekennerschreiben nicht im Wortlaut, sondern um 13 Uhr 43 eine Erklärung des Bundesinnenministeriums, in der das Bekennerschreiben zitiert wurde.

Am Abend gab es in der Tagesschau nur ein Thema. Nun wurde auch gemeldet, dass drei Menschen umgekommen waren. Der Richter Dr. Winfried Kemmer, die Assessorin Karin Schütt und der Justizbeamte Arnim Hold, der im Wachzimmer des Palais des Erbgroßherzogs Friedrich Dienst gehabt hatte, wie das Hauptgebäude des BGH genannt wurde.

In der Sondersendung nach den Nachrichten ereiferten sich Experten und Politiker über die islamistische Bedrohung. Der Bundesinnenminister erklärte, er habe immer gesagt, dass Deutschland im Visier des Terrorismus sei. Es klang so etwas wie Befriedigung mit, schließlich hatte der Minister harte Kritik einstecken müssen für seine Pläne, Freiheitsrechte auszuhöhlen zugunsten einer Sicherheit, die viele für eine teure Illusion hielten. Man konnte heraushören, dass der Innenminister seine Kritiker mitverantwortlich machte für den Anschlag. Schließlich lebe man nicht in einer Diktatur, die Bürger könnten dem Staat vertrauen.

Schon an diesem Abend wurde offenkundig, der Innenminister würde seine Überwachungsmaßnahmen verschärfen, die Kritiker würden abtauchen, die Pressekommentatoren würden den Nachtwächterstaat geißeln.

Der Generalbundesanwalt verkündete die ersten Ermittlungsergebnisse. Der oder die Täter mussten den BGH schon eine Weile beobachtet haben. So fanden sie heraus, dass seit Wochen eine Klempnerfirma die sanitären Einrichtungen des Erbgroßherzoglichen Palais erneuerte. Der oder die Täter hätten einen Handwerker, der auf dem Weg zum BGH gewesen sei, angehalten, ihn bedroht und gezwungen, sie in einem Renault-Lieferwagen einzuschleusen, nachdem sie zuvor an einem anderen Ort eine große Gasflasche geladen hätten. Der Wache an der Einfahrt sei nichts aufgefallen, da dieser Handwerker jeden Tag mit diesem Auto ein- und ausgefahren sei. Der oder die Täter hätten den Mann gezwungen, das Auto auf dem Parkplatz neben dem Haupteingang des Palais abzustellen. Dann hätten sie den Handwerker gezwungen, zusammen mit einem der Täter oder dem Täter die Gasflasche in den Keller des Gebäudes zu tragen. Sofort darauf hätten beide sich wieder ins Auto gesetzt und das Gelände des BGH verlassen, der oder die Täter wieder verborgen im fensterlosen Lastraum des Wagens. Nach dem Wagen und dem Handwerker werde gesucht, bisher habe die Polizei keinen Hinweis auf deren Verbleib. In der Gasflasche habe sich der Sprengstoff befunden, der Zünder sei später mit einem Handy ausgelöst worden.

Spät am Abend wurde der Präsident des baden-württembergischen Verfassungsschutzes im Fernsehen befragt. Nein, von der Gruppe Dar al-Islam habe sein Amt noch nichts gehört. Aber das sei ein Kennzeichen des heutigen Terrorismus, dass überall Gruppen entstünden, die sich für berufen hielten, die westliche Zivilisation zu bekämpfen. »Wenn Sie so wollen, der Feind ist mitten unter uns. Schon lange.«

2

Drei Monate vor dem Anschlag.

Ihr Blick folgte einem Frachter, der tief im Wasser lag. Sie sah weißen Bugschaum. Da unten floss der Charles River zum Atlantik. Ein wenig erinnerte er sie an die Elbe, die Hamburg mit der Nordsee verband. Sie war mit ihrer Mutter vor zwei Jahren in Hamburg gewesen. Die war eines Tages auf die Idee gekommen, nach Deutschland zu fliegen. Sie wollte die Heimat noch einmal sehen. Und so mieteten sie ein Auto und fuhren in die Heide, durch kleine Städte und Dörfer irgendwo zwischen Hamburg und Hannover. Ihre Reise endete in Wolfsburg. »Fast wärst du hier geboren worden«, sagte die Mutter. »Wir haben hier nach dem Krieg gewohnt.« Sie zeigte auf die riesigen Schornsteine, die in den blauen Himmel ragten. Als wäre das Werk ein riesiges Kirchenschiff mit vier Türmen. »Um das da wiederaufzubauen. Dein Vater hat dort gearbeitet. Wie fast alle anderen hier.« Cecilia erinnerte sich, wie fremd ihr diese Stadt erschien, deren Herz ein Autowerk war und die nur für dieses Werk lebte.

Sie waren bald wieder abgefahren, die Mutter schwieg auf der Rückreise nach Hamburg, und Cecilia fühlte, der Mutter war es nicht um Hannover oder Hamburg gegangen, nicht um die Heide, sondern um den kürzesten Besuch von allen, den in Wolfsburg.

Irgendwo zwischen Boston und Hamburg trafen sich gewiss Wassermoleküle der Elbe und des Charles River. Sie schloss die Augen und versuchte sich Meeresströmungen vorzustellen, die sich in Orkanwellen mischten. Doch dann hatte sie wieder die Bilder des heutigen Nachmittags vor Augen. Wie sie in der ersten Reihe der kleinen Friedhofskirche gesessen hatte, neben ihr Elizabeth, die einzige Freundin der Mutter, oder so etwas Ähnliches wie eine Freundin. Und natürlich war Paula erschienen, nicht wegen der Mutter, sondern um Cecilia beizustehen. Die Beerdigung hatte Cecilia wie aus der Ferne erlebt, die Trauerrede hatte sie eigentlich nicht gehört. Erst als der Sarg im Boden verschwand, um verbrannt zu werden, da hatte sie verstanden, dass ihr demnächst die Urne ausgehändigt würde, die Asche ihrer Mutter. Sie hörte in sich hinein, ob die Vorstellung etwas bewegte in ihr, aber da war nichts.

Das Wasser rauschte im Bad, dann klackte die Tür. Paula näherte sich, die Falten in ihrem Gesicht schienen noch tiefer zu sein. Sie setzte sich aufs Sofa, Cecilia gegenüber, blickte zum Fenster hinaus und sagte: »Viel schöner kann man nicht wohnen. Jedenfalls nicht, wenn man nicht stinkreich ist.«

Da fiel Cecilia ein, dass die Wohnung nun ihr gehörte. Hier hatte sie ihre Mutter in den vergangenen Jahren gepflegt. In der letzten Zeit war es hart gewesen, die Mutter hatte sie manchmal nicht erkannt, weigerte sich oft zu essen und schien darauf zu warten, endlich sterben zu können. Ihr Gedächtnis schwand, sie wurde oft wütend, klagte, bat, sie endlich zu töten – »das wollt ihr doch sowieso« –, sprach mit Menschen, die nicht anwesend waren und die Cecilia nicht kannte. Manchmal aber schien die Erinnerung zurückzukommen oder für bestimmte Ereignisse noch nicht gelöscht zu sein.

Paula blickte Cecilia lange an, aber sie sagte nichts, dann schaute sie hinaus auf den Fluss. Ein Motorboot raste schlingernd zum anderen Ufer.

»Ich habe … dir … nicht … alles gesagt.« Cecilia erinnerte sich genau, wie die Mutter sich gequält hatte in ihrem letzten lichten Augenblick. Das Bett stand am Fenster, etwa dort, wo Paula jetzt saß, aber die Mutter schaute nicht hinaus auf den Fluss, ihre Augen waren geschlossen. Eine Träne sickerte aus dem Auge und hinterließ eine glänzende Bahn zum Ohr. Es war ein Morgen gewesen, an dem der Sturm schwarze Wolken zum Meer jagte, manchmal kam die Sonne durch, das Licht weiß gebrochen.

»Du hast … einen guten Vater gehabt.«

Cecilia erinnerte sich, wie sie gestaunt hatte, als die Mutter dies gestand. In all den Jahren war vom Vater kaum die Rede gewesen und wenn doch, dann mit abschätzigem Unterton. Dann klang die Stimme so, wie man über einen sprach, der einer Freundin ein Kind gemacht hatte und dann abgehauen war, um sich der Unterhaltszahlung zu entziehen.

»Du hast … einen guten Vater gehabt.« Sie hatte es wirklich gesagt.

»Aber …«, entgegnete Cecilia.

Die Mutter hob die Hand ein wenig von der Bettdecke und senkte sie wieder. »Er ist gegangen. Und ich habe ihn allein gehen lassen.«

»Du hattest bestimmt einen guten Grund.« Cecilia sagte es mehr, um die Mutter zu trösten.

»Ich habe ihn allein gehen gelassen«, wiederholte die Mutter mit leiser Stimme, was ihr Beharren noch eindringlicher machte. »Ich hätte mitgehen müssen.«

Cecilia hatte überlegt, was sie erwidern sollte. Sie fand es nicht sinnvoll, einer Sterbenden zu widersprechen. Wer stirbt, hat recht. Das hatte sie mal gehört. Wo ist das gewesen und wann? Ach, egal.

»Weißt du, Cecilia, er hatte mich gefragt.« Die Mutter

stockte nicht mehr beim Reden. Sie sprach nun fast flüssig, als hätte sie sich endlich entschlossen zu sagen, was gesagt werden musste.

»Ob du mitkommen willst?«

»Und ich habe gesagt: Nein, wo du hingehen willst, kann ich nicht gehen.«

»Aber ich muss«, hatte er gesagt. »Er hatte recht, ich hab's nicht geglaubt. Ich habe ihm nicht geglaubt. Oder ich wollte ihm nicht glauben.«

»Wohin?«, fragte Cecilia. »Wohin ist er gegangen?« Cecilia erschrak, sie war zu heftig gewesen.

Die Mutter schloss die Augen. Das tat sie immer, wenn sie etwas anstrengte.

Cecilia hätte gern nachgefragt, sie verstand so wenig von dem, was die Mutter sagte. Die Mutter war kurz vor ihrer Geburt in die USA gezogen. Cecilia war Amerikanerin, was ging sie Deutschland an? Es war nicht gut, was sie über dieses Land erfahren hatte. Oder was der Mutter dort angetan worden war. Manchmal hatte die Mutter etwas über früher gesagt, und es hatte immer geklungen wie: Gott sei Dank bin ich nicht mehr dort. Gott sei Dank! *Dort*, das hieß Trümmer nach der Zerstörung durch den Krieg. Das hieß Arbeit, Arbeit und noch einmal Arbeit. Und das war etwas, das Cecilia mit *Freudlosigkeit* übersetzte, mit ewigem Ernst, unaufhörlicher Trübsal. Manchmal hatte die Mutter Bemerkungen fallen gelassen, die sich Cecilia etwa so zusammenreimte. Es hatte sie nicht ermuntert nachzufragen. Das war alles so weit weg. Und dort sollte es bleiben. Außerdem wollte sie die Mutter nicht bedrängen mit Fragen. Jetzt nicht mehr.

»Ich hätte mitgehen müssen.« Ihre Augen waren wieder offen. Ein Sonnenstrahl fiel auf das Gesicht der Mutter und leuchtete die Falten aus. Besonders viele zerknitterten die Stirn. Dann verdunkelte eine Wolke das Licht und verjüngte das Gesicht um ein Jahrzehnt.

Cecilia schaute sie an. »Ich bin sicher, du hast alles richtig gemacht. Haben wir nicht gut gelebt?« Natürlich, ihre Scheidung war schmerzhaft gewesen, aber heutzutage hatte man doch keine Biografie, wenn man nicht wenigstens einmal geschieden war. Es war auch eine Befreiung gewesen. Seitdem hatte sie sich noch tiefer in ihrem Beruf vergraben und gutes Geld verdient als Immobilienmaklerin in einem kleinen Büro in der City, das sie mit Walter Hermit teilte. Er hatte sie nach der Scheidung eingestellt und ihr bald die Geschäftspartnerschaft angeboten. Sie kam gut mit ihm aus, nachdem sie seine Annäherungsversuche einmal deutlich zurückgewiesen hatte. Walter war sympathisch, eine ehrliche Haut, sofern man das in diesem Beruf sein konnte, und er sah gut aus. Aber er war ihr zu sehr der Typ Sonnyboy, und nach der Scheidung hatte sie keine Lust auf Beziehungen gehabt. Wenn sich die Sehnsucht nach Liebe oder auch nur Sex bemerkbar machte, musste sie sich nur die letzten eineinhalb Jahre mit Jonathan ins Gedächtnis rufen, in denen sie erlebt hatte, wie krankhafte Eifersucht aus einem unwiderstehlichen Mann einen Dreckskerl gemacht hatte, der sie fortlaufend des Fremdgehens bezichtigte, ohne dass sie jemals die Gelegenheit dazu genutzt hatte. Ich hätte mit anderen Männern ins Bett gehen müssen, dann hätte der Irrsinn wenigstens einen Sinn gehabt, dachte sie. Aber das Ungeheuerliche war, dass Jonathan fremdging, dass er wohl ein halbes Jahr mit einer Nachbarin ins Bett stieg und sie es nicht gemerkt hatte. Erst als die Ehe geschieden war, hatte Jonathan es ihr gestanden, ermutigt durch ein paar Wodkas. Es war ein Verrat gewesen. Dass ihr so etwas passierte. Dass ein krankhaft eifersüchtiger Mann sich die Frechheit herausnahm, genau das zu tun, was er ihr ohne jeden Grund immer wieder vorgeworfen hatte, zum Teil in abstoßenden Szenen: Er hatte geheult, geschrien, Selbstmord angekündigt. Das alles machte sein Verhältnis mit der Nachbarin noch schlimmer. Auch dass Cecilia diese Nachbarin als ein nichtssagendes Wesen empfunden hatte, an das schon keiner mehr dachte, sobald es um die Ecke gegangen war. Mit der! Aber nun war sie darüber hinweg, meistens jedenfalls. Vielleicht würde sich die Enttäuschung nie völlig verdrängen lassen. Der Verrat, der Betrug, die Lügen.

»Was überlegst du?«, fragte Paula.

Da, wo vor Kurzem noch das Bett der Mutter auf Rollen gestanden hatte, war nichts mehr außer den Eindrücken im Teppichboden. Er war grau und fleckig. Sie würde ihn demnächst austauschen. »Ich dachte an das letzte Gespräch mit meiner Mutter. Als sie noch einmal klar war, jedenfalls klarer als in den Tagen zuvor.«

Paula lächelte. Sie war Cecilias beste Freundin, sie kannten sich seit der gemeinsamen Schulzeit. »Ja, das bleibt einem im Gedächtnis.« Paulas Eltern waren schon lange tot.

Cecilia nahm Paula in diesen Augenblicken nicht wahr. Die Mutter hatte früher immer gesagt, der Vater habe sie verlassen, als sie schwanger gewesen sei. »Dein Vater hat mich verraten«, sagte sie einmal, als Cecilia keine Ruhe gab. Alle ihre Freundinnen hatten Väter. Warum sie nicht? Dass er nicht gestorben war, war ihr von Anfang an klar gewesen. »Er hat jetzt bestimmt eine Jüngere, eine, die ihm nicht widerspricht. Er hat ja immer so genau gewusst, was richtig ist und was falsch. Sei froh, dass du diesen Vater nicht hast. Besser keinen Vater als diesen.«

Aber im letzten Gespräch sagte die Mutter: »Du hast einen guten Vater gehabt.« Ein paar Minuten später wiederholte sie es. Die Mutter hatte Cecilia also angelogen in all den Jahren zuvor. Was sollte Cecilia tun? Böse sein konnte sie ihrer Mutter nicht mehr. Das war sie früher oft gewesen, aus lächerlichen Gründen. Cecilia war kein einfaches Kind gewesen. Die Mutter hatte sie verzogen, wollte ihr den Vater ersetzen. Und als Cecilia merkte, dass die Jungs ihr nachschauten, galt sie bald als hochnäsig und zickig. Sie betrachtete sich gern im Spiegel und bildete sich einiges ein auf ihr Aussehen, schlank, hochgewachsen, volle blonde Haare. Nicht nur ein bisschen Unnahbarkeit war ihr geblieben, ja, sie pflegte diese Eigenheit, weil die sie noch interessanter machte. Und sie konnte nicht erkennen, dass es nachteilig für sie gewesen wäre. Besser als langweilig war es allemal. Und schön war sie immer noch.

Paula dagegen war unscheinbar. Natürlich hatte sie nie eine Chance gehabt bei den Jungs, wenn sie mit Cecilia zusammen unterwegs gewesen war. Auf Partys war sie das Mauerblümchen, aber sie trug ihr Schicksal gelassen, fast freudig. Sie war immerhin die beste Freundin der Klassenqueen, das verschaffte ihr Ansehen, es fiel gewissermaßen etwas vom Glanz für sie ab. Cecilia wusste nicht, wie Paula es schaffte, sich wohlzufühlen in ihrer Rolle. Aber sie hatte auch nie wirklich darüber nachgedacht. Gewundert hatte sie sich manchmal, mehr nicht.

»Und ich habe ihn verlassen. Nicht er mich, obwohl er gegangen ist.« Ihre Stimme war leise, aber dadurch umso eindringlicher. »Das muss man verstehen. Ich hätte es verstehen müssen. So schlimm war das Leben dort doch nicht. Und vielleicht hätten wir ja wieder zurückgekonnt. Die Dinge ändern sich. Ich habe ihn verraten.«

Cecilia verstand nicht ganz, was die Mutter sagte. Doch begriff sie, dass sie sich lange gequält haben musste mit ihrer Entscheidung, ihrem Mann, Cecilias Vater, nicht zu folgen. Cecilia lag die Frage auf der Zunge, ob der Vater noch lebe, aber sie schwieg. Sie musste sich erst daran gewöhnen, dass die Mutter sie belogen hatte.

»Ich habe nie wieder etwas von ihm gehört.« Die Mutter strich mit der Hand über die Bettdecke. Die Hand zitterte. »Und ich habe dir deinen Vater genommen.«

»Er ist gegangen, nicht du«, sagte Cecilia und wusste gleich, ihre Mutter würde sich so nicht trösten lassen.

»Er musste weg. Ich habe nie mehr etwas von ihm gehört.«

Cecilia drängte es zu fragen, was der Vater beim Abschied gesagt hatte, aber sie hatte Angst, dass es die Mutter zu stark schmerzen würde.

Paula räusperte sich. Sie stand auf und ging ein paar Schritte zum Fenster. Sie kehrte Cecilia den Rücken zu und schaute hinaus. Ohne sich umzudrehen, sagte sie: »Man begreift es nicht, wenn jemand stirbt. All die Jahre war er da, dann soll er plötzlich weg sein für alle Zeit.«

»Ich habe einen Vater«, sagte Cecilia. Sie flüsterte fast.

Paula drehte sich um, lächelte sie an, aber in ihrem Gesicht stand ein Fragezeichen. Vielleicht dachte sie, jeder Mensch hat einen Vater. Aber Cecilia hatte nie etwas über ihren Vater erzählt. Als Paula sie vor langer Zeit gefragt hatte, wo ihr Vater sei, als die Neugier ihre Angst, etwas Bedrückendes anzusprechen, besiegt hatte, da hatte Cecilia nur gesagt: »Ich kenne ihn nicht.« Und ihre Gestik und Mimik hatten gesagt: Er hat sich nicht um mich gekümmert, was soll ich mich um ihn kümmern?

»Vielleicht lebt er noch«, sagte Cecilia.

Paula nickte. Sie setzte sich wieder und schaute Cecilia in die Augen. »Dann muss er aber sehr alt sein.« Es klang, als wollte sie sagen: Mach dir keine Hoffnung, der ist längst tot. Dann fragte sie: »Er hat wirklich nie von sich hören lassen?« Und es klang, als wollte sie fragen: Warum interessiert er dich plötzlich?

»Ja, aber nun weiß ich, warum er sich nie gemeldet hat.«

»Ja?«

Cecilia antwortete nicht. Sie spürte ein Gefühl in sich, das sie nicht recht begreifen konnte. Etwas zwischen Enttäuschung und Zorn, auch Trauer. Warum hatte die Mutter so lange geschwiegen? Nein, warum hatte sie so lange gelogen? Ihr Schweigen nach der Erklärung, der Vater sei weggegangen, war eine Lüge. Sie hatte der eigenen Tochter den Vater gestohlen. Mochte doch sein, dass Cecilia nach Europa gereist wäre, um ihren Vater kennenzulernen. Vor zwanzig Jahren, da hatte er bestimmt noch gelebt. Sie hatte nicht einmal gewusst, wie er hieß.

Franz.

Als sie eines Tages mitten im Sommer aus der Schule nach Hause kam, brannte das Feuer im Kamin. Die Mutter legte immer mehr Papier nach. Der Ascheberg verriet, dass sie schon viel verbrannt hatte. Die Mutter sagte nichts, als Cecilia ins Wohnzimmer trat und einfach nur schaute. Aber ihr Gesicht war hart gewesen wie eine Maske, als wollte sie sich zwingen, kein Gefühl zu zeigen. Erst nach dem Tod der Mutter verstand Cecilia, die Mutter hatte ihre Vergangenheit verbrannt. Sie hatte es nicht mehr ausgehalten mit den Briefen und Papieren, in denen ihre Lüge weiterlebte. Sie hatte versucht, mit den Papieren die Lüge zu zerstören, aber es war ihr nicht geglückt. Erst auf dem Totenbett hatte die Mutter die Wahrheit wiedergefunden. Cecilia bildete sich ein, die

Mutter sei zufrieden gestorben, ihr Gesicht kam Cecilia fast entspannt vor.

»Weißt du, sie ist eingeschlafen, ganz ruhig, und nicht mehr aufgewacht. Das konnte sie wohl nur, weil sie sich von der Lüge befreit hatte.«

Paula schaute sie ungläubig an. Für sie war Cecilias Mutter ein Sinnbild von Rechtschaffenheit gewesen. Kein Mensch, den man liebt, dazu war die Mutter zu spröde gewesen, aber ein Mensch, den man achtet, an dem nichts Falsches war. »Sie hat dich also angelogen?« In ihrer Stimme schwang Ungläubigkeit mit.

»Mein Vater ist nicht abgehauen, sie hat ihn verlassen, noch während sie schwanger mit mir war.« Cecilia brach ab, sie sah, Paula verstand sie nicht.

Paula dachte nach, dann sagte sie: »Deine Mutter hat dir also den Vater gestohlen.«

Gestohlen ist vielleicht das falsche Wort. Und doch war es so, dachte Cecilia. Sie hatte keinen Vater gehabt, weil die Mutter nicht zu ihrem Mann gestanden hatte, als es ihm offenbar schlecht ging. Cecilia schaute sich um in ihrem Wohnzimmer, eigentlich war es das Wohnzimmer der Mutter, sie lebte in einem der Beacon Hill Apartments, nicht weit entfernt. Sie hatte in letzter Zeit hin und wieder gedacht, es sei günstiger für sie, in die Wohnung am Charles River zu ziehen, die sie nun geerbt hatte. Aber seit dem Geständnis war diese Idee verflogen. Sie musste hier weg.

»Kannst du diese Wohnung für mich vermieten?«

Paula schaute sie erstaunt an. Aber nicht, weil sie es als Zumutung empfand, etwas für ihre Freundin zu tun. Das war sie gewohnt. Sie verstand allerdings nicht, warum Cecilia eine Wohnung vermieten wollte, die viel schöner war als ihre. Und dieser Blick auf den Fluss war unbezahlbar. »Natürlich«, sagte Paula.

»Und kannst du in meiner Wohnung nach dem Rechten sehen? Vielleicht einmal die Woche? Die Nachbarn gießen die Blumen. Aber man weiß ja nicht.«

»Gewiss«, sagte Paula. »Aber was hast du vor?«

3

Elf Wochen und zwei Tage vor dem Anschlag.

Stachelmann nieste. Er musste grinsen. Er saß im Staub, wie es sich für einen Historiker gehörte. Genauer gesagt, er saß an einem Stahltisch in einem großen fensterlosen Kellerraum im Backsteingebäude der Werkzeugmaschinenfabrik Schneyder & Söhne AG in Lübeck-Genin und wälzte Akten aus den Dreißiger- und Vierzigerjahren. Niemand hatte die Ordner in den vergangenen Jahrzehnten angefasst. Es war der Staub des Dritten Reichs, der Kriegsjahre, der Zeit des Wirtschaftswunders, der APO, der neuen Ostpolitik, des Flickskandals, der geistig-moralischen Wende Helmut Kohls und seiner schwarzen Kasse. Stachelmann überlegte, ob Staub verschiedener Epochen verschieden aussehen müsse. Ob der Staub der Hitlerzeit ein anderer sei als etwa der aus den Achtzigern. Schließlich unterschieden sich seine Quellen, das Papier, die Abgase, sogar der Straßendreck. Der Staub jener Akten, die er zu lesen hatte, stammte vom Papier und aus dem Gebäude, das kurz nach dem Ersten Weltkrieg errichtet worden war. Es war also größtenteils alter Staub, weil nur selten Menschen hier unten gewesen waren. Wer interessiert sich schon für alte Akten außer Historikern?

Hier saß er seit zwei Wochen. Es war sein erster Auftrag, seit er sich entschieden hatte, ein Büro für historische Ermittlungen zu eröffnen. Obwohl er vor Kurzem erst die Universität verlassen hatte, schien ihm seine Zeit als Dozent und die Habilitation schon weit zurückzuliegen. In diesen Tagen fühlte er sich, als hätte es Bohming, den Ordinarius mit dem Spitznamen »der Sagenhafte«, nur in einer fernen Zeit gegeben. Stachelmann hatte wohl gehört, der Professor habe sich krankschreiben lassen, aber das war ja klar, nach dem, was in den letzten Monaten Stachelmanns als Unidozent geschehen war.

Georgie, den Stachelmann eigentlich nicht mehr hatte wiedersehen wollen, hatte ihm eine Homepage gestrickt – »Sie suchen Ihre Vergangenheit?« – und ins Internet gestellt. Zwei Tage später erhielt Stachelmann eine E-Mail von der Schneyder & Söhne AG aus Lübeck. Schon am Vormittag danach saß Stachelmann einem jungen Geschäftsführer gegenüber, der ihn beauftragte, eine Firmengeschichte zu verfassen. »Aber nichts verschweigen, egal, was da kommt.« Dann fabulierte der Mann, den trotz seines Alters schon eine Halbglatze bedrohte, über die imagefördernde Wirkung der Wahrheit, »inklusive des Nazismus«. Dr. Kolumbitsch, so hieß der Mann, zischte das Wort »Nazismus« durch fast geschlossene Lippen. Es dauerte, bis Stachelmann sich zutraute, den Namen des Geschäftsführers auszusprechen. Kolumbitsch saß hinter seinem Schreibtisch, genauer gesagt, er hüpfte fast mit dem Hintern auf seinem Stuhl herum, schien immer wieder aufstehen zu wollen und überholte sich selbst beim Reden. Dabei setzte er seine rahmenlose Brille ab und wieder auf, dann putzte er sich die Nase, kratzte sich an der Stirn, beugte sich nach vorn und streckte den Rücken, während er über die neue Moral der deutschen Unternehmer sprach, die man sich inzwischen nicht nur leisten könne, sondern offensiv vertreten müsse. »Da ja ohnehin jeder weiß, dass selbst in Klostern Zwangsarbeiter eingesetzt wurden, wäre es geradezu lachhaft, wenn ein deutsches Unternehmen mit Tradition bestreiten würde, es getan zu haben. Wäre ich ein Zyniker, würde ich sagen, das Bekenntnis gehört zum Marketing.«

Stachelmann verstand, was der Mann sagen wollte. Der verachtete die Altvorderen, die sich vor ihrer Verantwortung ins Grab gerettet hatten. Aber er erkannte auch die Vorteile, die sich daraus für ihn und die Firma ergaben. Ein Eingeständnis, das dem Bekenner die Selbsterhöhung erlaubte. Reue, obwohl man selbst keine Verbrechen begangen hatte. Das sah gut aus.

»Wissen Sie, wir verkaufen unsere Maschinen in aller Welt, die meisten in den USA. Unsere Kunden würden bei einer Firma mit unserer Tradition ja geradezu staunen, wenn wir nicht auch im Krieg erstklassige Ware an unsere Kunden geliefert hätten, und das war eben die Wehrmacht. Vor allem Flakmunition, Bauteile für Raketenwerfer, Steuerelemente für Flugzeuge usw. Allmählich betrachten die Leute das von der technischen Seite, verstehen Sie? Und das ist doch auch eine technische Frage, oder?« *Technisch*, aus seinem Mund kam es wie ein Zischen, etwas heller noch als *Nazismus*. Dabei rollte er mit seinem Stuhl hin und her, nach hinten und nach vorn, fuhrwerkte mit seinen Armen auf dem Schreibtisch herum wie ein hyperaktives Kind.

Stachelmann lag eine Erwiderung im Mund. Aber es war nicht seine Aufgabe, diesen Mann zu belehren, sondern Geld zu verdienen als Verfasser einer Firmengeschichte. Warum gerade er beauftragt worden war, erfuhr er gleich.

»Ich habe mich am Historischen Seminar der Hamburger Universität erkundigt. Ein ehemaliger Kollege von Ihnen hat mir gesagt, Sie hätten sich gerade selbstständig gemacht. Außerdem seien Sie Lübecker. Das verpflichtet gewissermaßen. Welch Glück für mich.« Und er strahlte wie ein Mensch, der froher nicht sein konnte.

Was könnte Stachelmann verpflichten, weil er Lübecker war? Und warum liegt diesem Mann diese Firmengeschichte so am Herzen? Warum diese Geschichte gerade jetzt? Dumme Frage, wann ist dafür der richtige Zeitpunkt? Er wäre 1945 gewesen. Es steckten ein paar Moleküle Häme in Kolumbitschs Lachen, wenn er über das Projekt sprach, er klang fast so, als wolle er mit Stachelmanns Hilfe jemandem eins auswischen.

Eigentlich war es ein öder Job. Hunderte von Aktenordnern mit Tausenden von Seiten, auf denen meistens nichts stand, was einen aufregen könnte. Zeitweise hatte Stachelmann gefürchtet, das Material würde nicht reichen für ein Buch. Aber inzwischen fürchtete er nur noch, er würde es nicht hinkriegen oder zu lange brauchen. Es erinnerte ihn an das Elend mit seiner Habilschrift, die er weggeworfen hatte, nachdem er fertig gewesen war mit der Quälerei. Doch hin und wieder fand er Dokumente, die er nicht überflog, um gleich weiterzublättern, sondern die er aufmerksam las. Zuletzt Belege für Spenden an die SS, von der die Firmenleitung sich offenbar Unterstützung versprach in der Auseinandersetzung mit anderen Mächtigen des Nazireichs. Die Geschäftsführung schickte auch Denunziationsberichte an die Gestapo über *Fremdarbeiter*, die im Verdacht der Sabotage standen.

Es klopfte, gleichzeitig öffnete sich leise quietschend die Stahltür. »Der Chef würde Sie gerne sprechen. Wenn es Ihnen recht ist«, sagte Cordula Weinrot, die Chefsekretärin, eine mollige Vierzigjährige, die gerne im Keller auftauchte, seit Stachelmann dort arbeitete. Gleich am Anfang hatte sie ihn ausgefragt, ob er verheiratet sei und ob er allein lebe. Seitdem erschien sie immer mal wieder mit Kaffee, um ein »Schwätzchen zu halten«, wenn der Geschäftsführer außer Haus war. Stachelmann fürchtete ihre Redseligkeit und bewunderte sie doch, weil sie seit sieben Jahren einen Chef ertrug, der pausenlos dies oder jenes wollte, um dann doch etwas ganz anderes zu verlangen. Cordula Weinrot, Lübeckerin seit Geburt, hatte Nerven aus Stahl.

»Wenn es Ihnen recht ist.« Stachelmann war es bei seinem Kellerjob jederzeit recht und unrecht zugleich. Anders gesagt, es war ihm egal. Längst hatte er gemerkt, dass der Chef auf seine Weise nicht weniger schwatzsüchtig war als seine Sekretärin. Stachelmann folgte ihr zum Aufzug, in dem sie ihm immer ein wenig zu nahe kam, rein zufällig gewissermaßen, knapp an der Grenze der Berührung. Er konnte sie riechen, es war nicht unangenehm, unterstrich aber ihre Nähe. Stachelmann fühlte sich bedrängt, aber die paar Sekunden hielt er es aus. Es war eine kleine Befreiung, als der Aufzug in der Chefetage hielt und die Türen sich öffneten.

Dr. Kolumbitsch stand am rückwärtigen Fenster und schaute hinunter auf den Hof. Er wippte auf den Fußballen. »Herr Dr. Stachelmann, danke, dass Sie gleich Zeit gefunden haben. Ich würde gerne mit Ihnen über Ihre Notiz von gestern sprechen.«

Aha, daher wehte also der Wind. Kolumbitsch hatte Stachelmann vor einigen Tagen gebeten, ihm einen kleinen Bericht zu geben, in dem es ihm vor allem auf etwas ankam, das er »Besonderheiten« nannte. Darunter verstand er Dinge, die »aus dem Rahmen fallen«.

Auf dem Tisch lag der kurze Bericht von Stachelmann über die ersten Ergebnisse seiner Arbeit. Er hätte sich nicht darauf einlassen sollen, Notizen für Kolumbitsch zu schreiben. Das konnte nervig werden, wenn der über jedes Detail der Recherche reden wollte.

»Das ist wirklich wahr, was Sie da schreiben?«

Warum sagte der Mann nicht, um was es ihm ging? »Alles.«

»Nun ja.« Kolumbitsch betrachtete das Blatt Papier, auf dem Stachelmanns Bericht stand, seufzte und sagte: »Wirklich?«

Was wollte Kolumbitsch? Dass Stachelmann jetzt sagte, er habe sich geirrt? Oder es sei nicht so schlimm, unwichtig, zu unwichtig, um es in einer Firmengeschichte unterzubringen?

»Wissen Sie, wir wollen das unseren Kunden schenken.«

Stachelmann nickte. Das hatte Kolumbitsch schon erklärt, als er Stachelmann den Auftrag gab.

Kolumbitsch nahm das Blatt mit Stachelmanns Notiz zwischen Zeigefinger und Daumen, als wäre es schmutzig, betrachtete Vorder- und Rückseite, dann wieder die Vorderseite und legte es zurück auf den Schreibtisch. Er wackelte hin und her auf seinem Stuhl, kratzte sich an der Braue, schnippte mit den Fingern, warf Stachelmann einen Blick zu mit auf die Seite geneigtem Kopf, blies leise zischend Luft aus und atmete zischend wieder ein.

Das Telefon auf seinem Schreibtisch klingelte. Er drückte auf einen Knopf auf dem Apparat, ohne abzunehmen, und sagte: »Ich möchte jetzt nicht gestört werden.« Dann drückte er wieder auf den Knopf.

Stachelmann beobachtete sein Gegenüber und fragte sich, ob er sich ärgern oder amüsieren sollte. Er erinnerte sich gut, wie Bohming ihm einmal den Auftrag zugeschanzt hatte, die Geschichte einer Hamburger Werft zu schreiben. Das war gescheitert, weil eine üble Sache dazwischengekommen war. Was würde aus diesem Auftrag werden?

»Denunziation«, sagte Kolumbitsch. Er kratzte sich an der Nase.

Und Stachelmann fiel der Spruch ein: Das größte Schwein im Land ist der Denunziant.

»Mir ist nicht ganz klar, welche Folgen sie hatte.«

Dann hättest du meine Notiz genauer lesen sollen, dachte Stachelmann. »Den Tod in aller Regel. Sabotage wurde mit dem Tod bestraft.«

»Und die Fälle stimmen, ich meine die Zahl?«

»Sieht so aus. Eher kommt noch was dazu.«

»Was heißt, dass die damaligen Eigentümer die Leute der Gestapo ausgeliefert haben«, sagte Kolumbitsch.

Das steht in meinem Bericht, dachte Stachelmann. Ich muss es nicht wiederholen.

»Haben das nicht alle gemacht?«

Du meinst, wenn Denunziation ein Volkssport war, ist sie nicht mehr so übel? Stachelmann überlegte, ob er Kolumbitsch den Auftrag vor die Füße werfen sollte. Aber er brauchte das Geld. »Nicht alle, viele.«

»Nun ja. Und diese Spenden an die SS?«

»Nicht alle, einige.«

Kolumbitsch hustete, um Zeit zu gewinnen. »Nicht alle, einige«, wiederholte er. Stachelmann wusste, Kolumbitsch hätte es leichter, wenn Stachelmann auch etwas sagte. Aber warum sollte er es dem Mann leicht machen? Und warum, verdammt, hatte er sich darauf eingelassen, Kolumbitsch zu berichten? Die Lektion hatte er gelernt, beim nächsten Auftrag würde er es nicht mehr tun.

»Aber wenn fast alle …« Kolumbitsch stockte. »Wenn fast alle es getan haben, muss man es dann so … hervorheben?«

Stachelmann fragte sich, ob er lachen oder fluchen sollte. »Denunziation war eine Art Kitt, der das Dritte Reich zusammenhielt. Ohne Denunziation hätte die Gestapo niemals so erfolgreich arbeiten können. Davon abgesehen, habe ich nichts hervorgehoben.«

»Nun ja.« Kolumbitsch lehnte sich zurück, dann stand er auf, ging zur Vorzimmertür, legte die Hand auf die

Klinke, zog sie weg und setzte sich wieder auf seinen Schreibtischstuhl.

Er windet sich wie eine Schlange. Nun sag doch endlich, was du sagen willst.

»Sie verstehen …«

»Nein«, sagte Stachelmann ungeduldig. Er wollte zurück zu seinen Akten, Kolumbitschs Vorführung begann ihn zu nerven. Natürlich wusste er längst, worauf der Geschäftsführer hinauswollte. Aber der hatte die Absicht, Stachelmann so lange zu bereden, bis dieser selbst vorschlug, was Kolumbitsch verlangte. Doch Stachelmann hatte nicht die Absicht, es zu tun.

Kolumbitsch warf ihm einen fast traurigen Blick zu. Er schloss die Augen und schien fieberhaft zu überlegen, wie er herauskommen sollte aus dem Schlamassel. »Wäre es nicht richtig, darauf hinzuweisen, was unsere Firma von anderen unterscheidet?«

»Natürlich«, sagte Stachelmann, der sich mühte, nicht laut zu lachen. »Natürlich.« Das letzte Natürlich sagte er im Ton eines Vaters, der seinen Sohn beruhigen will: Nun reg dich nicht auf, du verstehst das noch nicht, aber es wird schon.

»Dann sind wir uns ja einig.« Kolumbitsch lächelte erst, dann schaute er Stachelmann abwartend an, ein wenig Misstrauen lag im Blick.

Auf was sollten sie sich geeinigt haben? Stachelmann überlegte, ob er Kolumbitsch auflaufen lassen oder sich mit ihm auseinandersetzen sollte. Er hatte einen Vertrag, nirgendwo stand, dass das Buch, das er schreiben sollte, kontrolliert würde. Er hätte einen solchen Vertrag auch nicht unterschrieben. Wie sollte eine Firma am Ende behaupten, die Untersuchung sei unabhängig gewesen, wenn im Vertrag geregelt war, dass Stachelmann sein Manuskript genehmigen lassen musste? Soll ich im

Keller sitzen und den Krach vor mir herschieben, oder soll ich es jetzt gleich darauf ankommen lassen? Wenn der mich rausschmeißt, dann muss er mich abfinden. Dagegen spricht, dass eine erste Firmengeschichte aus deiner Hand eine gute Referenz wäre für künftige Auftraggeber. Doch Stachelmann konnte nicht anders: »Einig über was?«

Kolumbitsch setzte an, eine höfliche Grimasse zu ziehen, aber das Gesicht vereiste, bevor es ihm gelungen war. »Zwangsarbeiter, Rüstungslieferungen können wir nicht leugnen. Wollen wir auch nicht. Aber wie mir berichtet wurde, hat man die Zwangsarbeiter anständig behandelt. Ich meine Essen, Ärzte ...«

Hat man – eine kleine Nebelkerze, die Verantwortlichen werden unkenntlich.

»*Man hat* die Zwangsarbeiter mit Hungerrationen bedacht, Kranke *hat man* an die SS zurückgegeben, damit sie in einem KZ ... heute würde man sagen, entsorgt werden konnten. An den Rüstungslieferungen *hat man* gut verdient, die Menge macht's, den Betrieb ausgeweitet und Grundlagen geschaffen für die weitere Expansion nach dem Krieg. Es gibt keine Stunde null, für die Industriellen in den späteren Westzonen gab es höchstens einen Moment der Irritation, und dann ging es weiter. So war es bei Flick, Krupp und Deutscher Bank, so war es auch bei dieser Firma. Übrigens war der Hauptverantwortliche für alles der damalige Geschäftsführer Otto Schneyder, der auch die meisten Firmenanteile besaß.« Die Sache begann ihm fast Spaß zu machen. Du bist ein Sadist, schalt er sich. Nach den Enttäuschungen der letzten Jahre, nach den selbst verschuldeten Niederlagen, nach seinem fluchtartigen Abgang von der Universität war er so kleinlich, einen Geschäftsführer zu quälen, der doch nichts anderes wollte als alle anderen Geschäftsführer, nämlich dass seine Firma am Ende einer Maßnahme besser dastand als vorher. Das konnte Stachelmann schon jetzt ausschließen, wenn er es schaffen sollte, die Arbeit zu beenden.

»Sie wissen, dass seine beiden Kinder diese Anteile geerbt haben.«

Stachelmann nickte.

»Und dass es für diese Kinder ... schmerzlich wäre, zu erfahren, dass ihr Vater ...«

Stachelmann nickte. Es war auch für mich schmerzlich, als ich begriff, dass mein Vater ein Nazi gewesen ist, ein kleiner nur, aber ein Nazi. Warum soll der Schmerz der Schneyder-Kinder größer sein als meiner? Und womit hätten sie es sich verdient, ihn nicht zu spüren? »Ich dachte, es handle sich nur um Söhne«, sagte Stachelmann.

Kolumbitsch schüttelte den Kopf, aber nicht um zu verneinen, sondern weil diese Anmerkung ihn verwirrte. »Nein. ›Söhne‹ bezieht sich auf Oskar Schneyder, seinen früh verstorbenen Bruder Balduin und natürlich den Firmengründer Erwin. Aber ...«

»Sie wollen sich jetzt nicht darüber unterhalten, sondern darüber, wie wir die Kuh vom Eis kriegen«, unterbrach ihn Stachelmann.

Kolumbitsch zeigte ein Lächeln. Endlich hatte dieser weltfremde Historiker verstanden. »Die Firmengeschichte muss natürlich wahr sein, sonst hätten wir Sie nicht beauftragen dürfen ...«

Wie wahr, dachte Stachelmann, wie wahr.

»... aber müssen die Dinge nicht auch *abgewogen* werden?« Er war stolz, dass er dieses Wort gefunden hatte.

»Selbstverständlich«, sagte Stachelmann. »Das tun Historiker immer. Alle Fakten abwägen.«

»Gut«, sagte Kolumbitsch.

Schlecht, dachte Stachelmann. Mit so einem Argument würde ich nicht einmal einen Proseminarschein bekommen. Alles abwägen, lächerlich. Gewichten, das wäre richtig und längst nicht alles. »Aber abwägen heißt nicht verschweigen.«

Kolumbitsch hob die Brauen, sein Gesicht erstarrte fast in dieser Miene, dann sanken die Augenbrauen. »Verschweigen? Da verstehen Sie mich falsch.«

Ich versteh dich ganz richtig, dachte Stachelmann.

»Aber die Firmenleitung war damals außerordentlich beliebt bei den Arbeitnehmern, und das muss man doch auch erwähnen.«

»Gewiss. Wenn es sich belegen lässt.«

Kolumbitsch hatte eine Idee, das sah man in seinem Gesicht. »Sprechen Sie doch mit Kollegen von damals, ich könnte Ihnen da Ansprechpartner vermitteln.«

Das kann ich mir vorstellen, dachte Stachelmann. Ehemalige Meister, die besten Freunde der Fremdarbeiter. Die Handlanger der Geschäftsleitung und der SS, die Aufpasser und Herrenmenschen, die alle nur das Beste gewollt hatten. Heute selbstgerechte Tattergreise. Ach, er hatte sie satt, diese Schwadronierer. Ein paar lebten noch, und manchmal wollte Stachelmann nicht auf dem gleichen Boden laufen wie diese gebrechlichen und hilflosen Alten, vor denen einst andere zitterten. Doch in solchen Fällen überkam ihn gleich der Verdacht, er erhöhe sich selbst. Er hatte ja nie eine Gelegenheit gehabt, Rückgrat zu zeigen. Oder zu versagen.

»Gerne spreche ich mit Zeitzeugen«, sagte Stachelmann betont freundlich. »Ich kenne nur keinen Zeitzeugen, der die eigene Rolle nicht geschönt hätte, sofern er in üble Dinge verstrickt war. Das Mindeste ist ja die Behauptung, keine Wahl gehabt zu haben.«

Kolumbitsch wackelte mit dem Kopf, aber seine

Augen blickten Stachelmann unentwegt an. »Gewiss«, sagte er und startete gleich einen weiteren Versuch: »Aber gibt es nicht verschiedene Wahrheiten? Würde ein Historiker ein und dieselbe Sache nicht anders darstellen als ein zweiter? Ist es nicht eher eine Frage der Interpretation?«

Stachelmann sah ihm an, wie stolz er war auf diese Frage. In der Tat hatte er instinktiv ein heißes Eisen der Geschichtsdebatte angefasst, ohne sich die Finger zu verbrennen. Nicht schlecht, Herr Kolumbitsch.

»Das wird kontrovers diskutiert«, sagte Stachelmann. »Aber Sie werden leicht feststellen, dass bei allen Unterschieden der Darstellung es zu vielen Fragen Übereinstimmung gibt unter den Historikern. Über die Rolle der Denunzianten allemal. Die haben die Arbeit der Gestapo erst wirksam gemacht. Es gibt auch keine unterschiedlichen Auffassungen über die Rolle und Behandlung der Zwangsarbeiter, schon gar nicht über die SS in diesem Zusammenhang. Und es ließe sich noch viel mehr anführen. Kurz gesagt, wenn Sie einen anderen Historiker mit diesem Auftrag beehren würden« – in das Wort *beehren* legte er allen Sarkasmus, dessen er fähig war –, »dann stünden Sie bald vor den gleichen Schwierigkeiten wie jetzt. Wenn eine Firma mit Tradition ihre Geschichte aufarbeiten lässt, steigt fast immer Übles an die Oberfläche. Jedenfalls in Deutschland.«

Kolumbitsch schaute ihn betrübt an. Er wirkte ratlos. »Wenn unsere Mehrheitseigner in dieser Firmengeschichte lesen müssen, ihr Vater sei ein … Denunziant gewesen, dessen Opfer umgebracht wurden …«

»… dann haben diese Kinder einen Vater wie andere auch«, unterbrach Stachelmann. Er wurde ungeduldig.

Kolumbitschs Gesicht zeigte erst Ärger, dann Verunsicherung. Stachelmann hatte nie zuvor jemanden kennengelernt, in dessen Gesicht sich so leicht lesen ließ. Poker sollte Kolumbitsch nicht spielen. »Offen gesagt, ich weiß nicht, wie ich das den Eigentümern sagen soll.«

Stachelmann antwortete nicht. Woher sollte er das wissen?

Kolumbitsch starrte ihn an. Warum hilfst du mir nicht?, schien sein Gesicht zu sagen.

Stachelmann sagte: »Wenn Sie nichts einzuwenden haben, würde ich jetzt gern zurück an meine Arbeit.«

Natürlich hatte Kolumbitsch etwas dagegen. Aber was sollte er sagen? Sie hatten einen Vertrag geschlossen, in dem geregelt war, was Stachelmann zu tun hatte. Bestimmt verfluchte der Geschäftsführer den Tag, an dem er auf die Idee gekommen war, eine Firmengeschichte in Auftrag zu geben. Es war so lange gut gelaufen mit seinem Job, nun stand er zum ersten Mal vor einer Sache, die er nicht mehr beherrschte. Er konnte es nicht so weiterlaufen lassen, wusste aber nicht, wie er es beenden sollte ohne Verlust an Geld und Ansehen. Am wichtigsten aber war ihm das Wohlwollen der Eigentümer. Sie hatten sich bisher nicht eingemischt in die Geschäfte, weil es gut lief. Aber sie würden sich einmischen, sobald er herausrückte mit dem, was er angerichtet hatte. »Ja, natürlich«, sagte er fast abwesend. »Natürlich.«

Während er das Chefzimmer verließ, überlegte Stachelmann, ob er mit sich selbst wetten sollte, wann ihn Kolumbitsch hinauswarf. Es war eine Frage der Zeit, und jetzt durfte er keinen Fehler machen, der dem Geschäftsführer als Vorwand dienen konnte.

Bis zum Abend las er weiter in Akten und machte sich Notizen, obwohl er nicht mehr daran glaubte, dass sie für mehr gut waren als für den Papierkorb. Stachelmann war gespannt, was Kolumbitsch sich würde einfallen lassen, um ihn loszuwerden. Oder doch nur die Abfindung?

Als er den Keller endlich verlassen hatte, nahm er den Bus zum Hauptbahnhof und erwischte noch den Zug nach Hamburg. Es war ihm ungewohnt, dass er nicht mehr in Lübeck wohnte, sondern bei Anne in Hamburg. Er hatte sich lange gesträubt, die Wohnung in der Lichten Querstraße nahe der Obertrave aufzugeben, aber Anne hatte recht gehabt.

Vor allem, das hatte Stachelmann mehr und mehr geplagt, konnte er nicht dort wohnen, wo er einen Menschen erschossen hatte. Er hatte den Teppich in der Diele ersetzt, eine Reinigungsfirma hatte den Boden darunter von Blut befreit, es gab keine Spur seines Kampfes mehr. Doch ihm war, als sickerte das Blut immer aufs Neue aus dem Boden. Er mochte noch so sehr an die Kraft des Verstands glauben, daran, dass der die Erschütterung verdrängen würde, es half ihm nichts.

Anne wusste es, das sah er in ihren Blicken, als sie einmal darüber gesprochen hatten, was an diesem furchtbaren Abend geschehen war. Aber sie sagte nichts darüber, vielleicht wartete sie auf seine Fragen. Sie sagte nur, er müsse Geld sparen, wo er könne. Tatsächlich, jetzt gab es nicht mehr eine Überweisung im Monat, die ausgereicht hatte, sein Leben zu bestreiten. Obwohl, mit dem, was Kolumbitsch ihm zahlen wollte, hätte er sich seine alte Wohnung noch eine Weile leisten können. Und der Geschäftsführer würde zahlen müssen, so oder so. Sein Schreibtisch stand nun in Annes Wohnzimmer, er empfand es immer noch als ihres, obwohl er seinen Anteil an der Miete bezahlte. Wenn er zu Hause arbeitete, sorgte Anne dafür, dass Felix im Kindergarten und anschließend bei der Tagesmutter war. Außer an manchen Wochenenden klappte es gut.

Anne hatte ihre Doktorarbeit fertig geschrieben, aber um die Promotion abzuschließen, fehlte ihr nun der

Doktorvater, da Bohming krankgeschrieben war. So lange kam sie nicht voran, aber sie ließ sich den Ärger selten anmerken. Manchmal spürte Stachelmann Schuldgefühle, schließlich hatte er Bohmings Zustand verursacht.

4

Elf Wochen und ein Tag vor dem Anschlag.

Er hatte mies geschlafen, war immer wieder aufgewacht, hatte Runde um Runde durch die Wohnung gedreht und schließlich noch eine Diclofenac-Tablette genommen. Als die Schmerzen abebbten, war es nur noch die Hitze, die ihn am Schlaf hinderte.

Anne lag neben ihm und atmete ruhig, wie in so vielen Nächten. Wenn er an ihrer Seite wach lag, fühlte er sich fremd. Er vermisste seine Wohnung in Lübeck, sie war ihm nicht nur Behausung gewesen, sondern auch Teil seines Ichs. Sie sah nach ihm aus, sie roch nach ihm. Und wie sollte er von Annes Wohnung ins Ali Baba gehen und sich betrinken? Er hatte sich in der neuen Umgebung umgeschaut, es gab viele Kneipen, aber keine hatte ihm auch nur annähernd so gut gefallen wie das türkische Restaurant in Lübecks Fischergrube. Sollte er wieder zurückziehen nach Lübeck? Er verdiente doch genug Geld, um die Miete zu bezahlen. Er zahlte ja auch die Hälfte von Annes Wohnung, obwohl sie ihn nicht darum gebeten hatte.

Wie war es mit ihnen beiden? Waren sie glücklich miteinander? War es besser für ihre Liebe, dass sie nun zusammenlebten? Er hatte längst gemerkt, dass sie miteinander umgingen, als hantierten sie mit Porzellan aus der Zeit der Ming-Dynastie. Es hatte keinen Streit gegeben im letzten Vierteljahr, nur Gereiztheiten, die aber keine Chance hatten, sich zum Streit zu entwickeln, weil entweder Anne oder Stachelmann sofort klein beigegeben hatten, fast als gäbe es einen Wettkampf im

Zurückweichen. Doch dieses Verhalten dehnte die Zeiten des Beleidigtseins nur aus, das aber beide nicht zeigen wollten, weil sich darin die Frage offenbarte, ob das Zusammenleben wirklich so gut klappte, wie sie es sich einredeten.

»Warum schläfst du nicht?«, murmelte sie. Ihre Hand legte sich auf seinen Oberschenkel.

Er antwortete nicht, es würde sie nur wecken.

Sie zog die Hand weg, drehte sich auf die Seite, schnorchelte, dann atmete sie wieder tief und gleichmäßig. Am Morgen würde sie sich nicht erinnern, etwas gesagt zu haben.

Er musste sich eingestehen, er war nicht zufrieden. Und sie war es auch nicht. Es mochte sein, dass sie ohnehin nicht erwartet hatte, es würde leicht werden mit ihm. Schließlich war es von Anfang an schwierig gewesen. Und doch hatte ihre Beziehung alle Enttäuschungen, Streitereien und Missverständnisse überstanden. Auch seine Launen, seine Schmerzen und seine Unzufriedenheit. Was fand sie an ihm, dass sie trotz allem bei ihm blieb? Er hätte sich längst den Laufpass gegeben, schon damals, als er alle ihre Bemühungen um ihn aus Feigheit übersah und sie ein Kind von einem anderen Mann bekam. Das Kind, das sie von ihm gewollt hatte, da war er sich sicher, auch wenn er sie nie danach fragen würde. Warum hatte sie sich danach wieder auf ihn eingelassen? Sie hätte wunderbare Männer haben können, die alles für sie getan hätten und die gesund gewesen wären. Was war an ihm, das sie an ihn band? Ob er sie doch einmal fragen sollte? Aber gleich spürte er die Angst, sie darauf zu stoßen, dass sie ihn falsch eingeschätzt hatte. Dass sie Eigenschaften bei ihm vermutete, die er nicht hatte. Er war ein Versager, seltsam, dass sie darauf noch nicht gekommen war.

Als der Morgen anbrach, schüttelte es an seiner Schulter. Felix lag dort, wo Anne vorhin noch geschlafen hatte, und grinste ihn an. In der Hand hatte er einen Stoffelefanten mit gelben Ohren, den Stachelmann ihm zu Weihnachten geschenkt hatte. Stachelmann zeigte kurz die Zähne und schloss die Augen. Er war entsetzlich müde und hatte gerade eine Liegeposition gefunden, die weniger schmerzte. Felix schüttelte wieder. Immerhin hatte er es sich abgewöhnt, einfach auf Stachelmann zu springen ohne Rücksicht auf Verluste. Stachelmann knurrte, dann öffnete er die Augen und starrte Felix an. Der lachte erst, doch als Stachelmann ernst blieb und ihn weiter anstarrte, wurde er ängstlich. Vorsichtig stieß er mit der Faust an Stachelmanns Schulter, aber der starrte weiter. Felix wurde es unheimlich. Er lachte verlegen, um seine Angst zu überspielen, aber als Stachelmann nicht aufhörte zu starren, rollte sich Felix vom Bett und rannte zur Tür. Dort drehte er sich noch einmal um, schaute zu Stachelmann, der immer noch starrte, dann schlug er die Tür zu.

Stachelmann schloss die Augen. Noch ein paar Minuten schlafen, nur ein paar Minuten. Er hatte seit Monaten starke Schmerzen, wenn die Wirkung der Tablette nachließ. Vier, fünf Stunden Schlaf war das Längste, und meistens schlief er nicht sofort ein oder wachte viel zu früh auf, weil sein Hirn arbeitete. Er hatte zwar einen Job, aber der war befristet, und Stachelmann würde seine Zeit brauchen, bis er sich daran gewöhnt hatte, dass nicht mehr regelmäßig zum Monatsende sein Gehalt auf dem Konto war. Es war ein seltsames Gefühl, das setzte ihn unter Druck, ließ ihn manchmal fürchten, eines Tages nichts mehr zu verdienen. Je älter er wurde, desto geringer die Wahrscheinlichkeit, eine andere Arbeit zu finden. In manchen Nächten glaubte er, zielstrebig auf

Hartz IV hinzuarbeiten. Immerhin war ihm die Endstation bekannt. Er wusste, was geschehen konnte. Aber es gab so viele Menschen, die von Hartz IV leben mussten, warum nicht er? Der Gedanke beruhigte ihn für eine Weile, aber dann krochen die Ängste doch wieder aus allen Ritzen.

Er roch den Tee und stand vorsichtig auf. Dann bewegte er Rücken, Arme und Beine, sie waren steif, aber sonst ging es. Er zog seinen Bademantel an und stakste in die Küche. Felix saß auf seinem Kinderstuhl und spielte mit einem Plastiklöffel. Als er Stachelmann sah, fing er an, mit dem Löffel auf den Rand seines Tellers zu schlagen. Stachelmann versuchte wegzuhören, dann sagte er: »Hör auf, bitte!«

Felix schlug weiter, bis Anne, die gerade sein Müsli zubereitete, sich umdrehte und ihm den Löffel aus der Hand nahm. Er guckte verdutzt auf seine nun leere Hand, drehte sein Gesicht zu Anne, die sich schon wieder mit der Zubereitung seines Essens beschäftigte, dann fing er an zu schreien, schlagartig und in höchster Lautstärke. Sein Gesicht lief rot an, die Hände waren zu Fäusten geballt. Stachelmann wusste, dass Anne diese Schreiattacken nicht beachtete. Felix würde sich das abgewöhnen, wenn er merkte, dass es ihm keinen Vorteil brachte. Schließlich müsse er sich fürchterlich anstrengen, und wenn nichts dabei herauskomme, na, er werde es schon lernen. Schließlich sei er ihr Sohn.

Den letzten Satz hatte Stachelmann als Kritik empfunden, als hätte sie gesagt, Felix hätte dein Sohn sein können, wenn du nur gewollt hättest. Aber wie Stachelmann den Kleinen schreien sah, zweifelte er, ob er ein Kind gewollt hätte. Sie hätte ihn vielleicht überreden können, aber niemals überzeugen.

Schlagartig hörte das Geschrei auf. Manchmal war er

morgens froh, wenn er nach Lübeck zur Arbeit fahren konnte. Heute hatte er nicht die geringste Lust. Aber er musste sich disziplinieren. In seinem Vertrag stand, dass er in etwa einem Jahr ein Rohmanuskript abzugeben hatte und ein halbes Jahr später die Endfassung.

»Keine Lust?«, fragte Anne.

Felix fuhrwerkte mit seinem Löffel im Müsli herum. Er plapperte freudig, als hätte er nie geschrien. Er konnte längst sprechen, aber er hatte keine Lust. Maulfaul sei er, sagte Anne, aber es sorgte sie nicht. Besser als ein Schwätzer. In dieser Hinsicht hätte er Stachelmanns Sohn sein können.

»Finstere Gedanken hinter hoher Stirn.« Anne grinste. Seit sie zusammenwohnten, kannte sie ihn noch besser als zuvor. Das Rendezvous mit einer scharf gemachten Tellermine sei manchmal entspannender, als mit ihm im Wohnzimmer zu sitzen. Aber das hatte sie nur am Anfang gesagt. Inzwischen kannte sie seine Zeiten der Abwesenheit und empfand sie nicht mehr als Angriff, auch wenn sie darauf bestand, dass sich einer nicht einfach geistig verabschieden sollte, wenn man dabei war, miteinander zu reden. Aber es hatte keinen Zweck, sie hatte begriffen, er war so, und er meinte es nicht böse. Lebenslang geschädigt durchs Halberemitendasein, lästerte sie.

»Die nerven«, sagte er endlich. »Die wollen mich loswerden, das merke ich.«

»Die hatten wohl geglaubt, du würdest beweisen, dass diese ehrenwerte Firma ein Nest von Widerständlern war. Lauter kleine Robert Boschs.«

Stachelmann hatte ihr gleich am Abend erzählt, dass er Denunziationsakten entdeckt hatte. Bosch war eine der wenigen Ausnahmen gewesen, er hatte den Widerstand gegen Hitler unterstützt. Sklavenarbeiter hatte sein Konzern aber auch beschäftigt.

»Denen flattern die Nerven«, sagte Stachelmann. »Zwangsarbeit gilt ja inzwischen geradezu als Kavaliersdelikt, zu dem man sich heldenmütig bekennt, wenn auch ein paar Jahrzehnte zu spät und mit dem angenehmen Effekt, dass die meisten Opfer und Täter längst tot sind. Aber nun kommt Denunziation dazu, das ist schwerer Tobak. Damit hatten die nicht gerechnet. Ich kann mir gut vorstellen, wie der alte Schneyder sich als verkappter Antinazi gepriesen hat, alle haben es gern geglaubt, so sehr, dass sie sogar einen Historiker an die Akten ließen. Und jetzt das. Ich bin mal gespannt, was sie nun machen.«

»Tut mir leid, dass dein erster Auftrag dir gleich so einen Ärger einträgt.«

»Eigentlich hätte ich nichts anderes erwarten dürfen. Der Ärger ist mein bester Freund.«

»Nun ist es aber gut.«

Felix warf den Löffel auf den Boden, zeigte darauf und begann wieder zu schreien, obwohl er sein Müsli aufgegessen hatte. Anne hob den Löffel auf, Felix schrie weiter.

Wahrscheinlich schrie Felix aus Eifersucht. Stachelmann und Anne hatten sich unterhalten, er stand nicht im Mittelpunkt. Er ist ein Egozentriker, dachte Stachelmann. Alle Kinder sind egomanisch, und es ist eine Frage der Erziehung, ob sie gesellschaftstauglich werden. Irgendwann einmal. Wenn er mit seinen Nerven längst fertig war.

Anne nahm Felix an der Hand und ging mit ihm ins Schlafzimmer. Dort hatte er eine Spielecke, in der Nacht schlief er im Wohnzimmer. Es war viel zu eng für zwei Erwachsene und ein Kind in der Wohnung. Zumal wenn einer der Erwachsenen Stachelmann hieß. Das war ihm klar. Wenn er tagsüber nicht in der Firma im Keller säße, dann müsste er hier arbeiten, im Wohnzimmer. Sie arbeitete meistens in ihrem Büro an der Uni. Im Prinzip klappte es, aber wehe, er musste auch am Abend arbeiten. Bisher war es nicht geschehen, aber es würde geschehen, und dann wurde es richtig schwierig. Es ging so nicht weiter.

Das Geschrei verstummte, Felix spielte wohl, das würde ihn eine Weile ablenken. Hoffentlich so lange, bis Stachelmann die Wohnung verließ. Doch er wusste, er würde sich abregen, wenn Felix beim nächsten Mal ruhig blieb. Aber es schwelte weiter, immer weiter.

Anne kam, stellte sich hinter ihn, streichelte ihm den Kopf und setzte sich auf ihren Platz ihm gegenüber. »Ich nehme mir vor, kein schlechtes Gewissen zu haben, wenn er Krach macht. Aber wenn es passiert, hab ich doch eines.« Sie schaute ihn traurig an.

Es konnte so nicht weitergehen. Nie war er bei sich selbst. Er konnte sich nicht zurückziehen, sich nicht in seiner Gedankenwelt vergraben. Er hing davon ab, was Anne und Felix taten oder nicht taten. »Ich weiß nicht, ob das mit uns hier zusammen gut geht.« Er sprach nicht weiter, weil er fürchtete, Dinge auszusprechen, die er nicht mehr würde zurückholen können. »Aber das können wir bereden, wenn wir Zeit haben. Und Ruhe.«

Sie nickte bedächtig. Natürlich verstand sie genau, was er meinte. Und er begriff, dass sie es verstand. Plötzlich packte ihn die Angst, sie zu verlieren. Er stand auf, ging zu ihr, nahm ihr Gesicht in beide Hände und küsste sie lang. Es dauerte, bis sie den Kuss erwiderte. Als sie es endlich tat, verloren sie sich einige Augenblicke, aber als er sich wieder aufrichtete, war das Glücksgefühl, das ihm gezeigt hatte, was auch möglich war mit Anne, da war dieses Glücksgefühl verschwunden, und seine Not schaute ihn an.

Er stand neben ihr, ohne sie zu berühren, und überlegte, warum es mit ihm so anders war als mit anderen. Wären nicht viele Männer glücklich, mit einer solchen Freundin zusammenzuleben? Doch er störte sich an diesem oder jenem, lauter Kleinigkeiten. Ihm ging die eigene Mäkelei auf die Nerven. Und wusste, mochte er es auch eine Zeit lang unterdrücken, er würde sich nicht mehr ändern.

»Vielleicht solltest du dir hier in der Nähe ein Zimmer nehmen?«

Sie bohrte in der Wunde, ohne Absicht gewiss. Warum, verdammt, war er aus Lübeck weggezogen? »Ja, vielleicht«, sagte er und setzte sich wieder. Er hätte schon unterwegs sein müssen.

»Und was wird aus deinem Auftrag?« Sie tat so, als wäre sie munter.

»Sie werden mich rausschmeißen. Und versuchen, mir mein Honorar zu kürzen. Wahrscheinlich endet die Sache vor Gericht.«

»Sei nicht so pessimistisch. Du hast einen Vertrag.«

»Sie werden einen Grund finden, wie sie mich loswerden können. Vorher werden sie natürlich versuchen, mich zu beeinflussen. Die haben schon herausposaunt, dass sie diese Firmengeschichte schreiben lassen. Da gab es sogar eine Presseerklärung und Artikel in den *Lübecker Nachrichten*. So leicht kommen sie da nicht raus. Außerdem, ich weiß schon, wie ich denen Feuer unterm Hintern mache. Es ist ganz einfach. Gute Ideen sind immer einfach.« Während er es sagte, stieg seine Laune. Warum bin ich nicht früher darauf gekommen? Macht nichts, die Idee kam gerade rechtzeitig.

»Und, großer Pyromane in spe, wie machst du es?«

Er erzählte es ihr, und sie grinste.

Stachelmann saß keine Viertelstunde im Keller, als Cordula Weinrot erschien und ihm mitteilte, der Chef und die Familie Schneyder wünschten ihn am Nachmittag zu sehen. Wenn es ihm passe, natürlich. Stachelmann war nicht überrascht, und er hatte auch nichts Besseres vor.

Er arbeitete vor sich hin, las in meist langweiligen Akten, und seine Gedanken wanderten immer wieder zu dem Streit, der ihn erwartete. Als er in seiner Mittagspause ein paar Straßen weiter zum Chinesen ging, spürte er schon die Unruhe. Cordula Weinrot hatte ihm nicht gesagt, wann genau er vorgeladen war vor dem Obersten Gericht, das fand er großkotzig. Dann, wenn die Dame und der Herr Schneyder ihre Partie im Golfclub mitsamt Schwätzchen beendet hatten. Dieser Historiker da, dieses Kellerwesen, gehörte zum Personal wie der Chauffeur oder die Reinemachefrau. Man konnte über ihn verfügen. Die Schneyder-Erben hatten gewiss in ihrem Leben noch nicht gearbeitet, und sie wussten auch nicht, wie man sich fühlte, wenn man Existenzangst hatte. Der Vater hatte im Krieg Waffen verkauft und gut verdient. Davon und von dem, was die Firma seitdem ohne Zutun ihrer Besitzer abwarf, ließ es sich gut leben. Stachelmann spürte erstaunt einen Hass auf diese Leute. Couponschneider nannte man sie früher, reiche Leute, die es selbstverständlich fanden, dass es ihnen besser ging als anderen, ohne dass sie einen Finger krumm gemacht hätten, außer beim Juwelier.

Beim Chinesen amüsierte ihn wieder der barocke Kitsch der Ausstattung, die jedes Klischee bediente, das man mit der chinesischen Kaiserzeit verbinden konnte. Der Kellner, klein, flink, immer lächelnd, erkannte ihn und folgte ihm mit den Augen, als Stachelmann seinen Platz am Fenster in der Ecke ansteuerte. Als Stachelmann saß, eilte der Kellner zum Platz und reichte ihm die Karte. Aus irgendeinem Grund glaubte Stachelmann, dass dieser Kellner mit seinen intelligenten Augen fehlerfrei Deutsch sprach, aber, um auch dieses Klischee zu bedienen, den Radebrecher gab, der vor allem kein R über die Lippen bekam.

Stachelmann bestellte ein Hühnergericht mit Gemüse und ein Wasser, der Kellner nickte und verschwand eilig. Stachelmann lehnte sich zurück und versuchte, nicht an das Gespräch am Nachmittag zu denken. Er nahm sich vor, sich Zeit zu lassen beim Essen, und wenn Cordula Weinrot ihn vergebens suchte, dann war es nicht seine Schuld. Hätten die sich mit ihm ordentlich verabredet, wäre er auf die Minute pünktlich gewesen.

Als der Kellner mit dem Getränk und dem Essen kam, waren Stachelmanns Gedanken schon eine Weile bei Anne. Er aß langsam, es schmeckte wie erwartet, nicht gut, nicht schlecht, immerhin war die Speisestärke gering dosiert. Heute war es ihm gleichgültig, er hätte auch Reis pur gegessen. Er hätte besser nicht an Anne gedacht. Es schien ihm ausweglos, wie sie lebten, seine Laune verdüsterte sich. Er zweifelte nicht, dass es richtig gewesen war, die Universität zu verlassen, dort hatte er nur noch Ekel empfunden. Wie hatte er weiterhin sein Büro im Philosophenturm nutzen können, obwohl darin eine Studentin ermordet worden war? Er schüttelte den Kopf über sich selbst. Was war da mit dir los gewesen?

Er holte sein Handy aus der Tasche, um zu sehen, ob er Nachrichten hatte. Im Keller hatte das Telefon keinen Empfang. Ein Anruf. Eine Nachricht auf der Mailbox. Er hörte sie ab, es war seine Mutter, die ihn um Rückruf bat. Sie suchte immer noch ein Altenheim, die bisher einzige Besichtigung war ein Fehlschlag gewesen. Er wurde nervös. Nichts in seinem Leben war stabil, überall Ärger und Sorgen. War es nicht eigentlich immer so gewesen? Waren die Zeiten des Glücks nicht so rar, dass er sich kaum daran erinnern konnte? Die Beziehung mit Anne war eine Dauerkrise, eigentlich von Anfang an. Seine Stelle an der Universität hatte er verlassen müssen, weil er es nicht mehr ausgehalten hatte. Der Job, den er gerade machte, entpuppte sich als Nerverei.

Und dann fiel ihm wieder ein, dass er einen Menschen getötet hatte. Es gelang ihm inzwischen manchmal tagelang, die Szene zu verdrängen. Doch dann griff das Entsetzen wieder nach ihm, immer wieder. Er spürte seine Wut, die ihn dazu gebracht hatte, die er auch als Rechtfertigung sich selbst gegenüber benutzte. Aber hätte man den Typen, sag nicht den Typen, sag dein Opfer, hätte man mein Opfer nicht einsperren können für alle Zeit? Sicherungsverwahrung, da verließ man das Gefängnis oder die Anstalt nur im Sarg. Die Pistole seines Vaters hatte die Polizei eingezogen, und Stachelmann war es recht so. Das Verfahren wegen unerlaubten Waffenbesitzes wurde eingestellt gegen Zahlung einer Geldbuße.

Er hatte die Fragen des Kriminalrats Taut noch im Gedächtnis. Und vor allem dessen Blicke. Taut ahnte, wie es wirklich gelaufen war. Oder nicht? Sie hatten nach Abschluss der Ermittlungen nicht mehr miteinander gesprochen. Taut, der Ossis Chef gewesen war, bevor der starb. In meiner Umgebung wird viel gestorben. Viel zu viel. Im Mittelalter hätte man gesagt, du trügest einen Fluch mit dir, der alle befalle, die mit dir zu tun bekämen. Anne, die unter deiner Griesgrämigkeit leidet. Felix, dessen Zuneigung du nicht erwiderst oder nur, wenn du dich gezwungen siehst. Deine Mutter, die du vernachlässigst, obwohl du schon jetzt die Vorwürfe hören kannst, die du dir machen wirst, sobald sie gestorben ist.

Er winkte den Kellner heran und bezahlte. Er gab zu viel Trinkgeld, was ihm einen erst erstaunten, dann besonders freundlichen Blick des Kellners eintrug. Auf dem Weg zur Schneyder AG versuchte er die Trübsal zu verjagen, indem er sich vorstellte, welche guten Eigenschaften ihn auszeichneten und warum jemand wie Anne etwas an ihm finden konnte, das sie bei ihm hielt, obwohl er es ihr schwer machte. Aber es fiel ihm nichts ein. Nichts Wichtiges. Im besten Fall konnte man vielleicht sagen, dass er hin und wieder die Waldhöhle verließ, in deren Einsamkeit er sich so oft zurückzog. Immer öfter? Er überlegte. Ja, vielleicht immer öfter.

Auf seinem Schreibtisch im Keller fand er einen Zettel. *Bitte melden Sie sich bei Dr. K.* Stachelmann setzte sich hin und überlegte, ob er den Geschäftsführer und die offenbar eingetroffenen Eigentümer weiter warten lassen sollte. Eigentlich hatten die es sich redlich verdient. Und obwohl ihn die Ungeduld unruhig machte, blieb er auf seinem Stuhl sitzen, reinigte mit einer auseinandergebogenen Büroklammer seine Fingernägel, blätterte gelangweilt in Akten, tat so, als hätte er etwas zu tun, überlegte, ob er den Zettel mit der Vorladung einfach übersehen sollte. Den muss ein Windhauch weggeblasen haben. Aber womöglich würde es der Sekretärin angelastet. Zu dumm, einen Zettel richtig auf den Tisch zu legen. Dann dachte er, dass Kolumbitsch vielleicht den Pförtner fragen würde, ob Herr Dr. Stachelmann eingetroffen sei, und der würde natürlich sagen, was er gesehen hatte.

Also los. Er zwang sich, langsam zu laufen, bloß nicht den Eindruck erwecken, er sei nervös. Er war nervös. Langsam, ganz langsam verließ er den Aufzug und ging zur Vorzimmertür. Er klopfte zweimal, dann drückte er die Klinke, öffnete die Tür und betrat den Raum.

Cordula Weinrot lächelte ihn an, aber er sah, dass sie unruhig war. Weshalb auch immer. Vielleicht verbreiteten die Eigentümer Angst und Schrecken, vielleicht kamen sie aber auch nur so selten in die Firma, dass die Mitarbeiter dann verunsichert waren, weil sie nicht wussten, wie sie sich verhalten sollten.

Stachelmann klopfte an die Tür von Kolumbitsch und öffnete sie, als niemand ihn hereinrief. Sie saßen in der Besucherecke, eine schlanke schwarzhaarige Frau in einem eng anliegenden Kleid, das verriet, wie stolz sie auf ihre Figur war. Ihr gegenüber ein kleiner, dicker Mann mit Glatze und Schweiß auf der Stirn. Ein Sessel war frei, gegenüber von Kolumbitsch, der sich mühte, seine Unruhe zu dämpfen.

»Guten Tag, Herr Dr. Stachelmann«, sagte Kolumbitsch, während er sich erhob. »Wenn ich Ihnen Frau Martens vorstellen darf.« Den Namen hatte Stachelmann schon einmal gehört. Er wusste auch, dass sie mit Vornamen Viktoria hieß.

Die Frau reichte Stachelmann eine schlanke Hand und lächelte ihn an, ihre Augen blieben kalt. Stachelmann drückte die Hand kurz und leicht, dann wandte er sich dem Mann zu.

»Herr Schneyder«, sagte Kolumbitsch.

Stachelmann gab auch ihm die Hand, im Gesicht des Erben konnte er keine Regung erkennen.

Kolumbitsch setzte sich, dabei zeigte er auf den freien Sessel. Stachelmann saß mit dem Rücken zur Tür und mit dem Gesicht zu einem Fenster, dessen Licht ihn blinzeln ließ. Wie bei einem Polizeiverhör im Film, dachte er. Er setzte sich. Cordula Weinrot erschien mit einem Tablett. »Sie trinken doch auch einen Kaffee, Herr Dr. Stachelmann?«

Stachelmann lehnte dankend ab.

Als Cordula Weinrot Kanne, Tassen, Zucker und Sahne auf dem Tisch abgestellt hatte und gegangen war, warf Kolumbitsch noch einen Blick zur Tür, als wollte er sichergehen, dass sie geschlossen war und niemand mithören konnte. Dann räusperte er sich, um endlich zu sagen: »Ich habe unseren Eigentümern bereits geschildert, was Sie herausgefunden haben … wollen. Vielleicht haben Sie ja mittlerweile nachgedacht, ob sich der Sachverhalt tatsächlich so darstellt, wie Sie es mir … umschrieben haben. Möglicherweise habe ich Sie ja auch nicht ganz richtig verstanden, und wir sitzen hier«, er lachte gequält, »gewissermaßen … umsonst.«

Stachelmann blickte einmal in die Runde, blinzelte fast demonstrativ, um zu zeigen, dass ihm der schlechteste Platz zugewiesen worden war, schob seinen Rücken an die Lehne, um aufkommenden Schmerz zu bremsen, und sah die Ungeduld wachsen in den Augen der anderen, bis er endlich sagte: »Sie haben mich richtig verstanden, Herr Dr. Kolumbitsch. Die Schneyder AG hat zwischen 1933 und 1945 mit der SS und der Gestapo kooperiert. Sie hat Zwangsarbeiter beschäftigt, die hier genauso misshandelt wurden wie anderswo. Außerdem hat die damalige Geschäftsleitung Arbeiter und Zwangsarbeiter denunziert, wenn sie diese der Sabotage oder anderer Widerstandshandlungen verdächtigte.«

Schneyder junior musterte Stachelmann wie einen Mann, der sich ohne Jagdschein und Nummernkonto in einen Klub von Großwildjägern eingeschlichen hatte und nun darauf beharrte dazuzugehören. Viktoria Martens schaute eher gelangweilt aus dem Fenster.

Kolumbitschs Augen wechselten hektisch von einem Erben zum anderen, bis er zu der Überzeugung gelangt war, als Erster erwidern zu müssen. Sein Gesicht war grau geworden.

»Sie … müssen verstehen, Herr Dr. Stachelmann, dass es am Ende um Arbeitsplätze geht.«

Stachelmann beabsichtigte nicht, dieses Argument zu verstehen, obwohl er sofort begriff, worauf Kolumbitsch hinauswollte. Gewiss hatte der Geschäftsführer in der Nacht nicht geschlafen, sondern sich Argumente zurechtgelegt. Stachelmann schaute Kolumbitsch an und tat so, als würde er staunen. Er sagte nichts.

Kolumbitsch schnaufte, dann sagte er: »Sie können sich nicht vorstellen, wie … sensibel der amerikanische Markt ist. Die Juden haben dort … Einfluss. In den Medien, in der Politik …« Der Satz blieb in der Luft hängen.

»Sie meinen, Juden könnten etwas gegen Ihre Firma unternehmen?« Natürlich kannte Stachelmann dieses Argument zur Genüge, es gehörte ins Arsenal des ordinären Antisemitismus. Die jüdische Weltverschwörung, die alles vernichtet, was ihren Interessen im Weg steht. Spätestens seit dem Lügenkonstrukt aus der Werkstatt des zaristischen Geheimdienstes Ochrana, das als »Protokolle der Weisen von Zion« immer zitiert wird, wenn Judenhasser ihren Wahnglauben beweisen wollen, seien es Nazis, seien es Islamisten, seien es ganz normale Bürger.

»Nein, natürlich nicht …« Kolumbitschs Gesicht lief rot an. Er ruckelte auf seinem Sessel, kratzte sich an der Braue, schwitzte, während die Eigentümer ihn mit gleichgültigen Mienen betrachteten, als wäre er ein Versuchstier in einem Pharmalabor. »Oder … in gewisser Weise doch.« Er schaute Stachelmann an, als wäre ihm gerade etwas Furchtbares entfahren. »In gewisser Hinsicht doch«, wiederholte er.

»Sie meinen, Juden wären fähig und gewillt, diese Firma zu schädigen?« Stachelmann schenkte Kolumbitsch nichts. Der sollte alles haarklein erklären.

Kolumbitsch schaute Stachelmann fast flehentlich an.

In seinem Blick lag die Bitte, es ihm nicht so schwer zu machen. Warum konnten sie über diese unangenehmen Dinge nicht einfach hinweggehen, sie wussten doch, was gemeint war. Es gab Themen, über die musste man doch nicht reden. Jedenfalls nicht in allen Einzelheiten. »Nach so langer Zeit«, sagte Kolumbitsch.

»Das verstehe ich nicht«, sagte Stachelmann. »Nach so langer Zeit, was meinen Sie?« Natürlich verstand Stachelmann, was Kolumbitsch sagen wollte. Aber ich schenke dir nichts. Auch wenn du den Deppen spielen musst vor den Augen deiner Chefs.

»Es geht um Arbeitsplätze«, wiederholte er. »Wir verkaufen fast ein Drittel unserer Produktion in die USA. Aber wenn dort bekannt wird, was Sie«, er suchte nach dem richtigen Wort, seine Hand griff in die Luft, als könnte er es dort herzaubern, »herausgefunden ... zu haben glauben, dann werden wir ...« Er vollendete den Satz nicht. Seine Augen starrten erst Stachelmann an, aber als der nicht reagierte, begannen sie hektisch zwischen den Geschwistern hin- und herzuwandern. In seinem Blick lag ein Flehen.

Viktoria Martens schaute Stachelmann an, sie mühte sich nicht restlos erfolgreich um einen freundlichen Gesichtsausdruck. »Stellen Sie sich vor«, sagte sie mit einer Stimme, die rau war und unerwartet tief, »Ihr Vater wäre Nazi gewesen und Sie müssten das in der Zeitung lesen. Das wäre nicht angenehm, nicht wahr?« Sie legte Geduld in ihre Stimme.

»Mein Vater war Nazi«, sagte Stachelmann.

Sie blickte ihn neugierig an.

»Und wenn es in der Zeitung stünde, wäre es in Ordnung«, fügte er hinzu. »Passiert ja nicht alle Tage, dass in den Zeitungen die Wahrheit steht.« Er mühte sich, ruhig zu klingen.

In ihrem Gesicht zeigten sich blassrote Flecken.

Nach ein paar Sekunden schnaufte Schneyder junior. »Wie können Sie das mit Ihrem Gewissen abmachen, dass Leute arbeitslos werden?«

»Was Ihre Firma tut, entscheiden Sie, nicht ich. Ich bin allein dafür zuständig, unseren Vertrag zu erfüllen. Die Geschäftsführung hat vor nicht allzu langer Zeit öffentlich erklärt, dass es ihr um die historische Wahrheit gehe. Dass deshalb ein unabhängiger Historiker engagiert worden sei, der keinerlei Weisungen unterliege und in jeder Hinsicht unterstützt würde.« Er wandte sich überdeutlich an Kolumbitsch. »Ich habe das doch richtig wiedergegeben, oder?«

Kolumbitsch ließ die Schultern hängen und blickte auf den Tisch.

»Aber was Sie tun, kann die Folgen haben, die ich gerade angesprochen habe. Dieser Tatsache sollten Sie nicht ausweichen.« Schneyder beugte sich vor und fixierte Stachelmanns Augen.

Der wäre am liebsten gegangen, um sich dieses Geschwätz nicht weiter anhören zu müssen. Aber damit hätte er denen eine Gelegenheit serviert, ihn elegant loszuwerden. Außerdem, die Sache hatte auch einen Unterhaltungswert. »Wissen Sie, über die Konsequenzen meiner Arbeit denke ich immer nach. Aber es widerspräche allen Maßstäben meines Berufs, wenn ich die Ergebnisse meiner Forschung von irgendwelchen Folgen abhängig machen würde. Zumal wenn ich gar nicht beurteilen kann, um welche Folgen es sich handelt. Vielleicht fördert es den Ruf, Sie nennen das wohl ›Image‹, wenn Ihre Firma die ganze Wahrheit veröffentlicht. Sie könnten sich ja schon einmal überlegen, wie Ihre Stellungnahme aussehen sollte. Ich helfe Ihnen da gerne, wenn Sie es wünschen. Vielleicht ist Ehrlichkeit die bestmögliche

Werbung. Dann müssten Sie sogar Leute einstellen. Und ich würde nicht behaupten, dass dies mein Verdienst sei. Genauso wenig wie es in meiner Verantwortung läge, wenn Sie Leute entließen.« Er lehnte sich zurück und lächelte in die Runde. Mit dieser Entgegnung war er zufrieden. Und er sah in den Gesichtern seiner Gesprächspartner, dass er ins Schwarze getroffen hatte.

Viktoria Martens überlegte, dann sagte sie: »Reden wir nicht herum. Ich mache Ihnen einen Vorschlag: Sie erhalten Ihr Honorar sofort und stellen die Arbeit ein. Das ist ein gutes Geschäft für Sie. Wissen Sie, es handelt sich hier um unseren Vater. Wie immer diese Dokumente in die Aktenordner gekommen sind, ich halte es für ausgeschlossen, dass mein Vater ein Nazi war, dass er Menschen an die Gestapo verraten oder Fremdarbeiter schlecht behandelt hat.«

Fast wäre Stachelmann herausgerutscht, dass das Leben erheblich leichter wäre, wenn man sich die Wirklichkeit nach Wunsch strickte. Aber er sagte nichts, sondern schaute zu Kolumbitsch, dann zu Schneyder junior. Der Geschäftsführer ging immerhin einer Arbeit nach, die beiden anderen lebten von einem Vermögen, das es ihnen erlaubte, sich für bessere Menschen zu halten. Wahrscheinlich klagten sie gegenüber ihren Freunden darüber, wie schwer sie es hätten. Und sie verloren keinen Gedanken daran, dass sie verprassten, was manch anderer mit seinem Leben bezahlt hatte. Flick junior fiel ihm ein, der Enkel eines Kriegsverbrechers, der in der Nazizeit ein Vermögen angehäuft hatte, das es dem Erben erlaubte, sich eine Kunstsammlung zuzulegen. Blutgeld, dachte Stachelmann. Er spürte, wie die anderen ihn ungeduldig anstarrten. Sie warteten auf seine Antwort, sie wollten die Sache vom Tisch haben, lautlos und schmerzlos. Aber Stachelmann sagte: »Nein. Wir haben einen gültigen Vertrag.«

Der Junior lächelte dieses Lächeln, in dem die Gewissheit steckte, die Tücke des Gegenübers erkannt zu haben. »Okay, das Doppelte«, sagte er jovial. Er ärgerte sich nicht einmal.

»Sie haben mich nicht verstanden«, sagte Stachelmann. »Ich will den Vertrag erfüllen, sonst nichts.« Er hätte fast gelacht, als er das Staunen in den Gesichtern sah. Dass einer es ablehnte, Geld geschenkt zu bekommen.

»Nennen Sie Ihren Preis«, sagte Viktoria Martens und blickte ihn an wie jemanden, den man am Ende würde kaufen können, auch wenn er den Preis in die Höhe trieb.

»Ich habe keinen«, sagte Stachelmann. »Es wäre schön, ich könnte jetzt zurück an meine Arbeit.«

Als er wieder im Keller saß, überlegte er eine Weile, was dieses Gespräch zu bedeuten hatte. Dann stand er auf, suchte Aktenordner heraus, blätterte in ihnen und sammelte einige Dokumente auf einem Stapel. Als er fertig war, ging er zum Kopiergerät und fertigte Duplikate der Dokumente an. Er steckte die Kopien in die Aktentasche, zog seine Jacke an und verließ das Firmengebäude. Fast hätte er ein Lied gepfiffen.

Elf Wochen vor dem Anschlag.

»Und nun?«, fragte Anne beim Frühstück. »Wie geht's weiter?«

»Die werden sich jetzt einen Weg einfallen lassen, um mich loszuwerden. Einen krummen Weg natürlich, weil es sonst nicht geht. Aber ich habe ein paar hübsche Akten.« Er dachte an das Angebot, sein Honorar zu verdoppeln. Schnell verdientes Geld wäre es gewesen, verlockend. Aber er musste sich jeden Morgen im Spiegel sehen.

»Du solltest jetzt nicht anfangen zu klauen. Wenigstens nicht dort.«

»Danke für den Tipp. Was wäre ich ohne dich?«

»Ein Nichts.«

»Klar.« Er grinste, doch dann fiel ihm ein, dass sie recht hatte. Was wäre aus ihm geworden, wenn es sie nicht gegeben hätte? Sie hatte ihn immer wieder angetrieben, aufgebaut, für ihn gelogen, ihn auf Ideen gebracht. Und sie hatte es immer getan, ohne sich in den Vordergrund zu spielen. Vielleicht wusste sie gar nicht, wie wichtig sie war für ihn.

Sie saßen am Küchentisch, Felix plapperte mit sich selbst im Wohnzimmer. Ihr Gesicht schien ihm schmaler als sonst, die Augen noch größer. Sie war klug, witzig und schön.

»Und dann?«, fragte sie. Sie faltete die Hände auf dem Tisch, drückte sie kurz zusammen und legte die Finger gestreckt auf die Tischkante.

Sie war unruhig, er kannte das. Ob sie Angst hat, dass ich bald hier herumsitze und wir uns auf die Nerven gehen? »Dann such ich mir ein Büro.«

Sie schaute ihn ungläubig, aber mit einem Lächeln an. »Kannst du dir das leisten?«

»Ein bisschen was auf der hohen Kante habe ich noch.«

»Aber das machst du doch nur …«

»Nein«, log er. »Ich brauche ein Büro, bin von der Uni versaut. Irgendein Kellerraum tut es auch.« Er dachte an Kälte, Feuchtigkeit und Schmerzen.

Sie schaute ihn an und sagte nichts.

***

Es regnete. Wenn der Wind durch die Bäume fegte, schüttelten ihre Zweige schwere Tropfen nach unten. Der Mann stapfte missmutig den Waldweg entlang, in der Ferne sah er schon die kleine Datschensiedlung, in der er meistens wohnte. Die Umgebung kannte er seit seiner Kindheit. Hier fühlte er sich zu Hause. Früher hatte er sich hier hin und wieder von der Arbeit erholt. Von einer Arbeit, über die er mit niemandem sprechen durfte. Er war oft allein gewesen mit seinen Sorgen und Ängsten. Der Mann hatte sich daran gewöhnt. Er sprach sowieso wenig. Leute, die ihn nicht gut kannten, mochten ihn für übellaunig und mundfaul halten. Er fand es angemessen, sein Innenleben nicht nach außen zu kehren, wie es so viele Leute taten. Es widerte ihn an. In seinen Tagträumen schien immer wieder das Bild auf, dass die Dinge sich eines Tages änderten. Dass es wieder so wurde wie früher. Aber natürlich würde es nicht geschehen. Der Mann erreichte die Hütte, schüttelte den Regen vom Anorak und trat ein.

5

Im Zug nach Lübeck traf er im Großraumabteil der ersten Klasse nicht mehr die Mitpendler der letzten Jahre. Er fuhr nun morgens nach Lübeck. Es war ihm vertraut und doch fremd. Am Morgen waren die Bahnhöfe nicht so dunkel, und die Menschen sahen vor der Arbeit weniger gedrückt aus als nach Feierabend. Aber wahrscheinlich spiegelte sich nur seine Gemütslage in den Gesichtern der anderen. Was würde ihn erwarten bei der Schneyder AG? Würde Kolumbitsch ihn gleich vor die Tür setzen? Einfach weiterarbeiten lassen können sie ihn nicht. Er malte sich aus, was der Geschäftsführer und die Erben gestern besprochen haben könnten, nachdem Stachelmann abgetreten war.

Der Geschäftsführer: Wenn ich gewusst hätte, dass der so eigensinnig ist, hätte ich ihn nicht beauftragt.

Der Junior: Darüber sprechen wir später. Jetzt kommt es darauf an, die Sache vom Tisch zu kriegen, schnell und gründlich.

Die Schwester: Quatsch, hast doch gesehen, wie ehrpusslig der Typ ist. Ein Hinterwäldler. Dass es so was noch gibt. Das mit der Verdopplung war nicht unbedingt geschickt. Jetzt hält er uns womöglich für erpressbar. *Wendet sich an Kolumbitsch*: Und aus dem Vertrag kommen wir nicht raus? Haben Sie das rechtlich überprüfen lassen?

Der Geschäftsführer: Dafür war keine Zeit. Ich fürchte, der Vertrag ist wasserdicht. Er müsste schon beim Klauen erwischt werden.

Der Junior: Gute Idee.

Die Schwester: Lass den Unsinn. Wenn man sich auf so was einlässt, fällt man auf die Schnauze. Wenn es rauskommt, ist der Schaden doppelt so groß.

Der Junior: War doch nur ein Witz!

Die Schwester: Das ist jetzt nicht die Zeit für Witze. Die Firma steht auf dem Spiel!

Der Junior: Nun übertreib nicht. Denk mal an Flick junior, der wurde von allen Seiten hofiert, weil die seine Bilder ausstellen wollten …

Die Schwester: Wir haben aber keine Bilder.

Das habe ich hineingedichtet, dachte Stachelmann. Wahrscheinlich kennen die Flick junior nicht einmal. Also, das wird gelöscht. Er grinste nun doch. Ich fang noch einmal an, wo die Schwester den Bruder wegen seines Witzes anpfeift.

Der Bruder: Ist ja gut. War nicht so gemeint.

Die Schwester schaut ihn an mit einem Blick, der sagt, sie habe ihn schon immer für einen schwanzgesteuerten Idioten gehalten. Dann wendet sie sich an den Geschäftsführer. Also, Herr Dr. Kolumbitsch, was machen wir nun? Schließlich haben Sie uns diese Suppe eingebrockt, jetzt löffeln Sie sie bitte aus.

Der Geschäftsführer rutscht hin und her auf seinem Stuhl. Seine Hände tanzen auf seinen Knien.

Die Schwester: Nun?

Der Geschäftsführer wischt sich mit einem Taschentuch Schweiß von der Stirn.

Die Schwester: Nun?

Der Geschäftsführer: Ich werde das Problem lösen. Bestimmt.

Die Schwester: Wirklich?

Der Geschäftsführer: Gut, ich habe einen Plan. Ich werde …

Die Schwester zerschneidet die Luft mit der Hand. Das möchte ich nicht hören. Das ist Ihre Sache.

Stachelmann bedachte noch diese und jene Möglichkeit, fand dann aber, dass es so ähnlich gelaufen sein könnte. Es lag auf der Hand. Sie mussten ihn loswerden, und zwar so, dass es keinen Wirbel gab. War solch eine Auseinandersetzung nicht viel interessanter als der ewig gleiche Trott an der Universität? Das ewig gleiche Kollegengeschwätz? Die ewig gleich gelangweilten Studenten? Die ewig gleiche Aufregung um Kleinkram? Er fühlte sich im richtigen Leben, wo die Menschen ihre banalen Interessen nicht hinter großkotzigen Grundsätzen verbargen, sondern einfach sagten, was sie wollten. Da waren ihm diese Erben und ihr hyperaktiver Geschäftsführer doch lieber als die Schönredner, die alten Säcke, die nach vollbrachtem Auftritt beim Historikerkongress mit befriedigter Eitelkeit und testosterongeladen bis zur Haarwurzel mit der Assistentin ins Bett gingen. Der Unterhaltungswert seines Daseins war größer. Und mit einem Vertrag wie dem mit der Schneyder AG war er kein Untergebener eines auf Lebenszeit inthronisierten Sagenhaften mehr, sondern Geschäftspartner. Die anderen mussten ihren Teil des Vertrags erfüllen, komme, was da wolle. Und zu deren Zumutungen konnte er Nein sagen. Das Schlimmste, was ihm passieren konnte, war der Rausschmiss, aber bei vollem Honorar. Ich finde, das habe ich gut gemacht. Selten genug, dass du stolz sein kannst auf dich.

Als er aus dem Bus ausgestiegen war und die kurze Strecke zur Firma lief, überholte ihn ein Feuerwehrauto mit Blaulicht und Sirene. Dann ein Notarztwagen. Er schaute hinterher, aber schnell interessierte ihn nicht mehr, was geschehen sein könnte. Am Himmel keine Wolke, ein milder Wind aus wechselnden Richtungen, aber für den Nachmittag war Regen angesagt. Der passte zu den trostlosen Fassaden des Gewerbegebiets, das aussah wie jedes Gewerbegebiet. Graue Fassaden, ab und zu unterbrochen von roten oder gelben Klinkern, auf den Höfen Lieferwagen und Kombis mit Firmenaufschriften, Schuppen, Lagerhallen, Werkstätten.

Stachelmann ließ sich Zeit, er konnte kommen und gehen, wann er wollte. Er musste nur in der vereinbarten Frist fertig sein mit seinem Projekt. Eine Kleinigkeit, dachte er. Aber dann fiel ihm ein, wie er sich abgekämpft hatte mit seiner Habilitationsschrift. Nun, so eine Firmengeschichte ist nur Handwerk.

Dann roch er etwas. Es war Rauch. Er bildete sich ein, schwarzbraune Nebelfetzen zu sehen. Nein, es war Rauch. Der kam von dort, wo Stachelmann hinging. Je näher er der Firma kam, desto dicker die Rauchwolke, desto beißender der Gestank. Dann sah er die Absperrung. Sie befand sich vor dem Eingang der Schneyder AG. Polizisten sicherten das Gelände mit einem rot-weißen Band.

»Was ist los?«, fragte Stachelmann einen Uniformierten.

Der schaute ihn genervt an. »Das sehen Sie doch.«

Er sah es. Aus dem Haupteingang quoll Rauch, der Wind griff in die Rauchsäule, ließ sie umhertanzen und zerfetzte sie dann allmählich in Schwaden, die in allen Richtungen davonzogen. Gegen den blauen Himmel konnte man die Rußpartikel fast einzeln sehen. Stachelmann erkannte Mitarbeiter, dann auch die Sekretärin. Sie stand am Band, mit weit aufgerissenen Augen, die Hand vorm offenen Mund.

Er sprach sie an, aber sie hörte nicht und stand da, als

wäre sie eine Wachsfigur. Er tippte ihr auf die Schulter. Mehrmals, schließlich fester. Sie warf ihren Kopf herum, und einen Augenblick fürchtete Stachelmann, die Wachsfigur könnte sich den Hals abdrehen.

»Ja? Ja?«, hechelte sie.

»Was ist geschehen?«

»Es brennt! Es brennt!«

Feuerwehrmänner kamen aus dem Haupteingang, mit ihren Feuerschutzmasken und in ihrer schweren Kleidung sahen sie aus wie Raumfahrer. Sie gestikulierten mit einem Mann, der am Löschwagen stand. Der wies auf mehrere rote Flaschen mit Schläuchen, Feuerlöschgeräte offenbar. Drei Männer schulterten je eine Flasche und verschwanden im Rauch, der den Eingang einhüllte.

Stachelmann überlegte, wie er die Frau beruhigen könnte, doch dann sah er Kolumbitsch, der mit unbewegter Miene das Schauspiel verfolgte. Er stand nur ein paar Meter weg in einer Menschentraube, die langsam wuchs. Stachelmann beobachtete die Mimik. Was konnte er darin lesen? Erschütterung war es nicht, kein Schrecken, kein Entsetzen, nein, etwas ganz anderes, ein schlechtes Gewissen. Der Mann kaute, obwohl er nichts im Mund hatte. Er schaute auf den rauchumhüllten Eingang wie ein Junge, der einen üblen Streich gespielt hatte und jetzt fürchtete, erwischt zu werden. Hätte ich es doch besser nicht getan, glaubte Stachelmann in dem Gesicht zu lesen. Und er dachte, für so einen dummen Plan hätte man sich wenigstens einen aussuchen können, der seine Mimik unter Kontrolle hatte. Er schlich sich fast an, und als er neben Kolumbitsch stand, sagte Stachelmann: »Das ist ja ein Unglück. Und dass das Feuer ausgerechnet im Keller ausbrechen musste, wo das Archiv ist! Was für ein Pech, nicht wahr?«

Kolumbitsch fuhr zusammen. Dann drehte er sich ruckartig um, während der Qualm aus dem Haupteingang fast schlagartig lichter wurde. Offenbar hatten die Feuerwehrleute den Brand in den Griff bekommen.

Kolumbitsch schaute Stachelmann fast ängstlich an. »Wie ... meinen Sie das?«, stotterte er.

»Ich meine nur, dass es Pech ist. Vor allem für die Firma, die doch so sehr auf die Firmengeschichte gesetzt hatte.«

Kolumbitsch schaute ihn verunsichert an. »Natürlich. Es ist ... schrecklich.«

»Am schrecklichsten ist doch, dass das Firmenarchiv vernichtet ist.« Er sagte es einfach so vor sich hin.

Kolumbitsch riss die Augen auf. Er starrte Stachelmann an. Fast schien er fragen zu wollen, woher Stachelmann wissen konnte, dass das Firmenarchiv zerstört worden war.

»Hoffentlich ist sonst nichts weiter beschädigt worden. Vor allem dass niemand verletzt ist.«

Kolumbitsch schüttelte den Kopf. Immer noch starrte er Stachelmann an. Der hätte fast losgelacht.

»Ich fahre jetzt zurück nach Hamburg. Ich werde ja im Augenblick nicht gebraucht.« Er wendete sich ab und ging einen Schritt. Dann drehte er sich noch einmal um, seine Augen trafen Kolumbitschs, der ihm nachgestarrt hatte. »Ach, übrigens, das wird Sie erleichtern. Eine gute Nachricht angesichts dieser Katastrophe. Ich habe mir Gott sei Dank einen Haufen Akten kopiert, auch die besagten. Sie liegen sicher bei mir zu Hause. Als hätte ich das Unglück geahnt. Ist wenigstens etwas gerettet. Glück im Unglück!«

Kolumbitsch brauchte einige Sekunden, um zu begreifen. Stachelmann konnte die Gedanken im Gesicht des Geschäftsführers ablesen. Der wurde erst bleich, dann brach Schweiß aus, die Haut rötete sich, der Mann begann zu schnaufen, und Stachelmann fragte sich, ob er zu weit gegangen sei, als Kolumbitsch nach Luft schnappte wie ein Fisch an Land.

»Geht es Ihnen nicht gut?«, fragte Stachelmann.

Kolumbitsch winkte ab, schaute zum Haupteingang, der nun nicht mehr eingehüllt war vom Rauch, dann zu Stachelmann, dann wieder zum Haupteingang und wieder zu Stachelmann.

Kolumbitsch verzweifelte, weil seine Aktion gescheitert war. Alles umsonst. Und die Polizei würde herausfinden, dass es Brandstiftung war, und sie würde den suchen, der das Feuer gelegt hatte. Stachelmann war sich sicher, dass der Geschäftsführer genau das dachte.

»Aber Sie händigen mir diese Kopien aus«, sagte Kolumbitsch mit zitterndem Unterkiefer.

Ein Feuerwehrmann drängte sich zwischen ihnen durch, ihm folgte ein zweiter. Drei Männer und eine Frau in weißen Ganzkörperanzügen mit dem Aufdruck *KT* betraten das Firmengebäude. Jetzt begann die kriminaltechnische Untersuchung, zwei Feuerwehrleute schlossen sich den Polizisten an. Kolumbitsch verfolgte es, und sein Gesicht färbte sich grau.

»Natürlich«, sagte Stachelmann. »Und Sie erfüllen Ihren Teil unseres Vertrags.«

Kolumbitsch starrte ihn an, und Stachelmann las im Gesicht des Geschäftsführers: Du willst mich erpressen. Stachelmann hatte nicht die Absicht, Kolumbitsch zu erklären, was er tun würde. Er wusste es selbst noch nicht, sicher war nur, dass er die Kopien noch einmal kopieren würde, bevor er sie zurückgab. Es war nur eine Frage der Zeit, bis die Panik im Hirn des Geschäftsführers den Gedanken an diese Gefahr zulassen würde. Wäre Stachelmann ein Erpresser, hätte er den Geschäftsführer in der Hand. Was würde Kolumbitsch springen lassen?, überlegte er. In dessen Haut möchte ich nicht stecken, weil der nicht weiß, wie weit ich gehe. Ich weiß es ja selbst nicht. In einer solchen Lage fürchteten ängstliche Leute stets das Schlimmste. Und Kolumbitsch hatte mehr Angst als Verstand.

Nachdem er gesehen hatte, dass Kolumbitsch offenbar keinen Herzinfarkt bekommen würde, sagte Stachelmann »Tschüs!« und wandte sich ab. Er konnte den Job abschreiben. Es war ihm recht, denn für diese Leute wollte er ohnehin nicht mehr arbeiten. Und sie würden ihm den Abschied versüßen. Endlich hatte er es mal richtig getroffen. Je länger er darüber nachdachte, desto zufriedener war er. Zwar würde er das Buch über die Firmengeschichte nicht schreiben, aber es wäre ohnehin eines der Werke geworden, deren Fehlen niemandem auffiel.

Er nahm den Bus zum Hauptbahnhof. Als er ausstieg, klingelte sein Handy. So schnell also konnte es gehen.

6

»Herr Dr. Stachelmann«, flötete Kolumbitsch ins Handy, »leider sind ja nun die meisten Akten im Keller verbrannt und damit Ihr Auftrag obsolet. Keine Akten, keine Geschichte.« Er hörte sich wieder gefasst an, doch spürte Stachelmann die Anspannung. Der Mann stand unter Druck. »Ich will keine langen Reden halten.« Stachelmann stellte sich vor, wie der Mann auf seinem Stuhl hin- und herrutschte, wahrscheinlich klopften die Finger auf der Tischplatte.

Kolumbitsch sagte etwas, aber ein schwerer Lastwagen fuhr vorbei auf dem Bahnhofsvorplatz, und Stachelmann hielt sich das andere Ohr zu.

»Was haben Sie gesagt?«

»Dass wir unser Angebot aufrechterhalten. Sie bekommen Ihr Honorar, auch wenn sich Ihr Auftrag in Rauch aufgelöst hat.« Er machte eine Pause, vielleicht weil er stolz war auf sein Bild. Er klang fast vergnügt.

Stachelmann war versucht, ihn daran zu erinnern, dass Brandstiftung ein Verbrechen sei, aber das wusste Kolumbitsch selbst. Außerdem hätte er anmerken können, das Angebot sei schon mal besser gewesen. Aber was soll's.

»Natürlich gehen wir davon aus, dass Sie uns die Aktenkopien zurückgeben.«

»Gewiss«, sagte Stachelmann. »Sobald das Honorar auf meinem Konto ist, schicke ich Ihnen die Akten.«

»Gut. Mit denen könnten Sie ohnehin nichts anfangen ohne unsere Genehmigung. Das wissen Sie doch.«

»Wenn Sie meinen.« Stachelmann grinste in sich hinein.

»Tun Sie nicht, was Sie gerade denken. So ein Rechtsstreit ist eine unangenehme Sache. Und teuer.«

»Sie sollten mir nicht drohen.«

»Das waren keine Drohungen, sondern Tatsachenfeststellungen.«

»Na klar. Auf Wiederhören. Ich erwarte das Honorar.« Er trennte das Gespräch.

Als er im Zug saß, grinste er immer noch. Aber dann trübte sich seine Stimmung. Wenn Kolumbitsch die Akten angezündet hatte, war es Brandstiftung, ein Verbrechen. Er erinnerte sich, dass er Kriminaltechniker am Brandort gesehen hatte. Sie fanden gewiss heraus, ob jemand nachgeholfen hatte. Doch kannten sie das mögliche Motiv nicht. Sollte er Kolumbitsch decken? Nun, der hatte das eigene Archiv abgefackelt, so groß war das Verbrechen nicht. Allerdings war es möglich, dass der Geschäftsführer Mitarbeiter gefährdet hatte. Wenn man ein Feuer anzündete in einem Gebäude, wusste man nicht, wie das Feuer sich entwickeln würde.

Und dann sickerte eine Frage in seine Gedanken, die ihn erst beunruhigte, dann ängstigte. Und jetzt? Was sollte er jetzt tun? Es wartete nichts auf ihn, kein Auftrag, nur Annes Wohnung. Er musste ein Büro suchen, morgen würde er anfangen. Sonst würde er wahnsinnig werden. Er fühlte sich, als würde ihm der Boden unter den Füßen weggezogen, Panik meldete sich, trieb ihm den Schweiß auf die Stirn. Ab morgen suchst du dir ein Büro. Und sobald genug Aufträge kommen, suchst du dir eine eigene Wohnung. Zurück nach Lübeck. Die Idee beruhigte ihn etwas. Nur, wie kommst du darauf, dass du genug Aufträge kriegst? Hättest du nicht besser doch an der Uni bleiben sollen? Da hättest du keine Geldsorgen, und du hättest nicht umziehen müssen. So mies bist du drauf, dass du sogar daran denkst. Nein, es gibt kein Zurück. Oder? Er überlegte, natürlich konnte er sich bewerben auf eine Stelle an der Hamburger Uni oder einer anderen.

Er betrachtete die Leute im Abteil. Sie sahen aus, als wären sie zufrieden, als kennten sie solche Nöte nicht, als wüssten sie immer genau, was sie zu tun hatten, und als hätten sie immer alles richtig gemacht. Was treibt Leute mittags von Lübeck nach Hamburg? Einkaufen, bummeln, Arbeit wird es kaum sein. Wie schafft man das, an einem Werktag mittags durch die Gegend zu fahren und sich zu amüsieren? Er hatte offenbar nicht begriffen, wie man gut lebte. Wie schön wäre es, er könnte noch einmal von vorn anfangen. Reset, wie beim Computer.

Den Weg vom Dammtorbahnhof ging er langsam. Irgendetwas führte ihn zum Von-Melle-Park, den er in der letzten Zeit immer umgangen hatte. Er spürte Angst, aber auch Neugierde. Als er am Audimax vorbei den Park betrat, links die Fakultät für Wirtschafts- und Sozialwissenschaften, rechts der Hörsaalbau, an dessen Ende der Philosophenturm, zitterte er innerlich. Sein Blick glitt am Turm hoch, dort oben hatte er sein Büro gehabt. Der Blick schweifte hinunter, zur Cafeteria. Er ging ein Stück in ihre Richtung und überlegte, ob er dort einen Kaffee trinken sollte, einfach um zu sehen, wie er sich dabei fühlte. Er schaute instinktiv auf das Steinpflaster, und da sah er die Kerbe. Bis vor einiger Zeit hatte man gewiss noch den Kreidekreis darum erkennen können, aber den hatte inzwischen der Regen weggewaschen. Die Kerbe war ein Einschussloch. Da hatte einer auf Stachelmann geschossen. Die Szene hatte er verdrängt, jetzt griff sie nach ihm. Angst, dann Panik, aber er blieb stehen und starrte auf das Loch.

»Tag, Herr Stachelmann«, sagte eine Männerstimme.

Aber Stachelmann schaute nicht hin und erwiderte nichts. Er ging noch ein paar Schritte, ganz vorsichtig. Sein Blick streifte zum Dach der WiSo-Fakultät. Von dort war geschossen worden.

Dann sah er sie. Sie saß mit dem Rücken zu ihm in der Cafeteria am Fenster. Sie trug die rote Bluse, die er so mochte. Rechts von ihr saß ein Mann, den Stachelmann nicht kannte. Wer war das? Er stand wie erstarrt und sah, wie die beiden sich lebhaft unterhielten. Der Mann lachte, sie legte den Kopf nach hinten, lachte wohl mit, und Stachelmann wusste, wie reizend sie aussah, wenn sie so war wie in diesem Augenblick in der Cafeteria mit einem fremden Mann. Niemand konnte ihr widerstehen, wenn sie einen so anlachte, mit diesem Glanz in den Augen. Der Mann sah gut aus, wenigstens im Profil. Er hatte dunkelbraune Haare und einen Dreitagebart. Wieder lachten sie, er legte seine Hand auf ihren Unterarm. Er zog sie weg, dann griff er nach seiner Tasse, trank, sie mussten schon wieder lachen, und wieder legte er für ein paar Sekunden seine Hand auf ihren Unterarm. Mit ihm hatte sie noch nie so gelacht. Noch nie so lachen können.

Die Eifersucht erstickte ihn fast. Er starrte und starrte, bis eine Stimme ihm befahl wegzugehen. Aber er guckte weiter, während er langsam ging. Der Mann wandte jetzt Stachelmann sein Gesicht zu. Ja, er sah wirklich gut aus, besser als Stachelmann allemal. Der Mann fixierte Stachelmann, und dem schien, als schüttelte der andere seinen Kopf. Du, starr uns nicht an, schien das zu sagen. Stachelmann schaute weg. Er vermied es, an der Cafeteria vorbeizulaufen, Anne hätte ihn sehen können. Und dann wäre sie vielleicht hinausgekommen, um ihn in die Cafeteria zu holen, zu sich und diesem Mann mit dem Dreitagebart.

Als er in Annes Wohnung saß, hatte sich das Bild von den beiden in der Cafeteria in seinem Kopf festgesetzt. Er ging in die Küche, öffnete den Kühlschrank und nahm sich den Camembert heraus. Er schnitt sich ein Stück ab und legte den Rest zurück. Stachelmann steckte das Stück in den Mund und kaute langsam. Er stellte sich ans Fenster, schaute hinaus auf die Straße und stellte sich vor, wie sie die Straße entlanglief, wie immer mit schnellen Schritten, und nach Hause kam. Aber sie kam nicht.

Der Fremde in der Cafeteria, wer war das?

Du spinnst. Warum soll sie nicht mit irgendeinem Kerl irgendwo hocken? Und was kann sie dafür, wenn der Kerl ihr die Hand auf den Unterarm legt? Aber sie hat ihren Arm nicht weggezogen. Und sie hat so gelacht, wie sie mit Stachelmann nie gelacht hatte. Dann tauchte der Gedanke auf, der immer im Unterbewusstsein schwelte: Sie hat ein Kind von einem anderen. Er versuchte wie immer den Gedanken zu unterdrücken, aber diesmal gelang es ihm nicht. Er war eifersüchtig, jedenfalls so etwas Ähnliches. Das gestand er sich ein, auch wenn er sich blöd vorkam. Eifersucht ist nur ein anderes Wort für Minderwertigkeitsgefühl, und dieses Gefühl bohrte. Das Kind von einem anderen, und nun saß sie mit diesem Typen in der Cafeteria, und der fasste sie an. Vor allem lachte sie mit ihm. War sie seine Jammerexistenz leid, duldete sie ihn nur noch? War ihre Liebe längst gestorben, und er hatte es nur noch nicht gemerkt?

Er verließ seinen Fensterplatz, setzte sich an den Schreibtisch, schaltete den Laptop ein und suchte im Internet nach einem Büroraum in Hamburg, irgendwo, nur nicht in Universitätsnähe. Oder sollte er sich gleich eine Wohnung suchen mit einem Büroraum? In Lübeck?

Dann überlegte er, ob er diesen Oberkommissar

Burg in Lübeck anrufen sollte wegen der Brandstiftung. Burg, der ihn dereinst ins Gefängnis gebracht hatte. Aber vielleicht war es doch keine Brandstiftung, aber dagegen sprach Kolumbitschs Gesicht, das nichts verbergen konnte. Er würde in der Zeitung verfolgen, ob es Verletzte gegeben hatte. Wenn ja, würde er Burg anrufen, auch wenn ihm dieser Gedanke nicht behagte. Er dachte an die Zelle in Lauerhof, die er mit einem Verrückten hatte teilen müssen. Stachelmann gab Burg die Schuld daran.

Seine Gedanken wanderten wieder zu diesem Kerl in der Cafeteria. Er bedachte, was er schon einmal bedacht hatte, dann betrachtete er lustlos die Mietangebote, fand alle viel zu teuer. Die Wohnungen zu groß, die Büros zu klein oder die Büros zu groß und die Wohnungen zu klein. Wenn etwas infrage zu kommen schien, dann lag es an einer vierspurigen Straße oder in Fuhlsbüttel und Umgebung, wo die Flugzeuge die Menschen terrorisierten.

Er ging in die Küche und begann sich einen grünen Tee zu kochen, nicht weil er Lust auf Tee hatte, sondern um etwas scheinbar Sinnvolles zu tun. Während der Wasserkocher leise zischte, dann blubberte, lief er umher und dachte darüber nach, was er gesehen hatte. Es ließ sich nicht anders verstehen, als er es verstand. Oder doch? Hatte er etwa nicht erkannt, dass sie mit einem anderen glücklich sein konnte, mit ihm aber nicht? Er überlegte, wann sie gelacht hatten. Er erinnerte sich kaum. Vielleicht wenn sie ein bisschen zu viel getrunken hatten, dann konnte auch er ganz witzig sein. Bildete er sich wenigstens ein.

Als der Kocher klackte, ließ er das Wasser etwas abkühlen und goss es dann über die Teeblätter. Er stellte den Zeitmesser auf drei Minuten und ging ins Wohnzimmer. Er schaute sich um und fragte sich, ob er hier jemals heimisch würde. Seine Möbel hatte er in ein Lager bringen lassen, nichts hier stammte von ihm, außer dem kleinen Schreibtisch, den er gekauft hatte, weil sein alter nicht ins Wohnzimmer gepasst hätte. Es war sonst nicht nötig gewesen, dass er etwas beisteuerte. Aber wie konnte er sich zu Hause fühlen, wo er nicht zu Hause war?

Der Zeitmesser klingelte. Stachelmann ging in die Küche, goss den Tee durch ein Sieb in die Kanne und sich einen Becher ein. Den nahm er mit an den Schreibtisch, wo die Website mit den Mietangeboten noch auf dem Bildschirm stand. Lustlos blätterte er wieder in den Seiten, schaute mal hier, mal dort, aber er fand nichts, das ihn interessierte. Es lag daran, dass er dieses Bild mit Anne und dem Kerl nicht aus dem Kopf kriegte. Nur das interessierte ihn.

Er wusste nicht, wie lange er gewartet hatte, bis endlich die Haustür klackte. Kleine, schnelle Schritte, das war Felix, den sie von der Tagesmutter abgeholt hatte. Felix stürzte ins Wohnzimmer, als würde er riechen, wo Stachelmann sich aufhielt. Er nahm Anlauf und sprang auf Stachelmanns Schoß. Der hatte Mühe, ihn festzuhalten, worauf Felix sich blind verließ. In der Hand einen Stoffhund, schrie Felix: »Guck mal, was ich da habe. Den hat Mama mir geschenkt.«

»Toll«, sagte Stachelmann. »So einen schönen Hund habe ich noch nie gesehen.« Er kam sich blöd vor. Was kratzte ihn ein Plüschtier? Und warum schenkte Anne Felix ausgerechnet heute ein Stofftier? Sie war doch sonst nicht so freigiebig. Sie hasste es, wenn Kinder mit Geschenken überschüttet wurden, mit denen sie schon deswegen nicht viel anfangen konnten, weil sie den Überblick über ihre Schätze verloren. Je mehr Spielzeug man verschenkte, desto weniger wertvoll erschien dem Kind das einzelne.

Sie steckte ihren Kopf ins Zimmer. »Da haben sich ja die Richtigen getroffen. Du bist schon da?«

»Sie haben mich gefeuert, nachdem sie ihr Archiv abgefackelt haben. Die wichtigen Akten werden sie vorher in Sicherheit gebracht haben, wenn sie nicht völlig bescheuert sind.«

»Und dein Honorar?«

»Wird überwiesen. Ich frage mich, ob ich diesen Kolumbitsch anzeigen soll. Oder der Polizei einen Hinweis geben soll auf ein mögliches Motiv. Ich habe keinen Zweifel, dass der das Archiv angesteckt hat.«

»Hast du einen Beweis?«

»Nicht den geringsten. Aber du hättest sein Gesicht sehen sollen. Ich hab mir überlegt, wenn es keine Verletzten gibt, halte ich die Klappe. Jedenfalls solange mich keiner fragt und das Geld nicht überwiesen ist.«

Sie grinste. »Geschäftstüchtig, der Herr. Aber du hast recht. Wahrscheinlich würde dir die Polizei mal wieder nicht glauben, und dieser Kolumbitsch zeigt dich an wegen falscher Beschuldigung oder wie das heißt. Ist doch nur Papier verbrannt. Außerdem, ich möchte auch mal fürs Nichtstun bezahlt werden.«

»Na ja, dein Honorar fließt auch weiter, während du mit einem Herrn in der Cafeteria flirtest.«

Sie zog die Brauen zusammen, schaute ihn scharf an und sagte: »Du schnüffelst mir nach?«

Er schüttelte den Kopf, zu heftig vielleicht. »Ich bin durch den Von-Melle-Park nach Hause gegangen, und da habe ich dich gesehen. Ihr wart gut gelaunt. Und er hat an dir herumgetätschelt. Ich habe dich nicht verfolgt, es war Zufall.«

Sie schaute ihn streng an. Felix rutschte von seinem

Schoß, als würde er verstehen, dass sich etwas zusammenbraute. Der Kleine rannte aus dem Zimmer, den Stoffhund in der Hand. Sie stand immer noch im Türrahmen. »Es war Bohmings Vertreter. So heißt es offiziell.«

»Schön, dass du mir die offizielle Version sagst.«

»Du weißt doch selbst, dass Bohming nicht mehr zurückkommt. Der wird in den Ruhestand entsorgt, sobald Gras über die Sache gewachsen ist. Und dann wird … Frank den Lehrstuhl übernehmen.«

»Frank Stelter?« Es rutschte ihm heraus. Er hatte vor Kurzem einen Aufsatz von ihm gelesen in den *Vierteljahresheften für Zeitgeschichte*, und danach war er wieder neidisch gewesen, dass es Historiker gab, die so gute Artikel schreiben konnten. Jetzt fiel ihm ein, es ging um die Ursachen des Ersten Weltkriegs, ein Thema, über das die Diskussion immer wieder aufflackerte seit Fritz Fischers Studie über die deutschen Kriegsziele 1914 bis 1918.

»Ja.« Sie schaute ihn fragend an.

»Und der ist ein ganz reizender Kollege.«

»Ich darf dich daran erinnern, dass du die Vertretung hättest übernehmen können.«

»Du willst sagen, dann wäre es zu deinem Rendezvous mit Stelter nicht gekommen. Ich bin also selbst schuld.«

Sie musterte ihn. »Ich fürchte, ich kann jetzt sagen, was ich will. Alles ist falsch.«

»Vielleicht ist ja alles falsch. Vielleicht mache ich alles falsch und du auch.«

»So ein blödes Gespräch. Du bist eifersüchtig.«

»Nein, bin ich nicht. Ich bin nur nicht begeistert, dass du in der Cafeteria mit einem Typen herumturtelst, der auf meinem Stuhl sitzt.« Als er es gesagt hatte, verfluchte er sich innerlich. Du redest solchen Unsinn. Du hast den Stuhl nicht gewollt. Erwartest du, dass er deswegen ewig unbesetzt bleibt? Weil nur du der geeignete Nachfolger des Sagenhaften wärest?

»Du weißt nicht, was du sagst.« Dann schüttelte sie den Kopf und ging in die Küche.

Sie lässt dich einfach sitzen. Er fühlte sich fremder denn je. Warum, verdammt, hast du deine Wohnung aufgegeben? Du wirst hier wahnsinnig. Außerdem hinderst du sie daran, ihren Typen zu empfangen. Du stehst im Weg. Stachelmann stand auf und ging in die Diele, er hörte Felix und Anne in der Küche. Er nahm sein Jackett von der Garderobe, vergewisserte sich, dass das Handy in der Tasche steckte, und verließ die Wohnung. Er stieg die Treppe hinunter, und als er vor dem Haus stand, nahm er das Handy und wählte.

»Ich bin's«, sagte er, als sie abgehoben hatte.

»Du hast lange nichts von dir hören lassen«, sagte die Mutter. Aber es klang nicht vorwurfsvoll, wie sie es ohnehin verstand, Kritik schlimmstenfalls anzudeuten, indem sie etwas langsamer sprach, um auf jeden Fall verstanden zu werden.

»Kann ich ein paar Tage bei dir wohnen?«

Einige Augenblicke hörte er nur ihren Atem. Er rasselte kaum merklich, aber er kannte es. Gewiss überlegte sie jetzt, ob etwas Schlimmes geschehen sei. Aber sie würde ihn nicht fragen, sondern warten, ob er darüber sprechen wollte.

»Natürlich«, sagte sie. »Gern. Komm, wann du willst. Du hast ja ein Zimmer hier und auch einen Schlüssel.«

Nach dem Gespräch mit der Mutter ging er um den Block, dann betrat er das Haus, stieg die Treppe hoch, öffnete die Wohnungstür, hörte Anne und Felix im Wohnzimmer reden, ging ins Schlafzimmer, holte seine Reisetasche, packte Wäsche hinein, warf auch im Badezimmer seine Utensilien in die Tasche, nahm diese in die

Hand und ging zum Wohnzimmer, wo ihn ein trauriger Blick von Anne erwartete. »Ich besuche meine Mutter«, sagte er, um sich gleich innerlich als feige zu beschimpfen.

»Grüß sie von uns«, sagte Anne, dann schaute sie weg. Er zögerte, schließlich drehte er sich um und ging langsam zur Wohnungstür. Er nahm die Klinke in die Hand, zögerte wieder, dann drückte er sie hinunter, öffnete die Tür und trat ins Treppenhaus. Er schloss die Tür und ging die Treppe hinunter. Als er vor der Haustür stand, zog es ihn zurück zu Anne, aber nachdem er sich die Szene in der Cafeteria ins Gedächtnis gerufen hatte, lief er los in Richtung Dammtorbahnhof. Sein alter Golf stand nicht weit, am Grindelhof, aber er wollte jetzt nicht mit dem Auto fahren.

Im Bahnhof hatte er Glück, die S 21 nach Reinbek kam nach zwei Minuten. Er stieg ein und fand einen Sitzplatz im fast vollen Wagen. Er schaute hinaus, als die Türen schlossen und die S-Bahn losfuhr. Er war traurig. Warum hatte sie ihn nicht zurückgehalten? Ein Wort hätte genügt. Warum hatte sie nicht gesagt, es ist nichts, der findet mich wohl attraktiv, aber da ist er nicht der Einzige? Ich will nichts von dem und auch von keinem anderen außer dir. Aber sie hatte es nicht gesagt. Dann verdichtete sich eine Frage, während die Bahn im Hauptbahnhof einlief und die Leute zum Ausgang drängten. Er verstand die Frage erst nicht, dann drängte sich ihm ein Wort auf. Vertrauen, vielleicht verlangte sie, dass er ihr vertraute, einfach fraglos vertraute. So, wie er es von ihr verlangte, ohne es jemals gesagt zu haben. Aber sie wusste es. Oder sie konnte sich ein Zusammenleben anders nicht vorstellen. Er verdrängte den Gedanken. Da brauchst du nicht umständlich zu spekulieren, die Sache ist eindeutig. Sie hatte einen anderen, und wenn sie ihn noch nicht hatte, dann wollte sie es. Sonst verhält man sich nicht so. Und dass Stelter scharf auf Anne war, das war ohnehin klar. Auf sie war fast jeder scharf, umso mehr hatte es ihn immer gewundert, dass sie sich auf ihn eingelassen und sich keinen gesucht hatte, der ein pflegeleichter Kinderfan war. Stelter liebt bestimmt Kinder, auch wenn es nicht die eigenen waren, und er war gewiss ein Mann ohne Fehler. Man würde nichts finden, das gegen ihn sprach, stattdessen eine beeindruckende Liste guter Eigenschaften. Dann hatte sie ja den Richtigen getroffen. Endlich!

Der Zug stand in Allermöhle. Er hatte nicht gemerkt, wie die S-Bahn eingefahren war. Es hatte zu regnen begonnen. Das passte zu seiner Stimmung. Menschen hetzten den Bahnsteig entlang, zwei alte Frauen watschelten zum Ausgang und sperrten breithüftig den Weg. Ein junger Mann umkurvte sie. Mundbewegungen zeigten, dass er fluchte.

Der Zug setzte sich wieder in Bewegung. Stachelmann war entschlossen, sich eine Wohnung mit einem Büroraum zu suchen. Er würde das jetzt durchziehen, Ernst machen mit seinem Projekt. Sobald das Honorar auf dem Konto war, hatte er genug Geld, jedenfalls für eine Zeit. Außerdem hatte er etwas zurückgelegt vom Unigehalt. Er rechnete und fand, er könne länger als ein Jahr durchhalten, ohne sich einschränken zu müssen. In Urlaub fahren wollte er sowieso nicht.

In Reinbek nahm er ein Taxi. Die Mutter stand im Flur, als er die Tür aufschloss. Sie war unruhig, machte sich Sorgen. Aber sie fragte nicht und schaute ihn nur zweifelnd an.

»Ein bisschen Beziehungsstress«, sagte er endlich.

»Ach, wie schade. Aber das wird wieder gut. Bestimmt.« Ihre Stimme war warm. »Ich habe uns eine Kleinigkeit zu essen gemacht.«

In der Küche erwarteten ihn viel zu viele belegte Brote.

In der Nacht lag er in seinem Bett. Darin hatte er in seiner Kindheit und Jugend geschlafen. Stachelmann dachte an den Streit mit Anne und daran, dass er nun auf Wohnungssuche gehen sollte. Er würde besser doch nicht zurück nach Lübeck gehen, ein Büro für historische Ermittlungen gehörte nach Hamburg, und er wäre verrückt, wenn er nicht Büro und Wohnung im selben Haus mieten würde. Aber nicht in der Nähe von Anne, er wollte ihr nicht immer über den Weg laufen, und er wollte das Gefühl haben, wirklich für sich zu sein, auch wenn sie sich versöhnen sollten.

Zehn Wochen und sechs Tage vor dem Anschlag.

Am Morgen stand er müde auf, die Mutter wartete bereits mit dem Frühstück. Danach fuhr er mit dem Taxi zum Bahnhof, kaufte ein *Hamburger Abendblatt* und wollte die Mietangebote studieren. Aber er stellte fest, dass es in dieser Ausgabe des *Abendblatts* keine Immobilienmarktseiten gab. Er fluchte leise.

Dann fand er einen kleinen Artikel über den Brand. Keine Verletzten, stand dort. Immerhin.

7

Sieben Wochen und zwei Tage vor dem Anschlag.

Er fuhrwerkte mit dem Staubsauger herum und hätte fast die Hoffnung verloren, den Raum jemals einigermaßen sauber zu bekommen. Doch er schaffte es, obwohl er so ungeschickt gewesen war, schon einen Schreibtisch, der früher irgendwo als Esstisch gedient hatte, und einen Bürostuhl in das Kellerzimmer zu stellen. Er hat sich auch ein Festnetztelefon geleistet und einen gebrauchten PC mit Internetanschluss. Alles Dinge, die ein Historiker benötigte, der einen Privatdetektiv mimte. So jedenfalls stellte er sich seinen neuen Beruf vor. Er war nun ein Detektiv der Zeitgeschichte. Und er hatte Glück gehabt, gleich die neue Wohnung zu finden in der Glashüttenstraße 87d, im Karolinenviertel, einem ruhigen Teil von St. Pauli, nicht zu weit entfernt von der Universität, die Stachelmann immer noch für den Nabel der Welt hielt. Er hatte zuvor Georgie angerufen, und der hatte herumgefragt. Und tatsächlich hatte einer seiner Antifafreunde mitgekriegt, dass die Wohnung frei wurde. Die drei Zimmer lagen im dritten Stock, das war der Pferdefuß, und das Büro im Keller. Dessen einziges Fenster erinnerte ihn eher an einen Lichtschacht, durch den er die Schuhe und Waden der Passanten sah. Aber es war nicht feucht und bezahlbar. Er hatte sogar schon das Schild angebracht, schwarze Schrift auf weißem Grund:

Dr. J. M. Stachelmann
Historische Ermittlungen
Termine n. V.

Er fand, es sah professionell aus. Georgie hatte die neuen Daten in die Homepage übertragen. Und er hatte ihm gezeigt, wie man sich Visitenkarten druckte. Es konnte losgehen.

An einem Vormittag vor gut zwei Wochen, als er wusste, dass Anne nicht zu Hause war, hatte er seinen Laptop und die restlichen Dinge aus der Wohnung geholt. Es hatte ihn traurig gemacht, doch hatte er sich eingeredet, es sei nur konsequent. Auch dass er die Schlüssel für Wohnungs- und Haustür auf den Küchentisch legte. Er hatte gezögert, ob er einen Zettel dazulegen sollte, doch war ihm nichts eingefallen, was er hätte schreiben können. Sie würde die beiden Schlüssel sehen und es so verstehen, wie man es verstehen musste. Nein, Stachelmann hatte dazu nichts mehr zu sagen. Und sie ja offenbar auch nicht, schließlich hatte sie sich nicht gemeldet, seit er gegangen war, und das war ihm Mitteilung genug. Wenn er an sie dachte, war es wie ein Stich. Doch dann erinnerte er sich an das Bild in der Cafeteria, wo sie mit einem Mann gesessen hatte, mit dem sie lachen konnte. Das bestärkte ihn in seiner Entscheidung.

Er fremdelte in der neuen Umgebung, obwohl er sich mühte, sich einzuleben. Das Treppenhaus war dunkel, selbst wenn er die Beleuchtung einschaltete. Im Erdgeschoss kam er manchmal kaum durch, weil die Leute Fahrräder und einen Kinderwagen herumstehen ließen.

Die Bürotür knarrte und erinnerte Stachelmann daran, dass er die Scharniere hatte ölen wollen. »Und, Holmes, hm, stapeln sich schon die Aufträge?« Georgie stand im Raum, Hüftjeans, Kapuzenjacke, Turnschuhe. Er sah müde aus, hatte wahrscheinlich die letzten Nächte wieder in Schwulenkneipen totgeschlagen.

»Du bist der Erste, der sich hierher verirrt. Aber als Auftraggeber bist du ja ein Ausfall.«

»Ich habe keine Vergangenheit. Hm.« Georgie grinste. Er verstand es, an den unmöglichsten Stellen ein »Hm« einzuflechten. Diese Marotte war Stachelmann gleich aufgefallen, als er Georgie kennengelernt hatte.

Sie hatten eine gemeinsame Vergangenheit. Sie waren, jeder auf seine Weise, mit Brigitte befreundet gewesen.

»Und was treibt dich her?«

»Die Neugierde, sonst nichts. Wollte doch mal sehen, wofür ich meine überragenden Webseitengestaltungskenntnisse verpulvere. Für so ein Loch also, darin ein gescheiterter Unidozent, der nun seine neuen Nachbarn nerven wird, weshalb ich es schon bedaure, dir diesen Tipp gegeben zu haben.«

»Die Reue kommt zu spät. Einen Kaffee?«

Georgie verzog sein Gesicht zu einem Staunen. »So weit ist die Zivilisation also schon vorgedrungen.«

Stachelmann hatte Georgie nie so gut gelaunt erlebt. Wenigstens einer hier unten, der was zu lachen hat.

Stachelmann schaltete die Kaffeemaschine ein. Sie setzten sich gegenüber an den Schreibtisch. Georgie schaute sich um. »Hm. Da müssen noch Bilder an die Wände.« Die waren weiß verputzt und kahl.

Als der Kaffee durchgelaufen war, schenkte Stachelmann ein und setzte sich wieder. Er hatte gerade die Tasse in die Hand genommen, als es an der Tür klopfte. Gleich darauf klopfte es zum zweiten Mal. Stachelmann erhob sich, ging zur Tür, öffnete sie und stand einer Frau gegenüber, blond und schön.

»Sie sind Herr Stachelmann?« Sie sprach mit einem amerikanischen Akzent.

Stachelmann nickte. Er kam sich vor wie in der Karikatur eines Chandler-Romans, die große schöne Blonde, die *femme fatale*, und der Detektiv. Allerdings fand er, dass ihm der Zynismus des Detektivs fehlte, und er bedauerte es fast.

Georgie glotzte die Frau mit großen Augen an.

»Ich heiße Cecilia Laubinger. Ich komme aus Boston und suche meinen Vater, Franz Laubinger.« Sie nannte ihren Mädchennamen, weil sie glaubte, dass ihr Ehedesaster diesen Typen nichts anging. »Ich habe Ihre Homepage entdeckt und hoffe, Sie sind der Richtige für diesen Auftrag.«

Stachelmann winkte sie herein. »Bitte nehmen Sie Platz«, sagte er und deutete auf seinen Stuhl. Stachelmann ärgerte sich, dass Georgie nicht seinen Platz räumte. Man setzte doch eine Kundin – oder wie sollte er sie nennen: Mandantin, Klientin, Auftraggeberin? – nicht hinter den Schreibtisch. Aber Georgie rührte sich nicht vom Fleck. Er stand auch nicht auf, um Cecilia zu begrüßen. Stattdessen spielte er mit seinem Handy. Nein, er spielte nicht, er fotografierte sie heimlich.

Stachelmann deutete auf Georgie. »Das ist mein Mitarbeiter.«

Georgie glotzte nun Stachelmann an.

»Manchmal jedenfalls«, sagte Stachelmann. »So, Georgie, du musst jetzt an die Uni. Hast du doch gesagt?«

Georgie starrte ihn wieder an. Endlich erhob er sich und verließ grußlos den Kellerraum.

Stachelmann zeigte auf den Stuhl, den Georgie geräumt hatte, bot einen Kaffee an, den sie aber ablehnte, und setzte sich hinter den Schreibtisch. Er zeigte auf die Wände. »Das Büro habe ich gerade erst bezogen …«

Die Frau zuckte kaum merklich die Achseln, und Stachelmann erwartete, dass sie sich als Nächstes eine Zigarette anzündete. Das tat sie aber nicht, sondern sie schaute ihn aus Augen an, die ein wenig verengt waren. Sie würde sagen, was sie von ihm wollte, und wenn es Unsinn war, konnte er sich immer noch über das Honorar der Schneyder AG freuen, das inzwischen auf seinem Konto lag. »Sie suchen Ihren Vater?«, fragte er dann doch, während sie ihn musterte. So ungefähr muss das früher auf Sklavenmärkten gewesen sein. »Ich weiß nicht, ob ich da der Richtige bin. Ein Privatdetektiv wäre vielleicht der bessere Kandidat.«

»Das werden wir sehen«, sagte sie kühl. »Wenn Sie gestatten, werde ich Ihre Zeit ein wenig in Anspruch nehmen.«

»Bitte«, sagte Stachelmann.

»Meine Eltern haben zunächst in Hannover gelebt, dann in Wolfsburg. Etwa 1959 ist er fortgezogen. Das hat meine Mutter mir erzählt, kurz bevor sie gestorben ist.«

Stachelmann wartete auf die Fortsetzung der Geschichte. Oder sollte das schon alles sein? Es war alles. »Haben Sie Ihren Vater gekannt?«

»Ich wurde 1960 geboren, da lebte meine Mutter schon in Boston.«

»Wissen Sie, warum Ihre Mutter ausgewandert ist?«

Cecilia überlegte, dann sagte sie: »Nein. Oder vielleicht doch. So etwa. Es hat ihr nicht gefallen in Deutschland.« Sie dachte an die Trümmer, auf den Straßen und in den Köpfen nach dem großen Morden.

»Vielleicht doch einen Kaffee?«

»Gut.« Sie nickte.

Er fand eine saubere Tasse und schenkte Kaffee ein. Ohne Zucker, ohne Milch.

Sie nippte an der Tasse und stellte sie zurück auf seinen Schreibtisch. »Verstehen Sie jetzt, warum ich einen Historiker brauche?«

Er überlegte. »Sie suchen jemanden, der etwas davon

versteht, in alten Papieren herumzukramen, und der sich im damaligen Deutschland ein bisschen auskennt. Dennoch bin ich mir nicht sicher, ob ich Ihnen wirklich weiterhelfen kann. Was haben Sie bisher getan, um ihn zu finden?«

Sie überlegte, dann sagte sie: »Ich bin seit drei Wochen in Deutschland.« Sie stockte. »Ich habe auf den Einwohnermeldeämtern in Hannover und Wolfsburg gesucht. Hannover hätte ich mir schenken können, die wissen natürlich nicht, wohin er schließlich gegangen ist.« Aber die Fahrt nach Hannover hatte sie dorthin geführt, wo ihre Eltern gewohnt hatten. »In Wolfsburg haben sie noch eine Karteikarte gefunden, auf der meine Mutter und mein Vater verzeichnet sind. Beim Vater ist nur vermerkt: ›Unbekannt verzogen‹. Bei der Mutter steht, sie sei in die USA ausgewandert. Das stimmt auch. Die Dame, die mir die Auskunft gegeben hat, sagte, dass er wahrscheinlich bei Volkswagen gearbeitet habe. Und er habe ein … Meldevergehen begangen, oder so ähnlich. Das scheint hier viel strenger zuzugehen als in den Staaten. Es sei aber … wie sagte sie … verjährt.«

Stachelmann nickte. »Mit der Todesstrafe sind wir hier ein bisschen zögerlich.« Er lächelte sie an. Er wunderte sich, dass da jemand aus den USA gereist kam, ohne sich vorher gründlich auf die Recherche vorzubereiten. Vielleicht ging sie davon aus, überall in der westlichen Welt tickten die Uhren so wie in Boston. »In Deutschland gibt es Meldevorschriften. In Ihrem Fall hilft das aber eher nicht weiter.« Er legte seinen Kopf etwas schräg und fragte: »Vielleicht wäre es besser, Sie wüssten nicht, was mit ihm geschehen ist. Vielleicht war er ein Verbrecher? Vielleicht musste er fliehen?«

»Ich will ihn finden, egal, was er war oder ist.«

»Gut«, sagte Stachelmann. »Wenn Sie mir den Auftrag geben wollen, werde ich versuchen, Ihren Vater zu finden. Genauer gesagt, ich werde heute darüber nachdenken, ob ich mir das zutraue und mich morgen bei Ihnen melden. Ist Ihnen das recht?«

Sie schaute ihn verwundert an. Er will überlegen, ob er sich das zutraut. Was für ein merkwürdiger Mensch. »Was würde es mich kosten?«

Stachelmann stutzte. Verdammt, er hatte sich nichts überlegt für einen solchen Fall. »Wenn Sie einverstanden sind, klären wir das auch erst morgen.«

»Gut, aber ich werde mich morgen Vormittag bei Ihnen melden.« Sie erhob sich.

»Vielleicht rufen Sie auf dem Handy an, dann erreichen Sie mich bestimmt.« Er reichte ihr seine Visitenkarte.

Sie steckte sie ein, nickte und ging. Er sah durchs Fenster, wie sie vor dem Haus stand und telefonierte. Es dauerte keine fünf Minuten, bis ein Taxi erschien. Als es weg war, bedauerte Stachelmann, dass er sich das Autokennzeichen nicht aufgeschrieben hatte. Es war nur ein Gefühl, nichts Handgreifliches, aber die Frage, ob er vielleicht einmal wissen musste, wohin sie gefahren war. Selten hatte er jemanden erlebt, der so distanziert war, der sich so mühte, nichts von sich preiszugeben, was er nicht unbedingt preisgeben musste. Immerhin hatte er ihren Namen, Cecilia Laubinger.

Er saß noch lange an seinem Schreibtisch und dachte nach über diesen seltsamen Auftritt dieser seltsamen Frau. Er startete eine Internet-Suchmaschine und gab den Namen *Franz Laubinger* ein. Ein paar Treffer, ein Weinhändler in Österreich, ein junger Mann und ein paar weitere Belanglosigkeiten. Wenn er den Auftrag bekam, würde er natürlich alle diese Leute anschreiben, vielleicht ergab sich ja eine Verbindung. Nur dürfte der Name Laubinger so selten nicht sein. Er rief das Telefonbuch auf und suchte in Hamburg (dreizehn Treffer) und in Berlin (sieben). Er würde auch die Leute in Berlin anrufen und weitere Städte übers Internet abklappern.

Wenn sie ihn tatsächlich beauftragte und er sich auf die Sache einließ.

Dann machte er sich wieder daran, sein Büro aufzuräumen. Als er es sauber genug fand, begann er Regale aufzubauen. Es war ein Elend, aber billiger, als Fertigregale zu kaufen. Er stellte sich vor, wie Aktenordner die Regale füllten, Aktenordner, in denen er die Unterlagen seiner Fälle aufbewahrte. Aufregende Fälle, die ihm einen Haufen Geld einbrachten. Er würde allen beweisen, dass er keine schützende Hand brauchte und keine Beamtenversorgung. Als er einen leeren Aktenordner ins Regal stellte, war Annes Bild in seinem Kopf. Er erinnerte sich, wie sie gemeinsam den Berg der Schande abgetragen hatten, die Aktenstapel, die Stachelmann in seinem Büro angehäuft hatte und viel schneller hätte abarbeiten müssen für seine Habilitation.

Er setzte sich auf den Besucherstuhl und versuchte, nicht zu weinen. Doch die Tränen drangen aus den Augen, er konnte es nicht verhindern. Er saß eine Weile und versuchte sich zu beherrschen. Aber er schaffte es nicht. Jetzt kam hoch, was ihn in den letzten Wochen immer wieder geplagt hatte. Die Vorstellung, dass er in einem Akt der Selbstzerstörung alles wegwarf, was sein Leben lebenswert machte. Die Habilitation, die Unikarriere, seine Liebe. Was für ein Irrsinn. Er überlegte, ob er verrückt sei, ob er zwanghaft genau das tue, was ihm schade. Ob er sich selbst einen Strudel drehte, der ihn Stück um Stück nach unten zog? Bis es nicht mehr weiterging? Bis er alles verloren hatte? Oder hatte er schon alles verloren? War er schon ganz unten angekommen und hatte es nur noch nicht bemerkt?

»Was ist los?« Georgie stand vor ihm.

Stachelmann öffnete die Augen und trocknete sie mit seinem Taschentuch. »Eine Art Allergie«, sagte er. Er schnäuzte sich übertrieben.

»Hm. Eine ganz seltene Form«, sagte Georgie.

Dieser Typ ist der einzige Mensch, mit dem ich noch regelmäßig verkehre, dachte Stachelmann. Ein Rumhänger, der seine Energie in Kneipen vergeudet und keine Sekunde studiert. Wie verdient der sich sein Geld? Hatte er was geerbt und es nicht mehr nötig zu arbeiten? Du bist ungerecht, du hast Vorurteile. Georgie ist in Ordnung, er hilft dir, er hat noch nie einen Cent verlangt.

»Warum hilfst du mir? Machst meine Homepage, schleppst Kisten …?«

»Ich bin Masochist, das liegt doch auf der Hand. Hm.«

»Gib mir eine vernünftige Antwort auf eine vernünftige Frage!« Stachelmann erschrak über den eigenen Ton. Warum so aggressiv? Willst du Georgie auch noch vergrätzen?

»Auf blöde Fragen kriegt man eigentlich blöde Antworten. Aber weil du es bist … Brigitte. Sag bloß, das weißt du nicht?«

Stachelmann winkte ab. Brigitte, mein Gott, sie war tot. »Vielleicht hätten wir, nein, ich, es verhindern können.«

»Du redest Stuss. Um Himmels willen, du klingst ja so, als würdest du dir am liebsten die Kugel geben.«

»Wenn ich die Pistole meines Vaters noch hätte …«

»Mann, Mann, Mann. Du bist ja wieder richtig gut drauf. Hm. Kannst du mir mal verraten, was hier los ist? Tolle Frauen rennen dir die Bude ein, du hast einen noch tolleren knallschwulen *Mitarbeiter*, aber du machst auf depri. Überhaupt, hm, was war denn das für eine?«

»Wer?«, fragte Stachelmann unwillig. Natürlich wusste er, wen Georgie meinte, aber er hatte jetzt keine Lust, sich über Cecilia Laubinger auszulassen.

»Frag nicht so blöd.« Georgie kratzte sich einen Pickel an der Nase auf, betrachtete die Zeigefingerspitze und putzte sie an der Hose ab.

»Ach, die sucht ihren Vater.«

»Warum geht sie nicht zu den Bullen?«

»Weil der Alte vor fast fünfzig Jahren abgehauen ist.«

»Vor fünfzig Jahren? Hm. Der ist doch längst hinüber.«

»Klar, mit neunundneunzigprozentiger Wahrscheinlichkeit.«

»Also, was soll's?«

»Frag seine Tochter.«

»Du schmeißt mich doch immer raus, wenn die kommt.«

»Weil du Lackel auf dem einzigen Besucherstuhl gesessen hast.«

»Wir leben im Zeitalter der Kommunikation. Einfach was sagen, hm? Du wirst es nicht glauben, manchmal kapier sogar ich was.« Georgie grinste.

Er tut wirklich alles, um dich aufzumuntern, dachte Stachelmann. Natürlich, wir haben einiges erlebt zusammen, auch wenn es furchtbar war. Also, nun sei nicht so eklig zu Georgie. Er kann nichts dafür, dass du nur Mist baust. Stachelmann fasste zusammen, was Cecilia gesagt hatte.

»Das riecht nach Papier, verdammt viel Papier. Behörden, Akten, grässlich. Ein Martyrium für jeden normalen Menschen.«

Stachelmann musste lachen. »Na, bisher haben die meisten Sesselfurzer das überlebt.«

»Aber doch nur, damit die Qualen möglichst lang dauern. Du durchschaust das nicht.«

»Ich bin ein Versager, habe ich nie bestritten«, erwiderte Stachelmann.

»Das ist ja mal was ganz Neues. Hm. Aber pass auf.« Georgie kratzte sich am blutigen Pickel an der Nase. »Du wirst dieser Schönheit aus dem fernen Paradies Papas Kadaver auf einem Silbertablett servieren, dafür reichlich Kohle einsacken und mich zum Essen einladen. Dann helfe ich dir vielleicht sogar ein bisschen. Sonst kriegst du das ja nicht auf die Reihe. Diesen Firmenjob in Lübeck hast du ja auch in den Sand gesetzt.«

»Diese Art von Zuspruch baut mich echt auf.«

»Das ist es, was ich erreichen will. Ein Triumph meines psychologischen Genies.«

Georgie war in Hochform. Dass er ein intelligenter Zeitgenosse war, hatte Stachelmann längst verstanden. Aber meistens war Georgie übernächtigt, gereizt, denk- und mundfaul. Die letzte Nacht hatte er offenbar geschlafen. Stachelmann fühlte Dankbarkeit. Georgie hatte eine seltsame Art des Zuspruchs, aber sie wirkte.

»Kommen wir mal zum unwichtigen Teil dieses bedeutenden Gesprächs«, sagte Stachelmann. »Es gibt zwei Fragen, die wir beantworten müssen. Erstens, was wissen wir? Zweitens, wo setzen wir an bei unserer Suche? Zu eins: Franz Laubinger ist 1959 verschwunden. Letzter Wohnsitz: Wolfsburg. Zweitens, wir haben keine Wahl, als beim Wohnsitz anzusetzen. Fahren wir also nach Wolfsburg. Oder gedenkst du, in diesem Semester zu studieren?«

»Hab ich nicht nötig. Ich weiß schon alles. Du bist offenbar sicher, dass du den Job kriegst.«

Stachelmann schaute ihn kurz an, dann schüttelte er den Kopf. Ein hoffnungsloser Fall, aber es war nicht seine Aufgabe, Georgie zurückzuführen auf den Pfad der Tugend. »Wie schön für dich. Andere büffeln Jahrzehnte und wissen gar nichts.«

Sieben Wochen und ein Tag vor dem Anschlag.

Cecilia rief am folgenden Tag um halb zehn Uhr an und gab Stachelmann den Auftrag, ihren Vater zu suchen. »Wenn Sie sich das zutrauen.«

»Ich suche eine Woche, dann können Sie entscheiden, ob Sie den Auftrag verlängern wollen, falls ich noch nicht fündig geworden bin. Wenn es überhaupt einen Sinn hat.«

Sie einigten sich auf ein Honorar von dreihundertfünfzig Euro pro Tag, dazu Spesen in einer Höhe von maximal tausend Euro, durch Belege nachzuweisen.

»Setzen Sie einen entsprechenden Vertrag auf, ich komme gegen vierzehn Uhr, wenn es Ihnen recht ist, um ihn zu lesen und zu unterzeichnen. Wenn er in Ordnung ist.«

Als sie aufgelegt hatte, konnte Stachelmann es nicht glauben. Er würde mit ein bisschen Glück einen Haufen Geld verdienen. Das war gut für die Nerven. Aber er wusste schon, dass die Angst vor Hartz IV ihn trotzdem immer wieder heimsuchen würde.

Cecilia erschien Punkt vierzehn Uhr. Sie setzte sich auf den Besucherstuhl und lehnte es ab, einen Kaffee oder Tee zu trinken. Stachelmann erschien sie müde und niedergeschlagen. Sie sagte nichts, während sie las, holte dann einen Kugelschreiber aus ihrer Handtasche, um den Vertrag zu unterschreiben, den Stachelmann sich abgequält hatte. Sie reichte ihm den Vertrag zurück. »Ich melde mich in einer Woche bei Ihnen«, sagte sie und ging mit einem Nicken als Abschiedsgruß. In der Tür drehte sie sich um und sagte: »Ach ja, wenn Sie ihn finden, zahle ich Ihnen eine Erfolgsprämie. Sagen wir zehntausend Euro.« Dann war sie weg.

Stachelmann staunte. Zehntausend Euro obendrauf, ein Haufen Geld.

Er setzte sich hinter den Schreibtisch, nahm sich einen Zettel und einen Bleistift und überlegte, wie er Franz Laubinger suchen sollte. Er kritzelte ein Strichmännchen auf den Zettel, dann suchte er im Onlinetelefonbuch nach dem Namen, aber in Wolfsburg gab es keinen Laubinger, jedenfalls nicht als Eintrag. Wenn doch Verwandtschaft dort lebte, dann hätte Cecilia es ihm gesagt, sofern sie davon wusste. Er fasste stichpunktartig zusammen, wovon er ausging:

Franz Laubinger war Arbeiter oder Handwerker.
Er hat vermutlich bei VW gearbeitet.
Er ist 1959 umgezogen, seine Ehefrau blieb zurück.
Grund: unbekannt.
Ziel: unbekannt.

Dann suchte er die Telefonnummer der *Wolfsburger Allgemeinen* heraus. Er ließ sich mit der Anzeigenabteilung verbinden und gab einer freundlichen Frau einen Text auf:

Wer kennt Franz Laubinger? Er hat in den 50er-Jahren in WB gewohnt und wahrscheinlich bei VW gearbeitet. Antworten Chiffre …

Er gab noch seine Adresse in Hamburg an. Wie groß war die Chance, dass er innerhalb einer Woche eine Antwort erhielt? Gering. Er wollte nicht herumsitzen und warten. Die Ungeduld packte ihn.

Das Beste ist, du fährst gleich nach Wolfsburg, gehst dorthin, wo in den Fünfzigerjahren VW-Arbeiter gewohnt haben, und hast vielleicht das Glück, einen Rentner zu treffen, der sich an Franz Laubinger erinnert. Du fährst heute noch los, nimmst dir ein Hotelzimmer, und morgen früh gehst du suchen. Er fand die Nummer der IG-Metall-Verwaltungsstelle in Wolfsburg und rief an. Wo er die typischen Arbeitersiedlungen der Fünfzigerjahre finde, fragte er die Frau am Telefon. Sie stotterte, dann sagte sie, der Kollege Schmidt wisse es bestimmt, der sei ein Urgestein. Glücklicherweise war das Urgestein im Haus und bereit, mit Stachelmann zu sprechen. Hohenstein, sagte Schmidt, das sei ein typisches Arbeiterviertel, da habe die Stadt damals ein großes Bauprogramm aufgelegt, um die Arbeiter unterzubringen, die das schnell wachsende VW-Werk gesucht habe. Viele Flüchtlinge hätten dort eine neue Heimat gefunden. Auch Laagberg fiel ihm ein. Das reichte fürs Erste.

Stachelmann überlegte, dann suchte er die Nummer des VW-Werks heraus und rief dort an. Er ließ sich mit der Personalabteilung verbinden, fragte, ob es in deren Akten einen Franz Laubinger gebe, und wurde abgewiesen mit der Begründung, das unterliege dem Datenschutz. Sie dürften Unbefugten keine Auskunft geben. Wenn ein Familienangehöriger frage, ließe sich etwas machen. Stachelmann fluchte, weil er Cecilia nicht erreichen konnte. Möglicherweise wäre er mit ihrer Hilfe ein Stück vorangekommen. Elende Geheimniskrämerei.

Stachelmann suchte nun ein Hotel in Hohenstein und fand die Pension Maria Thürmer in der Laagbergstraße, Einzelzimmer ab dreiundzwanzig Euro, wo er zwar keinen Komfort erwartete, aber der Preis würde seinen Geldbeutel schonen oder den von Cecilia. Dort schien er mitten im Suchgebiet zu sein. Er rief an und bestellte ein Zimmer, »nach hinten hinaus«.

Dann ging er in die Wohnung und packte ein paar Sachen in seine Reisetasche. Dabei fiel ihm ein, dass er Georgie einweihen sollte in seinen Plan. Er würde ihn später vielleicht noch brauchen, da war es besser,

Georgie fühlte sich einbezogen. Beleidigt war er unausstehlich.

Georgie war gleich am Apparat.

»Ich fahre nach Wolfsburg.«

»Ich komme mit«, sagte Georgie.

Stachelmann überlegte, wollte ablehnen, aber dann sagte er sich, es sei besser, wenn jemand ihm half, und sei es nur, um ihm die schlechte Laune auszutreiben. »Gut, ich besorg dir ein Zimmer. Rauchst du, oder bist du gerade vernünftig?«

»Ich bin immer vernünftig«, sagte Georgie.

»Wegen des Zimmers.«

»Ich rauche gerade aufgrund meiner freien Entscheidung.«

»Ein echter Superheld! Ich hole dich gleich ab.«

Eine Stunde später stand Stachelmann vor der Wohnungstür in der Ahornallee 16. Hier hatte Brigitte gewohnt. Er wurde traurig, erinnerte sich, wie er mit Georgie ihr Zimmer durchsucht hatte. Als der die Tür öffnete, hoffte Stachelmann für den Bruchteil einer Sekunde, Brigitte würde gleich vor ihm stehen und alles, was geschehen war, wäre nur ein Albtraum. »Ich komme gleich«, sagte Georgie. Und als er zu seinem Zimmer ging, schob er noch ein »Hm« nach. Bestimmt trauerte auch er noch um Brigitte, zumal er jeden Tag an sie erinnert wurde. Stachelmann stand im Flur und schaute auf die Tür von Brigittes Zimmer. Da fiel ihm Anne ein, warum musste sie ihm jetzt einfallen? Er hätte fast wieder geweint.

»Wir können«, sagte Georgie. Stachelmann hatte nicht gemerkt, dass der direkt vor ihm stand und ihn neugierig anschaute.

»Wohnst du immer noch allein?«, fragte Stachelmann.

Georgie nickte und drängte sich an Stachelmann vorbei aus der Wohnung.

Wovon lebt Georgie?, dachte Stachelmann. Der hatte keine Arbeit, suchte offensichtlich auch keine, er genoss ein ausgiebiges Nachtleben, das gewiss einen Haufen Geld kostete. Georgie schien es nicht einmal nötig zu haben, Brigittes Zimmer neu zu belegen. Es geht dich nichts an. Es ist unwichtig. Er folgte Georgie, der an der Wohnungstür auf ihn wartete, um abzuschließen. »Du trödelst«, sagte Georgie.

Stachelmann erwiderte nichts und ging die Treppe hinunter. Georgie warf seine Tasche in den Kofferraum, Stachelmann setzte sich hinters Steuer und fuhr los.

Sie schwiegen, bis sie die Autobahn erreicht hatten. Dann fragte Georgie: »Was hältst du von der Dame?«

»Schwer zu sagen. Undurchsichtig. Aber sie zahlt.«

»Bist wohl geldgierig?«

Fast hätte Stachelmann geantwortet, er lebe davon, im Gegensatz zu Leuten, die einen Goldesel im Stall hätten. »Ich hätte das besser nicht übernommen.«

»Wie kommt die darauf, einen Historiker zu nehmen?«

»Vielleicht weil sie mehr weiß, als sie sagt.«

»Aber warum sollte sie etwas verschweigen?«, fragte Georgie. »Zumal sie damit die Suche erschweren, verlängern und verteuern würde … hm.«

»Wenn alle Menschen nur logisch ticken würden, wäre das Leben herrlich einfach.«

Dann schwiegen sie wieder eine Weile.

Die Autobahn war voll, aber der Verkehr floss. An einer Tankstelle kauften sie einen Stadtplan von Wolfsburg. Als sie endlich die Autobahnausfahrt Wolfsburg-Mitte erreicht hatten, kramte Stachelmann in der Türablage und reichte Georgie die Karte. Der schaute Stachelmann erstaunt an.

»Nun mal los, großer Navigator«, sagte Stachelmann.

»Ich habe vor hundert Jahren das letzte Mal in einen Stadtplan geguckt. Auf deine Verantwortung.«

»Hier geschieht sowieso alles auf meine Verantwortung, da kommt es auf eine Katastrophe mehr oder weniger nicht an.«

Georgie schnaubte, sagte aber nur »Hm« und versuchte, den Stadtplan aufzuklappen. Stachelmann hörte es kratschen, als das Papier riss. Fast hätte er geflucht, doch er sagte nichts. Georgie mühte sich, den Weg zu finden, sie verfuhren sich jedoch ein paarmal. Sie passierten mehrstöckige Mietshäuser mit tristen Fassaden. Kneipen, Supermärkte, aus denen Leute mit Plastiktüten kamen, vor einem Geschäft eine Gruppe mit Hunden und Flaschen in der Hand. Stachelmann brauchte die Stadtmitte gar nicht zu sehen, um sie sich vorzustellen. Natürlich eine Fußgängerzone, die Filialen der üblichen Ladenketten, überall Beton, Würstchenstände, Dönerbuden, Pizzaservice, Schlüsseldienst.

Als sie endlich in der Laagbergstraße vor der Pension standen, war Stachelmann nass geschwitzt.

»Beim nächsten Mal fahre ich und du lotst uns, hm«, sagte Georgie und stieg aus. Stachelmann stellte sich neben ihn und betrachtete ihre Unterkunft. Die Pension hatte eine verrottete Fassade, irgendwas zwischen braun und beige, mit schwarzen Flecken und milchigen Scheiben. »Ach du Scheiße«, sagte Georgie, »wo Geiz regiert, geht alles schief.«

»Beim nächsten Mal spendier ich dir ein Fünf-Sterne-Hotel, versprochen.«

»Sehr witzig. Nur, so ein Loch musste es echt nicht sein.«

Drinnen stank es nach einem Desinfektionsmittel. Auf dem Empfangstresen stand eine Klingel, Stachelmann schlug mit der flachen Hand darauf und tat sich weh. Er fluchte leise, da öffnete sich die Tür hinter der Rezeption und eine alte Frau erschien. Sie war faltig und hatte halblange ungepflegte graue Haare.

»Ja?«, kreischte sie.

»Stachelmann. Wir hatten zwei Zimmer bestellt.«

»Wer?« Sie kreischte noch lauter.

»Stachelmann«, wiederholte er, diesmal laut.

»Herr Dackelmann, hatten Sie reserviert?«

Stachelmann war sich sicher, dass es überflüssig gewesen war, zu reservieren. Jeder, der einmal in diesem Loch übernachtet hatte, würde nie wiederkommen. »Ja«, schrie er die Frau an.

Die zuckte zurück, schaute ihn böse an, blätterte in einem Buch, schaute ihn wieder an und sagte: »Sie stehen da aber nicht drin!«

Stachelmann zog das Buch aus ihren Händen zu sich, fand sofort den Eintrag mit seinem Namen, drehte das Buch um, damit sie es lesen konnte, und tippte mit dem Finger darauf.

»Warum sagen Sie es nicht gleich? Das hat meine Nichte eingetragen.«

Stachelmann begann die Nichte zu bedauern. Die Frau gab ihnen die Schlüssel für zwei nebeneinanderliegende Zimmer im ersten Stock. Natürlich zeigten die Fenster zur Straße hinaus. Er zögerte, verzichtete dann aber darauf, mit der Schwerhörigen über einen Zimmerwechsel zu verhandeln. Lieber eine Nacht ohne Schlaf als zwei Stunden schreien, um dann zu hören, dass alle anderen Zimmer leider belegt seien.

Sein Zimmer muffte, die Scheiben des einzigen Fensters waren seit Eröffnung der Pension nicht mehr gereinigt worden. Das Bett knarrte, und die Matratze hing durch. In der winzigen Nasszelle tropfte der Wasserhahn, Kalkflecken und braune Ränder in Becken und Duschwanne belegten, dass Reinigungspersonal und Putzmittel auf der Prioritätenliste des Hauses nicht oben angesiedelt waren. Georgie kam ins Zimmer, warf sich auf Stachelmanns Bett und stöhnte. »Was ist denn das für ein Loch? Meine Initiation in die Welt der Detektive hätte ich mir schon ein wenig feiner vorgestellt, Holmes.«

»Halt die Klappe, Watson«, sagte Stachelmann. »Ein Detektiv klagt nicht.« Er hätte am liebsten seine Sachen gepackt und wäre nach Hause gefahren. Oder wenigstens in ein besseres Hotel. Aber er wollte nicht klein beigeben, Georgie sollte ihn nicht für einen Jammerlappen halten. »Und wenn wir dann einen Verdächtigen beschatten, müssen wir stundenlang im Auto sitzen und im Fall des Falles in eine Flasche pinkeln.«

Georgie starrte ihn an, dann schüttelte er den Kopf, erst bedächtig, dann heftig, stöhnte noch einmal auf, fasste sich mit der flachen Hand an die Stirn und fing an zu lachen. »Mit wem hab ich mich nur eingelassen, ich armer Irrer?«

»Du hast geradezu gebettelt, mitfahren zu dürfen.«

»Hm. Ich dachte, du hättest Format. Grand Hotel mit allem Drum und Dran. Na ja, menschliche Enttäuschungen sind wertvolle Erfahrungen«, sagte Georgie resignierend und ging. Bevor er die Tür schloss, sagte er: »Aber essen müssen wir hier nicht, oder? Gurken, Wurstbrot und eine Sinalco. Überraschen würde es mich nicht.«

»Das ist eine Pension, da gibt's nichts zu essen. Dummkopf.«

»Schade, wirklich schade«, sagte Georgie und verschwand.

Sie fanden ein griechisches Lokal, bestellten Lammfleisch mit Gemüse und Rotwein. Sie sagten kaum etwas, bis Essen und Getränke kamen. Im Hintergrund ein Sirtaki.

»Und nun, Holmes, was ist Ihr Plan?«

»Kannst du den Scheiß mal lassen?«

Georgie guckte beleidigt.

»Außerdem wäre es schön, du würdest deinem Hiersein einen Sinn geben, indem du Ideen produzierst, statt mich einfach anzuzapfen.«

Stachelmann war genervt. Die Fahrt hatte ihn angestrengt, die Pension war ein Ärgernis und Georgie eine Nervensäge. Ein unreifer Junge, der Detektiv spielen wollte, um die Langeweile zu vertreiben. »Wir klappern die Häuser ab und fragen nach Opas, die früher mal bei VW gearbeitet haben.«

Georgie öffnete den Mund und schloss ihn wieder. »Du bist verrückt«, stammelte er.

»Hast du eine bessere Idee?«

Georgie kaute länger, als es das Stück Fleisch hergab, das er sich in den Mund gesteckt hatte. »Ich bin doch kein Staubsaugervertreter!«

»Nein, aber du willst doch Watson sein. Jedenfalls hast du mit dem Unsinn angefangen. Was man nicht im Kopf hat, hat man in den Beinen.«

»Scheiß-Cecilia!«

»Dafür, dass du dich mir aufgedrängt hast, stellst du dich ganz schön an.«

»Ich dachte, es wäre ein historischer Auftrag.«

Stachelmann lachte. Ein historischer Auftrag, welch schöner Fehler. Adjektive sind die erste Treppenstufe in die Hölle. »Du kommst noch ganz groß raus, bestimmt.« Stachelmann verstand ihn absichtlich falsch und amüsierte sich.

Georgie schaute ihn schräg an, sagte aber nichts. Er kaute, trank und guckte beleidigt.

Er überlegt, ob er aussteigen soll, dachte Stachelmann. Vielleicht habe ich ihn getroffen an irgendeinem Punkt.

Er fürchtet womöglich, ich halte ihn für blöd. »Hast du eine andere Idee? Mir macht das Abklappern ins Blaue auch keinen Spaß. Aber der Datenschutz verhindert jede andere Recherche. Dazu kommt, dass unsere Freundin Cecilia besser kein Auskunftsbüro aufmachen sollte.«

»Die schickt uns auf die Suche nach einem Typen, der vor fünfzig Jahren abgehauen ist, und behauptet, sie weiß nichts. Ist es wirklich so, dass man von einem Typen, an dem einem was liegt, nichts weiß? Ich fühle mich echt verarscht. Hm.«

»Wie schön, dass du das erst jetzt merkst.« Stachelmann hätte Georgie am liebsten nach Hause geschickt. Aber dann hätte es wohl erst richtig gekracht. »Ich bin dir nicht böse, wenn du nach Hause fährst. Ich darf dich daran erinnern, du wolltest mit. Dass diese Dame einen Hau hat, merkt jeder, der nur ein paar Minuten mit ihr zu tun hat. Wir werden das nicht ändern. Da hätte ich den Auftrag ablehnen und auf das Honorar verzichten müssen. Leider muss ich mein Geld durch Arbeit verdienen.« Den letzten Satz bereute er schon, bevor er ihn ganz ausgesprochen hatte.

Georgie schaute ihn an, einen Augenblick las Stachelmann Wut in seinen Augen. Dann zog Georgie seine Geldbörse aus der Gesäßtasche, legte einen Zwanzig-Euro-Schein auf den Tisch, stand auf und ging, ohne ein Wort zu verlieren.

Zurück in der Pension, klopfte er als Erstes an Georgies Zimmertür. Niemand antwortete. Er drückte die Klinke, die Tür war nicht verschlossen. Im Zimmer war niemand, die Reisetasche lag auf dem Boden, auf dem Bett Socken, Unterhosen, ein Hemd. Auf dem Nachttisch sah Stachelmann Comics, der Umschlag des oben liegenden versprach Sex und Gewalt, auf dem Schreibtisch ein

Block. Stachelmann zögerte, dann blätterte er darin. Auf einer Seite fand er ein Gedicht in Georgies Handschrift.

Im Watt

Weit draußen,
wo Wind und Wetter
die Schreie schlucken,
wo ewig
wechselnde Wasser
mit weichem Wellenschlag
vom
Kommen und Gehen
vom Sterben und Gebären
künden,
drücken deine Schritte
salzige Spuren in den Sand.
Dein Weg hierher ist erkennbar im Dämmerlicht.
Noch.

Er las es zweimal, überlegte, dann las er es noch einmal und verstand, dass er Georgie nie verstehen würde. Der schrieb Gedichte, was tat er noch, das ihm niemand zutrauen würde?

Stachelmann hoffte, Georgie warte in seinem Zimmer auf ihn, um sich auszusprechen, aber auch dort war er nicht. Er war verschwunden, und Stachelmann musste sich allein damit beschäftigen, Klinken zu putzen.

Schlecht gelaunt ging er ins Bett. Draußen dröhnte der Verkehr, der Vorhang schloss nicht richtig und ließ das weiße Licht einer Straßenlaterne durchscheinen. Stachelmann lag mit geschlossenen Augen und ärgerte sich über sich selbst. Du verstehst es immer wieder, dir selbst zu schaden. Mein Gott, jetzt liegst du auf einem schmuddeligen Bett in einer elenden Pension quasi mitten auf einer Hauptverkehrsstraße. Und du suchst einen Mann, der wahrscheinlich schon tot ist und von dem du nichts weißt außer dem Namen. Du hast eine Auftraggeberin, der es Freude zu bereiten scheint, nichts zu verraten, das dir die Aufgabe erleichtern könnte. Warum hatte er sich nur auf diese Sache eingelassen? Warum konnte er nicht zu Hause sitzen, was Anständiges lesen und sich über Kolumbitschs Überweisung freuen?

Du bist ein Idiot.

8

Sieben Wochen vor dem Anschlag.

Er begann im Wagnerring, der von der Laagbergstraße abzweigte. Die Häuser sahen aus, als wären sie in den Fünfzigerjahren gebaut worden: drei Stockwerke, gelb verputzt, Vorgärten. Er kam sich tatsächlich vor wie ein Staubsaugervertreter, eigentlich noch mieser, er hatte ja nicht einmal Staubsauger anzubieten. Nur Fragen. Als er auf die Klingel einer Erdgeschosswohnung drückte, spürte er seine Nervosität. Wie gut wäre es gewesen, wenn Georgie mitgekommen wäre. Doch Georgie war nicht wieder aufgetaucht, ein Grund mehr für Stachelmann, in dieser Nacht kaum zu schlafen.

Der Haustüröffner schnarrte. Stachelmann trat ein. Vor einer Wohnungstür stand eine junge Frau in Leggins mit einem Säugling auf dem Arm.

»Guten Tag.«

Die Frau nickte.

»Sagen Sie … ich suche. Also, ich suche ehemalige VW-Arbeiter. Aus den Fünfziger- oder Sechzigerjahren …«

Die Frau schaute ihn unentwegt an und sagte nichts.

»Kennen Sie da vielleicht jemanden?«

Die Frau ging zurück in die Wohnung und zog die Tür hinter sich zu. Stachelmann hörte, wie sie den Schlüssel zweimal herumdrehte.

Verdammter Mist. Er stellte sich blöd an, blöder ging es nicht. Alles zog ihn weg von hier. Aber er blieb. Er ging zur Wohnungstür gegenüber, zögerte, dann klingelte er. Diesmal öffnete eine alte Frau, vielleicht siebzig, vielleicht älter. Klein, dürr, Altersflecken, Falten und Warzen im Gesicht, grau geblümte Schürze.

»Guten Tag.«

»Tag.« Sie lächelte unbeholfen und konnte ihr Misstrauen nicht verbergen.

»Ich suche jemanden, der in den Fünfzigerjahren bei VW gearbeitet hat.«

»Ja?«

»Es ist der Verwandte einer … Freundin. Sie ist extra aus Amerika gekommen, um herauszufinden, was aus ihm geworden ist.«

»Ach ja.«

»Franz Laubinger heißt er.«

»Franz Laubinger?«, wiederholte sie mit einem rollenden R. Sie dachte nach. »Mein Helmut hätte es vielleicht gewusst. Aber mein Helmut ist schon so lange tot.«

Ein junger Mann eilte die Treppe hinunter. Er nahm zwei Stufen auf einmal. Fast hätte er Stachelmann umgerannt.

Der ärgerte sich, dass er kein Bild hatte. Das hätte er jetzt zeigen können.

Die Frau überlegte und überlegte. »Wollen Sie einen Augenblick hineinkommen? Ich habe einen Kaffee gekocht. Nicht stark, aber besser als keiner, nicht?«

Stachelmann zögerte, er hatte keine Lust, fühlte sich gehetzt, wollte so viele Adressen wie möglich abklappern und keinen Kaffeeplausch halten. Doch er folgte der Frau in die Wohnung. Im Wohnzimmer Nippes, Engel, Wildtiere aus Porzellan. An der Wand ein Ölgemälde, Wald mit See. Gläser und das gute Kaffeeservice hinter Glas. Sie bot ihm einen Platz auf dem Sofa an, steinalter Bezug in unbestimmbarer Farbe, verblasstes Blumenmuster. Davor ein Eichentisch mit gedrechselten Beinen. Als Stachelmann saß, verschwand sie, er hörte es klappern, dann kehrte sie zurück mit einem Tablett, Kaffeetassen, Zucker, Milch, Kanne.

Endlich hat sie jemanden gefunden, den sie totquatschen kann, dachte Stachelmann. Und natürlich bin ich dieser Jemand.

Sie schenkte ein, setzte sich mit einem leisen Ächzen und schaute ihn erwartungsvoll an. »Wen suchen Sie noch einmal?« Sie krümmte sich ein wenig nach vorn und nippte an ihrer Tasse.

»Franz Laubinger.«

Sie schüttelte den Kopf.

»Seit wann wohnen Sie hier?«

»Seit 1957, ich weiß das so genau, weil in diesem Jahr unser Max geboren wurde. Der arbeitet auch im Werk. Wissen Sie, wir sind damals aus Ostpreußen gekommen, erst in ein Dorf bei Braunschweig, dann hierher, weil mein Helmut eine Arbeit gefunden hatte im Werk. Eine gute Arbeit.« Sie blickte Stachelmann kurz an, als fürchtete sie, ihm länger in die Augen zu schauen. Dann starrte sie an die Wand.

»Kennen Sie vielleicht jemanden, der Franz Laubinger gekannt haben kann?«

»Die sind doch fast alle schon tot … doch, ein paar leben noch, aber sie warten auf den Tod, wie ich.«

Stachelmann legte eine Visitenkarte auf den Tisch und unterstrich mit einem Kugelschreiber seine Handynummer. »Ob Sie diese Nummer anrufen könnten, wenn Ihnen etwas einfällt?«

Sie nestelte eine Brille aus einer Tasche ihrer Schürze und hielt sie mit eingeklappten Bügeln vor die Augen. Mit der anderen Hand nahm sie die Visitenkarte. »Dr. Stachelmann.« Sie schaute ihn neugierig an, Stachelmann las Ehrfurcht in ihren Augen. »*Doktor* Stachelmann«, sagte sie noch einmal. »Vielleicht können Sie mir einen

Rat geben, ein paar Minuten Zeit werden Sie ja noch haben …«

Stachelmann winkte ab. »Ich bin Historiker, kein Arzt.«

Sie schaute ihn misstrauisch an.

Stachelmann erhob sich. »Danke für den Kaffee.« Er deutete auf seine Visitenkarte. »Ich würde mich freuen, wenn Sie anriefen.« Dann ging er. Sie verabschiedete sich nicht. Vielleicht war sie enttäuscht, dass er kein Arzt war und nicht mit ihr über ihre Zipperlein reden würde.

Draußen zog er leise die Tür zu und stieg eine Treppe höher. Er spürte, wie der Schmerz sich anschlich, vor allem in den Knien, und schluckte eine Diclofenac. Die Arthritis hatte ihn in den letzten Wochen nicht übermäßig geplagt, jetzt fürchtete er, dass sie das Versäumnis nachholte. Das hätte ihm gerade gefehlt beim Klinkenputzen.

In der nächsten Wohnung öffnete niemand, aus der gegenüber hörte Stachelmann die Klospülung. Er wartete ein paar Sekunden, dann klingelte er. Schlurfende Schritte, dann öffnete sich die Tür einen Spalt. Ein altes Männergesicht.

»Dr. Stachelmann.«

»Ja?« Die Stimme war heiser, der Frage folgte ein Husten, trocken, keuchend.

»Ich suche einen Franz Laubinger, der hat in den Fünfzigerjahren …« Die Tür schloss sich, Schritte entfernten sich schlurfend. Stachelmann überlegte, ob er noch einmal klingeln sollte. Aber der Mann hätte ihm wohl ohnehin nichts gesagt, vielleicht lebte er auch schon in einer anderen Welt. Ich sollte die Wolfsburger Altenheime abklappern, dachte er, und prompt fiel ihm seine Mutter ein, der er eigentlich hatte helfen wollen, ein Altenheim zu finden. Er hatte sie nicht einmal angerufen.

Nun ging er in den Brucknerring, eine Abzweigung weiter Richtung Stadtmitte. Die gleichen Häuser. Wieder fing er beim Ersten an. Nur wenige Sekunden, nachdem er geklingelt hatte, schnarrte die Haustür. Irgendwo bellte ein Hund, ein Fernseher dröhnte. Er klingelte an der ersten Wohnungstür. Es öffnete ein junger Mann, klein, schwarzhaarig, Schnurrbart, Trainingsanzug, Turnschuhe.

»Ja?«, sagte er. Offenbar ein Türke und zu jung.

»Ich suche einen Franz Laubinger«, sagte Stachelmann in einem Tonfall voller Resignation. Jetzt sah er, dass der Mann Ohrenstöpsel trug, deren Kabel vor der Brust zu einem zusammengeführt wurden, das in einer Hosentasche mündete.

Der Mann musterte ihn. »Und was wollen Sie von Franz?«

»Sie kennen Franz Laubinger?«

»Natürlich. Und Sie wissen es, sonst würden Sie doch nicht fragen. Oder?«

Der Mann trug ein Herrenparfüm.

»Ich will nichts von ihm, nur seiner Tochter sagen, wo sie ihn finden kann.« Er war zufrieden mit dieser Antwort.

»Tochter? Er hat eine Tochter?«

»Ja, sie schickt mich. Ob Sie mir die Adresse geben könnten?«

Der Mann ließ seinen Blick an Stachelmann hinunter- und hinaufwandern. Er zögerte, dann ging er in die Wohnung, schloss die Tür und kehrte bald mit einem Zettel zurück.

Rothenfelde, Suhlgarten 16, 3. Stock

»Wo ist das?«, fragte Stachelmann, und der Mann mit den Ohrenstöpseln erklärte ihm, dass er durchs Stadtzentrum fahren müsse. Immer nach Osten.

»Und der Herr Laubinger hat kein Telefon?«

»Weiß nicht.«

Stachelmann verließ das Haus und ging zurück zur Pension. Diesmal stand eine junge Frau hinterm Tresen und blätterte in der Zeitung. Sie hatte dunkelbraune Haare und große Augen in einem schlanken Gesicht. Ein Reh. Sie beachtete ihn nicht, als er den Empfang passierte, die Treppe hochging, um den Stadtplan zu holen, und wieder hinunterstieg, um die Pension zu verlassen.

Er fand die Straße auf der Karte, stöhnte, weil er ahnte, dass er sich durch den Verkehr mühen musste, und fuhr los. Es war eine zähe Fahrerei. Die Sonne drängte sich durch die Wolken und prallte auf das meist stehende oder kriechende Auto, es wurde heiß.

Er geriet auf die falsche Spur und merkte es erst, als er den Mittellandkanal vor sich sah. Er bog rechts ab. Auf der anderen Seite ein Riesenkomplex aus Beton und Glas, die Autostadt. Ein Stück weiter, an einer Art Bucht gelegen, ragten die vier riesigen Schornsteine des VW-Werks in den Himmel, ein Stück versetzt ein fünfter. Noch ein Stück weiter ein Turm aus Glas, wie ein Zylinder. Alles Volkswagen jenseits des Kanals, wohin Stachelmann auch blickte.

Über der Autokolonne vor ihm flirrten Luft und Abgase. In Stachelmann wuchsen Ungeduld und Aufregung. Vielleicht konnte er den Job heute erledigen. Dann müsste er nicht mehr die Wohnungen abklappern, könnte die Pension verlassen und mit einem guten Gefühl nach Hause fahren. Er würde sich mit Georgie aussprechen und ihm anbieten, er könne künftig im Bedarfsfall gegen Honorar helfen. Und wenn es sein musste, würde er sich bei Georgie entschuldigen.

Stück für Stück ging es voran. Dann wurde er wieder missmutig. Diesen Franz Laubinger würde es nicht geben, jedenfalls nicht den, den er suchte. Der war längst tot. Besser wäre es, er würde die Friedhöfe absuchen. Friedhöfe und Altenheime, weil in Letzteren vielleicht jemand wohnte, der den Gesuchten gekannt hatte. Auf was für einen irren Auftrag hatte er sich eingelassen? Eine Frau war aus Amerika gekommen, hatte zwei Sätze gesagt, einen Fetzen Papier unterschrieben, ihm so nebenbei eine Prämie versprochen, wie man einem Esel eine Möhre vorhielt, und schon war er hektisch losgefahren, um einen Mann zu finden, den es wahrscheinlich nicht mehr gab. Und jetzt irrte er durch Wolfsburg, dessen Charme sich nur Eingeweihten oder Industrieforschern offenbarte, angewiesen auf Hinweise von irgendwelchen Leuten, die er irgendwo auftat, um sich von einem Ahnungslosen zum anderen schicken zu lassen.

Endlich erreichte er das Haus im Suhlgarten. Es sah aus wie die anderen Häuser, der Zweck, Industriearbeiter unterzubringen, war ihm in die Fassade gemeißelt. Er parkte das Auto vor dem Haus in einer Lücke zwischen zwei Volkswagen. Er stieg aus und ging zur Haustür. Ungeduldig las er die Namen der Klingelschilder, da stand er: *F. Laudinger*. Laudinger? Stachelmann fluchte. Er setzte sich wieder ins Auto und versuchte, seine Wut zu beherrschen. Zweimal schlug er mit der Hand aufs Lenkrad. Draußen ging eine Frau vorbei mit einem Kinderwagen, sie drehte sich noch einmal um nach ihm und grinste. Schön, dass ich wenigstens zur Belustigung beitrage.

Aber wenn er schon mal hier war, konnte er auch an diesem Ort weiterfragen. Wahrscheinlich war es am sinnvollsten, irgendwo in der Innenstadt die Leute anzuquatschen. Wenn irgendwas half, dann der Zufall. Und der konnte ihn überall ereilen.

Er stieg wieder aus und klingelte bei Laudinger. Eine junge Frau öffnete die Haustür von innen, lächelte ihn freundlich an und ging an ihm vorbei auf den Bürgersteig. Dann erst schnarrte es. Natürlich gab es keinen Aufzug. Stachelmann stieg die Treppe hinauf. Die Wohnungstür mit dem Messingschild *Laudinger* stand offen. Stachelmann klopfte an die Tür und horchte. Nichts. Er klopfte noch einmal und horchte wieder. Nichts. Vorsichtig drückte er die Tür auf und betrat den Flur. Es stank nach Fäulnis und Zigarettenrauch. Am Ende des Flurs war eine Tür einen Spalt geöffnet.

»Hallo?«

Keine Antwort.

Stachelmann überlegte, ob er es nicht besser woanders versuchen sollte, dann ging er doch zur Tür, öffnete sie, roch noch mehr Rauch und sah einen fetten Mann, der vor dem Fernseher saß und irgendeine Talkshow im Privatfernsehen guckte. Er trug einen Kopfhörer. Sein breites Gesicht war schwitzig. Vor ihm auf dem Tisch stand eine halb leere Flasche Bier.

Stachelmann hörte das Krächzen, das aus dem Kopfhörer drang, und klopfte kräftig gegen die Wohnzimmertür. Der Mann erschrak und starrte ihn an. Stachelmann zeigte ihm mit der Hand, er solle den Kopfhörer absetzen. Der Mann zog ihn ab und legte ihn auf den Tisch.

»Ja?«, sagte er. Offenbar hatte er vergessen, dass es geklingelt und er die Wohnungstür geöffnet hatte. Die Geräusche aus dem Kopfhörer waren nun lauter, wie ein Zischen, das hektisch auf- und abschwoll. Heute ist Kopfhörertag, dachte Stachelmann.

»Kennen Sie einen Franz Laubinger?«

»Franz Laudinger?« Er dachte eine Weile nach, dann sagte er: »Das bin doch ich!«

»Nein, Laubinger, mit B – Berta.«

Der Mann schüttelte den Kopf, aber nicht darüber, dass da ein fremder Typ in seinem Wohnzimmer stand und seltsame Fragen stellte.

»Dann auf Wiedersehen«, sagte Stachelmann.

»Hey!«, rief der Mann ihm nach. »Ich hab …«

Stachelmann schloss die Tür und stieg die Treppe hinunter. Als er unten war, dachte er, er könnte genauso gut hier wie woanders weitersuchen. Er betrachtete die Klingelschilder und drückte auf eine in der unteren Reihe. Wieder der Haustürsummer. Im Erdgeschoss rechts öffnete sich eine Tür, eine alte Frau schaute Stachelmann neugierig an.

»Sagen Sie, kennen Sie einen Franz Laubinger? Der hat vielleicht einmal hier in der Gegend gewohnt. Hat wohl im Werk gearbeitet.«

Sie dachte nach mit gerunzelter Stirn. Ein Hund bellte. Irgendwo schrie ein Mann, eine Frau antwortete kreischig. »Kommen Sie mal rein.« Sie hinkte voraus. Im Wohnzimmer zeigte sie auf den einzigen Sessel, in den Stachelmann tief einsank, als er sich setzte. In der Vitrine entdeckte er Grimms »Volk ohne Raum« und weitere Buchrücken, die aussahen, als stammten sie aus der braunen Zeit.

»Der Name kommt mir irgendwie bekannt vor«, sagte die Frau leise. Sie zog eine Kommodenschublade auf, kramte darin, schloss die Schublade wieder. Als die Frau zur Seite trat, sah er ein goldgerahmtes Foto: ein SS-Obersturmführer in schwarzer Uniform, den Totenkopf auf der Schirmmütze. Wahrscheinlich ihr Mann.

»Lebt Ihr Mann noch?«, fragte Stachelmann.

»Nein, er ist lange tot, seit dreißig Jahren fast.«

»Hat Ihr Mann Laubinger gekannt?«

»Das ist es ja, was ich vermute. Nur, ob es Ihrer ist …«

Stachelmanns Hirn arbeitete in rasendem Tempo. Er war an einem kritischen Punkt seiner Recherche angelangt. Ein junger Kerl mit Ohrenstöpseln hatte ihn falsch verstanden und nach Rothenfelde geschickt. Dann hatte Stachelmann auf gut Glück hier geklingelt, und ihm hatte eine Frau geöffnet, deren Mann in der SS gewesen war, und die beide keinen Grund gesehen hatten, die Naziliteratur zu entsorgen, wie es fast alle getan hatten.

Ihn ekelte es.

Die Frau verschwand aus dem Zimmer, er hörte Türen klappern, dann quietschte es. Stachelmann dachte währenddessen nach, wie er die Lage zu verstehen hatte. Wenn ich davon ausgehe, dass die Frau nicht spinnt, kann es sein, dass sie Laubinger kennt. Oder der ein Spezi ihres Mannes gewesen ist. Laubinger war möglicherweise auch in der SS und ist 1959 abgehauen. Vielleicht fürchtete er, als Kriegsverbrecher angeklagt zu werden. Der Verfolgungseifer der westdeutschen Justiz war zu dieser Zeit nicht ausgeprägt, um es vorsichtig zu sagen. Er musste schon richtig was auf dem Kerbholz gehabt haben, damit es eng wurde für ihn. Möglicherweise hatten Opfer ihn entdeckt oder angezeigt. Wohin mochte er geflohen sein? Nach Südamerika, Paraguay, Argentinien, dorthin, wo man Nazis mehr schätzte als Juden?

Stachelmann leuchtete die Idee ein, und sie gefiel ihm. Allerdings würde er Laubinger kaum finden, wenn es sich so verhielt.

»Das tut mir leid, aber ich war so sicher, dass ich irgendwas über den Kameraden habe. Ich meine natürlich den Kameraden meines Mannes. Die haben ja auch nach dem Krieg zusammengehalten gegen die Lügen, die über sie verbreitet wurden. Das ist der Dank des Vaterlands, hat mein Manfred immer gesagt. Aber er hat sich nicht beirren lassen. Die Treue, das ist das Wichtigste, hat er gesagt. Und so hat er gelebt. Sie hätten seine Beerdigung sehen sollen, von überall kamen sie her, die Kameraden, alle mit Haltung und offenem Gesicht.« Ihre Stimme bekam etwas Hartes.

»War Herr Laubinger auch auf der Beerdigung?«

»Bestimmt!«, entfuhr es ihr. Doch dann legte sie die Hand vor den Mund. »Obwohl, wenn ich versuche, mich zu erinnern, nein, vielleicht doch nicht. Ich kann mich leider nicht mehr entsinnen, wie Herr Laubinger aussah. Oder hatte er … anders mit meinem Mann zu tun?«

Sie ging zum Fenster, schaute hinaus auf die Straße, wandte Stachelmann den Rücken zu und sagte nichts mehr.

Ob sie glaubt, sie habe sich verplappert? Sie hat wohl lange nicht mehr länger mit jemandem gesprochen. Und da sie meint, Laubinger sei ein Nazi oder wenigstens einer gewesen, hat sie auch mich für einen Gesinnungsfreund gehalten. Ob ihr das jetzt aufgegangen ist? Vielleicht fürchtet sie, Laubinger verraten zu haben. Aber wenn der wirklich damals wegen Kriegsverbrechen untertauchen musste, dann müsste er jetzt doch steinalt sein.

»Ich weiß nicht, wie er mit Ihrem Mann zu tun hatte«, sagte Stachelmann bemüht deutlich und gelassen. »Ich bin im Auftrag von Laubingers Tochter unterwegs. Sie sucht ihren Vater. Das kann man doch verstehen.«

Sie drehte sich um, die Hand gab den Mund frei. »Ja, das kann man verstehen«, sagte sie leise. »Ich habe jetzt noch einmal nachgedacht und bin nun überzeugt, dass Herr Laubinger eigentlich nichts mit meinem Mann zu tun hatte. Er hat diesen Namen ein paarmal genannt, aber es ist schon so lange her.« Sie verfiel wieder in Nachdenken, als folgte sie ihrem letzten Satz. Sie wiederholte ihn: »Es ist schon so lange her.« Dann setzte sie sich aufs Sofa, schaute ihn an und sagte: »Ich habe auch so lange nicht mehr mit jemandem aus unserer Zeit sprechen können. Sie sind ja viel zu jung, um zu wissen, was uns bewegt.«

Wie mein Vater! Genauso hatte er gesprochen. Zu jung, um ihn zu verstehen, überhaupt die Alten zu begreifen, die man nur als Hindernis an der Supermarktkasse wahrnahm, Menschen einer verlorenen Generation.

»Verstehen Sie bitte«, sagte er und fluchte innerlich, dass er gezwungen war, mit dieser Nazisse zu sprechen, mit einer Nazisse, die so mütterlich war, es so gut meinte, solange man nicht in ihr Beuteschema passte, nicht Jude war, nicht Ausländer, Kanacke. »Vielleicht versuchen Sie noch einmal, sich an Franz Laubinger zu erinnern. Vielleicht meinen Sie ja auch einen anderen Laubinger als ich. Leider habe ich kein Bild. Ob Sie einmal in Ihren Fotos nachschauen, ob Laubinger abgebildet ist? Das würde uns helfen.«

Sie sah ihn an, überlegte, dann stand sie auf und ging hinaus. Nach einer Weile kam sie mit zwei Fotoalben zurück. Sie legte eines auf den Tisch, im anderen blätterte sie, nachdem sie sich eine Brille aufgesetzt hatte. Wenn sie ein Foto von Laubinger hatte, am besten in SS-Uniform, dann konnte er das Cecilia vor die Nase halten: Ihr Vater war in der SS. Wenn so einer später abgehauen ist, dann liegt der Grund dafür fast auf der Hand. Es mochte andere Gründe geben, sich davonzumachen. Aber Franz Laubinger war Offizier der SS und hat sich verdrückt, bevor sie ihn wegen Mordes erwischt haben. Wenn es so war und wenn diese Nazisse so ein Bild hatte, dann war sein Auftrag erledigt, und Cecilia wusste, wer ihr

Vater war. Wenn sie nicht völlig verrückt war, würde sie dann darauf verzichten, ihn weiter zu suchen. Was hätte sie davon, wenn er noch lebte und sie ihn fände? Oder an seinem Grab zu stehen, womöglich unter falschem Namen auf einem Friedhof irgendwo in Argentinien?

Hoffentlich hat die Nazisse ein Foto.

Die blätterte, verharrte bei vielen Seiten, murmelte etwas vor sich hin. Stachelmann deutete auf das andere Album. Es dauerte eine Weile, bis sie es merkte und den Kopf schüttelte. So blieb ihm nichts, als sie zu beobachten. Er stellte sie sich vor mit einem Dutt oder einem Haarring um den Kopf. Sie war bestimmt ein großartiges BDM-Mädel gewesen. Sie hatte gut ausgesehen in der Turnkleidung bei den Übungen. Und sie hatte einen schnittigen Mann abgekriegt, einen Helden.

Stachelmann stellte sich jetzt Laubinger vor wie eine Zweitausgabe von Heydrich. Nicht umsonst hatte Cecilia blonde Haare, und sie sah gut aus, woran auch die Gene des Vaters beteiligt gewesen sein sollten. Eine arische Musterfamilie entstand vor seinem inneren Auge. Nur war eine Tochter zu wenig. Außerdem war sie eigentlich zu jung für einen Nazi-Vater. Er hatte sie nicht gefragt, ob sie vielleicht ältere Geschwister habe. Das hätte er tun sollen, vielleicht wussten die mehr. Doch dann sagte er sich, dass Cecilia die Geschwister bestimmt längst gefragt hatte, sofern es welche gab.

Die Nazisse blickte ihn hin und wieder kurz an. Erinnerungen lebten auf, Erinnerungen an die schöne Zeit, an den Aufbruch, das Gemeinschaftsgefühl, die Begeisterung. Der Führer als Befreier aus der Finsternis. Hart, aber gerecht. Wo gehobelt wird, fallen Späne.

Als sie mit dem ersten Album fertig war, legte sie es auf den Tisch. Sie schaute ihn an und schüttelte den Kopf. Stachelmann überlegte, ob er sie fragen solle, ob er dieses Album anschauen dürfe, aber er verzichtete darauf. Er wollte sie nicht verstimmen, vielleicht fand sie im zweiten Album, was Stachelmann brauchte. Sie nahm sich wieder unendlich viel Zeit. Bei manchen Seiten verweilte sie besonders lang. Einmal schien sie sich zu erschrecken. Als sie das Album zuklappte, schüttelte sie den Kopf. »Nein, tut mir leid. Der Herr Laubinger ist auf keinem Foto.« Sie legte die Brille auf den Tisch und blickte ihm in die Augen, sagte aber nichts.

Herr Laubinger, hatte sie gesagt. Nicht *Kamerad*. Ob sie ihn doch nicht kannte oder nicht so, wie sie es sich vorgestellt hatte? Oder ob sie nun wusste, wer Laubinger war, aber es ihm nicht verraten wollte?

Stachelmann holte eine Visitenkarte aus dem Portemonnaie und gab sie ihr. »Wenn Ihnen doch etwas einfällt …«

»Hamburg«, murmelte sie, während sie die Karte betrachtete. »Historische Ermittlungen.« Ihr war unwohl, Stachelmann sah es. Und er glaubte zu wissen, warum. Er vermied es, ihr die Hand zu geben, und verließ rasch die Wohnung. Er ging aus dem Haus und setzte sich in sein Auto. Dort schloss er die Augen und zwang sich, ein paarmal tief durchzuatmen. Er sah seinen Vater vor sich, wie er lamentierte, Dinge rechtfertigte, die nicht zu rechtfertigen waren. Es würde nie aufhören. Irgendwo stieß er immer auf jemanden, der mitgemacht hatte damals. Diese Leute waren unsterblich.

Für heute hatte er die Nase voll. Aber umsonst war der Tag nicht gewesen, immerhin hatte er eine Spur. Er fand die Idee überzeugend, dass Laubinger einen braunen Grund gehabt hatte, sich abzusetzen. Verdammt, wenn er nur diese Alben durchsuchen könnte. Er stellte sich einen Typen in SS-Uniform vor, ihm zur Seite ein Deutscher Schäferhund, im Hintergrund ein Wald, irgendwo in Polen oder der Sowjetunion, Sonnenschein, ein strahlendes Siegerlächeln, darunter die Unterschrift *Kamerad Franz Laubinger nach getaner Arbeit.* Er überlegte, ob er warten sollte, bis die Nazisse die Wohnung verließ, um dann die Alben zu stehlen. Aber es lohnte sich nicht, und er hatte seine Visitenkarte hinterlassen und wäre der Erste, der verdächtigt würde. Eigentlich könnte er zurück nach Hamburg fahren und Cecilia erklären, ihr Vater sei mit größter Wahrscheinlichkeit Kriegsverbrecher gewesen und deswegen untergetaucht. Vielleicht lebte er noch unter falschem Namen in Deutschland? Aber es war die Sache der Justiz, Kriegsverbrecher zu suchen, ihm fehlten dazu die Mittel.

Als er nach einem Essen bei einem schlechten Italiener in sein Hotelzimmer kam, hörte er im Nebenraum ein Geräusch. Stachelmann ging auf den Flur, presste sein Ohr gegen die Tür, als diese gerade geöffnet wurde.

»Sehr neugierig, der Herr!«, sagte Georgie.

Stachelmann starrte ihn an, dann lachte er. »Wo warst du?«

Georgie winkte ab.

Sie gingen in Stachelmanns Zimmer, dieser setzte sich auf den einzigen Stuhl, Georgie aufs Bett.

»Na, haste ihn gefunden?«

»Du wirst es nicht glauben, ich habe ihn gefunden. Wenn auch nicht im eigentlichen Sinn. Ich schätze, ich weiß, wer er ist.« Er berichtete Georgie, was er herausgefunden hatte. »Wahrscheinlich ist es so. Beweisen kann ich es nicht, aber da passt alles zusammen.«

»Ich erinnere mich dunkel an einen bedeutenden Geschichtsphilosophen, der mal gesagt hat, die größte Falle auf dem Weg zur Erkenntnis sei die Plausibilität.«

»Wen du so alles kennst.« Stachelmann staunte, wie froh er war, dass Georgie wieder mitmachte.

»Das heißt, wir fahren heute Abend nach Hause.«

Warum nicht?, dachte Stachelmann. »Können wir machen.«

»Du siehst nicht überzeugt aus. Hm.«

War es nicht zu einfach? Konnte es nicht sein, dass es doch anders war? Hatte er Cecilia nicht versprochen, eine Woche sein Glück zu versuchen? Wäre es nicht unfair, jetzt abzubrechen, nur weil eine alte Nazisse den Namen gehört haben wollte? Warum konnten die Dinge nicht eindeutig sein? Wenigstens in diesem Fall? »Eigentlich habe ich zugesagt, Laubinger eine Woche lang zu suchen, und wirklich gefunden habe ich ihn nicht, auch nicht sein Grab. Mein Vorschlag: Wir suchen gemütlich weiter, und vielleicht finden wir ja noch etwas.«

»Hm.«

»Ich geb dir auch was vom Honorar ab.«

»Hm.«

»Nun stell dich nicht an. Ich spendiere heute Abend ein tolles Essen.«

»Beim Griechen, was?«

»Was Besseres als diesen Griechen gibt es hier nicht.«

Georgie rümpfte die Nase. »So ein Quatsch.« Dann erhob er sich. »Also los, du fauler Sack. Die Arbeit ruft.«

Diesmal war Bruckner dran im Musikerviertel. Sie diskutierten kurz, ob sie getrennt Klinken putzen sollten, entschlossen sich aber, ihr Glück zusammen zu versuchen, weil es dann nicht so langweilig wäre. Der Brucknerring hatte die Form eines U, sie begannen an der geschlossenen Seite. Stachelmann spürte, er war gelassener als bei den vorherigen Versuchen. Wahrscheinlich, weil er nicht allein war und weil er seiner Auftraggeberin ein Ergebnis vortragen konnte, das wenigstens auf den ersten Blick überzeugte.

In der ersten Wohnung war niemand, aber bei der

zweiten Klingel summte nach einiger Zeit der Türöffner. Sie gingen hinein und mussten auch an der Wohnungstür klingeln. »Ach, ich dachte, es wäre Werbung«, sagte der Mann, der öffnete. Er war vielleicht Mitte vierzig und trug eine randlose Brille.

»Guten Tag, wir suchen einen Franz Laubinger. Sagt Ihnen der Name etwas? Der hat in den Fünfzigerjahren in Wolfsburg gewohnt und bei VW gearbeitet.«

Der Mann tippte an seine Stirn und schloss die Tür.

»Pah!«, sagte Georgie. »Er verweigert sich der Wahrheitssuche.«

Sie klingelten bis zum Abend an Türen und erhielten, sofern sie jemanden antrafen, unterschiedliche Antworten, nur keine, die ihnen half.

Am Abend, beim Griechen, merkte Stachelmann, wie erschöpft er war. Sie saßen und sagten lange nichts.

»Hm«, meldete sich Georgie endlich. »Das bringt nichts. Vielleicht haben wir Glück und jemand antwortet auf deine Anzeige.«

Die hatte Stachelmann fast schon vergessen. »Ich lasse mich nie mehr auf so einen Unsinn ein. Eine Auftraggeberin, die einem keine Informationen gibt. Einen Nazi suchen, aber nicht, damit er in den Knast kommt, sondern damit das Töchterchen ein rührendes Wiedersehen feiern kann.«

»Wenn es ein Nazi war und der lebt tatsächlich noch, dann liefern wir ihn ans Messer«, sagte Georgie. »Das ist doch wohl klar, oder?«

»Und wenn es ganz anders ist?«, fragte Stachelmann nach einer Weile. »Wenn ich einer alten Frau aufgesessen bin, die sich ihre Wirklichkeit selbst malt?« Er dachte an die Nazisse und wie sie zunächst so sicher war, um dann doch misstrauisch zu werden, zu schwanken zwischen ihrem Wunsch, endlich mit jemandem zu sprechen, und ihrer Furcht, etwas zu verraten. »Vielleicht sollten wir sie beschatten? Wenigstens ein, zwei Tage?«

»Nein. Einer alten Frau auflauern! Auf so eine Idee kannst nur du kommen. Außerdem leben wir im Zeitalter des Telefons. Wenn die jemanden warnen will, dann hat sie das längst getan. Du stellst dir wohl vor, der Laubinger lebt unter falschem Namen in der Umgebung, natürlich mit einem Führerbild im Wohnzimmer, sie dackelt aufgeschreckt hin und wir hinterher und stellen den Verbrecher, den die Jungs damals in Nürnberg übersehen haben. Tolle Schlagzeilen, und Cecilia müsste die Belohnung springen lassen.«

Stachelmann lachte. Auch wenn Georgies Beteiligung nicht viel bringen sollte, seine Sprüche würden ihm fehlen. »Gut, fahren wir nach Hause.«

Sie verließen die Pension noch am Abend und fuhren zurück nach Hamburg. Stachelmann setzte Georgie zu Hause ab und parkte in der Glashüttenstraße. Er brachte seinen Koffer in die Wohnung, hörte den Anrufbeantworter ab, gespeichert war nur die Bitte seiner Mutter, ihn zurückzurufen. »Es eilt aber nicht.«

Stachelmann quetschte sich noch einmal durch die Fahrräder im Hausflur, zu denen sich außer dem Kinderwagen gut gefüllte Plastiktüten gesellt hatten, und öffnete seinen Briefkasten. Zeitungen, Werbung, Rechnungen. Und ein Brief aus Wolfsburg, eine Antwort auf seine Anzeige. So schnell. Er riss den Umschlag gleich auf, die andere Post unter den Arm geklemmt, und fand einen getippten Brief.

Sehr geehrter Herr,
ich habe einen Franz Laubinger gekannt. Er hat im VW-Werk gearbeitet und war ein anständiger Mann. Damals konnte Anstand einen ins Zuchthaus bringen. Laubinger ist dies widerfah-

ren. Noch einmal hätte er es nicht ausgehalten. Deshalb musste er fliehen. Ich weiß, wo Sie ihn vielleicht finden, wenn wir denselben Franz Laubinger meinen und dieser noch lebt. Ich würde mich sehr freuen, ihn noch einmal zu treffen, bevor ich sterbe. Wenn Sie also wollen, besuchen Sie mich. Ich wohne in Hohenstein, im Wagnerring 26b. Sie sind jederzeit willkommen.

Elsa Grabert, geb. Meier

Eine zittrige Unterschrift mit blauem Füllfederhalter. Stachelmann stand im Hausflur und las den Brief noch einmal. Elsa Grabert wohnte dort, wo er aufgehört hatte zu klingeln, weil ihn ein Typ mit Ohrenstöpseln nach Rothenfelde geschickt hatte, wo er die Nazisse traf. Und jetzt also Elsa Grabert. Er würde noch einmal nach Wolfsburg fahren müssen. Er überlegte, ob er gleich Georgie anrufen sollte, aber der schlief bestimmt schon. Morgen würde er fahren.

Die Treppenhausbeleuchtung erlosch. Stachelmann blieb im Dunkeln stehen, den Brief von Elsa Grabert fest in der Hand.

9

Sechs Wochen und sechs Tage vor dem Anschlag.

»Franz war ein guter Mensch. Er hat immer an die anderen gedacht, dass es ihnen gut ging, dass sie ihr Recht bekamen. Man findet nicht viele Menschen wie ihn.«

Stachelmann war am frühen Morgen zurückgefahren nach Wolfsburg. Allein, da er Georgie nicht erreicht hatte. Sie hatte sich in den Sessel gesetzt, der Stock lehnte am Sofa. Sie war nicht überrascht gewesen, dass Stachelmann schon am frühen Nachmittag vor ihrer Tür gestanden hatte. Elsa Grabert war ihm von Anfang an sympathisch gewesen. Sie hatte ein feines, erstaunlich glattes Gesicht und blaue Augen, die fast strahlten. Sie war schlank und klein, das Laufen fiel ihr schwer, sie stützte sich auf den Stock. Vermutlich hatte sie Arthrose in den Hüften und keine Lust auf eine Prothese. Sie kochte ausgezeichneten Tee, bot auch Kekse an und brachte Stachelmann nicht das geringste Misstrauen entgegen, nachdem er erzählt hatte, warum er Laubinger suchte.

Sie beugte sich ein wenig nach vorn, wenn sie sprach, um kurz darauf wieder zurückzusinken, weil die Kraft sie verließ. Sie hatte Temperament, und sie begriff sofort. Er verglich sie mit der Nazisse. Gleiche Generation, aber Elsa Grabert hatte Lily Brauns Memoiren und Kafkas »Prozess« ins Regal gestellt.

»Woher kennen Sie Franz Laubinger? Und sind Sie sicher, dass wir denselben Laubinger meinen?«

Sie lächelte versonnen. »Es dürfte nur einen geben, der 1959 aus Wolfsburg fliehen musste. Ich sage es Ihnen gleich: Wir waren befreundet gewesen, eng befreundet.

Heute würde man sagen, wir hatten ein Verhältnis. Seine Frau hat davon nichts bemerkt, und wir konnten uns nicht oft sehen.«

»Und warum ist er weggegangen? Und wohin? Hat er Ihnen etwas darüber gesagt?«

»Er ist in die DDR gegangen, weil er fürchtete, erneut verhaftet zu werden. Sie haben ihm kommunistische Propaganda vorgeworfen, aber er war kein Kommunist. Er sympathisierte mit uns, gewiss.«

»Und er ist in die DDR gegangen.«

»Obwohl er einen … Hass hatte auf Stalin. In der Nazizeit, ganz am Ende, wurde er wegen irgendwas Politischem verurteilt, erstaunlicherweise nicht zum Tod.«

Sie trank einen Schluck. Die Erinnerung fiel ihr schwer. »Er hat wirklich Glück gehabt. Und er war nach fünfundvierzig im Westen, nicht in der DDR, was ihm womöglich ein weiteres Mal das Leben gerettet hat, denn Mitglieder ehemaliger Oppositionsgruppen hatten auch in der DDR bald nichts mehr zu lachen, jedenfalls bis sechsundfünfzig, als der 20. Parteitag plötzlich entdeckte, dass die sowjetischen Genossen von einem Verbrecher geführt worden waren.« Das Wort »lachen« ließ ihre Miene verfinstern. »Es war der Hohn«, sagte sie. »Da kommt einer aus dem Zuchthaus und dem KZ, und ihm wird der Prozess gemacht wegen ideologischer Abweichung. Wenn die sowjetischen Freunde ihn kriegten, verschwand er in Kellern, und wenn er die überstand, landete er wieder im Lager, hier oder in Sibirien. Ich habe das damals nicht gewusst.« Ihr Blick schweifte im Zimmer umher, blieb kurz an Stachelmanns Gesicht hängen, um schließlich zum Fenster weiterzuwandern. Sie schnaufte, dann sagte sie: »Wahrscheinlich habe ich es nicht wissen wollen.«

Stachelmann hatte ihren Blick erwidert, bis dieser am

Fenster hängen geblieben war. Draußen fing es an zu regnen.

»Ich fürchte, ich hätte es gerechtfertigt, wenn mich einer danach gefragt hätte. Aber wir glaubten ja, all die armen Schweine würden zu Recht eingesperrt.« Sie schwieg eine Weile. »Wollen Sie etwas essen?«

»Danke, später vielleicht.« Er verwarf die Idee, sie noch einmal auf Laubinger anzusprechen. Sie würde ihre Geschichte mit Laubinger erzählen, wenn sie so weit war. Wahrscheinlich belastete die Erinnerung sie mehr, als sie es gefürchtet hatte.

Jetzt schloss sie die Augen, öffnete sie wieder, strich sich mit der Hand über die Wange, als wollte sie sich trösten. »Ich habe jetzt ein bisschen ein schlechtes Gewissen. Immerhin war ich ja verheiratet. Er auch.« Den letzten Satz sagte sie fast abfällig. »Ich habe seine Frau, die Mutter Ihrer … Auftraggeberin, nicht gemocht. Sie war so auf sich selbst bezogen.« Sie schaute ihm in die Augen, und er versuchte sich vorzustellen, was das in ihm bewirkt hätte, wäre sie ein paar Jahrzehnte jünger gewesen. »Wie ist denn die Tochter? *Seine* Tochter?«

Stachelmann überlegte. Was sollte er antworten? »Sehr distanziert, ein bisschen von oben herab. Will nichts von sich preisgeben, ist misstrauisch, hat vielleicht Angst vor anderen Menschen. Sehr hübsch.«

»Ja, das war ihre Mutter auch. Ich erinnere mich gut. Hochnäsig, das hat sie von ihrer Mutter. Er sah auch nicht schlecht aus. Aber das Entscheidende war sein Charakter. Die Nazis hatten ihn nicht gebrochen, aber was nach 1945 passierte, das hat er nicht ausgehalten. Es war für ihn viel schlimmer.«

»Das verstehe ich nicht. Wie kann die Nachkriegszeit schlimmer gewesen sein als das Dritte Reich?«

»Das können Sie nicht verstehen, und irgendwie ist

es ja auch falsch.« Sie sprach bedächtig, überlegte jedes Wort, war im Kopf hellwach trotz ihres Alters. »Wissen Sie, von den Nazis haben wir nichts anderes erwartet, als dass sie einen einsperren oder umbringen. Aber als das Pack« – sie legte eine ungeheure Verachtung in dieses Wort – »besiegt war, da hofften wir, nun gäbe es gewiss kein Zuckerschlecken, aber doch halbwegs zivile Verhältnisse. Dass ihn ein demokratischer Rechtsstaat ins Zuchthaus schickte, weil er kommunistische Propaganda betrieben haben soll, das hat Franz nicht verstanden und nicht verwunden.«

»Was hat er getan?«

»Er war für die Wiedervereinigung und hat an der Volksbefragung einundfünfzig teilgenommen. Das deutsche Volk in Ost und West sollte befragt werden, ob es vereint werden sollte.«

»Das ging von der DDR aus …«

»Ja«, unterbrach sie ihn. »Und was es bezweckte, na gut. Aber damals haben wir geglaubt, so ginge es. Eine gute Sache. Franz hat gesagt, wenn die Stalinisten mal was Richtiges beschlössen, könne man nicht dagegen sein, nur weil sie Stalinisten wären. Dabei hat er immer gelacht. Er hat so gern gelacht.« Sie schloss die Augen und war für sich allein.

Stachelmann schwieg eine Weile. Dann fragte er: »Was genau wurde ihm vorgeworfen?«

»Das Verteilen von Material. Er hat Flugblätter in Briefkästen gesteckt. Das war der Hauptvorwurf.«

»Er wurde verhaftet.«

»Viele wurden verhaftet, die Volksbefragung war verboten, und die Partei hat sich nicht darum geschert. Von heute aus könnte man sagen, sie hat die eigenen Genossen ins Messer laufen lassen und nicht nur die. Sie brauchte Märtyrer, und sie hat sich welche geschaffen.«

»Er wurde verurteilt.«

»Ja, in Lüneburg. Da gab es so einen Staatsschutzsenat. Der Staatsanwalt hat ihm gesagt: Sie haben doch schon mal was ausgefressen in Sachen kommunistischer Propaganda in den Vierzigerjahren, und dafür haben Sie im Zuchthaus gesessen. Sie haben anscheinend nichts gelernt. Das wurde strafverschärfend ausgelegt. Man muss sich das vorstellen, eine härtere Strafe, weil ein Nazigericht ihn schon mal wegen so etwas verurteilt hatte.«

»Und der Staatsanwalt war schon Staatsanwalt unter Hitler«, sagte Stachelmann.

»Das war damals üblich. Und der Richter war es auch.«

Das Thema war Stachelmann vertraut. Er hatte es vor langer Zeit in einem Seminar behandelt. »1951«, sagte er, »1951 hat es angefangen mit dieser politischen Strafjustiz.«

»Ja, mit dem Koreakrieg«, sie nickte. »Man kann sich heute nicht mehr vorstellen, was für eine Hysterie ausbrach. Obwohl, wenn man sich diese Terroristenhysterie anschaut … Na ja, jeden Augenblick würden die Kommunisten über uns herfallen, trommelte es. Und die braunen Kameraden trommelten fröhlich mit. Wir haben recht gehabt! Und die, die ein schlechtes Gewissen hatten wegen des Kriegs, die haben vielleicht am lautesten getrommelt.«

Stachelmann lachte trocken: »Die Fachkräfte für die Kommunistenhatz musste man nicht mal ausbilden, die scharrten schon mit den Füßen, Polizisten, Staatsanwälte, Richter.«

»Wollen Sie noch eine Tasse?«

Stachelmann goss sich ein und trank gleich.

»Was mich bis heute nicht loslässt, was mich manchmal um den Schlaf bringt, ist etwas anderes«, sagte sie leise.

»Nämlich dass sie den Naziopfern die Verfolgtenrente weggenommen, aber den Tätern, diesen Blutjuristen, Pensionen für ihren Dienst in der Nazizeit bezahlt haben.«

»Immerhin hat der Bundesgerichtshof Selbstkritik geäußert …«

»Zu spät, Herr Stachelmann, erst als sie alle aus Altersgründen ausgeschieden waren, diese Verbrecher. Man hätte sie gleich zum Teufel jagen müssen.« Sie stieß es heraus, er erschrak. Dann ließ sie sich zurücksinken, schloss die Augen, und ihre Hand wischte durch die Luft.

Sie schaute ihn an. »Sie kennen sich da aus«, sagte Elsa Grabert. »Leider ist das alles in Vergessenheit geraten. Es interessiert keine Sau mehr, würde mein Enkel sagen. Und den kratzt das auch nicht. Olle Kamellen.«

»Wie lange hat Laubinger gesessen?«

»Zweieinhalb Jahre. Die Opferrente haben sie auch ihm aberkannt. Sein Widerspruch dagegen wurde abgelehnt von Richtern …«

»… die auch schon im Dritten Reich dem Führer gedient hatten.«

Sie lächelte ihn an. »Diese Ungerechtigkeit hat mich verbittert«, sagte sie. »Können Sie das verstehen? Ein Hans Globke, offizieller Kommentator der Rassengesetze, ist engster Berater von Adenauer, und unsere Leute wandern wieder in den Knast.«

»Das ist verrückt, beides«, sagte Stachelmann. »Aber zurück zu meiner Ausgangsfrage. Wohin in der DDR ist Laubinger gezogen?«

»Das weiß ich nicht.«

»Hat er sich mal gemeldet?«

»Nein, nie.« Sie sah traurig aus. »Er hat sich nicht einmal von mir verabschiedet. Er musste wohl schnell weg.

Und als er drüben war, haben sie ihm gewiss verboten, Westkontakte zu pflegen.«

»Haben Sie ein Bild von ihm?«

»Nicht nur eines. Da, in der Kommode, unten drin, sind Fotoalben. Wenn Sie so freundlich wären.«

Stachelmann stand auf und der Schmerz packte ihn in den Knien. Er taumelte, dann ging er wackelig zur Kommode. Der Schmerz wurde stärker, als er sich bückte. Sie schaute ihn neugierig an, sagte aber nichts. Er öffnete die beiden Kommodentüren und fand im Fach drei Alben. Er zog sie heraus und legte den Stapel vor sie auf den Tisch. Stachelmann setzte sich wieder hin. In der Brusttasche seines Hemds fand er eine Tablette, die er mit einem Schluck Tee hinunterspülte. Sie beobachtete auch dies genau. Er lehnte sich zurück und wartete auf die Wirkung der Tablette und darauf, dass sie das erste Album aufschlug. Wieder eine alte Frau, wieder Fotos.

Nachdem sie ihm einen Blick zugeworfen hatte, in dem er Mitleid las, nahm sie das obenauf liegende Album und begann zu blättern. Bei einigen Seiten verharrte sie, ihre Mimik deutete an, wo es sich um schöne und wo es sich um unangenehme Erinnerungen handelte. Dann reichte sie Stachelmann das aufgeschlagene Album. »Da rechts, das ist er.«

Ein Schwarzweißbild. Ein Mann am Rand einer Gruppe von fünf Personen. Er war schlank und groß gewachsen, hatte helle Haare und schaute selbstbewusst in die Kamera. Ein Lächeln im Gesicht, ein offener Blick. An der rechten Wange eine schmale Narbe. Er trug ein kariertes Hemd und einen dunklen Pullunder darüber, eine Hose mit Bügelfalte und Halbschuhe. Über dem Arm hing eine Jacke. Neben ihm ein anderer Mann, klein und dick, der gemütlich in die Welt schaute. An seiner Seite eine junge Frau. Kein Zweifel, das war Elsa Grabert.

»Da haben wir einen Ausflug in die Umgebung gemacht. So was haben wir öfter unternommen.«

»Wer von den Leuten auf dem Bild lebt noch?«

»Da bin ich mir nur bei mir einigermaßen sicher«, sagte sie lächelnd. »Die anderen sind wohl tot, nur bei Franz weiß ich es nicht. Was für eine Freude wäre es, er würde noch leben.« Sie schaute ihn eindringlich an. »Wenn Sie ihn finden, dann sagen Sie ihm bitte, ich würde auf ihn warten. Das möge er verstehen, wie er will. Ich warte auf ihn. Ich habe all die Jahre auf ihn gewartet, und vielleicht hat es sich doch gelohnt.« Sie schaute ins Leere. »Gut, dass Sie gekommen sind. Es ist richtig aufregend. Finden Sie ihn, bitte finden Sie ihn.«

»Haben Sie ein Bild von ihm, das Sie mir geben könnten? Es würde helfen bei der Suche. Sie kriegen es auch zurück.«

Sie nickte und blätterte in den Alben, dann hatte sie es gefunden, ein Hochformatbild von guter Qualität. Die Narbe war sichtbar, sein Blick richtete sich auf die Kamera, und er lächelte.

»Woher die Narbe?«

»Die hat er aus dem Zuchthaus mitgebracht. Aber das Lachen haben sie ihm nicht nehmen können.« Sie löste das Bild aus dem Album und reichte es ihm.

»Ja, er war fröhlich, scherzte gerne, konnte Witze erzählen. Er war auch schlagfertig und foppte einen. Die Nazis konnten ihn nicht brechen, das schaffte erst der Rechtsstaat.« Sie machte eine Pause. »Aus der Zeit nach seiner Entlassung habe ich keine Bilder, sonst hätte ich Ihnen zeigen können, wie Verzweiflung einen Menschen verändern kann. Sogar solch einen Menschen.«

»Und er hatte die Falsche geheiratet.«

Sie lächelte wieder. »Natürlich. Das hat sich dann ja gezeigt. Sie war schwanger und weigerte sich, mit ihm in die DDR zu gehen. Das war grausam. Er hatte sich so gefreut auf sein Kind, und sie hat es ihm gestohlen.« Sie nahm das zweite Album. »Sie verzeihen mir doch, ich bin natürlich nicht gerecht, gewiss hatte sie handfeste Gründe, und es war auch für sie hart.«

»Warum Amerika?«

»Ich weiß es nicht. Vielleicht wollte sie möglichst viel Abstand legen zwischen ihn und sich. Vielleicht hatte sie Angst, er könnte wegen des Kindes etwas unternehmen. Allerdings frage ich mich, was er hätte tun sollen. Kein Gericht dieses Landes hätte das Kind in die DDR geschickt. Dort herrschte doch der Satan.«

»Ich habe eine komische Frage. Ich habe mit einer älteren Dame gesprochen in der Nachbarschaft, die glaubte zuerst, Franz Laubinger zu kennen, aber dann wurde sie, ich sage mal, unsicher. Sie ist offenbar immer noch Nazi.«

»Ja, ja, die kenne ich. Wie heißt sie denn noch mal? … Ach, egal. Sie ist eine Denunziantin gewesen, sie hat in der Nazizeit alles verpetzt, was ihr vor die Augen kam. Am Ende hat ihr wohl nicht mal mehr die Gestapo geglaubt.«

»Krankhaft?«

»Ja. Und jetzt ist sie völlig durchgedreht. Manchmal läuft sie herum und schreit Leute an.« Sie schüttelte den Kopf.

»Mich hat sie nicht angeschrien.«

»Man glaubt zuerst, sie sei klar im Kopf. Aber wehe, man lässt sich länger auf sie ein.«

»Entschuldigen Sie, wenn ich das Thema wechsle, aber Sie kennen niemanden, der vielleicht Kontakt mit ihm hatte, nachdem er in die DDR gegangen ist?«

Sie schüttelte den Kopf. »Nein, die Partei war ja zerschlagen nach dem Verbot. Und die Polizei griff durch, sobald sich was regte. Viele Genossen sind in die DDR gegangen und nicht mehr zurückgekommen. Wie Franz, auch wenn der eigentlich kein richtiger Genosse war.«

Auf der Heimfahrt am selben Abend dachte Stachelmann noch lange an Elsa Grabert. Es fielen ihm Fragen ein, die er ihr hätte stellen sollen. Vor allem, wie sie die Dinge heute sah. So absurd die Verfolgung der westdeutschen Kommunisten war, gerade angesichts der braunen Vorgeschichte, so absurd war die Politik der KPD und auch die Verfolgung in der DDR. Elsa Grabert hatte ihn beeindruckt. Und obwohl es ihm gleichgültig sein konnte, war er froh, dass Franz Laubinger kein Nazi war. Fast hätte er es behauptet, weil er einer Frau glauben wollte, der man nicht auf den ersten Blick ansah, dass sie verrückt war.

Das Handy klingelte. »Wo steckst du denn?«, fragte Georgie.

»Auf der Autobahn. Ich war noch mal in Wolfsburg.«

»Hm. Geheimreise oder was?«

»Keineswegs, aber wenn du nicht ans Telefon gehst …«

»Ja, ja, schon gut. Und was hast du rausbekommen? Hast du den braunen Kadaver gefunden?«

»Roter Kadaver, wenn überhaupt Kadaver. Laubinger war so etwas wie ein KPD-Sympathisant, jedenfalls einer, der nicht alles bescheuert fand, was von drüben kam, und nicht alles gut, was im Westen verkündet wurde. Deswegen haben sie ihn hier verfolgt, und er ist in die DDR abgehauen.«

»Na, wenn das mal eine Verbesserung war. Lebt er noch?«

»Du hast keine Ahnung, Georgie, was damals los war. Im Westen und im Osten.«

»Ich habe sowieso keine Ahnung, großer Meister.«

»Nun sei nicht gleich beleidigt. Zu deiner Frage: Weiß nicht, ob er noch lebt. Ist wohl ziemlich unwahrscheinlich. Aber ich habe ein Bild von ihm, das wird unser blondes Gift schwer beeindrucken.«

»Hm. Bild ist gut«, sagte Georgie.

Sechs Wochen und zwei Tage vor dem Anschlag.

Sie erschien pünktlich. Er hatte ungeduldig gewartet, schließlich war er erfolgreich gewesen. Sein erster Detektivauftrag, und schon hatte er etwas gefunden, das nicht jeder gefunden hätte. Auf die Idee mit der Annonce war er fast stolz. Nun gut, die erste Tour nach Wolfsburg hätten sie sich schenken können. Aber zählt am Ende nicht der Erfolg?

Sie grüßte kurz, setzte sich ihm gegenüber und schaute ihn an. Sie war gespannt, er sah es.

»Ihr Vater ist 1959 in die DDR gegangen.«

Sie erschrak. Dann dachte sie nach. »War er Kommunist?«

»Eher nicht«, sagte er. »Aber es gab Menschen, die ihm das vorgeworfen haben. Eine Zeit lang dachte ich, Ihr Vater sei Nazi gewesen und er sei deswegen geflohen. Aber inzwischen bin ich mir sicher, dass er es nicht war. Gott sei Dank!«

Cecilia überlegte. Vielleicht war sie sich nicht sicher, was sie schlimmer finden sollte, Nazis oder Kommunisten.

Stachelmann lächelte.

»Ich weiß nicht, was daran komisch ist.« Sie mühte sich vergeblich, nicht aggressiv zu klingen.

»Nichts. Ihr Vater war ein mutiger Mann. Entschuldigung, vielleicht lebt er ja noch …«

»Das Wichtigste haben Sie also nicht herausgefunden?«

»Lassen Sie mich berichten, was ich herausgefunden habe. Dann können Sie immer noch bewerten, ob Sie das viel oder wenig finden. Also, Ihr Vater war ein Widerstandskämpfer gegen den Nationalsozialismus. Er hat im Zuchthaus gesessen, aber seinen Mut nicht verloren. Nach 1949, ich weiß nicht genau, wann, hat die westdeutsche Justiz ihn ebenfalls verfolgt, und zwar aus dem gleichen Grund: kommunistische Betätigung. Nach meinem Wissen war Ihr Vater nie Mitglied der Partei, aber überzeugt, dass nicht alles falsch sei, was die Kommunisten forderten, nur weil sie Kommunisten waren. So trat er ein für die Wiedervereinigung, das forderten die Kommunisten damals vehement. 1951 wollten sie in einer Volksbefragung demonstrieren, dass sie die einzige nationale Kraft in Deutschland seien. Im Westen wurde die Volksbefragung verboten und ihre Aktivisten juristisch verfolgt. Und Ihr Vater landete wieder hinter Gittern.«

Cecilia betrachtete ihn fortwährend, als überlegte sie, ob sie ihm glauben könne. Die Geschichte, die ihr da erzählt wurde, verstand sie nicht ganz. Kommunist, Nazi, Verfolgung. Ein seltsames Land, in dem es solche Leute gab. »Ein Kommunist? Das sind doch schreckliche … Menschen.«

Stachelmann zog die Augenbrauen hoch. »Ein paar habe ich kennengelernt. Wenn man mal ein paar Verrücktheiten abzieht, waren einige von denen eigentlich ganz vernünftige Leute. Aber sie haben fest an ihre Religion geglaubt und alles übersehen, was nicht ins Bild passte. Oder es gerechtfertigt. Übel finde ich, dass sie auch nach dem Krieg juristisch verfolgt wurden. Dagegen wurde kein Nazirichter verurteilt, weil er Nazirichter gewesen war.«

Sie schaute ihn groß an.

»Sie glauben mir nicht?«

Als hätte er es geahnt, hatte er am Tag nach seinem Besuch bei Elsa Grabert recherchiert und die Tatsachen auf einer Karteikarte notiert. Manchmal bin ich ja doch nicht so blöd, dachte er. »Kurz gesagt, die Nazirichter und Nazistaatsanwälte haben nach 1945 einfach weitergemacht, als wäre nichts gewesen. Allein am Bundesgerichtshof, unserem höchsten Gericht, hatten sie« – ein Blick auf die Karteikarte – »zwischen 1954 und 1964 einen Anteil von über siebzig Prozent. An Landes- und Oberlandesgerichten gab es sogar noch mehr braune Kameraden.« Er schaute sie an und wartete.

Sie schüttelte den Kopf, als würde sie sich dagegen wehren, das zu verstehen, was Stachelmann vorgelesen hatte. »Aber es hat doch eine … Entnazifizierung gegeben.«

»Das steht in den Geschichtsbüchern«, sagte Stachelmann. »Aber nur in den guten steht auch, dass es wenig gebracht hat. Und als die Besatzungsmächte die Entnazifizierung in die Hände der Deutschen gelegt hatten, mit besten Absichten natürlich, da war sie praktisch vorbei. Und bald brauchte man die Westdeutschen im Kalten Krieg. Da waren einem alte Nazis doch lieber als Kommunisten oder solche, die man dafür hielt.« Er kam sich vor wie in einem Seminar. Du dozierst. »Und was vielleicht das Übelste an der Sache ist: Vor den Nazirichtern hatten sich Widerstandskämpfer zu rechtfertigen, weil das politische Strafrecht der Bundesrepublik bestimmte, dass kommunistische Betätigung, Kontakte mit der DDR und so weiter und so fort verboten seien. Erst 1968 wurde dieser Irrsinn aufgehoben. Nach« – ein Blick auf die Karteikarte – »125 000 staatsanwaltlichen Ermittlungsverfahren und 6000 bis 7000 Verurteilungen. Ich habe vor vielen

Jahren einmal einen alten Mann getroffen, den die SS im KZ Mauthausen fertiggemacht hatte. Der Mann war fett gewesen, hatte geröchelt beim Atmen, konnte sich kaum bewegen, sie hatten ihm die Gelenke gebrochen. Der Mann wurde trotzdem verfolgt, weil er nach Ansicht von Staatsanwälten den Staat gefährdete. Er besaß und verteilte Literatur aus der DDR. Und Ihren Vater haben diese Leute auch verfolgt.« Ein Plädoyer für Franz Laubinger gegen die Unwissenheit und die Vorurteile seiner Tochter.

»Ich habe das nicht gewusst.« Es klang, als glaubte sie ihm nicht.

Stachelmann nickte. »Sie hätten Elsa Grabert kennenlernen sollen, eine wirklich sympathische Frau. Sie war damals verliebt in Ihren Vater. Eigentlich ist sie es heute noch. Der Mann, den eine solche Frau liebt, kann kein schlechter Mensch sein.« Er nahm eine Kopie des Bildes aus der Schreibtischschublade und schob sie über den Tisch.

»Das ist mein Vater?«

Stachelmann nickte.

Erst schien sie Angst zu haben, das Foto zu betrachten, dann, es in die Hand zu nehmen. Vorsichtig griff sie mit Zeigefinger und Daumen eine Bildecke und hob das Foto an. Ihre Augen wanderten über das Bild, ihr Blick wurde weich. Die Hand, die das Foto hielt, begann zu zittern. Sie holte ein Taschentuch aus ihrer Handtasche und schnäuzte sich.

»Ich komme gleich wieder«, sagte Stachelmann und ging aufs Klo, obwohl er es nicht musste. Dort schaute er in den Spiegel, dann setzte er sich auf den Klodeckel, nahm sich eine Zeitung vom Stapel auf dem Hocker neben dem Waschbecken und las einen Artikel über die jüngsten Preiserhöhungen des bundesdeutschen Stromkartells.

Er zog, dann ging er zurück ins Büro. Sie saß da mit

steifem Rücken, in ihrem Gesicht waren keine Spuren geblieben. »Sie sollten mit Frau Grabert sprechen«, sagte Stachelmann. »Sie hat Ihren Vater gut gekannt, Ihre Mutter auch, und sie wird Ihnen einiges erzählen können.«

Sie schaute ihn an und sagte betont fest: »Ich werde es mir überlegen.«

Das Telefon klingelte. Stachelmann hob die Augenbrauen, um anzudeuten, dass es ihn auch störte, und nahm den Hörer.

»Gibt's dich noch?«

»Anne, ich habe gerade ein Gespräch. Ich rufe zurück. Ja?«

Schweigen, dann: »Wie du willst.«

Er schnaufte, dann legte er auf.

Cecilia hatte ihn beobachtet. »Ich möchte, dass Sie meinen Vater suchen. Kann ich das Bild behalten?«

Georgie hatte mehrere Kopien gemacht. »Natürlich. Das Bild ist für Sie.«

»Sehen Sie eine Möglichkeit, ihn zu finden?«

Stachelmann nickte. Er hatte sich schon einiges dazu überlegt. »Dazu muss ich nach Berlin fahren, ins Bundesarchiv. Dort liegen die Akten einer Abteilung der SED, die westdeutsche Genossen betreut hat, die in die DDR gegangen sind. Dort könnte ich den Namen Ihres Vaters und weitere Angaben finden. Oder wenigstens Leute, die Kontakt mit Ihrem Vater haben konnten. Er war ja nicht Mitglied der KPD gewesen, und deswegen bin ich mir nicht schlüssig, ob ich ihn da finde, weiß aber nichts Besseres. Womöglich kommen auch Akten des DDR-Innenministeriums infrage. Die liegen auch dort, und das werde ich an Ort und Stelle herausfinden.«

Sie schaute ihn an, geradezu freundlich für ihre Verhältnisse. »Wieder eine Woche?«

»Gut«, sagte Stachelmann. »Für die erste Runde berechne ich Ihnen vier Tage. Leider konnte ich Sie nicht erreichen …«

Sie winkte ab. »Auf einen Tag mehr oder weniger kommt es nicht an«, sagte sie.

»Und ich weiß nicht, ob im Bundesarchiv gerade ein Platz für mich frei ist. Normalerweise gibt's Wartezeiten.«

»Gut, ich rufe Sie morgen Nachmittag an. Dann wissen Sie doch, wann Sie einen Platz bekommen.«

»Wahrscheinlich.«

Sie steckte das Foto in ihre Handtasche, erhob sich und ging. Kurz bevor sie die Tür von außen schloss, drehte sie sich um und sagte: »Danke.«

Sie saßen sich in der Küche gegenüber, so, wie sie oft gesessen hatten. Anne hatte einen grünen Tee bereitet.

»Ich hätte ja nicht gedacht, dass du zurückrufst«, hatte sie ihn begrüßt.

Fast hätte er geantwortet, dass dies gut zeige, wie schlecht sie ihn verstehe. Aber er sagte nichts. Er vermied es, sie in den Arm zu nehmen, und setzte sich.

»Wie soll das nun weitergehen?«, fragte sie.

»Was macht der Kollege Stelter?«

Sie schüttelte unwillig den Kopf. »Was hat der damit zu tun?«

»Eine Menge. Dass du das nicht begreifst.« Er hatte die Szene in der Cafeteria nicht vergessen. Er konnte so ein Bild lesen, er war ja nicht blind. Mochte sein, dass sie es sich selbst nicht eingestand, aber die Dinge waren, wie sie aussahen. Eindeutig. Er hatte so oft daran gedacht, seit er ausgezogen war, und der Eindruck hatte sich eher verfestigt. »Jetzt gib es doch einfach zu. Mein Gott, ich kann mich erinnern, dass mir auch schon mal eine andere Frau gefallen hat.«

»Das kann man wohl sagen. Ich erinnere mich da an wenigstens zwei.«

»Ich habe denen immerhin kein Kind gemacht.« Als es raus war, verfluchte er sich selbst.

Sie antwortete nicht, sondern musterte ihn. »Du hast kein Recht, dich darüber zu beklagen. Nicht das geringste.« Sie beherrschte sich.

»Aber du willst mir doch nicht erzählen, dass dieser Stelter nicht hinter dir her ist.«

Sie überlegte, dann sagte sie: »Er wäre nicht der Einzige, Josef. Aber kommt es darauf an?«

»Du weichst mir aus.«

»Ich weiß nicht, ob er hinter mir her ist. Und wenn, dann ist es doch auch egal.«

»Aber deiner Karriere wird es hoffentlich nicht schaden.«

Sie starrte ihn lange Sekunden an. »Bitte geh«, sagte sie. »Ich hatte gedacht, man könnte mit dir reden. Mein Irrtum, mein Fehler. Geh jetzt. So ein Gespräch halte ich nicht aus. Und ich will es auch nicht aushalten.«

Sechs Wochen und ein Tag vor dem Anschlag.

Anderntags quälte er sich früh durch den Urlaubsverkehr auf der Bundesautobahn 24 nach Berlin. Georgie saß auf dem Beifahrersitz und döste vor sich hin. Stachelmann war froh, aus Hamburg wegzufahren, und hoffte, sich auch von dem Gespräch mit Anne entfernen zu können.

Er hatte zwei Zimmer im Hotel Haus Morgenland gebucht, das direkt neben dem Archiv lag. Als sie mittags dort eintrafen, brachten sie das Gepäck in ihre Zimmer und gingen zur ehemaligen kaiserlichen Kadettenanstalt in der Finckensteinallee, in dem das Bundesarchiv untergebracht war.

Im Lesesaal war wenig los. Sie hatten Glück, es waren Ferien in manchen Bundesländern, die meisten anderen Historiker ließen sich die Haut bräunen, während sie sich in Ruhe mit Franz Laubinger beschäftigen konnten. Als er angerufen hatte, ließ er sich mit einer Archivmitarbeiterin verbinden, einer Frau Bestler, die er fragte, in welchen Aktenbeständen er nachschauen solle. Die Archivarin verwies ihn auf Unterlagen des DDR-Innenministeriums, sofern es sich tatsächlich nicht um ein Mitglied der KPD gehandelt habe. Im anderen Fall sei eine Abteilung mit dem harmlosen Namen »Verkehr« im Zentralkomitee der SED zuständig gewesen, die den Parteiapparat der verbotenen KPD quasi in die Einheitspartei eingebaut habe. Diese Abteilung habe auch die illegale Arbeit der Partei in Westdeutschland angeleitet und finanziert.

»Um welches Jahr handelt es sich denn? Vielleicht kann ich schon mal in den Bestand hineinschauen.«

»1959«, sagte Stachelmann.

Die Archivmitarbeiter im Lesesaal kannte er nicht. Er war schon lange nicht mehr hier gewesen. Er füllte den Benutzerantrag aus, trug Georgie als Mitarbeiter ein, unterschrieb einmal mehr, dass er sich an die archivrechtlichen Bestimmungen halten werde, suchte sich einen Platz nahe dem Eingang und wartete. Georgie schaute sich um, dann setzte er sich neben Stachelmann. In den Sitzreihen verstreut saßen Benutzer, die meisten mit Laptops. Einer mit langen glatten schwarzen Haaren, Dreitagebart und eher nervös, saß an einem Aktenstapel, den er Seite um Seite abarbeitete. Am Fenster eine junge Frau, wohl eine Studentin, die gelangweilt zum Fenster hinausschaute. Ein klassisches Bild, so kannte er es aus seinen Seminaren. Als er sich gerade in bösen Vermutungen ergehen wollte, legte eine Archivmitarbeiterin ihm einen Aktenstapel auf den Tisch.

»Guten Tag, wir hatten miteinander telefoniert. Das ist, glaube ich, genau das, was Sie suchen«, sagte sie. Sie hatte lange dunkelbraune Haare und gefiel ihm, auch weil sie unüberhörbar in Berlin aufgewachsen war.

»Sie sind Frau Bestler?« Er reichte ihr die Hand.

Sie streckte Georgie die Hand hin, zog sie aber gleich wieder zurück, als der nicht reagierte. Georgie war in einem Dämmerschlaf versunken.

»Viel Vergnügen«, sagte Frau Bestler und verschwand aus dem Lesesaal.

Als er den oben liegenden Ordner öffnete, schaute er auf die Patina des DDR-Papiers. Ministerium des Inneren, Hauptabteilung Innere Angelegenheiten, Einbürgerungsanträge der Jahre 1959/60. Der erste Antrag stammte von einem Mann, der dem Kapitalismus den Rücken kehren und beim Aufbau des Sozialismus helfen wollte. Er sei arbeitslos, schrieb er, bestimmt stehe er in Westdeutschland auf einer schwarzen Liste, auch wenn er das Recht nie gebrochen habe. Aber die Kapitalisten seien hinter ihm her. Am Ende des Antrags ein handschriftlicher Vermerk: *Ablehnen.*

Stachelmann stieß Georgie mit dem Ellbogen in die Rippen. Georgie schnorchelte, schnaufte, reckte sich und starrte Stachelmann an. »Spinnst du?«

Stachelmann schob ihm einen Aktenordner zu. Georgie schüttelte den Kopf und gähnte, dann widmete er sich dem Ordner.

Der Nächste in Stachelmanns Stapel war ein ehemaliges KPD-Mitglied, das sich vor der Verhaftung fürchtete, obwohl es seine politische Aktivität seit dem Verbot eingestellt habe. Darunter: *Ablehnen. Sein Kampfplatz ist im Westen.*

Dann eine Frau, die sich verliebt hatte in einen Dresdener. Hier empfahl die Abteilung *Prüfung durch MfS und durch Abteilung Inneres Dresden.*

Er blätterte sich durch die Akten, las Begriffe wie »Westzonenflüchtlinge«, »Neubürger«, »Quarantänehaus« und »Westzonenzuzug«. Er fand heraus, dass es für »Zuziehende« aus Niedersachsen ein Aufnahmeheim in Barby in Sachsen-Anhalt gab. Alle, die aus dem Westen in die DDR wollten, wurden zunächst in so ein Heim eingewiesen. Dort blieben sie ein paar Wochen, während Innenministerium und Staatssicherheit ihren Fall prüften und die Kandidaten befragt wurden. Stachelmann fand auch die Dienstanweisung Nr. 7/57 des Innenministers, die regelte, wen die DDR aufnahm: an erster Stelle Westdeutsche, die sich der Wehrpflicht entziehen wollten, dann Menschen, die wegen ihrer antifaschistischen und antimilitaristischen Tätigkeit verfolgt wurden, und solche, die sich »in ehrlicher Arbeit eine gesicherte Existenz schaffen« und »aktiv am sozialistischen Aufbau teilnehmen wollten«.

Wer für würdig befunden wurde, DDR-Bürger zu werden, der wurde in einen Kreis »gelenkt«, wo er mindestens ein Jahr wohnen musste, bevor an Umzug zu denken war. Der Abschnittsbevollmächtigte der Volkspolizei am Wohnort musste unterrichtet werden, damit er ein wachsames Auge auf den neuen Mitkämpfer für die Erfüllung des Siebenjahresplans warf.

Im Heim Barby herrschten grausige Zustände, wie die Akten verrieten. Heringe in Klobecken, zerbrochene Scheiben, überall Schmutz und Essensreste, Brandlöcher in Gardinen, muffiges Personal, dem »Barrasmethoden« angelastet wurden. Immer wieder Schlägereien unter den Zuziehenden oder mit dem Ordnungsdienst. Saufereien, auch im Ort, obwohl es verboten war. Sechs

Uhr morgens aufstehen, dann »Revierdienst«, halb gares Essen, Arbeitsdienst gegen Lohn, Filme, Vorträge, Ausflüge, Besichtigungen.

Die Erfahrungen in den Aufnahmeheimen veranlassten viele Insassen, sich wieder in den Westen »zurückschleusen« zu lassen, um eine Illusion ärmer und eine Erkenntnis reicher.

Zwischen all den Akten hatte sich ein Dokument verirrt, das einem Übersiedler gehört haben musste. Ein Schreiben des »Arbeitsamts Berlin-West« vom 5. März 1959:

Nach den für die Gewährung der Winter- und Weihnachtsbeihilfe für bedürftige Berliner geltenden Richtlinien sind Personen, die für die Beseitigung der Rechtsstaatlichkeit und für totalitäre Ideologien eintreten, von der Beihilfe, die keine Pflichtleistung der öffentlichen Fürsorge ist, ausgeschlossen.

Stachelmann wäre nicht erstaunt gewesen, hätte da noch der Satz gestanden, die besagten Personen hätten das Frieren ja ausreichend im KZ geübt, weshalb es für sie keine besondere Erschwernis sein könne.

Er blätterte weiter, fand nichts mehr und öffnete den nächsten Ordner. Darin lagen Aufnahmeanträge und Beurteilungen durch die Aufnahmeleiter.

Ein Ellbogen traf ihn in den Rippen. Georgie grinste ihn an. Er tippte mit dem Finger auf ein Blatt Papier in dem Ordner, den Stachelmann ihm zugeschoben hatte. »Ich hab's!«, flüsterte er.

Stachelmann nahm den Ordner, zog ihn vor sich und las. Es war der Einbürgerungsantrag von Franz Laubinger.

Stachelmann lehnte sich zurück. Bei diesem Fall fielen ihm die Lösungen vor die Füße. Er schaute schnell nach, ob es *sein* Laubinger war, und da stand als Adresse tatsächlich *Wolfsburg-Hohenstein.* Kein Zweifel, er hatte ihn gefunden. Wenn Cecilia nicht diese Geheimniskrämerei veranstalten würde, hätte er sie sofort angerufen. Er war auf der richtigen Spur. Und diese Akte, für die er gleich einen Kopierauftrag ausfüllte, würde ihn dorthin führen, wo er Laubinger finden konnte. Tot oder lebendig.

10

Er nahm den Antrag und die anhängenden Dokumente vorsichtig aus dem Ordner. Das Papier aus dieser Zeit war empfindlich. Laubinger hatte seinen Antrag mit der Hand geschrieben. Eine deutliche Handschrift, klare Linienführung.

Ich beantrage die Einbürgerung in die Deutsche Demokratische Republik.

Begründung:
Am 17. April 1959 wurde ich aus dem Zuchthaus entlassen, nachdem ich zweieinhalb Jahre inhaftiert war wegen »Fortführung der KPD«. Es wurde mir die Verteilung von Propagandamaterial aus der DDR vorgeworfen. Außerdem meine Beteiligung an der Volksbefragung 1951 und andere Handlungen, die vor dem KPD-Verbot stattfanden. Auf meinen Einwand hin, dass man mir nicht die Unterstützung einer verfassungsfeindlichen Organisation vorwerfen könne, da diese zu dem besagten Zeitpunkt nicht als verfassungsfeindlich verboten gewesen sei, erwiderte das Gericht, das KPD-Verbotsurteil habe nur festgestellt, was ohnehin und schon davor offenkundig gewesen sei, dass sich nämlich die Arbeit der KPD gegen die freiheitliche Verfassungsordnung der BRD richte und daher von Anfang an rechtswidrig gewesen sei.

Nach meiner Entlassung aus der Haft teilte mir die pol. Polizei mit, dass ich unter besonderer Beobachtung stünde. Einem, der sich im Dritten Reich einiges herausgenommen habe, sei zuzutrauen, dass er auch das Recht im demokratischen Teil Deutschlands missachte.

Etwa vier Monate nach meiner Entlassung erhielt ich eine Sendung des Deutschen Turn- und Sportbundes, Bezirksverband Erfurt. Darin wurde ich zu einem Sportfest dorthin eingeladen. Einen Tag nach Erhalt der Sendung erschien ein mir unbekannter Kommissar der Kriminalpolizei. Er erklärte mir, dass seine Kollegen von der pol. Polizei meine Festnahme vorbereiteten, da ich offenbar den DTSB unterstütze, der, wie alle Organisationen und Einrichtungen der DDR, die Fortführung der verbotenen KPD sei. Nach Erhalt dieser Warnung bin ich unverzüglich als Besucher in die DDR eingereist. In Absprache mit dem 1. Sekretär der Kreisleitung Gotha beantrage ich meine Übersiedlung in die Deutsche Demokratische Republik, da ich eine weitere Haft nicht mehr ertragen würde.

Georgie zog die Akte wieder zu sich und las auch. Er war nun hellwach. »Der hat es nur einem Bullen zu verdanken, dass er nicht wieder einrücken musste. Das musst du dir mal vorstellen, ein Brief aus der DDR, von diesem Sportverband, und du bist ein Staatsfeind.« Von hinten zischte jemand: »Ruhe, hier wird gearbeitet. Gehen Sie raus, wenn Sie reden wollen.«

Georgie achtete nicht darauf, sondern sagte grinsend: »Staatsfeind bin ich eigentlich auch. Aber ich wäre beleidigt, wenn andere darüber entschieden.«

Stachelmann drehte sich um, sein Blick traf den Blick eines Manns mittleren Alters mit schütterem Haar und fast eingefallenem Gesicht, sodass er die Skelettform unter der Haut zu erkennen glaubte. Der Mann blickte wütend durch seine eckigen Brillengläser in einem goldfarbenen Rahmen. Stachelmann winkte ihm freundlich zu, der Mann senkte seine Augen ruckartig auf die Akte vor ihm.

»Der DTSB als Fortführung der Kommunistischen

Partei, auf so was können nur deutsche Staatsanwälte kommen. Vor allem die, die unter Adolf üben durften.« Georgie flüsterte ein bisschen leiser.

»Ist doch klar, warst du damals Polizist, Richter, Staatsanwalt, General, dann warst du später fein raus«, flüsterte Stachelmann. »Und Leute aus dem Reichssicherheitshauptamt haben fröhlich Karriere gemacht als Journalisten. Vom SD zur Journaille. Fachkräfte werden immer gesucht.«

Georgie verzog sein Gesicht. »Auch wenn man das alles weiß, mir wird immer noch schlecht, wenn ich's wieder lese. Hm.«

Stachelmann zog den Aktenstapel wieder vor sich. Georgie machte einen Augenblick den Versuch, den Ordner festzuhalten, gab dann aber auf. »Ich hab das entdeckt«, sagte er. »Du Schmarotzer.«

Auf dem nächsten Blatt fand Stachelmann eine Stellungnahme eines Mitarbeiters der KPD in der DDR:

F. Laubinger ist aus Wolfsburg bekannt. Er hat im Faschismus im Zuchthaus gesessen und dem Feind keine Zugeständnisse gemacht. Er hat auch nach dem Krieg Aktionen der Partei unterstützt. Dafür wurde er wiederum verfolgt und von der Adenauerjustiz zu einer 2 ½-jährigen Zuchthausstrafe verurteilt. Er hat wiederum dem Klassenfeind keine Zugeständnisse gemacht. Laubinger droht offenbar weitere Verfolgung und Inhaftierung. Da er kein Mitglied der Partei der Arbeiterklasse ist, kann von ihm nicht verlangt werden, die neuerliche Konfrontation mit dem Klassenfeind durchzustehen. Es kann nicht in unserem Interesse sein, wenn ein Antifaschist vor der Adenauer-Justiz »einknickt«.

Es muss aber hinzugefügt werden, dass Laubinger sich immer geweigert hat, Mitglied der Partei zu werden. Er hat grund-

legende Vorbehalte geäußert. Diese beziehen sich auf die seiner Meinung nach mangelnde sozialistische Demokratie in den sozialistischen und volksdemokratischen Ländern, aber auch in der Sowjetunion. Besonders nachhaltig kritisiert Laubinger das, was er als »Stalinkult« bezeichnet, der seiner Ansicht nach trotz der Rede des Genossen Chruschtschow auf dem 20. Parteitag der KPdSU noch nicht überwunden sei. Er kritisiert auch, dass die Rede des Gen. Chruschtschow immer noch nicht in der sozialistischen Presse veröffentlicht worden sei und die Genossen daher auf die Westpresse angewiesen seien, um diese Rede zu lesen.

Trotz dieser falschen Kritik, in der sich die nach wie vor bestehende politische Unreife und der Einfluss kleinbürgerlicher Ideologie auf L. zeigt, empfiehlt die Abteilung Verkehr die Übersiedlung des L. in die Deutsche Demokratische Republik, um einen bewährten Antifaschisten vor den Nachstellungen des Klassenfeinds zu schützen. Nicht zuletzt ist es von Vorteil, wenn L. in der DDR unter der Fürsorge der Partei zu einem Kommunisten reifen kann.

Darunter ein Papier, in dem die Übersiedlung von Laubinger nach Gotha bestätigt wird.

Stachelmann schob die Mappe zur Seite, wo Georgie sich gerade demonstrativ gelangweilt im Saal umschaute. Dann stützte Stachelmann die Ellbogen auf den Tisch und legte seinen Kopf in die Hände. Gotha also. Warum auch immer. Es war egal. Hauptsache, er wusste, wo sie weitersuchen könnten. Bisher hatte er fast alles richtig gemacht, und vor allem war er schnell fündig geworden. Seine Auftraggeberin konnte zufrieden sein mit ihm, auch wenn er wusste, mehr als ein flüchtiges Lächeln würde sie nicht haben für ihn.

Georgie schnaubte, nachdem er die Einschätzung des KPD-Funktionärs gelesen hatte. »Die hatten einen an der Waffel. Sag ich doch. Hm.« Er lehnte sich zurück, dann wieder vor, schob die Akte zu Stachelmann und nahm sich eine neue vom Stapel.

Um nichts zu übersehen, blätterte der die restlichen Ordner durch, fand aber nichts mehr zu seinem Fall. Er legte einen Schreibblock vor sich und notierte, welche Schritte er nun gehen musste. Wenn Laubinger in Gotha wohnte oder gewohnt hatte, dann gab es Informationen in den Akten der Abteilung Inneres der Stadt und des Kreises. Außerdem war er bestimmt von der Staatssicherheit überwacht worden, wenigstens eine Zeit lang, da er in deren Augen als ehemaliger Westbürger ein Sicherheitsrisiko war. Wo lagen die Akten der MfS-Kreisdienststelle Gotha? Er setzte sich an einen ans Internet angeschlossenen PC gegenüber dem Tresen, wo die bestellten Akten ausgegeben wurden, und suchte den Landesbeauftragten für die Stasiakten in Thüringen. Er notierte sich die Telefonnummer und ging hinaus in den Gang. Draußen regnete es. Er wählte auf dem Handy die Nummer, die er sich aufgeschrieben hatte. Die Auskunft war eindeutig: Die Akten lagen in Erfurt. Das war also die nächste Etappe. Und dann Weimar, wo das Staatsarchiv war. Dort wurden gewiss die Akten der SED-Kreisleitung Gotha verwahrt, soweit sie nicht Opfer der Brandaktionen beim Untergang der SED geworden waren.

Er überlegte kurz, wie viel die landesweite Zündelei zum Treibhauseffekt beigetragen haben mochte, grinste, als er sich vorstellte, wie er die neue historische Disziplin nennen sollte, die er gerade begründet hatte. Vielleicht »historische Umweltverschmutzung«, aber das fand er missverständlich, weil man diesen Begriff ja auch auf Fernsehhistoriker mit ihren dramaturgischen Billigeffekten beziehen konnte oder auf verwirrte Altkollegen, welche die Wirkungen des DDR-Sozialismus auf die Hirne als verheerender einschätzten als die des Nationalsozialismus oder die auf ihre alten Tage behaupteten, Stalin habe Deutschland überfallen und Hitler die Sowjetunion gar nicht angreifen wollen.

Im Gang zum Lesesaal stand plötzlich das Skelett vor ihm. »Sie müssen das verstehen. Es arbeiten noch andere hier …«

Stachelmann streckte ihm die Hand hin, was das Skelett stutzen ließ. Dann aber gab er Stachelmann zögerlich die Hand.

»Stachelmann mein Name. Tut mir leid, wenn wir Sie gestört haben. Vielleicht gewähren Sie mildernde Umstände, wenn ich Ihnen sage, dass wir an einer recht interessanten Sache sitzen. Es geht …«

Das Skelett fuchtelte mit der Hand, um Stachelmann zum Schweigen zu bringen. »Wenningmeier«, sagte es energisch. »Doktor habil. Wenningmeier, Universität Leipzig, Fakultät für Geschichte …«

»Freut mich, Herr Kollege«, sagte Stachelmann freundlich.

»Nicht dass Sie denken, Sie seien der Einzige hier, der etwas … Ungewöhnliches erforscht. Ich bin, man kann es nicht anders sagen, auf der Suche nach dem ganz großen Geheimnis. Dem ganz großen Geheimnis.« Er flüsterte fast.

»Faszinierend«, sagte Stachelmann. »So aufregend ist unser Projekt natürlich nicht.«

»Bestimmt nicht«, zischte das Skelett.

»Darf ich fragen …«

»Fragen dürfen Sie, aber eine Antwort kann ich Ihnen nicht geben. Lesen Sie Zeitung?«

Stachelmann nickte. Der Mann war offenbar nicht ganz dicht.

»Dann werden Sie es eines Tages erfahren. Alle Welt

wird es erfahren!« Das Skelett wendete sich ab und eilte hastigen Schritts zurück in den Lesesaal. Stachelmann unterdrückte ein Lachen, überlegte eine Sekunde, ob er Frau Bestler fragen sollte, in welchen Findbüchern Wenningmeier nach Akten suchte, verwarf diese Idee aber gleich wieder, weil es sich nur um Quatsch handeln konnte und er seine Zeit nicht vertrödeln wollte.

Zurück im Lesesaal, flüsterte er Georgie grinsend zu: »Bloß nicht laut werden. Der Typ ist ein Irrer.«

Georgie hob langsam den Kopf, drehte sich um zu Wenningmeier, betrachtete ihn einige Sekunden, schaute wieder nach vorn, bevor er das Kinn auf die Brust sinken ließ.

Stachelmann packte die Unruhe, es trieb ihn nach Thüringen. Er würde die Sache zu Ende bringen, morgen, spätestens übermorgen. Nur noch im Internet nachschauen, ob es in Gotha oder Erfurt einen Franz Laubinger im Telefonbuch gab. Als er niemanden mit dem Namen fand, suchte er auch in der Umgebung: Eisenach, Suhl und so weiter. Nichts und niemand. Es wäre zu schön gewesen, er hätte ihn im Telefonbuch gefunden. Anrufen, fragen, erledigt.

Georgie saß währenddessen auf seinem Stuhl, das Kinn auf der Brust, und schien zu schlafen.

Stachelmann fragte einen Lesesaalmitarbeiter, wo er Frau Bestler erreichen könne, und erhielt eine Nummer für das Haustelefon im Flur. Neben dem Telefon entdeckte er eine Rufnummernliste, er hätte nicht fragen müssen. Sie nahm gleich ab, er bedankte sich, bat, die bestellten Kopien bald zu schicken, und verabschiedete sich, und sie war erstaunt, wie schnell er fertig war.

Im Hotel holten sie das Gepäck und gingen zur Rezeption. Der staunenden Frau hinter dem Tresen erzählte Stachelmann etwas von einem »Familienfall«, Georgie machte ein trauriges Gesicht, woraufhin sich ihr Staunen in Mitleid auflöste. Als er freiwillig für eine Nacht bezahlte, die er in dem Hotel nicht verbracht hatte, lächelte sie und druckte Stachelmann die Rechnung aus.

Nachdem sie sich aus Berlin hinausmanövriert hatten und endlich auch der Autobahnring hinter ihnen lag, wurde es dunkel. Zuerst Erfurt, dann Weimar. In Erfurt würden sie übernachten, die Außenstelle des Stasiaktenlandesbeauftragten unangemeldet überraschen, und wenn sie nicht gleich zum Zug kamen, würden sie nach Weimar fahren und dort ihr Glück versuchen. Die Archivare in Weimar kannten ihn noch vom letzten Besuch. Jetzt, da sie alles im Schnelldurchgang erledigten, würden sie auch das Finale in Rekordzeit schaffen. Das würde Eindruck machen auf die Eisprinzessin. Seine Laune stieg, er war kein schlechter Geschichtsdetektiv, und das würde sich herumsprechen und ihm weitere Aufträge verschaffen. Die deutsche Geschichte hatte viele Vermisste hinterlassen.

Die Ausfahrt Erfurt-Vieselbach wurde angezeigt, dort mussten sie die Autobahn verlassen, wenn sie das Hotel aufsuchen wollten, in dem Stachelmann schon einmal gewesen war. Er fuhr ab, dann gleich nach links und auf die Bundesstraße 7, bald hinein nach Erfurt, bis er auf den Juri-Gagarin-Ring stieß, in den er links abbog bis zur Nummer 192, wo er sein Auto vor dem Eingang abstellte.

Ein Portier erschien, inspizierte mit mühsam unbewegtem Gesicht Stachelmanns Auto, das dem in diesem Augenblick noch verrotteter erschien als sonst. Er schaute in das Gesicht des Mannes, ob der vielleicht die Augenbrauen hob, kaum sichtbar natürlich, aber als Zeichen, wie erschrocken er war über den Zivilisationsbruch, den der alte Golf so ausdrucksstark darstellte vor der Glitzerwelt eines internationalen Hotels. Nachdem er das Gefährt einmal bedächtig umrundet und gewiss schon einen Entschluss gefasst hatte, wie Stachelmanns Kreditwürdigkeit zu bewerten wäre, stand er endlich vor ihm.

»Sie dürfen hier nicht parken!« Dabei ein schneller Blick auf Georgie.

Stachelmann, immer noch gut gelaunt, reichte ihm den Autoschlüssel, deutete auf den Kofferraum, nickte so blasiert, wie er konnte, genoss die Verblüffung des Mannes darüber, dass er es doch mit einem Hotelgast zu tun hatte, und betrat die Empfangshalle, Georgie im Schlepptau. Schwere Ledermöbel, Sitzecken, ein Kellner mit einem Tablett, den Arm hinter dem Rücken. Leise Musik. Ein dicker Teppich auf Marmorboden, die Rezeption aus dunkler Buche.

Die Angestellten hinterm Tresen trugen rote Jacketts mit einem Fantasiewappen auf der linken Brustseite, und Stachelmann überlegte sich, wie es aussehen mochte, wenn es einen Morgenappell gab und die versammelte Belegschaft die Hand aufs Herz legte, während eine rote Fahne mit diesem Wappen gehisst wurde, begleitet von der Hymne des Hotelkonzerns, dessen Einnahmen womöglich auch dazu dienten, Partys von Nachfahren zu bezahlen, die keinerlei Lust verspürten, erwachsen zu werden.

Sie erhielten nebeneinanderliegende Zimmer im zweiten Stock. Sie verabredeten sich in der Bar, aber dort blieben sie nicht lang. Georgie war zu müde, und Stachelmann hatte keine Lust, angeschwiegen zu werden.

Sechs Wochen vor dem Anschlag.

In der Nacht schlief er schlecht. Gegen fünf Uhr morgens wirkte die Schmerztablette nicht mehr. Er stand auf, trank ein Glas Wasser und schaute hinaus auf den Ring, der nach dem ersten Kosmonauten benannt war. Unten fuhren Autos, Menschen, die Arbeit hatten. Die Zimmerfenster dämmten den Straßenlärm, er kam sich vor wie in einer Raumkapsel weit weg von der Erde, die er unter einer Riesenlupe betrachtete. Auf den Bürgersteigen graue Menschen, mit Taschen, ohne Taschen. In Mänteln, T-Shirts, Jacketts, als gäbe es für jeden ein eigenes Wetter. Eine eigene Welt.

Er legte sich aufs Bett und hoffte, der Schlaf würde zurückkommen. Die Augen brannten, und es begann zu pochen hinter der Stirn. Es war zu früh fürs Frühstück, für die Arbeit, für alles. Er war zu müde, um zu lesen, und zu wach, um zu schlafen. Der Schmerz wanderte durch seinen Körper, manchmal täuschte er vor, weg zu sein, um dann plötzlich zuzuschlagen, irgendwo.

Das Bild von Cecilia entstand vor seinen Augen wie eine entfärbte Fotografie. Cecilia mit ihrem uralten Vater, den sie nie zuvor gesehen hatte. Jetzt endlich, kurz bevor der Alte starb. In dem Bild erschien der Vater neben Cecilia, aber so, wie er damals ausgesehen hatte. Ein attraktiver Mann, immer ein Lachen im Gesicht. Nun, im Gerichtssaal wird er nicht gelacht haben. Da gab es nichts zu lachen. Nur für die Nazistaatsanwälte und die Nazirichter. Für die war so ein Prozess besser als der beste Witz. So was gibt es gar nicht. So was gab es doch. Massenhaft.

Er stand wieder auf und blätterte in der Fernsehzeitschrift, die auf dem Schreibtisch lag. Er nahm nicht wahr, was er sah. Er legte die Zeitung weg, dann duschte er und zog sich an. Er fuhr mit dem Aufzug hinunter, mit ihm ein Mann, vielleicht so alt wie Stachelmann. Ringe unter den Augen hinter einer rechteckigen Brille ohne Rahmen. Der Mann hatte eine Glatze. Stachelmann linste an ihm vorbei in den Spiegel. Er hatte immerhin noch Haare. Außerdem machte das Geschäftsmannoutfit den anderen älter. Der würdigte Stachelmann keines Blicks. Er war versunken in seinen Gedanken oder dem Kampf gegen den Restalkohol.

Draußen war es dunstig. Der Tiefnebel mischte sich mit den Autoabgasen, es stank. Ein Lastwagen blies eine Dieselwolke über die Straße. Stachelmann ging den Ring entlang, beobachtete Passanten, die ihm alle grau vorkamen. Bald ging er zurück, er wusste nicht mehr, was ihn hinausgetrieben hatte. Im Hotel betrat er das Restaurant, wo das Frühstücksbüfett wartete. Neben dem Eingang ein Tisch, auf dem Tageszeitungen lagen. Er nahm die *Thüringische Landeszeitung*, bediente sich am Büfett, fand einen einigermaßen abgelegenen Tisch und setzte sich. Er las und kaute, trank Tee und achtete nicht darauf, was im Saal vor sich ging. Allmählich vergaß er, wie müde er war. Die Augen hatten sich an das Licht gewöhnt. Es war auszuhalten hier. Seine Laune besserte sich, er wurde zuversichtlich, seinen Auftrag nun zu erledigen. Dann würde er der Eisprinzessin die Rechnung überreichen, eingeschlossen die Position »Erfolgsprämie«. Er verdiente sein Geld durch Arbeit und nicht durch einen Vertrag, der ihn nur verpflichtete, hin und wieder in einem Seminar aufzutauchen. Die Universität war Lichtjahre entfernt, er lernte gerade das richtige Leben kennen, und wie es schien, kam er darin zurecht. Er hatte sich doch richtig entschieden. Aber während er es dachte, meldeten sich die Zweifel. Das sagst du heute, wo eine Sache gut läuft. Und wenn ab morgen kein Mensch mehr erscheint in deinem Hamburger Kellerloch? Wenn nur noch Georgie auftaucht und Sprüche klopft? Was dann? Ist Uni nicht besser als Hartz IV? Doch wenn du jetzt an der Uni wärest, dann würdest du Trübsal blasen, weil du dort bist. Du kannst es dir nicht recht machen. Er musste lachen, leise, aber laut genug, um einen erstaunten Blick vom nächstgelegenen Tisch einzufangen. Da saß eine junge Frau. Sie schaute ihn missbilligend an. Stachelmann mühte sich, den Tisch zu übersehen.

Georgie erschien, dem ersten Eindruck nach hatte er einigermaßen geschlafen. Wie um das Gegenteil zu beweisen, stellte er sich an den Tisch und gähnte. »Seit wann lungerst du hier schon rum?« Ohne eine Antwort abzuwarten, ging er zum Büfett, bediente sich reichlich und setzte sich zu Stachelmann an den Tisch. Bei der Kellnerin, die herbeieilte, bestellte er Kaffee. Er aß mit Appetit, ohne ein Wort zu sagen. Stachelmann vertiefte sich wieder in die Zeitung.

Nach dem Frühstück ließen sie sich mit einem Taxi in die Jürgen-Fuchs-Straße bringen, zum Hochhaus der Landtagsverwaltung. Sie nahmen den Aufzug in den dritten Stock, Stachelmann klopfte an der Tür, hinter der laut eines Schildes die Landesfiliale der Stasiaktenbehörde arbeitete.

»Guten Tag«, sagte Stachelmann, als Georgie die Tür hinter sich geschlossen hatte. Georgie hatte gerade seinen schweigsamen Tag. Sie standen in einem Raum mit zwei Schreibtischen. An der Rückwand und rechts an der Seite zwei offene Türen. An einem Schreibtisch saß eine Frau in einem grauen Hosenanzug, mit grauen Haaren und einem verhärmten Gesicht.

»Guten Tag«, sagte die Frau.

»Ich heiße Dr. Stachelmann und habe eine vielleicht etwas … exotische Frage.«

Die Frau fixierte ihn, sagte aber nichts.

»Ich suche die Akte eines Mannes …«

Wie originell, las Stachelmann in den Augen der Frau.

»… der von Wolfsburg nach Gotha übergesiedelt ist. Er heißt Franz Laubinger.«

Die Frau wandte ihr Gesicht zu der Tür in der Rückwand und rief: »Elvira!« Dann schaute sie auf ihren Monitor und begann zu tippen.

Stachelmann wartete und betrachtete das Büro. An der Wand ein Plakat der Landeszentrale für Politische Bildung, auf dem eine Veranstaltung zum Thema Extremismus angekündigt wurde. Dann hörte er Schritte. Eine klein gewachsene Frau mit unbestimmbarem Alter und kurzen grauen Haaren kam durch die Tür und schaute ihn neugierig an.

Mutter und Tochter, dachte Stachelmann. Oder die eine kopiert die andere. »Ich suche eine Akte über einen Franz Laubinger. Der ist 1959 von Wolfsburg nach Gotha übergesiedelt.«

»Und wie kommen Sie darauf, dass wir eine solche Akte haben?«

»Darauf komme ich nicht, ich vermute es. Vielleicht könnten Sie so freundlich sein, einfach nachzuschauen, ob es eine solche Akte gibt. Es handelt sich vermutlich um eine Opferakte, obwohl ich nicht weiß, ob Laubinger ein Opfer in klassischem Sinn war. Täter war er jedenfalls eher nicht.« Woher weißt du das? Konnte Laubinger sich nicht angepasst haben, nicht dankbar gewesen sein, nicht übereifrig, den Gefallen, den die SED ihm getan hatte, vergolten haben? Ach, egal.

»Sie meinen, Sie wollen jetzt gleich die Akte sehen, wenn es sie gibt.«

»Ja«, sagte Stachelmann.

Die Frau schaute ihn an, dann Georgie, an dem ihr Blick etwas länger hängen blieb, während der so tat, als sähe er sie nicht. »Da müssen Sie erst einmal einen Antrag stellen. Und in dem Antrag müssen Sie schreiben, warum Sie die Akte sehen wollen. Was Sie dazu legitimiert. Ein wissenschaftlicher Auftrag zum Beispiel. Eine journalistische Recherche. Oder Sie schreiben ein Buch …«

»Ich schreibe ein Buch«, sagte Stachelmann. Er fand, er habe schon schlechter gelogen.

»So, so, ein Buch«, sagte die Frau langsam, als müsste sie überlegen, ob sie ihm glauben könne.

»Ja, ein Buch.« Er ließ es ungeduldig klingen. »Und es geht nur um eine Kleinigkeit. In der Zeit, die wir diskutieren, ich den Antrag ausfülle, Sie ihn prüfen und bewilligen, könnten wir meine Frage schon geklärt haben. Die Frage ist: Gibt es eine Akte Franz Laubinger?«

»Was höre ich?« Eine Stimme aus dem Nebenraum. Die dritte Frau im Bunde. Aber sie mit halblangen schwarzen Haaren und einer verwirrenden Ähnlichkeit mit Anne. Der gleiche Typ. Ein bisschen jünger wohl. Ein flaues Gefühl kroch ihm in den Magen. Sie stand in der Tür, lächelte ihm freundlich zu und sagte: »Diese Akte hatte ich zuletzt in der Hand. Irgendein Fernsehteam wollte angeblich einen Beitrag machen über die Übersiedlung von Wessis in den Osten. Verrückte aller Länder, vereinigt euch! Die haben einen Rechercheauftrag erteilt, ich habe gesucht, und die Idioten haben sich nicht mehr gemeldet. Als hätten wir nichts Besseres zu tun.«

»Sie haben eine Akte über Laubinger?«

»Ja.« Sie klang ein wenig ungeduldig, sie hatte es doch schon gesagt.

»Die möchte ich gerne sehen«, sagte Stachelmann.

»Eigentlich geht das ja nicht«, sagte die Frau am

Schreibtisch, die bisher so getan hatte, als kümmere sie das Gespräch nicht.

»Was steht denn drin, in dieser Akte?«, fragte die Ältere.

»So gut wie nichts, wenn ich mich richtig erinnere.«

»Holen Sie sie bitte«, sagte die Frau am Schreibtisch. Die junge Frau verschwand in der Rückwandtür. Die ältere Frau setzte sich an den zweiten Schreibtisch und tat so, als würde sie sich mit ihrem Computer beschäftigen.

»Darf ich mich setzen?« Er zeigte auf einen Stuhl neben der Eingangstür. Die Knie schmerzten vom Stehen.

Die jüngere Frau guckte ihn kurz an, nickte und tippte weiter.

Das Telefon auf ihrem Tisch klingelte. Sie nahm ab, meldete sich mit der vollständigen Behördenbezeichnung und ihrem Namen. Wagner. Sie sagte ein paarmal ja, dann ein paarmal nein, dann sagte sie tschüs! und legte auf.

»Sagen Sie …«

Stachelmann erschrak, weil er nicht damit gerechnet hatte, dass sie ihn ansprechen würde.

Sie schaute ihn aus strengen Augen an. »Sie heißen Stachelmann, das habe ich richtig verstanden?«

»Ja.«

»Sie sind Historiker, aus Hamburg.« Keine Frage, eine Feststellung.

Stachelmann nickte. »Ja.«

»Und Sie haben ein Buch über Buchenwald geschrieben.«

Sie kannte seine Doktorarbeit, fast ein Wunder.

»Ja.«

»Ich habe es gelesen. Es ist das beste von allen.« Sagte es und guckte wieder auf ihren Bildschirm.

»Danke.«

Keine Reaktion.

Das Anne-Double kam endlich mit der Akte. Sie legte sie der Frau auf den Tisch, die gerade telefoniert hatte. Die schnaufte einmal, was Stachelmann als Protest gegen seine Drängelei verstand, blätterte, las, blätterte, las. Dann gab sie die Akte der jungen Kollegin. »Gut, Frau Kemmrich, dann gehen Sie mit den Herren hinüber. Weisen Sie sie auf die Persönlichkeitsschutzrechte hin und lassen Sie den Herrn Dr. Stachelmann das Formular unterschreiben.« Während sie es sagte, schaute sie Stachelmann kein einziges Mal an.

Frau Kemmrich winkte ihnen zu, ihr zu folgen. Sie führte sie durch die Seitentür und einen kurzen Flur in ein kleines Zimmer, eher eine Kammer, in der nur ein Schreibtisch mit Lampe und ein Stuhl standen. »Wir wollen die anderen Benutzer nicht stören«, sagte sie, und Stachelmann fragte sich, was die stören würde, wenn er wie sie im Benutzerraum saß. Dann verstand er, die anderen Benutzer sollten nicht bemerken, dass es für ihn keine Wartezeit gab.

Sie warf einen Blick auf Georgie. »Ich besorge noch einen zweiten Stuhl.«

»Nicht nötig«, sagte Georgie und setzte sich auf die Tischkante.

Sie reichte Stachelmann ein Formular, tippte mit dem Finger auf den Artikel, in dem es um das Persönlichkeitsschutzrecht ging, legte die Akte vor ihn und ging hinaus.

Er öffnete die Akte. Obenauf ein Dokument mit den persönlichen Daten Laubingers, geboren, wohnhaft und so weiter. Ein Eintrag auf der nächsten Seite war aufschlussreich:

SACHSTAND

Vorgang »Laube«/MA 607

F. Laubinger arbeitet seit drei Wochen in einer politisch zuverlässigen Brigade im VEB Metallwaren in Gotha. Laut Berichten der IM »Eule« und »Schuster« verhält sich L. unauffällig. Er ist gut qualifiziert, hat sich gut eingearbeitet und ist pflichtbewusst. An pol. Gesprächen nimmt er nicht teil. Auf Fragen nach dem Grund seiner Übersiedlung antwortet er kurz und korrekt, er sei in Westdeutschland pol. verfolgt worden.

Obltn. Straube, Stellv. Leiter

Georgie riss ihm die Akte weg. »War doch klar«, sagte er.

»Vorsichtig«, schnauzte Stachelmann. »Wenn du die zerreißt, gibt's Ärger, unter anderem mit mir.«

Georgie starrte das Papier an und sagte dann: »Die haben wirklich niemandem getraut. Da kam einer freiwillig, und trotzdem haben sie ihn bespitzelt. Ätzend.«

Stachelmann nahm ihm die Akte aus der Hand und las weiter.

Eine Anlage:

Treffbericht (Auszug) vom 6. 11. 59:
Bei einem der periodischen Treffen mit dem IM »Thomas« in der KW »Wurzel« wurde das Gespräch entsprechend der Treffkonzeption so geführt, dass dieser sich auch zur Zielperson L. äußerte:

Der L. lebt unauffällig in der ihm zugewiesenen Einraumwohnung. Er hat wenig Kontakt zu den Nachbarn, beteiligt sich aber an gesellschaftlichen Aktivitäten im Rahmen der Nationalen Front. Er geht nicht aus, besucht auch keine Kulturveranstaltungen. In letzter Zeit hat er intimen Kontakt zu einer Renate Wiemer, wohnhaft Gotha, Freiligrathstr. 17, hergestellt. W. ist Mitglied der Partei und pol. zuverlässig. Sie ist ledig.

Der Treff verlief ohne Vorkommnisse. Die Befragung war auf Einschätzung der allgemeinen Stimmung in der Produktion und im Wohngebiet orientiert. Der IM hat den Schwerpunkt der Bearbeitung nicht erkennen können.

So ungefähr hatte sich Stachelmann Laubingers Existenz in der DDR vorgestellt. Klappe halten, arbeiten, leben, bespitzelt werden, fertig. Natürlich beteiligte sich Laubinger auch an »gesellschaftlichen Aktivitäten« im Betrieb und im Wohngebiet, doch gewiss nicht im Übermaß. Nicht auffallen. Ob er glaubte, er könne irgendwann zurück nach Westdeutschland? Ob er das überhaupt wollte?

Stachelmann blätterte weiter. Die nächste Akte bestand aus mehreren Blättern und stammte von der Volkspolizei. Erst staunte er, dann las er, und während er las, brach ihm der Schweiß aus. Da lag Franz Laubingers Schicksal vor ihm. Er erfuhr alles, was er wissen wollte. Der Auftrag war erledigt. Um Himmels willen, was hatte der Mann für ein Pech gehabt. Und was hatte Stachelmann für ein Glück, eine glattere Recherche konnte es nicht geben.

Stachelmann verstand bald, was geschehen war.

Am 21. Dezember 1959, gegen 21 Uhr, ging Laubinger auf der Parkstraße in Richtung Park. Es war kalt, es hatte geschneit, die Straßen waren glatt. Auch der Bürgersteig. Stachelmann stellte sich vor, wie Laubinger sich vorantastete, versuchte nicht zu stürzen. Er dürfte anderen

Passanten begegnet sein, die auch Schwierigkeiten hatten, sich auf den Beinen zu halten. Die wenigen Autos auf der Straße schlingerten, obwohl sie Schritttempo fuhren. Es war dunkel, und der Gestank von Braunkohle mischte sich mit dem des verbrannten Öls der Zweitaktmotoren. Stachelmann kannte diesen Geruch, so hatte die DDR im Winter gerochen. Dunst lag über der Stadt. Vielleicht konnte Laubinger trotzdem am Himmel Sterne sehen in dieser eiskalten Winternacht kurz vor Weihnachten. Womöglich dachte er an die Heimat, an Freunde, Kollegen, vielleicht auch an seine Frau, die ihn nicht begleitet hatte, als er fliehen musste. Bestimmt dachte er an Renate, die Frau, in die er sich gerade erst verliebt hatte. Stachelmann war sich sicher, einer wie Laubinger schlief nur mit einer Frau, die er liebte. Konnte doch sein, dass er sie heiraten wollte und hoffte, sich ein neues Zuhause zu schaffen. Gewiss war er einsam. Wie er sich mit den Kollegen der Brigade verstand, das würde Stachelmann nie erfahren. Aber sie stammten aus anderen Welten, und an die Allmacht der Partei musste Laubinger sich gewöhnen. Wenn er es konnte. Es war eine Entmündigung, wie sie Laubinger im Westen nicht erfahren hatte, wenn er sich auch keine Illusionen machte darüber, wo er jetzt sitzen würde, wenn er in der Bundesrepublik geblieben wäre. Aber immerhin, sie hatten ihn aufgenommen hier, und sie kümmerten sich, wie es ihrem Verständnis von Kümmern entsprach. Er hatte keine Wahl gehabt, und so war er dankbar und verzweifelt zugleich. Hier also würde er alt werden, und er wusste, für einen, der gerne widersprach, der letzte Instanzen nicht anerkannte, für so einen würde es schwer werden. Aber zurück konnte er nicht mehr, drüben würden sie ihn fertigmachen, sein langer Aufenthalt in der DDR würde in ihren Augen beweisen, dass er ein Verräter war. In der DDR würden sie ihm bald eine Opferrente gewähren für die Zeit im Zuchthaus, drüben würden sie die Zeit seiner Qualen als strafverschärfend betrachten, weil es ihnen zeigte, dass er unbelehrbar sei.

Laut Polizeibericht kam der Lastwagen vom Typ SIS-150 aus Waltershausen. Er hatte grobstollige Reifen und gehörte den »Freunden« von der Sowjetarmee. Hinter dem Steuer saß Lawrenti Pulkow, auf dem Beifahrersitz Michail Sorin. Sie hatten zwei Kisten geladen, deren Inhalt sie nicht kannten, und sollten zu dem Wohnblock in Gotha fahren, wo die Offiziere der hiesigen Garnison wohnten. Pulkow und Sorin ahnten natürlich, dass in den Kisten etwas war, das die Offiziere organisiert hatten, für sich, für ihre Frauen. Offiziere durften organisieren, und ihre Untergebenen mussten ihnen helfen. So lief das schon seit Ewigkeiten, genauso wie die Quälereien, die die Rekruten ertragen mussten, bis sie selbst Altgediente waren, die Rekruten misshandeln durften. So war es in der ruhmreichen Sowjetarmee, deren Soldaten in den Staaten der Bündnispartner eingesperrt waren und die nur in Gruppen unter dem Kommando eines Vorgesetzten die Kasernen verlassen durften.

Für diesen Transport hatte der Major ihnen eine halbe Flasche Wodka geschenkt, was nur bewies, wie wichtig die Fracht war. Sie hatten den Wodka vor der Fahrt getrunken, gegen die Kälte, gegen das Heimweh und gegen das Elend. Der Wagen rumpelte über die schneebedeckte Landstraße, rutschte manchmal aus der Spur, aber Pulkow hatte den Lastwagen im Griff. Er hatte ihn immer im Griff gehabt, selbst im schwersten Gelände. Sie bogen in die Parkstraße ein, fuhren am Park vorbei, im Scheinwerferlicht tanzten die Schneeflocken. Sie froren, die Heizung des Lastwagens war schon lange kaputt, vielleicht hatte sie auch nie funktioniert. Auch russischer

Wodka wärmte nicht ewig. Auf dem Bürgersteig der rechten Straßenseite lief eine junge Frau. Sorin öffnete das Türfenster und rief »Mitkommen! Mitkommen!«, viel mehr Deutsch konnte er nicht. Pulkow boxte ihn an die Schulter. »Halt's Maul!« Sorin boxte zurück, fester. Pulkow wurde zornig, er schlug mit der einen Hand, mit der anderen wehrte er den nächsten Hieb ab. Es knallte, das Heck des Lastwagens rutschte nach vorne und stieß gegen einen Wartburg, der ihnen entgegenkam. Der Lkw drehte sich um den Wartburg herum, schleuderte auf die andere Straßenseite und zerquetschte Franz Laubinger an der Mauer, die den Bürgersteig zum Park hin begrenzte. Er war sofort tot. Schwerste innere Verletzungen, Genickbruch, das Gesicht zerschmettert. Die Volkspolizei übergab den Fall an die sowjetische Militärpolizei.

Er saß eine Weile unbewegt und staunte, wie erbärmlich ein Leben zu Ende gehen konnte. Georgie stand hinter ihm und hatte es auch gelesen. Stachelmann drehte sich um zu ihm und sah, dass auch Georgie erschrocken war. Das Leben eines aufrechten Mannes, an dessen Haltung trotz aller Irrtümer sich andere hätten ein Beispiel nehmen müssen. Stattdessen hatten sie ihn verfolgt, gequält und eingesperrt. Stachelmann kam es vor, als wären es immer dieselben Menschen gewesen, die diese Verbrechen begangen hatten. Dieselben Staatsanwälte, dieselben Richter, dieselben Gefängniswärter. Jeder Gangster wurde anständiger behandelt.

Er blätterte noch weiter. Der Totenschein, eine Bestandsaufnahme der wertlosen Besitztümer, eine Kopie der Mitteilung an die Kommunale Wohnungsverwaltung, dass der Mieter Laubinger verstorben sei. Dann die Notiz, Laubinger sei zulasten der Stadtkasse auf dem Hauptfriedhof Langensalzaer Str. 89, Teil III, beerdigt worden.

Er klappte die Akte zu und stand auf. Der Stuhl kippte nach hinten und knallte auf den Boden, nachdem Georgie zur Seite gesprungen war. Der Knall ließ Stachelmann kalt. Dafür stürzte Frau Kemmrich in das Zimmer, erst hielt sie die Hand vor den Mund, dann atmete sie hörbar aus.

»Ist nichts passiert«, sagte Stachelmann, bückte sich unter Schmerzen und hob den Stuhl auf.

»Dann ist ja gut.«

Stachelmann gab ihr die Akte, bat darum, ihm Kopien nach Hause zu schicken, und bedankte sich. Sie mussten ein paar Minuten warten, bis sie ein Taxi heranwinken konnten. Aber er war nicht begierig, schnellstmöglich ins Hotel zu kommen. Er war erschüttert von der Ungerechtigkeit, die Franz Laubinger widerfahren war. Er fragte sich, warum Cecilia so abweisend war, so anders, als er sich Laubinger vorstellte. Er bildete sich ein, er hätte mit Laubinger gut reden können, über alles Mögliche. Stachelmann begann es als Verlust zu empfinden, dass dieser Mann tot war. Wie schön wäre es gewesen, ihn in Gotha zu treffen, als zufriedenen alten Mann, der viel Übles erlebt, aber es verarbeitet hatte. Der nicht viel anders gemacht hätte, wenn er noch einmal die Wahl gehabt hätte.

Im Hotel steuerte Georgie den Aufzug an. »Feierabend, oder?« Er wartete die Antwort nicht ab und verschwand im Lift.

Stachelmann erkundigte sich an der Rezeption nach einem Elektronikmarkt und folgte der Beschreibung, wonach sich ein solcher Laden in der Nähe befand. Dort war kaum jemand, so fand er gleich einen Verkäufer, der wenigstens so tat, als verstünde er etwas von Digitalkameras. Stachelmann kaufte ein kleines Modell eines japanischen Herstellers mitsamt einigem Zubehör. Dann kehrte er zurück zum Hotel und machte sich in seinem Zimmer mit dem Fotoapparat vertraut. Er versuchte, Georgie ans Telefon zu bekommen, aber der meldete sich nicht.

Am Abend trank er ein paar Bier in der Hotelbar und ging knapp vor Mitternacht in sein Zimmer, um angezogen aufs Bett zu fallen. Er schlief schlecht, träumte, halb wach, halb im Schlaf von einem Mann, den ein Militärlastwagen zu Tode quetschte. Binnen Sekunden wurde ein Leben ausgelöscht, ein Leben, das länger hätte dauern müssen, während diese Bluthunde in ihren Roben unentwegt weiterkläfften. Er sah das Bild fotografisch genau vor sich, eine rote Robe, aus der ein Hundekopf ragte, mit weit aufgerissenem Maul, hechelnd nach dem Blut des nächsten Opfers. Freisler im Volksgerichtshof, der nach bundesdeutschem Juristenverständnis ein ordentliches Gericht gewesen war und dem anzugehören der Nachkriegskarriere nutzte. Rechtsbruch habe nur der begangen, der Hitlers Recht gebrochen habe. Stachelmann stammelte Verwünschungen vor sich hin. Mitten in der Nacht wachte er auf. Während er in die Dunkelheit starrte, schwirrten wirre Gedanken in seinem Hirn.

Fünf Wochen und sechs Tage vor dem Anschlag.

Er schaltete das Licht an, erhob sich, zog sich aus, stellte sich unter die Dusche und drehte den Kaltwasserhahn auf. Es traf ihn wie ein Schlag, aber er zwang sich, den Wasserstrahl auszuhalten, bis er fror. Er trocknete sich ab, putzte sich flüchtig die Zähne, um den Biergeschmack zu verdrängen, legte sich nackt ins Bett und zog die Decke bis zum Kinn. Bald fiel er in einen traumlosen Schlaf, aus dem er mit der Sonne erwachte. Als er aufstand, war ihm schwindelig. Er hielt sich am Fenstergriff fest und starrte hinunter. Der Dunst war weggewischt.

Er duschte wieder, diesmal warm und kalt, bis er glaubte, wach zu sein, wach genug jedenfalls für ein Frühstück. Er wackelte noch ein wenig, während er mit dem Aufzug hinunterfuhr. Im Restaurant nahm er reichlich vom Büfett und fühlte sich bald stärker. Zurück im Zimmer, erreichte er Georgie, der noch geschlafen hatte. »Nach dem Frühstück fahren wir.«

Georgie erwiderte nichts und legte auf.

Stachelmann packte seine Sachen, legte sich aufs Bett und hoffte, dass Georgie bald gefrühstückt hatte. Nach einer Viertelstunde wurde er unruhig. Er nahm seine Reisetasche und verließ das Zimmer. Er fuhr hinunter, bezahlte an der Rezeption und wartete. Nach einer halben Stunde tauchte endlich Georgie auf. »Ach da bist du, hab dich in deinem Zimmer gesucht.«

Sie gingen hinaus. Stachelmann ließ sich seinen Golf vorfahren, genoss es, wie der Portier die Tür öffnete, an deren Unterseite Rostflecken zeigten, dass dieses Auto den besseren Teil seines Daseins hinter sich gebracht hatte.

Stachelmann fuhr auf der Autobahn westwärts, nach Gotha. Vor der Auffahrt hatte er an einer Tankstelle gehalten und sich einen Stadtplan gekauft, auf dem er bald die Parkstraße und den großen Friedhof gefunden hatte. Zunächst fuhr er in die Stadt, in die Parkstraße. Er machte mehrere Fotos vom Bürgersteig auf der Seite des Parks. Im gegenüberliegenden Bahnhof quietschten Zugbremsen. Dann ging es weiter zum Hauptfriedhof. In Teil III waren die Wege gerade. Sie suchten die Grabstätten systematisch ab, bis sie die Menschen fanden, die um 1959 gestorben waren. Stachelmann brauchte nicht lang, um Franz Laubingers Grab zu finden. Ein schlichter Grabstein, darin eingemeißelt die Inschrift *Franz Laubinger 2. 3. 1911–21. 12. 1959*. Achtundvierzig Jahre waren ihm gegeben, bis ein saudummer Zufall ihn das Leben kostete.

Fünf Wochen und zwei Tage vor dem Anschlag.

Sie saß ihm gegenüber, die Beine übereinandergeschlagen. Stachelmann sah, sie war nervös. Ihre Stimme vibrierte, was Stachelmann verborgen geblieben wäre, wenn er sie nicht schon gekannt hätte. Cecilia gehörte zu den Menschen, die sich nichts anmerken lassen wollten. Stachelmann überlegte, wie es aussehen mochte, wenn sie lachte. Er suchte insgeheim Lachfältchen an ihren Augen, fand aber keine. Sie war makellos, zu makellos.

»Nun«, sagte sie ungeduldig. »Sie haben meinen Vater gefunden?«

»Ja.« Er schaute sie an und überlegte, wie er es ihr beibringen sollte. Er hatte die letzten Tage über verschiedene Varianten nachgedacht, sich aber für keine entscheiden können. Er schob ihr die Fotos über den Tisch, die vom Grab obenauf. Sie schaute sie an, wurde vielleicht ein bisschen bleicher.

»Er ist also tot.«

»Ein sowjetischer Militärlaster kam ins Schleudern und hat ihn getroffen. Ein Unfall. Der Fahrer war betrunken.«

Sie saß still auf dem Stuhl. Dann deutete sie auf ein Foto von der Parkstraße. »Dort?«

Er nickte.

»Darf ich die behalten?«

»Ich habe sie für Sie gemacht. Die Aktenkopien können Sie auch haben.« Er schob den Ordner mit den Papieren aus den Archiven über den Schreibtisch. Sie nahm den Ordner, ohne ihn zu öffnen.

»Danke. Wurde der Fahrer bestraft?«

»Mit Sicherheit. In den Akten, die ich eingesehen habe«, er schaute auf den Ordner, der vor ihr lag –, »steht davon nichts. In solchen Fällen war es üblich, dass der Beschuldigte dem sowjetischen Militärstaatsanwalt übergeben wurde. Und der hat ihn dann schnell in die Sowjetunion geschafft, wo er hart bestraft wurde.«

Sie warf ihm einen prüfenden Blick zu. Vielleicht um sich zu vergewissern, ob er eine harte Strafe billigte. »Wie hat mein Vater gelebt … in seinen letzten Monaten?«

»Er hat sich, glaube ich, ganz gut eingelebt. Er hatte einen Job, eine eigene Wohnung. Und wohl auch eine … Geliebte.«

»Eine Geliebte?«

»Eine Renate Wiemer. Sie wohnte in Gotha. Jedenfalls gibt es einen Bericht, wonach er wenigstens eine Nacht mit ihr verbracht hat.«

»Einen Bericht?«

»Das Spitzelsystem hat seine Vorzüge, jedenfalls für Historiker.«

Tatsächlich lächelte sie. »Ich verstehe.« Sie schrieb etwas in ihr Notizbuch, blickte ihn an und sagte: »Renate Wiemer?«

Er blickte auf seinen Notizblock. »Ja. Sie wohnte damals in der Freiligrathstraße 17. Die heißt heute noch so.«

Und dann erzählte er ihr, wer ihr Vater gewesen war. Als er fertig war, nahm sie den Ordner und stand auf. »Ich überweise Ihnen das Geld«, sagte sie und war weg, bevor er sich verabschieden konnte.

***

Der Mann lag auf der Pritsche in seiner Hütte, auf dem Rücken, die Hand unter dem Kopf, und bedachte, wie so oft, seine Lage. Es war richtig gewesen, abzutauchen, nachdem seine Welt eingestürzt war. Er hatte es schnell begriffen, wogegen andere zu lange noch ihrem Traum nachgehangen hatten. Viele waren verfolgt worden, manche waren übergelaufen, einige aber hatten durchgehalten. Wie er. Seit Jahren zog er durchs Land, übernachtete bei Genossen, verdiente sich ein wenig Geld, manchmal erhielt er es auch so. Obwohl er abgetaucht war, rechnete er damit, dass sie ihn eines Tages greifen würden. Vielleicht standen sie schon nachher vor der Tür seiner Hütte, in der er am liebsten war, zu der er immer wieder zurückkehrte. Ein befreundeter Anwalt hatte ihm gesagt, es sei eigentlich so ziemlich alles verjährt, was in seinem Fall infrage komme. Aber der Anwalt wusste nicht alles, und der Mann blieb misstrauisch. Außerdem hatte er dieses zweite Leben schätzen gelernt. Er war vollkommen unabhängig. Es hätte so weitergehen können. Aber die Dinge hatten sich geändert. Darüber dachte er nach, während er auf der Pritsche lag.

11

Einen Tag nach dem Anschlag auf den Bundesgerichtshof.

Sie war im Urlaub gewesen, in Griechenland. Es sei viel zu heiß gewesen, selbst für die Griechen, die ja einiges gewohnt seien. Felix hatte auch viel Sonne abbekommen.

»Und was erwartet einen zu Hause? Bullen, überall Bullen. Am Flughafen wimmelt es von ihnen. Und vor dem Dammtorbahnhof eine Straßensperre, Bullen mit Knarren, als hätten die Terroristen jetzt nichts Besseres vor, als nach Hamburg zu fahren.«

Die Leute drehten durch. Stachelmann war in eine Kontrolle geraten, hatte in den Lauf einer Maschinenpistole geguckt, während er seinen Personalausweis suchte. Hinter ihm eine Schlange von Menschen, die die Prozedur noch vor sich hatten. Hubschrauber dröhnten über ihnen, Polizeisirenen gleichzeitig aus allen möglichen Richtungen.

»Das ganze Spektakel, um zu zeigen, dass sie alles versuchen, die Kerle zu kriegen«, schimpfte Anne im Gang, während er in der Küche saß. »Aber so kriegen sie die bestimmt nicht. Die warten, bis das Theater vorbei ist, und sie werden bestimmt keinen deutschen Flughafen benutzen, um abzuhauen.«

Es war das erste Mal seit Wochen, dass sie miteinander redeten. Sie kam in die Küche, Stachelmann hielt sich an seinem Teebecher fest und überlegte, wie man über etwas sprechen konnte, von dem er nicht so recht wusste, was es war.

Worüber hatten sie sich gestritten? Oder hatten sie

nur ausgesprochen, was schon immer zwischen ihnen lag, aber selten angerührt wurde?

»Unglaublich, der Bundesgerichtshof!«, schimpfte sie weiter, während sie sich einen Tee eingoss. »Als ich das hörte, dachte ich, da will uns einer veräppeln. Ich dachte immer, solche Gebäude würden doppelt bewacht, mit allen Schikanen. Der erste islamistische Terroranschlag in Deutschland. Da kann man mal sehen, wie wirksam unsere Sicherheit am Hindukusch verteidigt wird.« Anne schnaufte.

Stachelmann war froh, dass sie darüber sprachen, auch wenn es ihm pervers erschien, bei diesem Thema erleichtert zu sein. Als wäre eine Aussprache übler als ein Terroranschlag.

Die Nachrichten und Zeitungen waren voll davon. Die Spekulationen überschlugen sich. Eine Terrorgruppe, von der niemand etwas gehört hatte. Was die Experten oder die, die dafür gehalten wurden, nicht davon abhielt, in jedes Mikrofon hineinzuschwätzen, das ihnen hingehalten wurde. Von Vergeltung für den Bundeswehreinsatz in Afghanistan war die Rede, für die Verurteilung von Terroristen durch deutsche Gerichte nach dem 11. September 2001. Einer redete gar über eine Rache für islamkritische Karikaturen und das Kopftuchverbot. Man hätte sie alle knebeln sollen.

»Ich finde es auch seltsam«, sagte Stachelmann. »Der BGH ist bestimmt gesichert wie das Bundeskanzleramt. Glaubst du, ein Terrorist käme ins Kanzleramt und könnte da in aller Ruhe eine Bombe legen? Zumal so eine große. Es muss ja richtig gerumst haben. Nein, bisher haben solche Terroristen sich nicht als Experten für Sicherungssysteme hervorgetan. Und wenn sie aus dem Ausland kommen, ist es noch unwahrscheinlicher, weil ihnen ja die Ortskenntnis fehlt. Mal kurz einreisen, den

BGH in die Luft sprengen und sich in Luft auflösen. So ein Quatsch.«

»Und das Bekennerschreiben?«

»Es ist doch gerade eine Spezialität von Bin Laden und Konsorten, keine Bekennerschreiben zu hinterlassen.«

»Herr Dr. Stachelmann, der Terrorexperte.«

»Herr Dr. Stachelmann, der glaubt, dass Hysterie dumm macht. Sieh mal, wenn es irgendwo knallt, glauben sofort alle, dass es Islamisten seien.«

»Ist doch auch so.«

»Meistens. Aber wenn ich heute etwas in die Luft jagen wollte, dann würde ich auch diese Masche reiten.«

»Herr Dr. Stachelmann, der Terrorist.«

Er zog eine Grimasse, von der er glaubte, sie würde ihn gefährlich aussehen lassen.

Felix, der gerade den Kopf zur Tür hineinsteckte, fing an zu lachen. Dann rannte er wieder zu seinen Spielsachen im Schlafzimmer.

»Hast du eigentlich deine Prämie von dieser Laubinger gekriegt?«

»Nein, die will sie noch überweisen.«

»Wo steckt sie?«

»Keine Ahnung. Eine Cecilia Laubinger habe ich nicht gefunden. Im Internet existiert sie nicht. Nicht in Deutschland, nicht in den USA.«

»Toll.«

»Immerhin hat sie das Honorar plus Spesen überwiesen. Eine Bareinzahlung. Mir kam diese Prämie gleich merkwürdig vor.«

»Also, wenn die nur das Honorar überwiesen hat, dann kannst du die Prämie in den Wind schießen.«

»Ich weiß.«

»Du willst andeuten, du seiest so reich, dass du auf zehntausend Euro verzichten kannst?«

»Nein, bin ich nicht. Ich habe nach ihr gesucht und sie nicht gefunden. Wie soll ich von jemandem etwas fordern, der sich in Luft aufgelöst hat. Außerdem, der Bundesgerichtshof hat derzeit andere Sorgen.«

»Sehr witzig. Was ich an dir nicht verstehe, ist dieser Mangel an Ehrgeiz, der dich immer wieder befällt. Wenn mir jemand zehntausend Euro schulden würde, ich würde ihn verfolgen bis ans Ende seiner Tage.«

»Als Rächerin der Enterbten.«

»Als jemand, der für jeden Scheiß bezahlen muss. Wie du übrigens auch.«

Das Gespräch hatte eine seltsame Wendung genommen. Aber sie hatte recht, wie immer. Oder fast immer. Vielleicht gehört das zu den Dingen, die mich an ihr stören. Er dachte eine Weile darüber nach, während sie ihn musterte. Natürlich, Cecilia hatte die Prämie nicht überwiesen, nur das andere Geld. Und sie war nicht auffindbar. Zwei und zwei sind vier.

»Hast du denn so viel zu tun?«

Er verstand: Hast du so viel zu tun, dass du keine Zeit hast, diese Prämie einzutreiben? So meinte sie es natürlich. Nein, er hatte nichts zu tun. Er hatte sich vor einer Woche auf eine Anfrage nach einem Stammbaum eingelassen. Irgendein Andreas Weinstaub, ausgewandert in den Siebzigern, war aus irgendwelchen Gründen auf die blöde Idee gekommen, nach seinen Ahnen zu suchen. Warum er gerade auf Stachelmanns Homepage geraten war, würde ewig Weinstaubs Geheimnis bleiben. Stachelmann hatte ein bisschen herumgesucht, bis in ihm die Einsicht gereift war, dass Genealogie ihn noch nie begeistert hatte und sich daran nichts ändern würde. Er hatte Zeit verplempert und Weinstaub schließlich vorgeschlagen, sich einen anderen Detektiv zu suchen. Natürlich, finanziell war das nicht besonders schlau gewesen.

Aber irgendwo hörte der Spaß auf, und Ahnenforschung lag jenseits dieser Grenze.

Dann lungerte Georgie immer mal wieder im Büro herum. Einmal hatte er das Bild mitgebracht, das er mit dem Handy von Cecilia gemacht hatte. Ein bisschen verwackelt, aber sie war fotogen und gut zu erkennen. Stachelmann hatte das Bild mit einer Reißzwecke an die Wand hinter dem Schreibtisch geheftet und überlegt, ob er Dartpfeile kaufen sollte, um seinen Zorn an dem Foto abzureagieren. Aber das fand er dann doch albern.

Jedes Mal, wenn er sein Büro betrat, erinnerte ihn das Bild an die zehntausend Euro, die ihm zustanden und die er bestimmt noch einmal dringend brauchen würde. Und nun bohrte Anne in der offenen Wunde.

»Du hast erzählt, diese Cecilia hätte sich den Namen von Laubingers Geliebter notiert. Vielleicht ist sie bei ihr aufgetaucht. Vielleicht weiß diese Frau, wo Cecilia sich versteckt?«

»Darauf bin ich auch schon gekommen. Aber es scheint in Gotha keine Renate Wiemer mehr zu geben.«

»Dann krieg raus, ob sie tot ist. Oder sie hat geheiratet und heißt anders.«

Sie bohrte wirklich gern in offenen Wunden. Ihn nervte seine Antriebslosigkeit ja selbst. Cecilia hatte sich mit dem Namen des Vaters vorgestellt, aber so hieß sie offenbar nicht; jedenfalls war sie nirgendwo verzeichnet, wie sollte er sie da finden?

»Oder geh zur Polizei«, sagte Anne. Aber der Tonfall verriet, dass sie selbst nicht glaubte, dies könnte etwas bringen.

Er winkte ab. »Es war eine mündliche Vereinbarung.«

»Warst du allein in Griechenland?« Als die Frage ausgesprochen war, bereute er sie schon. Wie dumm.

»Nein, Felix war mit«, sagte sie lächelnd. »Außerdem,

nach Griechenland muss man keinen Mann mitnehmen, die haben da selber welche.« Das klang so, als wollte sie sagen, er habe genug Grund, eifersüchtig zu sein, auch wenn der Kollege Stelter nicht mitgefahren war.

»Du hast den Stelter also zu Hause gelassen. Das dürfte ihm nicht gefallen haben.«

Sie mühte sich ein Lächeln ab. »Der Kollege Stelter hat sich mit Frau und Tochter in Italien verkokeln lassen. Kannst du den Quatsch nicht mal lassen?«

Er entsann sich des Bildes in der Cafeteria. Wie sie mit Stelter zusammengesessen hatte. Wie er seine Hand auf ihren Arm gelegt und sie es zugelassen hatte. »Dann könnt ihr jetzt ja braun gebrannt Wiedersehen feiern.«

»Dir kann man sagen, was man will. Du bist wirklich fast schon krankhaft eifersüchtig. Ich empfehle eine Therapie. So, wie es ist, geht es jedenfalls nicht weiter. Du machst dich zum Affen, und ich habe keine Lust, mich weiter mit diesem Quatsch abzuplagen. Gespräche ohne Sinn außer dem, mir vorzuwerfen, dass ich lüge. Darauf kann ich verzichten. Denk bitte darüber einmal nach.«

Als er zu Hause auf dem alten Sofa saß und sich gerade selbst beschimpfte, klingelte es an der Haustür. Stachelmann wartete, bis es zum zweiten Mal klingelte, dann stand er auf und drückte den Summer. Schritte im Treppenhaus. Dann stand Georgie vor der Tür.

»Das Detektivbüro ist wohl geschlossen«, sagte er. »Der Herr Detektiv ist ein Schlaffsack.«

»Keineswegs«, sagte Stachelmann, froh, dass ihn jemand ablenkte. »Der Detektiv bläst heute noch zum großen Halali. Cecilia ist sein Opfer, und er wird ihr die zehntausend Euro abjagen, um die sie ihn beschissen hat.«

»Oh, großer Meister, vielleicht nehmen Sie mich mit.

Als Treiber bin ich wohl zu gebrauchen, wenn man mir meine Aufgabe genau zuweist.«

»Na gut«, sagte Stachelmann. »Du verbringst deinen heutigen Abend im Capitol-Hotel in Gotha.« Er hatte es gesehen, als er die Parkstraße erkundete.

»Ist ja aufregend. Ich dachte, wir sprengen irgendwas in die Luft, ist ja gerade angesagt. Hm.«

»Du hast auch schon bessere Witze gemacht. Und den Islamisten nimmt dir sowieso keiner ab. Außerdem bezweifle ich, dass Schwule in dieser Szene besonders beliebt sind. Der Prophet mag dich eher nicht.«

»Mittelalter«, sagte Georgie. »Als ob Schwule keine Bomben legen könnten. Der vom BGH, das muss ein Schwuler gewesen sein.«

Stachelmann lachte, während er ins Schlafzimmer ging und Kleidung in seine Reisetasche stopfte. »Du spinnst.«

»Nein, Schwule sind überdurchschnittlich intelligent. Das ist wissenschaftlich erwiesen.«

Stachelmann lachte wieder. »Dann bin ich ja froh, dich an meiner Seite zu wissen. Nichts kann uns aufhalten, bei deiner Intelligenz und meiner Muskelkraft.«

»Du begreifst es nicht.«

»Eben, das ist ja die Malaise. Du bist einfach zu intelligent. Ist wissenschaftlich erwiesen. Die Wissenschaft hat festgestellt, jeder Schwule ist ein Held.«

»Gut, Goethe. Wir sollten nicht nach Gotha fahren, sondern nach Weimar, wo der Herr Geheimrat zu Hause ist.«

Stachelmann grinste, zog den Reißverschluss seiner Tasche zu und trug sie in den Flur. »Wie lange braucht unser Genie, um seine Sachen zu packen?«

»Hm. Für eine Woche, einen Monat, ein Jahr?«

»Was weiß ich, ein paar Tage. Nimm halt mit, was in deinen Koffer passt.«

Als sie auf der Autobahn waren, kamen Stachelmann Zweifel. Er lief weg vor der Langeweile, vor Anne, vor der Aussichtslosigkeit, in die ihn sein neuer Pseudoberuf stürzen würde. »Und wenn sie mir das Geld erst dann überweisen will, wenn sie zurück in den USA ist? Mit einer Kreditkarte zehntausend Euro abzuheben ist erstens kaum möglich und wäre zweitens ein teurer Spaß wegen der Gebühren. Und wenn sie Online-Banking macht, dann hat sie womöglich das Passwort nicht dabei oder die TANs oder wie das auch immer funktioniert. Vielleicht sollte ich einfach abwarten.« Und mich von Anne als Schlaffsack beschimpfen lassen, dachte er.

»Quatsch, dann hätte sie was gesagt. Die hat sich verdrückt. Der ist eingefallen, dass zehntausend Euro reichlich übertrieben sind. Viel zu viel für das bisschen Arbeit, das du investiert hast.«

Sonst redeten sie nicht viel. Stachelmann konzentrierte sich auf den Verkehr, Urlauber in vollgepackten Wagen, Fahrräder am Heck oder auf dem Dach, vorne die Eltern, hinten Kinder, die klebrige Limonade auf der Rückbank verkleckerten. »Wann sind wir endlich da?« spätestens eine halbe Stunde nach der Abfahrt.

Georgie buchte mit dem Handy zwei Zimmer im Hotel. »Welch Glück, sie hatten noch zwei frei. Sonst hätten wir ein Doppelzimmer nehmen müssen. Wir beide zusammen im Ehebett, herrlich!« Georgie lachte so schmutzig, wie er konnte.

»Präpotenter Depp«, sagte Stachelmann.

»Danke. Und was heißt das?«

»Ich dachte, du weißt alles. Du bist doch hier das Genie.«

»Hm.«

»Dazu fällt dir nichts ein, was?«

»War eine Beleidigung, was sonst? Ich opfere mich für

dich auf, und du beschimpfst mich, tolle Arbeitsteilung. Eigentlich solltest du mir was von deiner Prämie abtreten, wenn wir sie jemals kriegen.«

»Das hatte ich sowieso vor. Außerdem spendiere ich das Hotel, wenn du versprichst, nicht zu mir ins Bett zu kriechen, auch wenn du schlecht träumst oder es gewittert. Okay?«

»Hm. Na gut. Hatte mich geistig schon drauf eingestellt, es mal mit dir Wabbelsack zu versuchen.« Georgie grinste.

Sie krochen mit dem Verkehr bis zum Dreieck Kirchheim, dort ging es auf die A 4 Richtung Dresden. Bis zur Grenze war hier früher tote Hose gewesen. Oder ländliches Idyll, wie man es sehen wollte. Und jetzt rauschte der Verkehr von Ost nach West und von West nach Ost. Langsam baute sich ein Stau auf.

»Und diese Wiemer, wenn wir die finden, was dann?«

»Dann können wir nur hoffen, dass unsere Freundin Cecilia erstens bei ihr war und ihr zweitens verraten hat, wo sie steckt.«

»Das glaubst du doch selbst nicht.«

»Was?«

»Na, dass sie verrät, wo sie steckt.«

Stachelmann zuckte die Achseln. Warum sollten sie Ratespielchen veranstalten, wenn sie es doch bald wissen würden.

Der Verkehr stand. Georgie schaltete das Radio ein, überall Gerede über den Terroranschlag. Die Autos vor ihnen rollten ein Stück nach vorn, Stachelmann schloss die Lücke. So ging es länger als eine Stunde. Dann sahen sie Blinklichter, und als sie näher kamen, entdeckten sie eine Straßensperre zwischen der Ein- und der Ausfahrt eines Parkplatzes. Die Polizei verengte die Autobahn in ein Nadelöhr, durch das jedes Auto hindurchmusste. Lastwagen lenkte sie auf den Parkplatz, um sie dort zu filzen.

»So eine Scheiße«, sagte Georgie. »Die üben den Notstand, und der Anschlag kommt ihnen da gerade recht.«

»Was du so alles weißt.«

»Genau«, sagte Georgie.

Vor ihnen eine weiß-rote runde Stange, gesenkt. Auf beiden Seiten der Schranke Polizisten in Schutzwesten, Waffen im Anschlag. Stachelmann kroch Angst in den Magen. Wenn einer von diesen Kerlen einen Fehler machte …

Ein Polizist, klein, hager, in blauer Uniform, trat ans Fenster. »Bundespersonalausweis, Führerschein!« Ein Befehl.

»Kennen Sie das Wort mit den beiden T in der Mitte?« Georgie steckte seinen Kopf an Stachelmann vorbei zum Fenster.

»Papiere!« Scharf.

»Sie sollten mal eine Fortbildung in Höflichkeit machen. Dieser Herr hier und ich, also wir haben den BGH nicht gesprengt. Auch wenn ich dazu manchmal Lust gehabt hätte, gerade in letzter Zeit.«

»Halt's Maul!«, zischte Stachelmann.

»Ich denk gar nicht dran.«

»Steigen Sie aus!«, sagte der Beamte.

Stachelmann stieg aus, Führerschein und Personalausweis in der Hand, die Mündungen der Waffen bewegten sich mit ihm und Georgie, als der betont langsam den Wagen verließ. Stachelmann reichte dem Beamten seine Papiere. Der nahm sie, beachtete sie aber nicht.

»Wollen Sie jetzt Ihre Papiere zeigen oder zur Einsatzleitung gebracht werden?« Der Polizist lief rot an im Gesicht.

Endlich griff Georgie in die Gesäßtasche, zog sein Portemonnaie hervor, nahm den Personalausweis heraus und reichte ihn dem Beamten. Dabei schaute er ihm ins Gesicht. Der betrachtete die Papiere ein paar Sekunden, dann gab er sie zurück. »Fahren Sie weiter!«

Sie standen vor dem Haus in der Freiligrathstraße Nummer 17. An der seit Jahrzehnten nicht erneuerten Fassade des vierstöckigen Wohnhauses rankte Efeu. Georgie stellte sich vor die Klingelanlage und las vor: »Schmidt, wie originell, fehlen noch Meier und Schulze …«

»Quatsch nicht rum, lies vor!«

»Also, Schmidt, Fehrenberg, Wolleben, Kuhnt. Klingt nicht wie Wiemer.«

»Und die Vornamen?«

»Hans, B. und W., keiner und R.«

»Klingel mal bei R.«

Georgie schlug den einen Hacken an den anderen und drückte die Klingel. Es summte, und die Tür klackte, als Georgie sie aufstieß.

In der Wohnung rechts im Erdgeschoss stand ein Mann, vielleicht sechzig Jahre, im Trainingsanzug, schmierige Haare, in der Hand eine qualmende Selbstgedrehte. »Ja?«

»Wir suchen eine Renate Wiemer«, sagte Stachelmann.

»Schon wieder«, sagte der Mann.

»Was heißt das?«, fragte Stachelmann.

»Da war so 'ne Frau, 'ne Blonde, nicht schlecht, wirklich nicht schlecht. Der hab' ich gesagt, dass hier keine Renate Wiemer wohnt. Ist auch schon 'ne Weile her.«

»Aber sie hat mal hier gewohnt«, sagte Georgie.

»Da wissen Sie mehr als ich.« Er starrte Georgie fast feindselig an.

»Darf ich fragen, wie lange Sie schon hier wohnen?« Stachelmann mühte sich, besonders höflich zu sein.

»Das geht Sie zwar nichts an, aber ich sag's Ihnen trotzdem.«

Erst jetzt fiel Stachelmann die schleppende Aussprache auf.

»Also, fast eineinhalb Jahre.«

»Wer wohnt denn sonst noch hier?«

»Das hat mich die Blonde auch gefragt. Nur sah die besser aus als ihr beiden.«

»Gibt es jemanden im Haus, der mit Vornamen Renate heißt?«

»Keine Ahnung. Mir ist es scheißegal, wie die heißen und was die machen. Hauptsache, sie lassen mich in Ruhe.«

»Vielen Dank«, sagte Stachelmann.

Der Mann warf Georgie noch einen finsteren Blick zu, dann ging er zurück in die Wohnung. Das Treppenhaus stank nach Zigarettenqualm.

Stachelmann und Georgie stellten sich vor die Wohnung gegenüber. »Mein neues Leben besteht darin, Klinken zu putzen, ohne Staubsauger.«

»Hm. Diesen tollen Spruch hab ich schon mal gehört«, sagte Georgie betont gelangweilt.

»Gutes Gedächtnis, Kollege. Bin beeindruckt!«

»Oh, ich wurde in den Status des Kollegen erhoben. Fühle mich geschmeichelt. Aber du verrätst mir demnächst einmal, was für ein Kollege? Klinkenputzer? Autobahnverstopfer?«

»Schwatzdrossel«, sagte Stachelmann und klingelte.

Die Tür öffnete sich. Eine Frau, schwarze Haare, ungeschminkt, ein offenes Gesicht, hellblaue Augen, aus denen es strahlte.

»Guten Tag, entschuldigen Sie bitte die Störung. Wir

suchen eine Renate Wiemer. Die hat mal hier gewohnt«, sagte Stachelmann. Sie würde merken, wie unsicher er klang.

Die hellblauen Augen der Frau wanderten von einem zum anderen und wieder zurück. Sie blieben an Stachelmann hängen.

»Das hat mich vor Kurzem schon mal jemand gefragt.«

Stachelmann fand das Foto in der Innentasche und zeigte es der Frau. »Die?«

Die Frau erkannte Cecilia sofort wieder, das sah Stachelmann. Aber sie zögerte. Dann sagte sie: »Ja.«

»Und was haben Sie ihr gesagt? Pardon, eigentlich geht es mich ja nichts an.«

»Darf ich Sie fragen, warum Sie Renate Wiemer suchen?«

Stachelmann überlegte kurz. Warum nicht?

»Diese Frau auf dem Foto schuldet uns zehntausend Euro«, sagte Georgie, bevor Stachelmann den Mund aufmachen konnte.

»Das ist viel Geld«, sagte die Frau mit den hellblauen Augen.

Sie gefiel Stachelmann, sie war vielleicht fünf Jahre jünger als er. »Ja, aber wir sind kein Inkassobüro. Wir glauben, sie hat einfach vergessen zu bezahlen. Und wir suchen Renate Wiemer, weil wir glauben, besagte Frau könnte früher oder später bei ihr auftauchen und Frau Wiemer könnte uns vielleicht verraten, wie wir die Frau auf dem Foto finden. Es würde ja genügen, wir könnten eine Nachricht bei Frau Wiemer hinterlassen für Cecilia Laubinger, so heißt die Frau auf dem Foto.«

»Vergessen?«

»Eher ein Missverständnis«, sagte Stachelmann. »Wir haben etwas für sie getan, und sie hatte uns für einen bestimmten Fall eine Art Prämie versprochen. Womöglich haben wir diesen Fall nicht eindeutig genug beschrieben.«

Die Frau schaute ihn verwirrt, aber auch ein bisschen amüsiert an. Georgie warf ihm einen finsteren Blick zu.

»Cecilia Laubinger«, sagte die Frau und ließ es ein wenig nachklingen. Sie schaute die beiden an, überlegte. »Renate Wiemer, das ist meine Mutter. Sie ist vor zwei Jahren gestorben.«

»Und Cecilia Laubinger, war sie bei Ihnen?«

Sie nickte, dachte nach. Dann sagte sie: »Kommen Sie herein, wenn Sie einen Augenblick Zeit haben.« Sie öffnete die Tür weit und trat zur Seite. Sie führte sie ins Wohnzimmer. »Ist ein bisschen unordentlich, aber mit Besuch habe ich nicht gerechnet.«

»Macht nichts«, sagte Stachelmann. »Sie sollten mal meine Bude sehen. Um von seiner ganz zu schweigen.« Ein Seitenblick auf Georgie, der sich neben ihn aufs Sofa gesetzt hatte. Der schnaufte nur, sagte aber nichts.

Die Frau mit den hellblauen Augen lächelte und setzte sich auf den einzigen Sessel. Auf einer Kommode an der Wand stand ein Bild, ein Mann und eine Frau. Stachelmann begann es anzustarren. Er erkannte Franz Laubinger. »Darf ich mir das Bild ansehen?«, fragte er und versuchte, sich seine Aufregung nicht anmerken zu lassen.

Sie warf einen eher beiläufigen Blick auf das Bild. »Natürlich«, sagte sie.

Er erhob sich und trat an die Kommode. Das Bild war in einem Rahmen aus mattem Stahl. Stachelmann setzte sich wieder aufs Sofa, das Foto in der Hand.

»Franz Laubinger war Ihr Vater, nicht wahr?« Er schaute noch einmal auf das Bild.

»Nein«, sagte sie. »Aber meine Mutter hat dieses Bild

so geliebt. Sie hat es sogar ins Krankenhaus mitgenommen, bevor sie starb.«

»Was für ein furchtbarer Unfall«, sagte er.

»Ja. Meine Mutter hat noch Jahre darunter gelitten. Eigentlich bis zuletzt.«

»Aber Sie haben Laubinger nicht gekannt?«

Sie lächelte wieder. »Nein, so alt bin ich nun wirklich nicht.«

»Entschuldigung«, sagte Stachelmann.

»Hm. Offen gesagt, er ist immer so«, sagte Georgie trocken.

Sie lachte leise.

Es gefiel ihm, wie sie lachte. Genug herumgeredet, trotzdem. »Und Cecilia Laubinger, sie war also bei Ihnen?«

Wieder zögerte sie. »Ja, sie war hier.«

»Sagen Sie, damit ich Sie richtig anspreche, Sie sind Frau Wolleben?«

Sie nickte. »Meine Mutter hat mir den Vornamen Valentina verpasst.«

»Das ist russisch, nicht? Ich finde ihn schön. So hieß doch auch die erste Frau im All.« Und so hieß auch Hollers Tochter, die vergiftet worden war, dachte Stachelmann.

Sie lächelte. Ein Blick, lang, tief. Er berührte etwas in ihm.

»Cecilia Laubinger, hat sie sich bei Ihnen auch so genannt?«

Valentina überlegte. »Nein, der Nachname war anders. Englisch. Sie hatte einen englischen oder amerikanischen Familiennamen.«

»Können Sie sich an den Namen erinnern? Bitte versuchen Sie es.«

Valentina runzelte die Stirn. »Nein«, sagte sie nach ein

paar Sekunden. »Ich spreche schlecht Englisch, und sie hat ihn … hingenuschelt, so, wie eben Leute in ihrer Muttersprache reden. Es hat mich auch nicht interessiert. Sie sagte, ich solle sie Cecilia nennen. Sie komme aus Boston, ihre Mutter sei Deutsche gewesen, und Franz Laubinger sei ihr Vater. Ich fand sie richtig nett. Wir haben uns gleich geduzt. Mir war ein bisschen, als wären wir Schwestern.«

Stachelmann ließ seinen Blick über ihr Gesicht, dann den Oberkörper wandern. Sie gefiel ihm, irgendetwas an ihrer Art und an ihrem Blick griff nach ihm. Sie schaute zurück, wieder einige Millisekunden länger, als es üblich war, wenn sich zwei Menschen in die Augen schauen.

»Sie haben sich gut unterhalten.«

»Ja, aber sie war enttäuscht, dass meine Mutter nicht mehr lebt. Sie hätte gern mit ihr über ihren Vater gesprochen. Das kann man ja verstehen.«

Stachelmann überlegte, wie man sich gut unterhalten konnte mit Cecilia. Mit der Eisprinzessin. »Mir kam sie sehr verschlossen vor.«

»Merkwürdig.«

Georgie schaute sich währenddessen um. Plötzlich sagte er: »Entschuldigen Sie, ob Sie vielleicht ein Glas Wasser …«

»Natürlich.« Valentina erhob sich und verließ das Wohnzimmer.

Georgie sprang auf, stürzte auf einen Papierstapel auf der Kommode zu, den Stachelmann gar nicht wahrgenommen hatte, blätterte darin, während er angestrengt horchte, ob Valentina zurückkam, und stand wie unbeteiligt am Fenster, als sie mit einem Glas Wasser in der Hand erschien. Es hatte nur wenige Sekunden gedauert.

Stachelmann schüttelte kaum sichtbar den Kopf, sagte aber nichts.

Während Georgie trank, stand auch Stachelmann auf. Er zog aus dem Portemonnaie eine Visitenkarte und gab sie ihr. »Überlegen Sie bitte. Vielleicht fällt Ihnen noch etwas ein. Etwas, das Ihnen möglicherweise unwichtig vorkommt. Glauben Sie mir bitte, es geht nicht nur um unser Geld, ich fürchte, Cecilia könnte etwas zustoßen. Wenn ihr etwas geschieht, ich würde es mir nicht verzeihen. Im Zweifelsfall verzichte ich auf die Prämie.«

»Sie meinen, sie ist in Gefahr? Warum?«

»Da gibt es eine Geschichte mit Laubinger, die ich noch nicht aufgeklärt habe. Ich weiß nur, dass es gefährlich werden kann, vor allem für Cecilia. Warum sonst reist sie unter falschem Namen?«

Georgie schaute ihn von der Seite an. Valentina war verwirrt. In ihrem Gesicht las er die Frage, ob sie ihm trauen könne. Und er ahnte, sie würde es nicht jetzt entscheiden.

Er winkte Georgie hinaus, reichte Valentina die Hand, sah in ihre hellblauen Augen, sagte: »Sie rufen mich doch an?« und ging, Georgie trottete ihm nach.

Sie setzten sich ins Auto, und kaum hatte er die Beifahrertür zugeschlagen, fragte Georgie: »Du hast es aber plötzlich eilig. Und was ist denn das für eine wilde Geschichte?«

»Quatsch ist das. Sie weiß mehr, als sie sagt. Vielleicht meldet sie sich, weil Cecilia angeblich in Gefahr ist. Ein bisschen plump, ich gebe es zu. Immerhin wissen wir jetzt, dass Cecilia unter falschem Nachnamen gereist ist. Kann doch sein, dass ihr der Name wieder einfällt und sie mich anruft.«

»Damit du dann mit ihr turteln kannst.«

»So ein Quatsch!« Bitte kein Scheiß jetzt.

»Heteros, euch verstehe einer. Die Frau ist dringend

verdächtig, entscheidendes Beweismaterial beseitigt zu haben. Außerdem lügt sie wie gedruckt. Aber der große Holmes wechselt warme Blicke …«

»Red keinen Scheiß.« Er überlegte, schaute zum Haus und sah den Vorhang von Valentinas Wohnzimmer leicht wackeln. Dann blickte er wieder auf die Straße. Doch, sie hatte etwas in ihm berührt. Aber das ging Georgie nichts an. Zumal Stachelmann selbst nicht wusste, was es war. »Wenn wir Glück haben, finden wir den Nachnamen unserer aufgetauten Eisprinzessin heraus. Ich weiß nämlich, wo sie hingefahren ist.« Eigentlich wusste er es nicht hundertprozentig, aber es konnte nicht schaden, Georgie zu verblüffen, dann war er vielleicht weniger vorlaut. »Und außerdem, was war denn das für eine Schnüffelaktion? Wenn sie dich erwischt hätte …«

»Hat sie aber nicht. Hätte ja die Visitenkarte von Cecilia drin liegen können. Oder ein Brief. Oder ein Zettel mit der Telefonnummer.«

Stachelmann starrte ihn an. »Und hat es?«

Georgie zögerte, dann schüttelte er den Kopf. »Nee, Schulkram.«

Stachelmann drückte den Rücken in die Lehne und streckte die Beine. Und nun?

»Verrätst du mir, wo Cecilia hingefahren ist, oder soll ich mich vorher auf die Knie werfen?«

»Das mit den Knien ist keine schlechte Idee. Nur hier im Auto geht es schlecht, aber wir holen es nach.« Er schaute auf die Uhr. »Jetzt schauen wir mal, ob wir herausfinden, wie Cecilia wirklich heißt.«

Frau Kemmrich schaute sie erstaunt an, als sie kauend ins Büro kam und die beiden warten sah. Dann lächelte sie. Sie wischte sich mit einem Papiertaschentuch den Mund ab und fragte: »Ja?«

Stachelmann legte das Bild auf den Schreibtisch. »Kennen Sie diese Frau?«

Frau Kemmrich musterte ihn, dann sah sie auf das Foto. »Was würden Sie sagen, wenn jemand mit einem Foto von Ihnen käme und ich würde frei Haus losplappern, ja, den kenne ich, der wohnt in Soundso, in der Straße Soundso, Hausnummer Soundso. Und dann taucht jemand bei Ihnen auf, der glaubt, Sie hätten seiner Tochter ein Kind angedreht. Ich bin mir sicher, Sie würden mir ein Dankesschreiben schicken.«

»Dazu hätte ich ohnehin genug Grund«, sagte Stachelmann, der versuchte, sich die Überraschung über den Temperamentsausbruch nicht anmerken zu lassen.

Erst verstand sie nicht, dann schaute sie ihn etwas freundlicher an.

»Sie schuldet uns Geld«, sagte Georgie.

Frau Kemmrich tat so, als hätte sie ihn erst jetzt wahrgenommen.

»Dafür bin ich nicht zuständig.«

»Liebe Frau Kemmrich, den Nachnamen, wir brauchen nur den Nachnamen. Natürlich wäre es schön, wir bekämen auch die Adresse. Aber ich will nicht übermütig sein.«

Frau Kemmrich ging zur Tür des einen Nebenraums und lugte kurz hinein. Dann legte sie den Zeigefinger an die Lippe und sagte recht laut: »Das müssen Sie bei der Chefin beantragen. Ich habe dazu keine Vollmacht.« Gleichzeitig zog sie einen Aktendeckel aus einem Stapel auf dem Schreibtisch. Stachelmann erkannte den Ordner sofort. Frau Kemmrich schlug ihn auf, deutete auf die Liste mit den Benutzereintragungen, ging wieder zur Tür, wohl um sich nicht überraschen zu lassen. Stachelmann fand Cecilias Namen unter seinem. »Laubinger«, flüsterte Stachelmann. Er klappte die Akte zu und legte sie auf den Stapel. Frau Kemmrich verließ ihren Wachtposten und trat zu ihnen. »Tut mir leid, dass ich Ihnen nicht helfen konnte.« Dann flüsterte sie: »Hessenstraße, Frankfurt.«

»Beim nächsten Mal, wenn ich hier bin, lade ich Sie zum Essen ein«, flüsterte Stachelmann.

Er erntete ein Lächeln, das alles bedeuten konnte oder nichts.

»Ich werde mich bei Ihrer Chefin beschweren!«, sagte Stachelmann laut. »Das ist doch absurd, diese Geheimniskrämerei. Wie bei der Stasi!«

»Bitte, tun Sie das. Aber ich wäre Ihnen dankbar, Sie würden mich jetzt meine Arbeit tun lassen. Und das mit der Stasi, das weise ich zurück!« Sie grinste ihn an wie eine Komplizin nach einem geglückten Banküberfall.

»Ich werde die Heterokacke nie verstehen«, sagte Georgie. »Kaum sieht sie dich hässlichen Gnom, schmilzt sie dahin und verletzt sämtliche Vorschriften, die der Gesetzgeber in mühseligster Kleinarbeit ausgetüftelt hat, um solchen Aktengangstern wie dir das Handwerk zu legen.«

»Noch nie was von natürlichem Charme gehört?«

»Du wechselst das Thema.«

»Um mal wieder zum Ernst der Lage zurückzukommen. Im Hotel checken wir, ob es eine Hessenstraße in Frankfurt gibt. Und ob eine Frau Laubinger dort wohnt.«

»Das glaubst du doch selbst nicht«, sagte Georgie.

»Natürlich nicht. Aber auszuschließen ist es nicht. Könnte ja wenigstens sein, dass der Name stimmt.«

»Pass mal auf, wenn die auf unserer alten Fährte reist, dann muss sie ja auch in Hotels übernachten. Wir klappern die Hotels ab. Da finden wir bestimmt jemanden, der sie gesehen hat. Die Dame soll ja gewissen Männern gefallen.«

Stachelmann überlegte. »Gar nicht so doof. Wir können die Suche einschränken auf die besseren Hotels, diese Dame steigt nicht irgendwo ab. Sie hat Geld und einen Eisprinzessinnenpo.«

»Wir fangen hier in Erfurt an mit der Hotelsuche. Wir brauchen ja selbst noch eines. Am besten, wir beginnen bei den einschlägigen Amihotelketten. Home sweet home.«

»Manchmal bist du sogar zu gebrauchen«, sagte Stachelmann. »Vielleicht ist sie wirklich noch hier. Oder wir finden jemanden, der weiß, wo sie steckt.«

Im ersten Hotel auf ihrer Liste trafen sie auf einen Hotelbediensteten, der sofort den Blasierten gab, als er bemerkte, dass die beiden eher keine Gäste sein würden. Der geschulte Blick des Mannes zielte auf Georgie wie der Laserstrahl eines Aliens.

Der Mann betrachtete das Bild flüchtig, und als Stachelmann sein Portemonnaie zückte, schüttelte er nur den Kopf. Doch Stachelmann bildete sich ein, dass der Mann Cecilia nicht wiedererkannt hatte.

Die Empfangsdame des nächsten Hotels gab sich zugänglicher. »Wissen Sie, wir schützen unsere Gäste und geben Informationen nur an staatliche Stellen heraus.«

»Das ist meine Schwester«, heulte Georgie plötzlich. »Wir suchen sie schon seit Monaten. Bestimmt ist ihr was passiert. Und Sie wollen uns nicht helfen.« Die Tränen flossen, Georgie schlug wie in Rage auf den Tresen, die Empfangsdame, klein, ein bisschen stämmig, resolut und mit einer kleinen roten Warze auf dem Nasenansatz, zuckte zusammen. Und Georgie schluchzte: »Wir wollen doch nur wissen, ob sie da ist.«

Die Empfangsdame schaute sich um, dann sagte sie: »Sie ist nicht mehr da. Aber ich habe Ihnen das nicht gesagt.«

»Sie sind sicher: Cecilia Laubinger?«

Die Frau tippte auf einer Tastatur, schaute und nickte. Dann wandte sie sich ab.

»Immerhin, jetzt wissen wir, dass sie sich auch hier unter diesem Namen eingetragen hat.«

Sie setzten sich in der Empfangshalle in eine Sitzecke mit Ledersesseln und einem Glastisch. Als ein Kellner erschien, bestellte Stachelmann Kaffee und Georgie ein Bier. Sie saßen lange und schwiegen. Georgie warf hin und wieder einen Blick zu dem PC, der neben dem Eingang stand und an dem ein Typ die Börsenkurse verfolgte. Die waren in den Keller gerutscht seit dem Anschlag auf den BGH. Auf dem TV-Flachbildschirm an der Wand rechts neben der Rezeption lief ein Nachrichtensender, als Sendungstitel eingeblendet *Terror in Deutschland*.

Stachelmann betrachtete die Leute, die vor dem Bildschirm standen. Sie unterhielten sich nicht, sondern verfolgten gebannt das Programm. Stachelmann konnte nicht verstehen, was der Moderator sagte, aber im Hintergrund tauchte mehrfach das BGH-Gebäude auf, das Erbgroßherzogliche Palais in Karlsruhe, einmal zerstört, dann im Zustand vor dem Anschlag.

»Wie sie wirklich heißt, ist erst mal nicht so wichtig. Wir haben sie hier unter dem Namen Laubinger gefunden und so auch in der Stasibehörde. Wenn dieser Typ sich im Lauf dieser Woche doch noch mal was Vernünftigem widmet und den PC nicht mehr blockiert, könntest du mit deinen überragenden Computerkenntnissen doch mal gucken, ob es erstens eine Hessenstraße in Frankfurt gibt und zweitens eine Cecilia Laubinger in Boston. Ich hab da schon mal mein Glück versucht, aber der große Meister in diesen modernen Disziplinen bist ja du.«

Georgie tippte sich an die Stirn und stand auf, als der Kellner mit den Getränken kam. Er nahm im Stehen einen großen Schluck aus der Bierflasche und ging zum PC. Stachelmann beobachtete, wie Georgie sich neben den Typen stellte, eine Weile zuschaute und ihn dann ansprach. Der beachtete ihn erst nicht, dann schaute er Georgie doch an, sagte etwas, ärgerte sich offenbar, aber Georgie grinste frech, pustete den Mann mit seiner Bierfahne an, woraufhin dem die Hand zuckte, er aber dann doch ging, sich noch einmal umdrehte, schimpfte, ohne dass Stachelmann es verstanden hätte, und verschwand. Georgie saß längst seelenruhig am PC und hackte auf die Tastatur ein wie ein Holzfäller.

Bald kam er lächelnd zurück. »In Boston gibt's keine Cecilia Laubinger, aber eine Cecilia Lambert, und die verscherbelt Häuser. Und eine Hessenstraße in Frankfurt gibt es nicht. Da hat sie also geschwindelt. Leider habe ich im Internet kein Bild von dieser Cecilia Lambert gefunden. Vielleicht ist sie ja unsere Kandidatin, so viele Cecilias wird es ja nicht geben. Sie hat sich in Deutschland nach ihrem Vater genannt, der Anfangsbuchstabe des Nachnamens ist der Gleiche. Ich sag ja immer, blonde Frauen, das war schon bei Humphrey Bogart so.«

»Das war vor deiner Zeit«, sagte Stachelmann.

»Ich bin historisch gebildet, nicht zuletzt durch den unvergesslichen Besuch eines Seminars bei einem gewissen Stachelmann.«

»Angeber.«

»Es ist die reine Wahrheit.«

»Wir halten fest, Cecilia ist offenbar gut betucht, jedenfalls steigt sie ungern in schlechten Hotels ab. Sie bevorzugt wohl amerikanische Hotelketten, weil sie sich da eher zu Hause fühlt. Jetzt müssten wir noch rauskriegen, ob Cecilia Laubinger in Wahrheit Lambert heißt, dann könnten wir eigentlich nach Hause fahren und ihr eine Mahnung nach Boston schicken.«

»Woraufhin die Dame schnurstracks zu ihrer Bank eilt und die Kohle überweist«, sagte Georgie.

»Du hast recht. Jemand, der unter falschem Namen reist und so abtaucht wie Cecilia, der überweist gar nichts. Erstaunlich genug, dass sie das Honorar bezahlt hat. Und den Rechtsweg kann ich mir schenken, wenn wir sie jemals finden. Da kostet der Anwalt mehr als diese bescheuerte Prämie. Außerdem hätte ich vor Gericht keine Chance. Juristisch ist das mehr als wacklig. Wir müssen sie hier schnappen und ein bisschen unfreundlich werden.« Eine innere Stimme sagte ihm, er solle diese Suche abbrechen. Zeitverschwendung. Aber dann würde Anne ihn für einen Waschlappen halten. Jetzt hatten sie schon so viel Zeit investiert in die Suche, und immerhin kannten sie nun wahrscheinlich ihren vollen Namen.

»Was bedeutet, dass wir jetzt eine Sightseeing-Tour durch Thüringen machen …«

»Quatsch. Wir fahren nach … Frankfurt und klappern die Amihotels ab. Ihre erste Anlaufadresse war Wolfsburg. Wenn sie von Boston direkt geflogen ist, kommen nicht allzu viele deutsche Flughäfen infrage. Guck doch mal nach.«

Georgie sprang auf, salutierte und marschierte im Stechschritt zum PC. Einige Hotelgäste glotzten ihn an, doch Georgie übersah sie und suchte sich wieder die Tastatur als Opfer aus. Es dauerte wenige Minuten, dann kehrte er im Stechschritt zurück, salutierte und meldete in soldatischer Haltung: »Neben Frankfurt Köln-Bonn, Hannover, München, Berlin, Stuttgart, Düsseldorf …«

»Stehen Sie bequem«, sagte Stachelmann gönnerhaft.

»Wirklich zu gebrauchen. Wir nehmen besser Hannover, schließlich wollte sie nach Wolfsburg.«

Georgie legte die Hand an die Hüfte und schob den linken Fuß ein Stück nach vorne. »Könnte aber sein, dass sie das aus den USA nicht so genau bedacht hat, vielleicht überhaupt nicht glaubte, dass es hier außer in Frankfurt noch einen Flugplatz gibt.«

»Dass es hier überhaupt Flugzeuge gibt. Sogar mit Düsentriebwerken. Du spinnst. Hannover. Wenn jemand aus Boston nach Wolfsburg will, fliegt er nach Hannover«, sagte Stachelmann. »Wenn sie überhaupt aus Boston ist.«

Eine Woche später wusste Stachelmann, dass er sich geirrt hatte. Jedenfalls hatte niemand, den sie gefragt hatten, Cecilia in Hannover und Umgebung gesehen. Sie hatten sich Mühe gegeben, den Flughafen abgeklappert, erst die großen, dann auch kleinere Hotels besucht, erst in der Stadt, dann in der Umgebung, bis einschließlich Wolfsburg und Braunschweig. Schon am zweiten Tag hatte Georgie gestöhnt, und Stachelmann gestand sich ein, es war am Ende Sturheit gewesen, die ihn dort hatte weitersuchen lassen, und sonst nichts. Als er die Möglichkeit erwähnte, auch in Hamburg und Frankfurt zu suchen, tippte Georgie sich an die Stirn. »Du bist verrückt. Wir sollten in München weitermachen.« Stachelmann telefonierte in Frankfurt herum, aber die meisten Hotels verweigerten die Auskunft. Immerhin hatte er die Adresse der Immobilienmaklerin Cecilia Lambert in Boston. Vielleicht sollte er ihr einen Brief schreiben, um sie zu fragen, ob sie unter dem Namen Laubinger gereist sei. Er hatte nun die Nase voll. Immerhin hatte er seinen Auftrag erfüllt und ein Honorar erhalten, außerdem hatte die Schneyder AG ihn ausbezahlt. Vielleicht war die Prämienvereinbarung mit Cecilia sowieso ein Missverständnis gewesen, so perfekt war ihr Deutsch nicht. Oder er hatte nicht richtig zugehört. Sei zufrieden, sagte er sich. Gib die Sache auf. Und wenn Anne dich für einen Waschlappen hält, na gut, dann tut sie es eben. Tut sie es nicht sowieso?

Es war auch besser, aufzuhören, weil Georgie während der letzten Tage unterwegs maulig geworden war. Er fand es stumpfsinnig, auch noch »die Dorfkneipen abzuklappern, nur weil du nicht einsehen kannst, dass du dich verrannt hast«.

Sie waren vorgestern Abend zurückgekommen, und seitdem hatte Stachelmann nichts getan, außer sich zu langweilen. Nahm er ein Buch in die Hand, legte er es bald wieder zur Seite, weil es ihn nicht interessierte. Er empfand das Ende seiner Suche nach Cecilia als Niederlage, und er redete sich ein, sich damit abzufinden. Er blätterte in Zeitungen, bezahlte online eine Rechnung und heftete sie ab, überlegte, ab welcher Uhrzeit er es sich leisten könnte, Wein zu trinken. Da fiel ihm ein, dass er seiner Mutter am Vorabend versprochen hatte, sie heute zu besuchen. Zum Abendessen, und da musste er pünktlich sein, damit die Mutter nicht umsonst kochte. Fast hätte er es vergessen gehabt.

Er zog sein Jackett an und ging hinaus. Es nieselte, doch das Auto stand in der Nähe, und er kriegte nur ein paar Tropfen ab. Er startete den Wagen, ließ die Kupplung kommen, der Wagen wollte nicht losfahren, Stachelmann gab etwas mehr Gas, bis das Auto nach vorn holperte. Er stellte den Motor aus und stieg aus. Hinter dem linken Hinterreifen lag ein Mensch, ein Kind. Es rührte sich nicht. Stachelmann verstand nicht, was geschehen war. Er hatte ein Kind überfahren, es bewegte sich nicht. Es lag da, als wäre es tot. Es trug eine Jeans und ein Sweatshirt. Wie Felix. Ein Zittern überkam ihn. Er kniete sich neben das Kind, drehte es um und starrte in ein Stoffgesicht. Es war eine Puppe, so groß wie Felix. Und neben der Puppe lag ein Stoffelefant mit gelben Ohren.

12

Er saß noch einige Minuten neben der Puppe, hielt den Stoffelefanten in der Hand und zitterte. Ihm war plötzlich kalt, eiskalt. Dann nahm er sein Handy und rief Georgie an. »Komm her, sofort.«

Stachelmann wusste nicht, was er tun sollte. Eine Frau lief an ihm vorbei, warf flüchtig einen Blick auf ihn und die Puppe und ging schnell weiter. Er saß, die Zeit verging, aber er merkte es nicht. Er fühlte sich klein, verschwindend klein. Er war gar nicht hier. Dann kam ein alter Honda Civic um die Ecke, rot und rostig. Er hielt neben Stachelmanns Golf. Georgie stieg aus. »Da staunste, was? Neues Auto!« Er stellte sich neben Stachelmann. »Was soll denn der Scheiß?« Er nahm Stachelmann unter dem Arm und zog ihn hoch. »Du bist ja ganz nass. Wir gehen rein.« Er fasste Stachelmann am Ellbogen und führte ihn in die Wohnung. »Was willst du denn mit dem Spielzeug?« Er zeigte auf den Elefanten. Stachelmann antwortete nicht. »Auch gut. Vielleicht finden wir noch einen Löwen mit roten Ohren.« Er versuchte, Stachelmann aufzuheitern.

Stachelmann roch etwas Süßliches. Das kannte er, Haschisch. Georgie hatte sich einen gedröhnt und war dann Auto gefahren. Stachelmann setzte sich auf seinen Sessel, während Georgie sich in der Küche zu schaffen machte. Nach einigen Minuten erschien er mit einem Tablett, darauf die gläserne Kanne aus der Kaffeemaschine und zwei Becher, Zucker und Milch. Er stellte alles auf den Tisch und goss ein.

»Du hast geglaubt, du hättest jemanden überfahren.«

Stachelmann schüttelte den Kopf. »Das auch, aber darum geht es hier nicht. Diese Puppe ist … Felix, Annes Sohn. Und diesen Elefanten habe ich Felix zum Geburtstag geschenkt. Oder genauso einen. Die Puppe da draußen ist so groß wie Felix und gekleidet wie er.«

Georgie starrte Stachelmann eine Weile an. »Und was heißt das nun?«, fragte er endlich.

»Das ist eine Warnung.«

»Vor was?«

»Vor was?« Stachelmann wiederholte die Frage. Er versuchte sich zu konzentrieren. Über so etwas muss man kühl nachdenken. »Es kommen zwei infrage: die Schneyder AG und Cecilia.« Er dachte nach. »Oder Bohming?« Bohming, der glaubte, wegen Stachelmann seinen Lehrstuhl verloren zu haben. Aber würde der so eine Aktion unternehmen? Es passte nicht zu ihm. Überhaupt nicht.

»Bohming, das ist Quatsch«, sagte Georgie. »Und die Schneyder AG? Warum?«

»Könnte sein, dass die mich warnen wollen davor, Akten zu benutzen. Zwar habe ich denen die Kopien ihrer Akten zurückgeschickt, aber sie könnten ja vermuten, ich hätte Kopien von den Kopien und würde sie aufbewahren, um sie irgendwann einmal zu erpressen.«

»Und hast du die Akten gebunkert?«

»Natürlich. Aber nicht, um sie zu erpressen, sondern um etwas in der Hand zu haben, sollten sie auf dumme Gedanken kommen.«

»Du bist ganz schön ausgekocht.«

»Wär ich das doch nur. Auf die Idee mit den Kopien wärst sogar du gekommen.«

»Schön, dass du schon wieder dumme Sprüche klopfen kannst.«

Schweigen.

Dann sagte Stachelmann: »Ich tippe auf Cecilia.«

»Du hast zuletzt schon mal auf was getippt, das nannte sich Hannover.«

»Das wirst du mir nun noch Jahre vorhalten. Wenn ich es so lange aushalte, mit dir zu verkehren.« Er überlegte, dann sagte er: »Ich rufe die Polizei, und du ziehst hier ab. Stinkst nach Stoff wie ein Partykeller.«

Georgie schaute Stachelmann an. »Ich bleibe hier.«

»Dann halte gleich deinen Führerschein bereit.«

»Ich fahr die Kiste um die Ecke, das merken die nicht.«

Stachelmann hob die Hände, um anzuzeigen, er habe getan, was er tun konnte. Dann wählte er die Nummer der Polizei. Als abgehoben wurde, verlangte er, Kriminalrat Taut zu sprechen. Es bedurfte einigen Nachdrucks, bis der Beamte am anderen Ende begriff, dass er Stachelmann besser mit Taut verbinden sollte.

»Ja?«

»Stachelmann.«

Schweigen. »Nicht schon wieder.«

Stachelmann lachte trocken. Er hatte in den letzten Jahren einiges erlebt mit dem Kriminalrat und der mit ihm. Taut war Ossis Vorgesetzter gewesen, Stachelmanns Freund aus alten Heidelberger Zeiten, den er in Hamburg wiedergetroffen hatte. Aber Ossi war tot. Und Stachelmann hatte herausgefunden, warum. Das hatte die Polizei blamiert, aber die Polizei hatte auch einigen Grund, sich von Stachelmann an der Nase herumgeführt zu fühlen. Taut konnte es sich nach dieser Vorgeschichte nicht leisten, Stachelmann abzuweisen. Aber glücklich war er nicht, wenn Stachelmann sich meldete.

»Herr Dr. Stachelmann«, sagte Taut, und in diesen beiden Worten lag die Furcht, es könnte wieder etwas geschehen sein, das mit dem Begriff »rätselhaft« zurückhaltend umschrieben wäre.

»Ich habe jemanden überfahren«, sagte Stachelmann. Eine Puppe, wollte er anfügen, aber er unterließ es. Es klang so albern. Taut hätte geglaubt, Stachelmann wolle ihn auf den Arm nehmen. Wie sollte er erklären, was es mit dieser Puppe auf sich hatte? Und wie es gemeint war, dass er sie überfahren sollte? Ja, sollte, jemand hatte es so eingerichtet. Er gab Taut die Adresse und legte auf.

Gleich klingelte es wieder. »Bist du noch zu Hause?«

Er fuhr zusammen. Er hatte vergessen, seine Mutter anzurufen. Er fühlte sich schlagartig noch mieser. »Es ist was passiert.« Er stammelte fast. »Es tut mir leid.«

»Du kommst also nicht.«

»Ich kann nicht, die Polizei …« Stachelmann wollte sie nicht beunruhigen, aber ihr auch erklären, dass er sie aus einem wichtigen Grund versetzt hatte. Er hatte wirklich kommen wollen, er hatte es nicht vergessen, er wäre pünktlich gewesen. All das wollte er seiner Mutter sagen, aber er brachte es nicht heraus. Es war wie eine Lähmung.

»Was ist los?«, fragte sie. »Warum Polizei?«

»Eigentlich ist nichts passiert … nichts Schlimmes. Ich habe eine Puppe überfahren.«

Er hörte ein paar Sekunden nur ihren Atem, dann sagte sie: »Du meinst eine Puppe.« Es klang so, als sagte sie: Wegen einer Puppe versetzt du mich.

»Es ist jetzt zu … kompliziert. Ich erklär es dir später, ja?«

»Wie du meinst.« Sie legte auf.

Er saß noch einige Zeit da. Georgie hatte sich aufs Sofa gesetzt und schwieg.

Endlich sahen sie das Zucken des Blaulichts. Gleich darauf die Klingel. Stachelmann stand auf und drückte den Türsummer. Schwere Schritte im Treppenhaus. Sie näherten sich langsam. Dann stand Taut vor der Wohnungstür. Der fettleibige Mann schnaufte und schwitzte. »Ich hoffe, Sie haben einen handfesten Grund, mich hierherzurufen«, sagte er. »Genauer gesagt, ich hoffe, Sie haben keinen.« Er lachte gequält, gab Stachelmann die Hand – »Sie werde ich wohl nie los« – und folgte ihm in den Flur und ins Wohnzimmer. »Sie kenn ich doch auch«, sagte Taut, als er Georgie sah. Er sog Luft ein durch die Nase, hob die Augenbrauen und setzte sich schnaubend neben Georgie aufs Sofa. Ein Seitenblick, wieder ein Schnüffeln, aber wieder kein Wort.

»Dann erzählen Sie mal. Sie haben jemanden überfahren.«

»Ja, eine Puppe. Mit einem Stoffelefanten in der Hand.«

Taut schaute ihn an, als betrachtete er einen Geisteskranken. »Sie rufen mich, weil Sie einen Stoffelefanten überfahren haben …?«

»Eine Puppe mit einem Stoffelefanten.«

Georgie trat ans Fenster. »Sagen Sie Ihren … Kollegen, unter dem Golf vor der Haustür liegen die Puppe und der Elefant. Er hat übrigens gelbe Ohren. Höchst ungewöhnlich.« Georgie sagte es bierernst.

Taut schnaufte, verzog sein Gesicht zu einer Grimasse, beugte sich vor, stützte sich mit der Hand aufs Polster und drückte sich nach oben. Als er stand, sagte Stachelmann: »Hören Sie doch erst einmal zu. Die Puppe sieht aus wie der Sohn meiner Freundin, sie ist auch so angezogen, wie er meistens angezogen ist. Den Stoffelefanten habe ich ihm geschenkt. Als ich vorhin losfuhr, holperte es, weil die Puppe mit diesem Tier unter meinem Auto lag. Verstehen Sie? Glauben Sie, ich würde Sie rufen, um Sie zu veräppeln?«

Taut sank wieder ins Sofa. In seinem Gesicht konnte man lesen, dass er mit alldem nichts zu tun haben wollte. »Vielleicht gelingt es Ihnen ja im Lauf des Abends, die Sache im Zusammenhang darzustellen. Wenn es geht, ohne die klugen Kommentare Ihres … Freundes.«

Stachelmann berichtete, was er erlebt hatte und vermutete.

»Diese Cecilia will also nicht, dass Sie sie verfolgen, um ihr die Erfolgsprämie abzuknöpfen. Oder die Leute von dieser Schneyder AG wollen Sie einschüchtern?«

Stachelmann überlegte, ob er Cecilia zutrauen konnte, ihn zu bedrohen.

Georgie schniefte, als würde er sich so zu Wort melden, und sagte: »Wer so eine Puppe anfertigt, hat Felix beobachtet. Und er weiß, dass Stachelmann was mit seiner Mutter hat. Und damit gar nichts unklar bleibt, hat der- oder diejenige der Puppe noch diesen blöden Elefanten in die Hand gedrückt.«

Taut schaute ihn aus den Augenwinkeln an.

Er drehte den Kopf Stachelmann zu, als der sagte: »Das ist eine Drohung: Wenn du das oder das machst, passiert Felix was. Aber Cecilia traue ich das eher nicht zu.«

»Weil sie eine Frau ist?« Georgie guckte ihn aus großen Augen an.

»Nur zum Teil. Ich hab sie erlebt. Sie ist misstrauisch bis in die Knochen, hat vielleicht schlechte Erfahrungen gemacht. Sie wirkt eiskalt, aber vielleicht tut sie nur so, ist das ihr Schutzpanzer. Vor allem macht sie nicht den Eindruck, dass sie ein Verbrechen planen würde. Sie hätte mich verfolgen oder zumindest andere Leute aushorchen müssen, um zu wissen, dass ich mit Anne befreundet bin und dass sie einen Sohn hat.«

»Womöglich hält der Täter Felix für Ihren Sohn?«

»Was auch immer. Wie soll Cecilia herausgefunden

haben, dass Felix etwas mit mir zu tun hat? Das wäre doch aufgefallen. Mir ist niemand gefolgt.« Als er es aussprach, meldete sich der Zweifel. Man achtet doch nicht darauf, ob man verfolgt wird.

»Hm. Hast du genau darauf geachtet? Es soll ja Leute geben, die einen verfolgen können, ohne dass man es merkt. Könnte doch sein, dass sie dein Umfeld ausgeschnüffelt hat, während wir sie am Arsch der Welt gesucht haben. Vielleicht ist die Schöne eine eiskalte Gangsterin.« Georgie schniefte.

Stachelmann lief ein Schauer über den Rücken. Aber nicht wegen Georgies Äußerung, sondern weil er an Anne und Felix dachte. Er hätte sie jetzt gerne überredet, Urlaub zu machen, möglichst weit weg. Aber sie waren gerade in Urlaub gewesen. Sollte er Anne erzählen, was geschehen war? Sie würde Angst bekommen.

»Warum sollte die Frau das tun? Sie hat nichts mit mir zu tun, außer dass ich das Grab Ihres Vaters gefunden habe. Eigentlich ein Grund, mir dankbar zu sein.«

Taut hatte zugehört, ohne das Gesicht zu verziehen. »Ich glaube, es ist Zufall, diese Puppe, dieser Elefant …«

»Das kann kein Zufall sein«, schnauzte Stachelmann ihn an. »Eine Puppe allein, meinetwegen. Aber eine Puppe mit diesem Elefanten, nein, das ist kein Zufall. So viele Stoffelefanten mit diesen albernen gelben Ohren gibt es nicht. Das ist eine Botschaft, eine Drohung. Felix wird etwas passieren. Oder: Felix wird etwas passieren, wenn du das und das machst. Wenn du das und das fortsetzt. Genau das meint er. Oder sie. Was ich ohne Vorgeschichte beabsichtige, kann keiner wissen. Doch wenn ich etwas getan habe, in dem die Möglichkeit der Fortsetzung steckt, dann können andere das durchaus berechnen. Wenn sie mich beobachten oder sonstwie herausbekommen, was ich plane oder planen könnte.

Oft sehen Leute die Dinge ja nur aus ihrer Sicht, sie befürchten etwas von einem, an das man selbst gar nicht denkt. Aber sie nehmen diese vermeintliche Absicht für die Wirklichkeit.«

Taut starrte ihn kurz an. »Ihre … philosophischen Erwägungen in allen Ehren. Nur haben wir es meiner bescheidenen Erfahrung nach hier weniger mit einer Frage der Philosophie als mit der eines Verbrechens oder eines geplanten Verbrechens zu tun. Sofern ich Ihren Argumenten jetzt einmal folge. Aus meiner Warte betrachtet, sieht die Sache einfach aus: Ihnen hat jemand eine Puppe unters Auto gelegt. Vielleicht hat sie da schon gelegen, als Sie Ihr Auto abstellten, und Sie haben es nicht bemerkt.«

»Ich wäre mit dem Vorderrad darüber gefahren. Halt, ich habe rückwärts eingeparkt, ich wäre also mit dem Hinterrad über die Puppe gefahren und hätte es genauso bemerkt wie beim Ausparken. Also lag die Puppe nicht schon dort, als ich das Auto hingestellt habe. Klar?«

Taut stöhnte leise. Stachelmann sah dem Kriminalrat an, dass der sich mühte, ruhig zu bleiben. »Eigentlich ist das nicht einmal grober Unfug. Sie dürfen so viele Stoffpuppen unter Autos legen, wie Sie wollen, solange Sie dadurch nichts beschädigen. Das ist offenkundig nicht geschehen. Es ist gar nichts passiert. Ein blöder Scherz. Sie sollten mal in Ihrem Freundeskreis eine Umfrage starten, wer diesen Quatsch angestellt hat. Die Polizei befasst sich mit Verbrechen, nicht mit zerquetschten Stoffpuppen …«

»Felix oder ich werden bedroht, verdammt!« Stachelmann war selbst überrascht über seine Lautstärke. »Und die Polizei ist dazu da, uns zu beschützen. Was am besten geht, wenn sie die Person auftreibt, die diesen Scheiß gemacht hat. Ich hoffe, Sie verstehen, was ich meine.

Oder soll ich Sie erinnern, wie oft Sie mich schon im Regen haben stehen lassen …?«

»Herr Stachelmann. Übertreiben Sie mal nicht. Wir haben Ihnen auch geholfen. Und manchmal haben wir manches übersehen, was wir nicht hätten übersehen dürfen. Gut, die Anzeige wegen unerlaubten Waffenbesitzes zuletzt, die war unvermeidlich. Aber« – er schaute ihm hart in die Augen – »es hätte auch etwas anderes daraus werden können. Verstehen Sie mich?«

Stachelmann schüttelte den Kopf. Langsam, ganz langsam. Nicht weil er Taut nicht verstand. Nein, er begriff sofort, auf was der Polizist hinauswollte. Aber er hätte nicht geglaubt, dass der ihn erpressen würde.

»So, und jetzt gehe ich nach Hause. Terroristen sprengen den Bundesgerichtshof in die Luft, überall herrscht Panik, Tausende von wachsamen Mitbürgern haben Terroristen auf frischer Tat gesehen, aber der Herr Kriminalrat Taut beschäftigt sich mit totgefahrenem Spielzeug. Der Höhepunkt einer Karriere.« Taut mühte sich hoch, schnaufte einmal durch und schüttelte den Kopf, wie um noch einen letzten Protest von sich zu geben, und stampfte über den Flur zur Wohnungstür.

»Bullen, hm«, sagte Georgie nach einer Weile. »Wenn du sie brauchst, hauen sie ab. Wenn du sie nicht brauchst, kommen ganze Rudel mit Wannen und Wasserwerfern. Der liebe Gott muss einen hundsgemeinen Tag gehabt haben, als er die erfunden hat.«

»Wusste gar nicht, dass du so tief religiös bist«, sagte Stachelmann eher nebenbei.

»Ich bisher auch nicht. Aber hier hilft einem nur ein Außerirdischer.«

»Wie bitte?« Anne klang schrill am Telefon. »Komm sofort hierher!« Sie war in Panik, wenige Worte hatten genügt, um sie ausrasten zu lassen. »Komm sofort hierher!«

Stachelmann legte auf. »Ich muss zu Anne«, sagte er, als Georgie ihn fragend anschaute.

»Und was willst du ihr sagen?«

»Weißt du es?«

Auf der Fahrt quälte er sich herum. Er fuhr so unkonzentriert, dass er fast eine alte Frau auf einem Zebrastreifen überrollt hätte. Das wäre dann keine Puppe gewesen, dachte er. Mit zitternden Händen stellte er das Auto vor dem Haus ab.

Sie musste an der Tür gewartet haben. Als er klingelte, wurde die Wohnungstür binnen eines Sekundenbruchteils aufgerissen. Sie stand vor ihm, und fast schien es ihm, als hasste sie ihn. Ihn drückte Schuld, doch er sagte sich, dass er nicht verantwortlich sei und dass er es nicht habe vorhersehen können. Anne erwiderte seinen Gruß nicht, sondern schloss die Tür hinter ihm, überholte ihn im Flur und ging voraus in die Küche.

»Was ist los?«, blaffte sie ihn an. »Du erzählst alles. Jetzt.«

Er erzählte, was er getan hatte, auch wenn sie das meiste schon wusste. Vom Ärger mit den Akten in der Schneyder AG, von Cecilias Auftrag, von Georgies und seiner Suche nach Cecilia. Er vergaß nicht zu erwähnen, dass Anne ihn angetrieben hatte, sich nicht mit Cecilias Verschwinden und dem Verlust der Erfolgsprämie abzufinden.

»Womit hast du diesen Wahnsinn losgetreten? Dass du Felix nicht magst, das ist bedauerlich. Dass er durch deine Eskapaden in Gefahr gerät, das ist die Höhe!«

Er lehnte sich zurück in seinem Stuhl und spürte, wie er etwas ruhiger wurde, auch wenn die Angst ihn bedrängte. »Ich weiß nicht, was denjenigen veranlasst hat, diese Puppenaktion zu unternehmen. Ich weiß nicht, was er damit erreichen will.« Er überlegte, ob der das erreichen wollte, was er schon erreicht hatte. Ihn unter Druck setzen. Seiner Beziehung mit Anne womöglich den Todesstoß geben.

Anne begann zu weinen.

Er wollte erst aufstehen und sie in den Arm nehmen, aber als er ihren Blick sah, unterließ er es. Er war das Schwein. Wenn er nur wüsste, was los war.

»Du tust jetzt alles, um diesen Wahnsinn zu stoppen!«, sagte sie.

»Vielleicht verrätst du mir auch noch, was das sein soll.«

»Lass diese Cecilia in Ruhe, pfeif auf das Geld …«

»Längst geschehen, schon vor der Puppengeschichte. Obwohl du mir doch geraten hast, mir die Prämie nicht durch die Lappen gehen zu lassen.«

Sie schaute ihn ratlos an. Nach ein paar langen Sekunden: »Du willst sagen, du kannst nichts tun, um den Irrsinn zu beenden?«

»Wenn ich wüsste, wie, dann würde ich es sofort tun. Aber er hat zugeschlagen, als ich nichts tat. Verstehst du das nicht?«

»Und diese Schneyder AG? Hast du denn Akten von denen?«

»Kopien, zum Selbstschutz.«

»Dann schick denen die Kopien, Herrgott.«

»Sie werden glauben, ich hätte weitere davon. Ist ja auch nicht abwegig. Sie werden mir nie glauben.«

Sie starrte ihn zornig an. »Da hast du uns ja schön in die Scheiße geritten. Vielen Dank!«

»Ich verstehe deinen Zorn, aber …«

»Nichts aber. Schaff das aus der Welt. Hast du das kapiert? Aus der Welt!« Sie wischte sich mit einem Taschentuch die Tränen ab.

Er stand auf. »Ich kümmer mich drum. Aber ausnahmsweise bin ich nicht schuld.« Während er es sprach, fühlte er sich schuldig. Wäre er an der Universität geblieben, dann hätte diese Sache nicht geschehen können.

Zu Hause saß er lange auf seinem Sofa, versuchte sich zu beruhigen und überlegte. Je länger er nachdachte, desto klarer schien ihm, dass es sich um eine Warnung von Kolumbitsch und/oder den Schneyder-Erben handelte. Cecilia wusste nichts über ihn, sie hatten sich kaum unterhalten. Er hatte seinen Job getan, und sie war abgereist. Gut, da gab es die Erfolgsprämie, aber woher sollte sie wissen, dass er ihr nachgereist war? Dass er versucht hatte, ihr nachzureisen? Mag sein, dass sie sich noch einmal bei Valentina gemeldet und die ihr etwas erzählt hatte. Aber er hatte sie nicht gefunden, und auf den Brief an diese Lambert würde er verzichten, gut, dass er ihn noch nicht geschrieben hatte. Selbst wenn sie die Richtige war, wie sollte er sie so bedrohen können, dass sie darauf verfiel, ihm diese Puppe unters Auto zu schieben? Woher sollte sie Anne kennen? Woher Felix? Woher diesen Stoffelefanten mit den blöden gelben Ohren? Gut, es war immer möglich, dass irgendeiner, den er nicht auf der Rechnung hatte, ihm etwas Übles wollte, aber ihm fiel niemand ein. Doch Bohming? Ach, der war erledigt. Aber ein Racheakt, das wäre möglich. Und Bohming kannte Anne und vielleicht auch Felix. Aber es war schon eine Weile her, dass der Sagenhafte sich krankheitshalber zurückgezogen hatte. Rache von langer Hand, das gab es, aber da kämen noch weitere infrage, angefangen von dem Schulkameraden, der ihn beschuldigt hatte, ihm ein Buch gestohlen zu haben vor ein paar Jahrzehnten. Stachelmann grinste kurz. Aber dann packten ihn wieder die Sorgen und die Niedergeschlagenheit.

In dieser Nacht schlief er nicht. Und das lag nicht am Kindergeschrei in der Wohnung unter ihm. Auch nicht an der Schimpferei, mit der sich zwei Erwachsene irgendwann nach Mitternacht beharkten. Im Kopf schoss er sich immer stärker auf Kolumbitsch ein. Der hatte ja schon das eigene Archiv abgefackelt, da kam es auf eine weitere kriminelle Aktion nicht an. Zuzutrauen war es diesem Idioten also. Nur, hatte Stachelmann jemals erwähnt, wo er wohnte, mit wem er zusammenlebte? Zusammengelebt hatte, berichtigte er sich. Vielleicht bei Kolumbitschs Sekretärin? Stachelmann bildete sich ein, einmal bei der Angabe seiner Adresse erwähnt zu haben, dass Derling auf dem Briefkasten stehe, Annes Nachname. Aber bald hatte er den eigenen auf ein Klebeband auf dem Briefkasten geschrieben. Dass Kolumbitsch und diese Erben ein Motiv hatten, lag auf der Hand. Aber dass sie auch alles wussten, um diese Puppenaktion so zu inszenieren, daran zweifelte Stachelmann.

Am Morgen wartete er, bis Kolumbitsch hinter seinem Schreibtisch sitzen würde, wobei sitzen das falsche Wort war. Der hatte gleich Grund, noch mehr herumzurutschen als sonst. Stachelmann legte sich seine Worte zurecht, dann wählte er die Nummer des Geschäftsführers. Cordula Weinrot, Kolumbitschs Sekretärin, war sofort am Apparat, Stachelmann hätte sich fast eingebildet, sie warte auf seinen Anruf. Sie verband ihn gleich mit Kolumbitsch, und der tat so, als freute er sich, dass er Stachelmann an der Strippe hatte.

»Sie haben ja gewiss vor einiger Zeit den Eingang Ihres Honorars bemerkt«, sagte Kolumbitsch.

»Ja. Und Sie haben besagte Dokumente erhalten.«

»Dann ist ja eigentlich alles geklärt zwischen uns.«

»Fast«, sagte Stachelmann. »Ich halte Brandstiftung für ein Verbrechen.«

»Ich auch«, sagte Kolumbitsch, »ich auch. Obwohl ich in diesen Zeiten feststellen muss, dass es viel schlimmere Verbrechen gibt. Ich sage nur Terrorismus. Da sprengen solche Islamisten einfach unseren Bundesgerichtshof in die Luft. Ich hätte nie geglaubt, dass so etwas möglich ist.«

»Ein Verbrechen wird nicht kleiner, weil es größere Verbrechen gibt.«

»Nein, nein. Gewiss nicht.«

Stachelmann stellte sich vor, wie der Mann auf seinem Stuhl herumhüpfte. »Sie haben das Archiv angesteckt, um den braunen Dreck zu vernichten.«

Kolumbitsch schnappte hörbar nach Luft. Dann sagte er ganz kalt: »Das ist eine Lüge. Die polizeilichen Ermittlungen sind schon eingestellt, es war wohl ein Kurzschluss. Wenn Sie diese Lüge jemals irgendwo erwähnen, machen Sie Bekanntschaft mit unserem Justiziar. Der macht Sie fertig, Sie wären nicht der Erste.«

»Das müssen Sie doch nicht sagen, die Nachricht habe ich doch längst erhalten.«

Kolumbitsch schwieg einen Augenblick, dann sagte er: »Welche Nachricht?«

»Na, die mit der Puppe.«

Wieder ein Schweigen, dann die Frage: »Was für eine Puppe?«

»Und dem Elefanten mit den gelben Ohren«, sagte Stachelmann.

Schweigen. Dann: »Herr Dr. Stachelmann, ich verstehe nicht, was Sie mir sagen wollen.«

»Herr Dr. Kolumbitsch, ich habe Ihnen die Aktenkopien zurückgegeben, wir sind quitt. Oder sehen Sie das anders?«

»Und Sie haben keine Kopien der Kopien?«

»Nein. Und wenn, dann würde ich sie nicht benutzen. Es sei denn, Sie würden mich zwingen.«

»Herr Dr. Stachelmann, Sie haben bestimmt verstanden, dass wir ... unangenehm werden können. Dass wir Mittel und Wege hätten, Ihnen das Leben, sagen wir mal, schwer zu machen.«

»Diesen Eindruck habe ich unlängst gewonnen. Deshalb habe ich Sie angerufen. Ich wollte Ihnen vorschlagen, dass wir uns einfach nicht mehr kennen und nichts gegeneinander unternehmen. Solange sich jeder daran hält, herrscht Frieden, meinetwegen ewiger Frieden. Was meinen Sie?«

Schweigen, dann sagte er: »Ich habe es nie anders gesehen.«

Nach dem Gespräch war Stachelmann erst besser gelaunt, dann trübte sich seine Stimmung ein in dem Maß, wie er begriff, dass er nichts gewonnen hatte. Die Schneyder-Leute würden es nie zugeben, wenn sie die Puppenaktion zu verantworten hatten. Und Stachelmann würde nie zugeben, dass er die Aktenkopien noch besaß. Es war ein Patt. Wenn es so blieb, dann profitierten beide Seiten. Wenn es so blieb. Die Schneyder-Leute konnten kein Interesse daran haben, dass sich daran etwas änderte. Und wenn sie insgeheim etwas gegen Stachelmann unternahmen, dann mussten sie damit rechnen, dass der es ihnen anlasten würde, auch wenn es keinen Beweis gab.

Es klingelte an der Tür. Als Stachelmann öffnete, stand Georgie da.

»Na, Meister.«

Stachelmann antwortete nicht, sondern trat zur Seite, um Georgie einzulassen. Der steuerte zielstrebig die Küche an, schnüffelte hörbar und sagte: »Kein Kaffee in der Maschine?«

»Mach's dir selber, Scheißerchen.«

»Hm. Hast du wieder einen alten Film gesehen?«

»Du bist ja richtig gebildet, Georgie. Und das, obwohl du die Uni seit Jahren bestreikst. Hast du eigentlich Studiengebühren bezahlt?«

»Die sind eine Sauerei. Aber bezahlt habe ich, sonst schmeißen die mich raus und ich muss richtig was abdrücken für die Versicherung.«

Georgie gelang es, die Kaffeemaschine in Gang zu setzen, auch wenn er großzügig Kaffeepulver auf der Arbeitsplatte verbreitete. Während die Maschine vor sich hin spotzte, erzählte ihm Stachelmann von seinem Telefonat mit Kolumbitsch. Georgie redete nicht dazwischen, aber in seinen Augen standen Fragezeichen. Als Stachelmann fertig war, sagte Georgie: »Du hast nicht den geringsten Beweis.«

»Aber Indizien, ein Motiv allemal.«

»Was glaubst du, wie viele Motive ich habe, die eine Hälfte der Menschheit auszurotten, und ich würde es tun, wenn ich nur wüsste, welche Hälfte.«

»Sonst kommen noch Bohming und die Eisprinzessin infrage.«

»Bohming?« Georgie schüttelte den Kopf. »Der Sagenhafte höchstpersönlich legt dir eine Puppe unters Auto?«

»Warum nicht?«

»Hm. Nach dem Motto: Was du meinem Sohn angetan hast, könnte ich auch deinem antun?«

»Sieht man davon ab, dass es nicht mein Sohn ist. Und Bohming das bestimmt weiß.«

»Darauf scheinst du ja ohnehin Wert zu legen.«

Stachelmann winkte ab.

»Aber gut, das kann sein. Der Mann ist fertig, und er hat nur noch seine Rache. Bohming, der sagenhafte einsame Rächer. Wär auch ein guter Film.«

»Der Haken ist nur, wenn ich versuche, was herauszubekommen, könnte der Puppenfritze seine Drohung wahrmachen. Wer immer es ist. Und deswegen werde ich jetzt nichts mehr unternehmen. Ich hoffe, Cecilia oder Bohming merken das, sagen kann ich es ihnen ja schlecht.«

»Warum? Ruf Bohming an, vielleicht lässt er was raus? Vielleicht überzeugt er dich, dass er nichts damit zu tun hat?«

»Ich Bohming anrufen?«

»Ich würde es tun. Hast du Schiss?«

Bohming saß nach vorne gekrümmt im Wohnzimmer, als hätte er Magenschmerzen. Irgendwo hörte man seine Frau hantieren. Stachelmann erinnerte sich, wie er früher ausgesehen hatte. Er war nicht wiederzuerkennen. Bleich, Ringe unter den Augen, Falten im Gesicht, der Atem ging schwer. Stachelmann hatte ihn angerufen, und nachdem Bohming den Schreck überwunden hatte, sagte er nur: »Komm her, wenn du dich traust.« Da konnte Stachelmann nicht anders. Als er im Wohnzimmer saß, wusste er gleich, er hätte es sich besser erspart. Nie hatte Stachelmann einen Menschen gesehen, der so verfallen war wie der Sagenhafte. Früher hatte er das Historische Seminar beherrscht und geprahlt mit seinen Heldentaten in den Historikerdebatten der Republik. Dabei wusste jeder, dass Bohming immer gewartet hatte, bis sich die stärkeren Bataillone zeigten. Darin war er schneller und ausgekochter als alle Konkurrenten. Er witterte Vorteil und Ungemach weit voraus, während andere noch vor sich hin dümpelten. Stachelmann hatte den Sagenhaften deswegen verachtet und doch ein bisschen bewundert.

»Du hast alles kaputt gemacht«, sagte Bohming leise. Der forsche Ton war weg, das Siegerlachen sowieso.

»Das hast du selbst getan.«

Bohming schaute ihn an, er war grau, sogar die Augen schienen die Farbe verloren zu haben. »Ich habe dich gefördert, dir beigestanden, auch als du nicht fertig wurdest. Und dafür hast du mir diese Sache eingebrockt.«

»Hast du mir eine Puppe unters Auto gelegt?«

Bohming lachte verzweifelt. »Was?!«

»Eine Puppe unters Auto.«

»Eine Puppe unters Auto?« Wieder dieses Lachen, das keines war, es brach aus ihm heraus und erstarb sofort.

»Mir hat jemand eine Puppe unters Auto gelegt, und ich habe sie überfahren.«

»Dir hat jemand eine Puppe unters Auto gelegt, und du hast sie überfahren.« Er sprach wie ein Automat.

Dann stand die Frau im Zimmer, klein, untersetzt, schwarze Locken, ebenfalls Ringe unter den Augen und grau. Sie blickte Stachelmann hasserfüllt an. In dem Blick las er, er sei ein Mörder.

»Du hast mir meine Hilfe nicht gedankt«, sagte Bohming. »Nachdem du mit meiner Unterstützung geschafft hattest, was du schaffen wolltest, hast du mich zerstört.«

Als Stachelmann von Bohming wegschaute, weil er das Elend nicht ertrug, traf sein Blick ein Bild. Der Sohn. Es stand auf der Kommode, ein schwarzes Band um eine Ecke des Rahmens gelegt. Dann blickte er wieder seinen ehemaligen Chef an. Ihm kam Bohming vor wie ein Wrack. Doch je länger er saß und es erlebte, desto stärker die Überzeugung, dass Bohming es genauso verdient hatte. Er zahlte den Preis für eine Karriere, die ihm nicht zugestanden hatte. Er hatte einem anderen eine Stelle weggenommen, der gewiss besser geeignet gewesen wäre. Stachelmann dachte, die Gerechtigkeit gehe oft krumme Wege und sie suche sich seltsame Vollstrecker. Aber er hatte nur vollendet, was Bohming selbst heraufbeschworen hatte. Eigentlich war es unwichtig, wer Gerechtigkeit durchsetzte, es war nur etwas abgeschlossen worden, das Stachelmann nicht zu verantworten hatte. Das begriff er nun. Insofern war es gut, dass Georgie ihn überzeugt hatte, noch einmal mit Bohming zu sprechen.

»Du hast mich zerstört. Uns zerstört.« Er zeigte mit hängendem Finger auf seine Frau, die immer noch in der Tür stand. In ihren Augen standen Tränen. Ein paar Sekunden stellte sich Stachelmann vor, wie es wäre, wenn sie plötzlich mit einem Messer in der Hand auf ihn losgehen würde. Er versuchte, die Angst zu verdrängen. Dieses Wrack hatte einmal über sein berufliches Schicksal entschieden, allein, selbstherrlich und mit dem Nachgeschmack der Gnade. Es war wirklich gut, dass er gekommen war.

»Du hast mir die Puppe also nicht unters Auto gelegt.« Warum duzte er ihn noch?

Bohming starrte ihn leer an. »Du meinst, ich fahre nach Lübeck, suche, wo du wohnst, und lege dir eine« – er schaute ihn dumpf an – »Puppe vors Auto. Du bist verrückt. Geh! Verschwinde!« Speicheltropfen trafen Stachelmanns Gesicht. »Geh!« Bohming stand auf, blieb aber nach vorn gebeugt. »Geh!«, krächzte er und begann zu husten.

Bohming stand da und zitterte. Mit dem Arm zeigte er zum Flur. Stachelmann musste an der Frau vorbeigehen. Sie wandte das Gesicht ab, wich aber nicht. Ein Anflug von Panik überkam Stachelmann. Schnell ging er in den Flur und verließ das Haus, ohne sich umzudrehen. Dann rannte er fast den Gehsteig hinunter, bis er glaubte, genug Abstand zwischen sich und Bohming gebracht zu haben.

In der U-Bahn dachte er darüber nach, was er gerade erlebt hatte. Nein, Bohming hatte sich nicht gerächt.

Der würde sich an niemandem mehr rächen. Der würde bis zu seinem Ende zu Hause sitzen und immer weiter verbittern. Jetzt war das Kapitel Bohming zugeschlagen, in jeder Hinsicht.

Das Handy klingelte. Einen Augenblick dachte Stachelmann an Bohming, aber der würde ihn nicht anrufen.

»Ja?«

»Und, war er es?« Georgie klang munter.

»Glaub ich nicht. Der ist fertig mit der Welt.«

»Und nun?«

»Weiß nicht«, sagte Stachelmann. »Vielleicht war es doch die Eisprinzessin.«

»Oder jemand, der mit ihr zu tun hat.«

Stachelmann stutzte. »Du meinst Valentina?«

»Kennst du sonst noch jemanden, der mit Cecilia zu tun hat?«

Stachelmann wollte den Gedanken nicht an sich heranlassen. War Valentina verstrickt in die Puppensache?

»Die schiebt einem doch keine Puppe unters Auto. Woher soll sie meine Lebensumstände kennen?«

»Es gibt wenig, das man nicht herauskriegen kann. Vielleicht ist neben den beiden Damen noch ein Dritter im Spiel? Gib zu, sie gefällt dir, du willst ihr an die Wäsche, und da darf sie es nicht sein.«

»Georgie, red keinen Scheiß!« Er zwang sich, zumindest in Gedanken die Möglichkeit zuzulassen, dass Valentina verwickelt sein könnte in die Puppenaktion. Indirekt vielleicht. Ohne zu wissen, was wirklich los war. »Wenn ich wieder auftauche in Gotha, dann passiert Felix womöglich etwas.«

»Du meinst also doch, die süße Kosmonautin könnte Dreck am Stecken haben?«

»Nein.«

»Natürlich nicht«, säuselte Georgie. »Wie könnte sie? Rührend.«

»Es gibt nicht den geringsten Anhaltspunkt dafür. Da können wir anfangen, jeden zu verdächtigen. Angefangen mit dir.«

»Aber wenn die liebe Cecilia die liebe Valentina anruft, nur mal als Beispiel, und fragt, wie es denn so geht ...«

»Gut, dann wird Valentina ihr vielleicht erzählen, dass wir da waren. Ist ja nicht verboten.«

»Und was wir wollten«, sagte Georgie. »Und bedenke, sie ist ja gewissermaßen verwandt mit Cecilia.«

»Quatsch, nur weil Laubinger kurz was mit ihrer Mutter hatte.«

»Der Herr Doktor rekurrieren auf das Blut, die Blutsverwandtschaft. Es wird ja langsam richtig interessant. Die guten alten Zeiten ...«

»Quatsch nicht rum.«

»Wenn du glaubst, sie hat nichts mit der Puppenaktion zu tun, warum rufst du sie nicht an? Warum fährst du nicht hin?«

Ja, warum fahre ich nicht hin?

»Hm. Bist dir also doch nicht sicher.«

»Ich bin mir sicher. Aber ich tue am besten gar nichts, dann kann mir keiner was vorwerfen. Und die zehntausend Euro, hab sie längst abgeschrieben.«

»Wer's nicht nötig hat.«

Fast hätte er Georgie gefragt, von was er lebe. Aber er verkniff es sich.

»Hm. Ein Teil von dem Geld gehört wohl mir«, sagte Georgie. »Auch wenn der Herr verschwiegen hat, ob zehn oder, welch unverschämte Forderung, zwanzig Euro.«

»Du kannst alles haben«, sagte Stachelmann. »Alles von nichts.«

»Danke«, sagte Georgie. »Zu viel der Güte. Der heilige St. Martin hätte dich als Vorbild erkoren.«

»Mich erstaunt nur, dass du den kennst.«

»Und sie hat doch was damit zu tun.«

In der kommenden Woche hörte Stachelmann nichts mehr von Georgie. Er wartete auf einen neuen Kunden, verwarf die Idee, mit einer Anzeige für seine Dienste zu werben, und versuchte, die Zeit totzuschlagen.

Die Sache mit der Eisprinzessin hatte er aufgegeben. Und wer immer die Puppenaktion unternommen hatte, er tat nichts mehr. Offenbar war er zufrieden mit Stachelmann. Der nahm sich immer wieder vor, Anne anzurufen, aber auch seine Mutter ließ er ohne Lebenszeichen.

13

Dienstagnachmittag, nach dem Essen, die Spaghetti Bolognese rebellierten in seinem Magen, saß er in seinem Büro und trank einen Espresso aus einer Maschine, die er sich leichtsinnigerweise gekauft hatte. Wenn er schon kein Geld verdiente, konnte er wenigstens welches ausgeben. Als er seine Tasse gerade abstellte, erinnerte ihn das Knarren der Tür daran, dass er sie längst hätte ölen sollen. Georgie schlenderte herein und warf die Tür lässig ins Schloss. Er sah vergnügt aus, wie einer, der es allen gezeigt hatte. Er setzte sich auf den Besucherstuhl, sagte »Hi!« und grinste Stachelmann breit an. Der zeigte auf die Espressomaschine, was Georgie aber nicht zu mehr veranlasste, als den Daumen zu heben. Dann legte er einen Umschlag auf Stachelmanns Schreibtisch. »Ein kleines Geschenk«, sagte Georgie, »auch wenn ich bezweifle, dass du es verdient hast.«

Stachelmann öffnete den Umschlag, Fotos waren darin. Sein Herz pochte. »Wie kommst du daran?«

Georgie grinste so breit, wie man breiter nicht grinsen konnte. »Das erzähl ich dir gerne.« Und er begann zu berichten.

In der Nacht nach dem letzten Gespräch mit Stachelmann konnte Georgie nicht schlafen. Er überlegte, ob er sich anziehen und in die Carlito-Bar gehen sollte, um einen Typen aufzureißen. Doch dann hatte er keine Lust, sich schick zu machen. Außerdem war er müde. Georgie legte sich aufs Bett, dachte ein paar Sekunden, wie es gewesen war, als Brigitte noch nebenan Krach gemacht hatte – »kreative Unruhe« nannte sie es –, doch dann wanderten seine Gedanken wieder zu diesem merkwürdigen Fall. Er verstand, warum Stachelmann nichts mehr unternahm. Er überlegte, wer diese absurde Puppenaktion unternommen hatte. Wenn nicht Valentina, dann diese Fritzen von der Schneyder AG. Er wollte etwas tun für Stachelmann, den er seltsamerweise mochte, seit der sich so uneigennützig um Brigitte gesorgt hatte. Zwar ging ihm dessen Miesepetrigkeit oft auf die Nerven, doch hin und wieder hielt er es gut mit ihm aus. Anders gesagt, das Leben ohne Stachelmann war langweiliger. Und er konnte ihn auch wochenlang nicht besuchen oder anrufen, Stachelmann schien es egal zu sein, obwohl Georgie zu erkennen glaubte, dass Stachelmann manchmal gern mit ihm redete. Aber so genau wusste Georgie es nicht, ob Stachelmann ihn mochte, wie überhaupt niemand je herausfinden würde, was dieser Mensch dachte, wenn er seine meist miese Laune pflegte oder das, was andere dafür hielten. Es war ja sein seelischer Normalzustand.

Georgie langweilte sich. An die Uni wollte er schon lange nicht mehr gehen, sie war nicht seine Welt. Die meisten Studenten kamen ihm vor wie Kinder, die eifrig irgendetwas spielten, das sie für Leben hielten. Er wusste auch nicht, was er hätte studieren sollen. Geschichte hatte sich als Flop erwiesen, und alles andere fand Georgie noch langweiliger. Was war sein Leben? Noch hatte er einiges auf der hohen Kante, es würde ein paar Jahre reichen. Dann musste er sehen, was er machte. Vielleicht einfach abtreten, wenn er bis dahin keinen Sinn für sein Dasein gefunden hatte? Das musste er nicht heute entscheiden.

Dann dachte er wieder an diese Puppengeschichte. Eine Puppe überfahren, das konnte nur Stachelmann passieren. Noch nie hatte Georgie von einem solchen Blödsinn gehört. Aber der Blödsinn war geschehen. Bohming war es nicht, das glaubte er Stachelmann. Die Schneyder-Leute kannte er nicht, sie hätten ein Motiv und könnten sich einbilden, die Aktion würde ihnen nutzen. Aber ihm leuchtete ein, dass dieses Stillhalteabkommen zwischen Stachelmann und dem Geschäftsführer funktionieren müsste. Beide hatten ein Interesse daran. Und Cecilia? Valentina?

Valentina. Sie hatte mit Cecilia gesprochen. Sie hatte bestimmt eine Adresse oder Telefonnummer von ihr notiert. Und Cecilias wahren Namen kannte Valentina gewiss auch, Georgie glaubte ihr nicht.

Wenn er etwas über Cecilia herausbekommen könnte, würde Stachelmann sich freuen. Georgie spürte seine Unruhe, die Aufregung, die Spannung, die Herausforderung. Er würde Stachelmann beweisen, dass er etwas draufhatte.

Gleich morgen würde er sich auf den Weg machen. Vorher musste er noch überlegen, wie er es am geschicktesten anstellte. Nur eine perfekte Vorbereitung brachte ein perfektes Ergebnis. Er durfte keinen Fehler machen. Stachelmann würde es ihm nie verzeihen, wenn Anne oder Felix etwas geschah, nur weil Georgie eine Mutprobe brauchte.

Am nächsten Morgen ging er einkaufen, erst in einem Elektronikmarkt, dann in einem Fachgeschäft für Handwerkerbedarf. Er hatte einen Plan ausgearbeitet und glaubte, nichts vergessen zu haben. Nicht einmal, dass er Glück brauchte. Glück hat nur der Tüchtige, und Georgie zweifelte nicht daran, dass er tüchtig war.

Zufrieden ging er essen in einer Kneipe um die Ecke und ließ sich Zeit dabei. Hier gab es vor allem Bier, Korn, Würstchen und anderes Deftiges. Er entschied sich für ein Glas Bier und einen strammen Max. Während er wartete, malte er sich aus, wie seine Aktion ablaufen würde. Georgie hatte zwei- oder dreimal erlebt, wie Klempner zu Reparaturen kamen. Die waren cool gewesen, hatten erst eine geraucht, dann mit dem Mieter geklönt, und die Tasse Kaffee hatten sie auch nicht abgelehnt. Dann hatten sie seelenruhig geflickt, was zu flicken war, nicht ohne dabei Geschichten zu erzählen von noch größeren Katastrophen, von abgesoffenen Etagen, ruinierten Wohnzimmereinrichtungen, Mietern, die aus dem Urlaubsparadies in die Obdachlosigkeit zurückkehrten. Da fühlte man sich mit einem verstopften Klo und einem überschwemmten Badezimmer geradezu als Gewinner. Perfekt wäre es natürlich, er würde sich einen Lieferwagen oder einen Kombi besorgen mit einer entsprechenden Aufschrift. Er überlegte, welche Aufschrift er sich anfertigen ließe, wäre er Klempner. *Ist der Ausguss mal entzwei/Rufen Sie die 333.* Er lachte leise vor sich hin. Er war handwerklich nicht ungeschickt, aber ein Genie war er nicht. Und von der Klempnerei verstand er bestenfalls theoretisch etwas. Er brauchte Glück, viel Glück.

Nach dem Essen ging er nach Hause und überprüfte, ob alles, was er brauchte, im Kofferraum lag. Dann fuhr er los, und mit jedem Kilometer wuchs die Anspannung. Er schaltete das Radio ein, in den Nachrichten wurde gemeldet, der Anschlag auf den Bundesgerichtshof sei von Arabern ausgeführt worden, das bewiesen die DNS-Spuren, welche die Polizei mittlerweile ausgewertet habe. Georgie wunderte sich, dass man von der Desoxyribonukleinsäure auf die ethnische Herkunft schließen konnte. Und wie es kam, dass bei einer Explosion DNS-Spuren übrig blieben. Außerdem sei mit an Sicherheit grenzender Wahrscheinlichkeit der Bekennerbrief echt.

Nun habe auch die Terrororganisation al-Qaida in einer im Internet verbreiteten Erklärung den Anschlag als Antwort auf die Aggression des Westens gegen die islamische Welt gerechtfertigt. Wenn die Bundeswehr nicht aus Afghanistan zurückgezogen werde, müsse Deutschland bald mit weiteren Anschlägen rechnen. Der Innenminister erklärte, der Anschlag und die Drohungen der Terroristen zeigten, wie richtig seine Sicherheitspolitik sei, auch wenn es eine vollkommene Sicherheit nie geben könne. Aber aus staatspolitischer Verantwortung erwachse ihm die Pflicht, schon in der nächsten Woche ein weiteres Paket mit Sicherheitsmaßnahmen vorzulegen. Die Fahndung nach den Terroristen werde auf der Grundlage der neuen Erkenntnisse intensiviert. Weitere Meldungen, dann schaltete er das Radio aus.

Er schaute durch die Windschutzscheibe nach oben, dann zur Seite und in den Rückspiegel, sah aber keine Polizeiautos oder Hubschrauber. Er hatte ohnehin den Verdacht, den Zinnober mit Straßensperren und Razzien habe die Polizei nur veranstaltet, um zu beweisen, dass sie mit Dampf an dem Fall arbeite.

Seine Gedanken kehrten zurück zu dem Auftrag, den er sich gegeben hatte. Zweifel kamen. Auf was habe ich mich nur eingelassen? Warum? Weil Josef mich toll fände, wenn ich das hinkriegen würde? Und deswegen setzt du so viel aufs Spiel? Verrückt. Doch er fuhr weiter. Du bist ein Schlappschwanz, wenn du kneifst. Du machst das jetzt. Er kämpfte mit seiner Angst.

Georgie war im erstbesten Gothaer Hotel abgestiegen, das er fand. Es war nicht einmal übel. Das Zimmer lag zwar an der Straßenseite, aber es gab eine Minibar. Er trank zuerst einen Wodka, dann einen Brandy und dazu ein Pils. Der Alkohol wirkte schnell, obwohl Georgie einiges vertrug. Es entspannte ihn, fast wurde er übermütig. Die Angst verflog. Aber gut schlafen konnte er nicht. Er wälzte sich lange, und allmählich kehrte die Angst zurück. Warum, verdammt, hatte er sich auf dieses Abenteuer eingelassen? Es konnte ihn in den Knast bringen. Aber vorher mussten sie ihn identifizieren. Natürlich hatte er sich unter falschem Namen eingetragen. Das Auto hatte er um die Ecke des Hotels geparkt, damit Kameras das Nummernschild nicht filmen konnten. Er überlegte hin und her und fand schließlich, bisher habe er keinen Fehler gemacht. Und morgen würde er auch keinen machen.

Am Morgen fühlte er sich mies. Er ging ins Restaurant, wo er sich zwang, viel zu frühstücken. Er blätterte in der *Thüringischen Landeszeitung*, während er aß und Kaffee in sich hineinschüttete. In den Kommentaren wurden die Beweise für die Urheberschaft islamistischer Terroristen erörtert und der Vorstoß des Innenministers. Guantanamo überall, dachte Georgie.

Nach dem Frühstück bezahlte er die Zimmerrechnung bar, ließ sich an der Rezeption einen Stadtplan geben und verließ das Hotel. Im Auto suchte er nach dem Weg, er hatte ihn sich nicht gemerkt beim letzten Mal. Wer hätte gedacht, dass er zurückkehren würde zu dieser Frau, die Stachelmann offenbar gefiel, obwohl er alles tat, es sich nicht anmerken zu lassen? Er fuhr, bis er eine Tiefgarage fand. Dort fand er eine dunkle Ecke. Er parkte, schaltete den Motor aus, stellte sich neben das Auto und schaute sich um. Als er niemanden sah und nichts hörte, öffnete er den Kofferraum und nahm den Handwerkeroverall heraus, blau, auf den Latz war ein Löwenkopf genäht. Er musste grinsen, das passte, Löwenmut konnte er gebrauchen. Er zog den Overall über seine Kleidung, setzte die blaue Schirmmütze auf und zog schließlich die

Arbeitsstiefel an, von denen er schon beim ersten Ansehen gewusst hatte, sie würden drücken, scheuern und Blasen bilden, sobald er nur ein paar Schritte gelaufen war. Er legte seine Schuhe in den Kofferraum, schlug ihn zu, schaute sich noch einmal um, nickte befriedigt, als er niemanden sah – entfernt wurde ein Motor gestartet –, und fuhr los. Draußen stellte er das Radio ein und schaltete es gleich wieder aus, als eine Diskussionsrunde angekündigt wurde über den islamistischen Terror in Deutschland. Sie würden ewig quatschen. Und die einen würden sagen, was sie schon immer gesagt haben und was sie nun bestätigt sahen, und die anderen würden genau das Gleiche tun, aber zu anderen Forderungen kommen. Wie immer, wenn es nicht um die Sache ging, sondern um die Macht. Tauchte ein neues Thema auf, dann musste es besetzt werden. Die Toten von Karlsruhe waren gerade beerdigt in einem Staatsakt unter Beteiligung der gesamten Politprominenz, da ging der Streit los, vorgeblich um die Sache, in Wahrheit um einen Vorsprung bei den nächsten Wahlen.

Er fand die Straße gleich und parkte ein paar Häuser entfernt, damit Valentina ihn nicht erkannte, wenn sie das Haus verließ. Wenn er Pech hatte, konnte er Stunden herumsitzen oder auch Tage, wenn sie beschloss, zu Hause zu bleiben, und Lebensmittel für den dritten Weltkrieg eingebunkert hatte. Er hatte sich einen Krimi eingepackt, in dem er las, und immer wieder lugte er über die Buchoberkante zur Haustür. Es fiel ihm schwer, sich zu konzentrieren. So schaltete er das Radio ein, aber es gab nur Gedudel. Er schaltete das Radio wieder aus und versuchte erneut zu lesen. Vielleicht lag es ja am Buch? Er überlegte, ob es spannend genug wäre, um ihn zu fesseln, wenn er am Strand in der Sonne braten würde. Als er gerade dabei war, die Argumente zurechtzulegen, öffnete sich die Haustür und Valentina trat heraus. Sie schaute kurz in den Himmel, dann lief sie los. Genau auf ihn zu. Als sie gefährlich nahe war, drehte er sich ab, als suchte er etwas auf der Rückbank. Aber sie beachtete ihn nicht. Da saß ein Typ in einem Auto, wen kratzte das?

Georgie beobachtete im Seitenspiegel, wie sie sich entfernte. Als er sich sicher wähnte, stieg er aus, öffnete den Kofferraum und hob den Werkzeugkasten heraus. Er hatte wenig Werkzeug darin, und doch war der Kasten schwer. Er zog den Mützenschirm tief ins Gesicht und ging auf das Haus zu. Je näher er ihm kam, desto schneller klopfte das Herz. Er suchte sich eine Klingel im dritten Stock aus und hoffte, dass jemand da war und dass dieser Jemand nicht übermäßig neugierig war. Als niemand öffnete, drückte er die Klingel der Nachbarwohnung in der dritten Etage. Nun hatte er Glück, der Türsummer ertönte. Georgie drückte die Tür auf, ging in den Hausflur und rief: »Werbung, danke!« Oben knallte eine Tür zu. Ein Grinsen huschte über Georgies Gesicht. Er schwitzte.

Als er gerade den Werkzeugkasten vor Valentinas Tür abgestellt und sich mit dem Ärmel den Schweiß von der Stirn gewischt hatte, klackte ein Schlüssel im Haustürschloss, die Tür ging auf, und eine Frau trat ein. Einen Augenblick fürchtete Georgie, Valentina wäre zurückgekehrt, aber diese Frau kannte er nicht. Er wandte sein Gesicht ab, doch die Frau stellte sich vor ihn. Sie hatte eine silbrig glänzende Strähne im Haar, ihre Haut war in einem Sonnenstudio misshandelt worden, in ihren Augen funkelte Ablehnung.

»Notfall!«, schnauzte Georgie.

Die Frau zuckte zurück, schaute ihn ungläubig an, sodass er fürchtete, sie würde nun die Polizei rufen oder die Nachbarn zusammentrommeln. Aber sie zog einfach ab, die Treppe hinauf, und Georgie war froh, dass sie es nicht gewesen war, die ihm die Tür geöffnet hatte. Er versuchte, Valentinas Wohnungstür mit seiner Scheckkarte zu öffnen, wie er es in Filmen gesehen hatte. Aber es ging nicht. Also nahm er das Brecheisen, schlug es mit dem Hammer zwischen Tür und Rahmen und drückte, bis mit einem Knall die Tür aufsprang. Blitzschnell schlüpfte er mit seinen Gerätschaften in den Flur und lehnte die Tür von innen an. Wenn ihn jetzt einer erwischte, würde er in den Knast wandern. Er beging einen Einbruch, mit roher Gewalt. Aber ein Einbruch wäre es auch, wenn er die Tür geöffnet hätte, ohne sie zu beschädigen. Wenn jetzt jemand draußen vorbeiging an der Wohnung, würde er den Türschaden beachten? Wenn ja, wie lange würde es dauern, bis er kam oder die Polizei rief? Du bist wahnsinnig, Georgie, murmelte er vor sich hin. Vollkommen wahnsinnig. Die Angst schwächte ihn ein paar Sekunden, dann hatte er sich wieder im Griff.

Er ließ den Werkzeugkasten im Flur stehen, zog sich Gummihandschuhe an, wie sie Ärzte tragen, und hoffte, keine Spuren zu hinterlassen, die ihn belasten könnten.

Fast rannte er die paar Schritte ins Wohnzimmer, riss die Kommodenschubfächer auf und durchwühlte sie. Im unteren Fach fand er einen Papierstapel. Darauf ein gelber Klebezettel mit der Aufschrift *Arno*. Er blätterte und sah, dass es Kopien von Stachelmanns Laubingerakten waren. *Arno*? Er durchsuchte noch einmal die Fächer, fand aber nichts weiter. Nichts über Cecilia, keine Visitenkarte, keine Notiz von Valentina über sie, nichts. Im Schlafzimmer entdeckte er einen Schreibtisch und suchte in dessen Schubladen. Nichts. Er blätterte in den Papierstapeln auf dem Schreibtisch. Nichts. Er zwang sich, ruhiger zu werden, das Herz pochte kräftig und schnell. Er schwitzte. Um Himmels willen, was hatte er sich da eingebrockt! Bewährung, er würde Bewährung kriegen, er war Ersttäter. Und klauen wollte er auch nichts. Weiter, weiter. Er blickte sich hektisch um, die Augen rasten über die Bücherregale, blieben an etwas hängen, rasten weiter. Er war zu schnell. Ruhig, konzentrieren. Die Augen wanderten zurück zu dem Gegenstand, an dem sie für den Bruchteil einer Sekunde hängen geblieben waren. Ein Fotoalbum. Er nahm es heraus und blätterte. Irgendwelche Leute. Dann das Bild eines jungen Mannes, sportlicher Typ, ernstes Gesicht, kurze Haare. Sieht nicht schlecht aus, dachte Georgie. Darunter stand *Arno, 1988.* Er legte das Album neben die Papiere und holte die Digitalkamera aus dem Werkzeugkasten. Er fotografierte das Bild von Arno und die erste Seite des Aktenstapels. Der große Spion bei der Arbeit. Seine Hände zitterten. Er fürchtete, der Blitz würde von draußen gesehen. Obwohl ihn alles drängte, aus der Wohnung zu fliehen, nahm er das Bild von Arno aus den Fotoecken und drehte es um. Ein Stempel: *Foto A. Menzel.* Er fotografierte auch die Rückseite.

Georgie pfiff durch die Vorderzähne und steckte das Bild wieder ins Album. Er legte die Papiere zurück in die Schublade und stellte das Fotoalbum ins Regal. Dann packte er den Fotoapparat ein, nahm die Werkzeugkiste und stellte sie in den Flur. Plötzlich hatte er wieder einen Gedankenblitz. Er hetzte durch die Wohnung und riss alle Schubladen und Schranktüren auf, warf zwei Schubladen auf den Boden und Kleidung aus dem Kleiderschrank. Tut mir leid, Valentina. Ist nichts kaputt. Dann verließ er die Wohnung, nahm den Werkzeugkasten, öffnete die Tür und schaute vorsichtig hinaus. Schritte auf der Treppe näherten sich. Er hastete zur Haustür, riss sie auf, ging hinaus und warf die Tür ins Schloss. Georgie ging um die Ecke, weg von seinem Auto. Wenn ihn jemand sah, wie er ins Auto einstieg und sich das Kennzeichen merkte, dann war Georgie aufgeschmissen. Er zwang sich, nicht zu rennen, sondern trug seinen Werkzeugkasten immer weiter weg vom Haus und versuchte sich einzureden, die Passanten achteten nicht auf ihn. Wer interessiert sich schon für einen Handwerker, der seine Schraubenzieher durch die Gegend trägt?

Georgie lief immer weiter, bis er an einem Platz war, auf dem Müllcontainer standen. Kurz entschlossen ging er zu einem Altpapiercontainer und stellte den Werkzeugkasten dahinter ab. Er zog den Overall aus, setzte die Mütze ab und legte beides zum Werkzeug. Dann ging er auf einem Umweg über Seitenstraßen dorthin, wo er sein Auto vermutete. Er fand es gleich, setzte sich hinein und fuhr zu dem Platz, wo die Container standen. Er parkte den Wagen am Altpapiercontainer und ging auf dessen Rückseite. Dort lagen immer noch seine Sachen, die er nun in den Kofferraum packte. Dann fuhr er weg, verließ Gotha und nahm die Autobahn nach Westen. Er überlegte, ob er etwas falsch gemacht hatte, fand aber nichts. Valentina würde die Polizei holen, die würde glauben, jemand habe Geld und Wertsachen gesucht, aber es würde nichts fehlen. Die zerstörte Tür würde eine Versicherung übernehmen. Georgie dachte, er könnte Valentina anonym Geld schicken. Aber dann verwarf er den Gedanken. Es würde die Polizei nur auf dumme Ideen bringen. Ein Einbrecher tut so etwas nicht.

⋆⋆⋆

Georgie war noch nicht fertig mit seinem Bericht, aber was er erzählt hatte, reichte, um Stachelmann auf hundertachtzig zu bringen. Gerade wollte er lospoltern, da klingelte es an der Tür. Stachelmann öffnete. Es waren zwei Kriminalbeamte, das sah er gleich. Den einen glaubte Stachelmann schon einmal gesehen zu haben. Stimmt, der Mann hieß Kurz, war ein Kollege von Ossi gewesen. Und von Carmen. Der Mann schnaufte vom Treppensteigen.

»Herr Dr. Stachelmann«, sagte Kurz, »Frau Derling sagte uns, Sie könnten uns Auskünfte geben wegen dieser Drohaktion.«

»Ach, plötzlich finden Sie das doch wichtig!« Er winkte sie ins Wohnzimmer.

»Sagt Ihnen das was?« Kurz holte aus einer Aktentasche eine in durchsichtiges Plastik eingehüllte Puppe. Er warf einen Blick auf Georgie und fixierte dann wieder Stachelmann.

Ihr fehlt der Kopf, dachte Stachelmann. Aber sie hat das Gleiche an wie die Puppe, die ich überfahren habe. Sie ist nur viel kleiner.

Er sagte Kurz, was ihm auffiel. Ein Bleiklumpen legte sich in seinen Magen.

Kurz holte noch einen Gegenstand aus der Tasche, einen kleinen Stoffelefanten, dessen Ohren gelb waren. »Das Gelb stammt aus einer Autolacksprühdose«, sagte Kurz nüchtern, als wäre es normal, dass jemand die Ohren eines Plüschtiers färbte.

Stachelmann spürte ein Zittern im Bauch. »Woher haben Sie das?«

»Das wurde Frau Derling geschickt. Mit der Post, ohne Absender.«

»Lag etwas dabei? Ein Brief?«

Kurz schüttelte den Kopf.

Aber Stachelmann wusste auch so, dass es eigentlich ihm galt. »Ich habe Herrn Taut meine Vermutungen gesagt. Mehr weiß ich heute auch nicht.«

Kurz schaute ihn verständnislos an.

»Ich hatte vor ziemlich genau einem Vierteljahr Besuch von einer Dame mit dem Namen Cecilia Laubinger oder so aus Boston …«

»Wie hieß sie denn nun?«

»Das weiß ich nicht. Ich verlange von meinen Kunden keinen Personalausweis. Ihr Vater, wenn er es denn war, hieß jedenfalls Laubinger.«

Stachelmann erzählte, wie Cecilia ihn beauftragt hatte, ihren Vater zu finden oder jedenfalls den Mann, den sie für ihren Vater hielt oder als diesen ausgab. Vielleicht stand sie auch in einer ganz anderen Beziehung zu diesem Mann und wollte Stachelmann darüber nichts sagen. Doch er glaubte ihr, wenigstens das.

Kurz und sein Kollege, ein Mann mit einem leeren Gesicht und schwarzen Augen, hörten zu, aber Stachelmann wusste, dass sie dies nur aus Pflicht taten.

»Und dann habe ich für eine Lübecker Firma gearbeitet.« Er erzählte auch diese Geschichte, sah aber, dass Polizisten sich fragten, ob er noch ganz dicht sei.

Kurz schüttelte den Kopf. »Die legen Ihnen also eine Puppe unters Auto und schicken Frau Derling diesen Quatsch«, er deutete auf die kopflose Puppe in seiner Hand, »weil sie glauben, Sie hätten Kopien von Kopien, die dieser Firma nicht passen, jedenfalls, wenn sie veröffentlicht werden.«

»Sie schicken eine geköpfte Puppe«, sagte Stachelmann. »Man muss kein Meister der Interpretation sein, um dies als Todesdrohung zu verstehen. Gegen Felix, Frau Derlings Sohn.«

Der Mann mit dem leeren Gesicht öffnete den Mund,

schloss und öffnete ihn gleich wieder. »In Deutschland ist es nicht verboten, Puppen zu verschicken. Man könnte das, wenn es häufiger vorkommt, als Stalking betrachten. Aber es ist nur einmal passiert. Ich halte es für einen blöden Scherz. Spätpubertierende Studenten oder so was.« Ungeduld lag in seiner Stimme. Terroristen jagten den BGH in die Luft, und sie suchten einen Irren, der geköpfte Puppen verschickte.

»Und Sie meinen, der Puppenirre« – Unglaube in der Stimme –, »will Felix umbringen.«

»Ich meine gar nichts«, sagte Stachelmann und resignierte, während er es sagte. Die Polizisten würden es ihm nicht glauben. Er riss sich zusammen. »Ich verstehe die Aktion als Drohung. Was denn sonst?«

»Damit Sie dieser Cecilia nicht weiter nachlaufen …«, sagte der Beamte mit den leeren Augen. »Oder diese Lübecker Firma nicht belästigen.«

Stachelmann überlegte sich, ob er Spott herausgehört hatte. Er holte Georgies Foto von Cecilia aus der Schreibtischschublade und warf es auf den Tisch.

Der Polizist mit den leeren Augen nahm das Foto und betrachtete es. »Wenigstens ein schöner Anblick«, sagte er betont beiläufig. Er reichte Kurz das Foto.

Der warf einen Blick darauf, legte das Foto auf den Schreibtisch, nickte kaum sichtbar und sagte: »Sie wollen doch jetzt nicht etwa, dass wir nach dieser Dame fahnden?«

»Doch, das wäre das Beste. Wenn Sie diese Dame finden, dann finden Sie womöglich auch den Puppenverschicker. Es ist wenigstens eine Spur. Haben Sie eine bessere? Cecilia ist leider nicht schwarzhaarig und trägt auch kein Kopftuch oder eine Burka, da hätte sie natürlich bessere Chancen, gesucht zu werden. Ich habe versucht, Ihnen begreiflich zu machen, dass Felix möglicherweise bedroht wird, um Cecilia vor irgendwas zu schützen. Wovor sie geschützt werden muss, weiß ich nicht, sieht man mal von der Erfolgsprämie ab, die sie mir schuldet. Aber ich bin ja auch nicht die Polizei.«

Kurz zuckte mit den Achseln und wandte sich ab, seinen Kollegen im Schlepptau. Kaum waren sie grußlos verschwunden, klingelte das Telefon.

»War die Polizei bei dir?«

»Ja.«

»Und?«, fragte Anne ungeduldig.

Sie tat ihm leid. »Sie glauben mir offenbar nicht. Warum hast du mir nicht Bescheid gesagt wegen dieser Puppensendung?«

»Was glauben sie dir nicht?«

»Dass diese Cecilia oder die Schneyder-Leute dahinterstecken.«

»Du gibst also zu, dass du schuld bist an diesem Irrsinn. Dass irgendwer mir eine geköpfte Puppe schickt, die Felix darstellt?«

»Ich habe doch nichts mehr gemacht in der letzten Zeit.«

»Das haben die Betreffenden wohl nicht mitbekommen«, sagte sie und legte auf.

Stachelmann schlug mit der Hand auf den Tisch. Georgie zuckte zusammen, riss die Augen auf, öffnete den Mund, sagte aber nichts und schloss ihn wieder. Stachelmann schnaufte. Georgie starrte ihn an, als erwartete er den Angriff eines Säbelzahntigers. Als der nicht kam, sagte er: »Danke, dass du mich nicht verpfiffen hast.«

»Hätte nichts gebracht«, sagte Stachelmann. »Auch wenn du ein paar Monate im Knast verdient hättest.« Er lehnte sich zurück und ließ sich das Telefonat mit Anne noch einmal durch den Kopf gehen.

Georgie legte ein Foto auf den Tisch. »Den flotten Herrn hab ich im Fotoalbum gefunden. Das ist bestimmt der Arno, dessen Name auch auf dem Klebezettel steht.«

14

Stachelmann hatte in der Nacht nicht geschlafen. Schon vor Sonnenaufgang war er ins Büro gegangen und hatte auf die Kopie des Fotos gestarrt, die Georgie aus Gotha mitgebracht hatte. Wer war dieser Arno auf dem Bild von 1988? Er betrachtete ihn genau. Schmales Gesicht, hohe Stirn, intelligente Augen, ein offener Blick und ein leises Lächeln auf den Lippen. Der Oberkörper schien drahtig, als hätte er trainiert. Er spürte den Impuls, zum Telefonhörer zu greifen, Valentina anzurufen und sie zu fragen, wer Arno sei. Doch sie hätte nur die Polizei gerufen. Er musste nach Gotha, er musste einen Weg finden, um den Mann zu identifizieren. Das Foto war vielleicht der Schlüssel für alles andere, jedenfalls stand der Name bei den Akten, die er Cecilia gegeben hatte, und eine andere Spur hatte er nicht. Außerdem wollte er sie wiedersehen. Valentina hatte etwas in ihm berührt. Ob er ihr auch gefiel? Er erinnerte sich einiger Blicke, traute aber seinem Gedächtnis nicht. Wahrscheinlich legte er etwas hinein in die Blicke, das nicht darinlag.

Und wenn Felix etwas passierte? Wie groß war die Wahrscheinlichkeit, dass die Spur richtig war? Jetzt fielen ihn wieder Zweifel an. Wenn er nicht alle Menschenkenntnis verloren hatte, dann war es ausgeschlossen, dass Cecilia geköpfte Puppen verschickte. Das hatte sie auch nicht nötig, denn es gab ja keinen Vertrag über diese bescheuerte Prämie. Allein schon das Wort: Prämie! Und würde sie wegen so etwas diese blöden Puppen verschicken?

Er hatte nichts getan, Anne war trotzdem bedroht worden. Dann konnte er auch etwas tun. Offenbar war es egal. Das machte die Sache noch rätselhafter.

Aber Georgie hatte etwas getan. Doch diesen Einbruch würde niemand Stachelmann in die Schuhe schieben. Das sah eher nach einem Junkie unter Druck aus, auf der Suche nach Geld. Oder nicht? Ach, er wusste es nicht. Er wusste nur, dass er ungeduldig wurde und zornig. Er war schon einmal ungeduldig und zornig gewesen, als einer auf ihn geschossen hatte. Und Brigitte umgebracht hatte. Da hatten ihn Ungeduld und Zorn zu einer Tat getrieben, die ihm ewig in den Knochen stecken würde. Vielleicht weil er zu lange gewartet hatte? Weil er es leid war, dass jemand ihn nach Belieben bedrohte und verarschte?

Er griff zum Telefonhörer, zögerte, dann wählte er: »Du solltest vielleicht mit Felix verreisen. Wenn jemand dich bedroht, obwohl ich nichts getan habe …«

»Tolle Idee«, sagte Anne.

»Ich darf dich erinnern, du wolltest mich für verrückt erklären, wenn ich die zehntausend Euro nicht eintreibe. Und mehr habe ich nicht versucht.«

»Aber da muss mehr sein. Du hast irgendwas berührt, was irgendwen so brutal stört, dass er auf diese perverse Idee kommt. Und jetzt willst du dem wirklich auf die Pelle rücken, sonst würdest du hier nicht anrufen.« Ihre Stimme war scharf.

»Ich denke darüber nach. Die Polizei nimmt es nicht ernst.«

»Immerhin waren sie bei dir.«

»Das hätten sie auch lassen können. Was ich nun mache, weiß ich noch nicht«, er log, »aber offenbar liegt es nicht an dem, was ich tue oder nicht tue. Es geht auch nicht um die Prämie, es geht um etwas Größeres.« Er begriff es, während er es sagte. Etwas Größeres. Ein Geheimnis, ein Verbrechen.

Er musste nach Gotha. Die Frage war nur, mit Georgie oder ohne Georgie? Ihm verdankte er die Fotos, aber auch den Ärger, den er kriegen würde, sobald herauskam, dass Georgie der Einbrecher war. Allerdings, Georgie hatte behauptet, niemand habe ihn gesehen außer diesem Sonnenstudioopfer, dem die Hitze nicht nur die Haut zerfressen habe, sondern auch ein anderes lebenswichtiges Organ oberhalb des Halses. Trotzdem konnte es sein, dass sie Georgie wiedererkannte, und dann wurde es eklig. Das war die eine Seite.

Die andere war, dass Georgie zu Recht beleidigt wäre, würde er ihn nicht mitnehmen. Ohne Georgie hätte Stachelmann nicht den Hauch einer Spur. Warum Georgie dieses Risiko eingegangen war, verstand Stachelmann nicht. Wieder fiel ihm auf, dass er Georgie kaum kannte. Er war Brigittes Mitbewohner gewesen. Er hatte mal studiert und war immer noch immatrikuliert. Aber er musste Eltern haben oder gehabt haben, vielleicht Geschwister. Einen Freund hatte er offenbar nicht, jedenfalls niemanden, mit dem er in engem Kontakt stand. Das hätte Stachelmann mitbekommen. Er nahm sich vor, Georgie auszufragen.

Er griff zum Telefon und wählte Georgies Nummer. Es klingelte lange, bis die Mailbox sich meldete. Stachelmann legte auf und drückte die Wahlwiederholungstaste. Wieder die Mailbox, wieder die Wiederholungstaste.

Dann eine Stimme, verschlafen, leise, aber zornig. »Ja?«

»Guten Morgen!« Stachelmann tat so, als wäre er gut gelaunt und ausgeschlafen.

»Du bist verrückt!«, stöhnte Georgie. »Es ist mitten in der Nacht.«

»Wir müssen nach Gotha.«

»Da war ich gerade. Dort suchen mich die Bullen. Du willst, dass ich in den Knast wandere. Scheißkerl.«

»Natürlich«, sagte Stachelmann. »Aber vorher musst du mir helfen.«

»Hilf dir selbst, dann hilft dir Gott.«

»Okay, dann fahr ich allein.«

Schweigen, dann: »Hol mich ab, klar!«

Georgie brauchte eine Weile auf der Fahrt, bis er einigermaßen wach war. Und Stachelmann begann das, was Georgie bald Verhör nannte, ihn aber nicht hinderte, die Fragen zu beantworten.

»Wo bist du eigentlich geboren?«

»In Mönchengladbach.«

»O Gott!«, entfuhr es Stachelmann.

Georgie grinste ihn an. »Genau, o Gott!«

»Und deine Eltern, was machen die?«

»Mein Alter ist tot, Krebs. War Oberschullehrer, Deutsch und Latein. Meine Mutter verjubelt seine Pension.«

»Und als … Schwuler in der Kleinstadt vor, sagen wir mal, fünfzehn Jahren … wie war das so?«

Georgie grinste wieder, als er merkte, wie Stachelmann sich verhaspelte. »Das war toll. Alle haben mir aufmunternd auf die Schultern geklopft. Ist nicht so schlimm, Georg. Kann jedem passieren. Na ja, ein paar haben es auch mit qualitativ hochwertiger Analyse versucht, schwule Sau und so.«

»Nette Zeitgenossen.«

»Hm. Es kann ja nicht jeder so ein wunderbarer Mensch sein wie du.«

»Ich bin gerührt. Und du hast die Schule besucht, dann studiert …«

»Eine Schule besucht, eine Tischlerlehre abgebrochen, dann eine Abendschule besucht, seltsamerweise das Abitur bestanden, dann ein bisschen studiert. Und damit diese Frage auch beantwortet ist: Ich lebe von meiner Tante, genauer gesagt, von dem, was sie mir hinterlassen hat. Sie war in Wahrheit die Einzige, die mich wirklich … gemocht hat. Vielleicht war sie Lesbe und hatte auch so eine Scheiße erlebt. Jedenfalls hat ihr Mann, den sie nie geliebt hat, ihr einen Haufen Geld hinterlassen. Einen Teil davon hat sie leider verprasst, als er endlich tot war, den Rest hat sie mir vermacht.«

»Hoffentlich reicht das Geld ewig.«

»Bestimmt nicht.«

»Und dann?«

»Dann spring ich von der Brücke.«

Stachelmann schaute ihn von der Seite an. Georgie verzog keine Miene. Er schaute nach vorn auf die Straße, so gleichgültig, als hätte er gerade von der jüngsten Benzinpreiserhöhung gesprochen. »Das meinst du nicht ernst.«

Georgie antwortete nicht. Er schnaubte, dann putzte er sich umständlich die Nase, um schließlich zu fragen: »Und wie machst du das mit Valentina?«

»Was?« Stachelmann verstand natürlich, was Georgie wissen wollte.

»Aktion Romeo?«

Bloß nicht schwitzen. »So ein Quatsch!«

»Der Zweck …«

»Laber, laber.«

»Sonst klappt das nie mit unserer Bärenspur. Oder willst du sie direkt fragen: Du, wir haben da zufällig so ein Foto zugeschickt bekommen, anonym, ganz komische Sache …«

»Red keinen Quatsch.«

»Was heißt Quatsch? Du hast also keinen Plan?«, fragte Georgie.

»Pläne sind dazu da, schiefzugehen.«

»Sagten schon Clausewitz, Konfuzius, Mao Tse-tung und der Papst.«

»Du bist richtig konstruktiv heute.«

»Deswegen hast du mich aus dem Schlaf gerissen. Ohne mich geht es nicht voran.«

In diesem Augenblick packte Stachelmann die Angst, Felix könnte umkommen, und er wäre derjenige, der für Felix' Tod verantwortlich gemacht werden würde. Nein, er musste nach Gotha, sonst hörte das nie auf. Sonst würde er die Angst nicht los. Vielleicht suchten sie auch am falschen Ort. Vielleicht hätte er doch Kolumbitsch Daumenschrauben anlegen sollen.

»Kein Widerspruch?«, fragte Georgie.

»Nein, ohne dich geht es nicht voran.«

»Sag ich doch. Hm.«

Schweigen.

»Und wenn es doch die Schneyder-Leute sind?«, fragte Stachelmann. »Wenn wir blöde durch die Gegend gondeln auf der Jagd nach einem Phantom?«

»Dann haben wir Pech gehabt«, sagte Georgie. »Aber du sagst doch, dass dieser Kolumbianer …«

»Kolumbitsch!«

»Dass dieser Peruaner glücklich und zufrieden ist, wenn alles bleibt, wie es ist. Also wird der gar nichts machen, sondern seine Rübe einziehen.«

Diesen Gedanken fand Stachelmann schon eine Weile so einleuchtend, dass er ihm misstraute. Der Zweifel meldete sich immer wieder. Er dachte an seine Suche nach Ossis Mörder, als er auch einer so deutlichen Spur folgte, die dann im Nichts endete. Nur, was sollte er tun? Wie sollte er die Möglichkeit ausschließen, dass Kolumbitsch hinter dem Puppenwahn steckte? Er konnte ja schlecht eine Hausdurchsuchung machen oder auch nur ein Verhör. Er war nicht die Polizei, sondern ein Amateur, der von Spekulationen lebte. Von Gedankengebäuden, die er sich baute. So war es doch immer gewesen. Den Mörder der Hollers hatte er in einem Blick erkannt. Einem einzigen Blick.

Stachelmann dachte an Valentina, die den Namen einer Kosmonautin trug. Ich freue mich, sie wiederzusehen. Dabei ist sie vielleicht verwickelt in die Geschichte. Warum liegen diese Aktenkopien bei ihr? Warum steht *Arno* darauf? Vielleicht weiß sie etwas von dieser Puppensauerei und behält es für sich? Irgendwer muss Cecilia gesagt haben, dass ich hinter ihr her bin. Aber hat derjenige auch gewusst, was dem folgen würde? Vielleicht hatte sie es beiläufig erzählt. Du, da war dieser Historiker und hat nach dir gefragt.

Er überlegte, ob er Valentina ein Verbrechen zutraute. Nein. Auch wenn er keinen Grund anführen konnte für diese These außer dem, dass er glaubte, Menschen rasch einschätzen zu können. Und wenn er sich irrte? Hing das alles nicht auch ab von dem Zweck, den man mit einem Verbrechen verfolgte? Wenn der Zweck so schwer wiegt, dass er sogar ein Verbrechen zu rechtfertigen scheint, dann sieht die Sache vielleicht anders aus. Man begeht ein Verbrechen, weil man glaubt, so ein noch größeres Übel zu verhindern.

Georgie schaltete das Radio ein. Gedudel, dann Nachrichten. Keine Spuren von den BGH-Terroristen. Das neue Sicherheitspaket des Innenministers geschnürt und auf dem Weg durch die Instanzen. Sozialdemokraten im Prinzip dafür, mit einigen Korrekturen.

»Die Sozis werden noch der Folter zustimmen, natürlich unter schweren Bedenken und wenn ein Amtsarzt dabei ist«, sagte Georgie.

Stachelmann lachte. »Dann müssen sie ja noch ein paar Ärzte einstellen, ein paar Arbeitslose weniger. Agenda 2020!«

»Wir sollten in die Politik gehen. Wir haben auf so einer Autobahnfahrt bessere Ideen als die Kerle, die dafür die Kohle einstreichen.«

»Geniale Idee! Nur, in welcher Partei?«

»Wir gründen eine eigene.«

»Noch toller.«

Georgie lehnte seinen Kopf zurück und versank in Gedanken. Vielleicht versuchte er auch nur zu schlafen. Dann sagte er: »Brigitte fehlt mir.«

»Mir auch.« Stachelmann versuchte sich vorzustellen, wie sie ausgesehen hatte. Schlank, groß, eine Schönheit auf den zweiten Blick. Widerborstig, intelligent und so furchtbar neugierig, dass es sie das Leben gekostet hatte. Immer wenn er an sie dachte, fragte er sich, ob er sie hätte schützen können. Und spürte noch einmal die Wut, die er auf ihren Mörder gehabt hatte.

Nach einer Fahrt ohne Hindernisse buchten sie sich am frühen Nachmittag in einem Hotel in der Innenstadt ein. Sie verabredeten sich im Hotelrestaurant zum Essen. Nachdem Stachelmann seine Reisetasche ausgepackt hatte, legte er sich aufs Bett. Er versuchte, einen Plan zu machen, aber fand keine Idee, wie er vorgehen konnte. Das Beste wäre wohl, einfach Valentina zu besuchen, dann musste er sehen, wie es weiterging. Warum hatte er sich nur in sie verguckt? Er gestand es sich ein. Sie gefiel ihm, wie ihm schon lange keine Frau mehr gefallen hatte. Und Anne? Der Gedanke an sie machte ihn ratlos.

Valentina.

Wahrscheinlich hatte sie ihn längst vergessen. Gewiss hatte er ihre Blicke missverstanden. Irgendwie musste sie ja gucken, wenn sie nicht mit geschlossenen Augen herumlaufen wollte.

»Nun, mein Führer, was haben Sie für eine Strategie erdacht, um den Feind zu besiegen?« Georgie mühte sich, das R rollen zu lassen.

»Blitzkrieg«, sagte Stachelmann.

»Das ist eine großartige Strategie, mein Führer, wie die Geschichte bewiesen hat.«

Nun musste Stachelmann doch lachen. »Ich fahre nachher hin, und dann schau ich mal, was passiert.«

»Blitzkrieg eben.«

»Nun ist es gut.«

»Hm. Manchmal bist du völlig humorlos.«

»Manchmal nervst du.«

Jetzt bemerkte er den süßlichen Geruch. »Du hast dir wieder eine reingezogen.«

»Na und?«

Stimmt, war egal. Heute Nachmittag brauchte er Georgie nicht. Ihm war flau im Magen. Vielleicht machte er an diesem Tag den Fehler seines Lebens.

»Bist aufgeregt, was?« Georgie sprach lauter als sonst.

»Schrei nicht so rum.«

Sie bestellten etwas zu essen. Auch der Kellner guckte befremdet.

»Die haben hier was gegen uns«, sagte Stachelmann, nachdem sie eine Weile geschwiegen hatten.

»Die haben was gegen mich«, sagte Georgie. »Manche erkennen einen sofort als Schwulen, ein merkwürdiges Phänomen. In den Augen lese ich dann: KZ. Du gehörst ins KZ.«

»Nun übertreib nicht.«

»Ich übertreibe nicht. Das kriegt man nicht raus aus den Hirnen oder wo die Menschen sonst die Gedanken speichern. Bei manchen glaubt man ja, ihre Ideen entstünden im Darm.«

Stachelmann grinste. Mancher Leute Gedankenwelt war eine nicht enden wollende Blähung.

Sie schwiegen, bis die Getränke kamen. Stachelmann hatte Mineralwasser bestellt, Georgie ein Bier. Stachelmann war froh, sich an seinem Glas festhalten zu können.

»Und wenn du bei der nicht landest?«

»Darum geht es nicht.« Natürlich ging es darum.

»Das heißt, du marschierst in die Bude und hoffst, sie erzählt dir freudig, die liebe Cecilia habe ihr Akten kopiert, die sie für ihren Freund Arno aufhebe.«

»So ungefähr.«

»Das heißt, du verführst sie, und wenn sie dann schläft, schleichst du dich ins Wohnzimmer, findest zufällig das Foto, lässt dich gewissermaßen überraschen, nimmst sie in die Arme, und dann sagt sie dir alles.«

»Genauso mache ich es«, sagte Stachelmann und tippte sich an die Stirn. »Ich weiß überhaupt nicht, wie ich bisher überleben konnte ohne deine Ratschläge.«

»Meine Bescheidenheit verbietet es mir, darauf zu antworten.«

Georgies Blödelei hatte Stachelmann wieder hineingestürzt in seine Ratlosigkeit. Was er machte, es würde falsch sein, davon war er in diesem Augenblick überzeugt. Doch zurück ging es nicht. »Ich fahre jetzt.«

Georgie schaute auf Stachelmanns Teller, dann Stachelmann ins Gesicht, dann grinste er dreckig. »Viel Spaß. Und das alles auf leeren Magen.«

Stachelmann wandte sich ab, winkte kurz und ging

zum Parkplatz hinter dem Hotel, setzte sich ins Auto und warf einen Blick in den Stadtplan. Es war nicht weit und leicht zu finden. Wenige Minuten später parkte er den Wagen vor dem Haus. Er klingelte mit zitternder Hand bei Wolleben. Mein Gott, was sollte er sagen? Er hörte sich schon stammeln, aber dann wusste er, dass sie nicht zu Hause war. Jedenfalls öffnete sie nicht. Er ging vor das Haus, die Vorhänge waren geöffnet, aber sie war nicht da. In diesem Augenblick stellte er sich vor, dass sie gestern für drei Wochen in den Urlaub gefahren war. Vielleicht war sie abgehauen mit ihrem Geliebten und verkroch sich in der Karibik, während er vor dem Haus herumlungerte. Er spürte Sehnsucht, oder war es Eifersucht? Immer wieder fällst du auf Frauen herein, auf die du besser nie hereingefallen wärst. Er dachte an Carmen und Ines. Was war ihr besonderer Reiz gewesen? Was hatte sie unterschieden von anderen? Warum ausgerechnet die? Weil sie die Initiative ergriffen hatten. Ja, du Flasche. Du hast dich nicht groß abmühen müssen, sie waren für dich da, als du geglaubt hattest, sie zu brauchen. Eigentlich war es schon bei Anne so gewesen. Er hätte sich nicht getraut, den ersten Schritt zu tun. Er hielt sich nicht für einen Mann, der den Frauen gefiel. Da hatte die Warterei im Auto vor diesem Haus in Gotha immerhin einen Sinn, sofern man Selbsterkenntnis für sinnvoll hielt.

Und mit Valentina, wie ist es da? Tue ich nicht den ersten Schritt? Von Schreiten kann nicht die Rede sein. Du sitzt herum.

Stachelmann setzte sich ins Auto, legte den Kopf an die Kopfstütze, behielt die Haustür aber im Auge. Er würde also warten. Warum hatte er nicht von Hamburg aus angerufen oder Georgie anrufen lassen, um unter einem Vorwand herauszubekommen, ob sie zu Hause sein würde? Er war ein Idiot. Völlig ungeeignet für diese Privatdetektivspielchen.

Stachelmann versuchte, sich vorzustellen, wie er sie wiedertraf, wie sie die Haustür öffnete. Sie würde ihn anstrahlen, ihn hineinbitten, gar nicht fragen …

Er hörte ein Klopfen und schlug die Augen auf. Sie guckte ihn an durch das offene Seitenfenster.

»Ich hoffe, ich habe Sie nicht geweckt.«

Er hatte gedöst und geträumt. Wie lange? »Nein, nein«, stammelte er.

»Warten Sie auf mich?« In ihren Augen las er Verwunderung.

»Nein … ja, natürlich.«

Sie lächelte, und nun las er so etwas wie Verständnis. Nur, Verständnis für was?

»Darf ich Sie auf einen Kaffee einladen? Oder einen Wein? Es ist ja fast schon Abend.«

»Gerne«, sagte er. »Danke.« Er stieg aus dem Auto aus und gab ihr die Hand. Er hielt sie ein wenig zu lang, sie ließ es geschehen. Dann gingen sie zum Haus. Sie schloss erst die Haustür auf, dann die Wohnungstür. Stachelmann sah die Spuren von Georgies Einbruch.

»Jemand hat bei mir eingebrochen«, sagte sie. Sie drückte die Tür auf und betrat den Wohnungsflur. »Aber es fehlt nichts. Der hat alles durchwühlt, aber nichts mitgenommen.«

Stachelmann wurde mulmig.

»Die Polizei sagt, es gebe keine Spur. Wahrscheinlich ein Junkie auf der Suche nach Geld. Ich bewahre in meiner Wohnung kein Geld auf. Da hat der Typ Pech gehabt. Es ist ein dummes Gefühl, wenn jemand in die Intimsphäre eindringt und darin herumwühlt. Aber ich weiß, wie er es gemacht hat, die Spuren sind ja unübersehbar, und ich werde die Tür einbruchsicher machen lassen.«

Sie wandte sich um und lächelte ihn an. »Kommen Sie, wir setzen uns ins Wohnzimmer.« Sie ging voraus, setzte sich aufs Sofa und deutete auf den Sessel.

Ob sie sich wegen des Einbruchs freute, nicht allein zu sein? Er erinnerte sich, wie bei ihm eingebrochen worden war und welche Ängste es bei ihm ausgelöst hatte. Und wie lange sie ihn plagten.

Stachelmann setzte sich auch. Er fühlte sich elend. Er hatte sie verraten und verriet sie immer noch. Warum musste Georgie hier einbrechen? Dumme Frage, du weißt es. Und du nutzt es aus. Du könntest jetzt sagen: Ich weiß, wie das mit dem Einbruch war.

Er erhob sich halb. »Entschuldigung, die …«

Sie deutete hinaus. »Die zweite Tür rechts.« Stachelmann wusste es längst, und er musste auch nicht aufs Klo, sondern wollte einen Augenblick verschnaufen. Er fühlte sich mies. Er war ein Lügner. Es war ein gemeines Spiel, das er mit ihr trieb. In der Toilette wartete er ungeduldig, dann zog er die Klospülung. Er wusch sich die Hände und kehrte ins Wohnzimmer zurück.

Sie war nicht da, sondern hantierte in der Küche.

»Haben Sie Hunger?« Sie stand in der Tür und lächelte.

»Darf ich Sie zum Essen einladen? Das würde mir am besten gefallen. Ich überfalle Sie einfach …«

»Gerne«, sagte sie. »Sind Sie gut zu Fuß?«

Er zögerte, dann sagte er: »Wenn es kein Marathonlauf wird.«

»Heute ausnahmsweise nicht«, lachte sie.

Sie verließen die Wohnung wieder. Stachelmann gefiel, wie spontan sie sich entschieden hatte. Sie schien lebhaft zu sein. Und sie zeigte keine Verwunderung, dass er sie besuchte. Oder sie hatte Geduld und wusste, er würde irgendwann sagen, warum er gekommen war. Oder sie wollte es nicht wissen. Oder sie wusste es schon, als sie ihn gesehen hatte. Dass er immer noch auf Cecilias Spur war und glaubte, Valentina könne ihm mehr sagen, als sie es bisher getan hatte.

Valentina.

Da fiel ihm wieder ein, so hatte Hollers Tochter geheißen, die vergiftet worden war. Das war diese Sache, die er gemeinsam mit Ossi aufgeklärt hatte. Er versuchte, es aus dem Hirn zu wischen. Auch Ossi war tot, und gerade jetzt fehlte er ihm.

»Sind Sie immer so … nachdenklich?« Sie schaute ihn von der Seite an.

»Eine meiner zahlreichen Schwächen.«

Sie lachte. »Ich glaube, es gibt Schlimmeres.«

»Sie waren zur Arbeit? … Entschuldigung, es geht mich nichts an.«

Sie winkte ab. »Ich bin Lehrerin, hier am Gymnasium. Deutsch und Geschichte. Und vorhin war ich auf einer Konferenz. Hoffentlich erschreckt es Sie nicht …«

»Was?«

»Dass ich Lehrerin bin.«

Nun musste er lachen. »Ich gestehe, Pädagogen gehören nicht zu meinem Freundeskreis. Jedenfalls bisher.«

»Dann habe ich ja Chancen.« Das sagte sie leise.

»Bei Ihnen mache ich eine Ausnahme.«

Sie lachte, und in diesem Augenblick kam sie ihm vor wie ein Mädchen. Doch der Eindruck verrauschte so schnell, wie er gekommen war. Er verstand, dass er tief in seinem Unterbewusstsein Angst gehabt hatte, sie zu sehen. Dass sie ihm nicht mehr gefallen würde, dass sein Traumbild platzte. Dass er ihr nicht gefallen würde. Aber es schien alles so einfach zu sein. Sie war offen, sie verzichtete auf den Schutz der Verstellung. Er könnte sie jetzt in den Arm nehmen, und sie würde es geschehen lassen. Als er es dachte, kehrte die Angst zurück. Davor, dass er sich selbst täuschte, dass er sie missverstand, dass sie ihn doch nicht interessant finden könne, geschweige denn attraktiv. Und außerdem, er belog sie fortlaufend. Er hatte Georgie zwar nicht beauftragt, bei ihr einzubrechen, doch er verschwieg ihr, was er wusste. Er war auch in ihre Intimsphäre eingedrungen, und da half es nichts, dass er den Einbruch nie gewollt hätte. Hättest du ihn wirklich nie gewollt?

»Sie haben nichts gegen Chinesisch, hoffe ich. Sonst müssten wir noch weiter laufen.«

»Nein, solange es kein Hundefleisch gibt …«

»Das übrigens köstlich schmecken soll. Es ist, wie in den meisten Fällen, eine Frage der Zubereitung.«

Er folgte ihr ins Lokal. Löwen, Drachen, alles in Gold. Eine kleine, dicke Kellnerin mit Zöpfen und Augen, die immer zu lachen schienen, schlug ihnen einen Tisch vor in der am weitesten von der Tür entfernt gelegenen Ecke, als wüsste sie, dass Stachelmann und Valentina ungestört sein wollten. Sonst saßen nur wenige Leute an Tischen.

»Nicht viel los«, sagte Stachelmann, um etwas zu sagen.

»Hier ist nie viel los. Ich fürchte, irgendwann stehe ich vor der geschlossenen Tür, und das Restaurant ist pleite.« Sie setzten sich gegenüber.

Sie schaute ihn direkt an. »Und warum sind Sie noch einmal gekommen?«

»Weil …« Er schaute sich Hilfe suchend nach der Kellnerin um, doch er konnte sie nicht finden. »Weil ich Sie wiedersehen wollte.«

Sie lächelte. Aber sie war in die Puppenaktion verstrickt. Vielleicht, irgendwie. Du kannst keine Affäre anzetteln mit so einer Frau. Du bist wahnsinnig. Aber wenn sie nichts damit zu tun hatte? Er schaute sie an.

»Das ist schön«, sagte sie. »Erzählen Sie mir etwas von sich.«

»Fragen Sie.«

Sie lächelte ihn wieder an. »Gut.« Dann fragte sie ihn nach seinem Beruf, wo er geboren war, wo er in die Schule gegangen war und wo er studiert hatte. Er antwortete, aber eher knapp. »Und so einen schönen Beruf hängen Sie einfach an den Nagel.«

Sollte er ihr erzählen, dass er einen Menschen getötet hatte? »Ich habe einen Mann erschossen.« Sie schaute ihn erschreckt an. Er erzählte ihr, wie es gewesen war. Wie er wollte, dass es gewesen war. Er war doch kein Mörder.

Er hörte die Erleichterung, als sie sagte: »Ja, in Notwehr. Er oder Sie. Sie hatten keine Wahl.«

Er nickte. So war es gewesen. Er hatte keine Wahl gehabt. Hätte er nicht geschossen, dann wäre er jetzt tot.

»Erzählen Sie auch mal etwas von sich. Ich werde sonst noch zum Alleinunterhalter.«

»Fragen Sie«, erwiderte sie.

Er lachte. »Sie sollten mir nicht alles nachmachen.«

»Keine Sorge. Nur diesmal.«

Die Kellnerin erschien. Sie hatten noch gar nicht in die Speisekarte geschaut. Die Kellnerin wartete, bis beide sich ein Gericht ausgesucht hatten. Sie hatten es eilig, weiter miteinander zu reden.

Als die Kellnerin die Bestellung aufgeschrieben hatte und gegangen war, fragte Stachelmann Valentina, wie es in der Schule sei, ob sie auch unter dem Sparwahn litt und wie es sich in Gotha lebe. Fragen nach Cecilia, den Aktenkopien und Arno drängten sich ihm auf, aber er verkniff sie sich. Doch irgendwann würde er sie stellen müssen. Sie gestikulierte, während sie Groteskes aus dem Schulbetrieb berichtete. Einmal streifte ihre Hand seine. Er bildete sich ein, es sei Absicht gewesen. Die

Berührung wirkte nach, weckte in ihm das Bedürfnis nach weiteren Berührungen.

Valentina war gerne Lehrerin, auch wenn sie über missgünstige Kollegen klagte und lustlose Schüler. Über die schleichende Angst vor der Gewalt. Über den Leistungsdruck auf Schüler und Lehrer und den Sparwahn des Kultusministeriums. Doch bei allen Klagen wirkte sie nicht bedrückt. Sie verstand sich gut mit den meisten Kollegen, die Stinkstiefel ertrug sie. Sie ging oft aus mit Kollegen, auch in das chinesische Lokal, in dem sie gerade saßen. Sie war zufrieden mit ihrem Leben, war selbstbewusst, brauchte niemanden, der sie stützte. »Ich rede zu viel.«

»Keineswegs.«

Dann schwiegen sie. Als das Essen kam, stocherte Stachelmann darin herum, nahm zwei, drei Bissen und legte die Stäbchen zur Seite. Auch sie schien kaum Hunger zu haben.

»Schmeckt es nicht?«, fragte sie.

»Mir schon, aber Ihnen …«

»Vorhin hatte ich schrecklichen Hunger. Jetzt krieg ich kaum was herunter. Seltsam.«

Er musste wissen, wer Arno war. Aber nicht jetzt. Es würde alles zerstören, wie es ohnehin sein Talent war, alles zu zerstören.

Wer ist der Mann auf dem Foto?

Er fragte sie nicht, stattdessen schob er seine Hand über den Tisch, langsam, ängstlich, zittrig. Mach es nicht kaputt. Sie schien es nicht zu bemerken. Sie zog ihre Hand nicht weg, als seine sie berührte. Er wurde mutiger, fasste nach ihren Fingern, dann nach der ganzen Hand. Jetzt lag ihre Hand unter seiner. Sie schaute ihn an, ernst, und vielleicht fragte sie sich, was daraus würde. Er streichelte ihre Hand, dann zog sie die Hand weg, legte sie auf den Schoß, dann wieder auf den Tisch, streichelte seine Hand kurz, fast aus Versehen, und schob sie sanft zurück. Stachelmann griff nach den Stäbchen, aber er aß nicht.

Ihr Blick fragte wieder, was er wolle.

Wenn er das nur wüsste. Er wollte mit ihr schlafen. Aber gleich meldete sich der Verstand. Spinn nicht herum. Mach dich nicht zum Affen. Du bist schon so oft hereingefallen. Und es läuft auf eine Katastrophe hinaus, sobald du mit den Akten anfängst. Und du musst sie auf Arno ansprechen. Felix ist in Gefahr.

Aber er würde ihr nicht widerstehen. Er wusste es.

15

»Hast du einen Freund, Mann oder so was?« Er fand es natürlich, sie zu duzen.

»So was habe ich derzeit nicht, auch keinen Freund oder Mann. Hatte ich mal, aber das ist schon eine Weile her.«

Er fühlte sich erleichtert.

»Und du?«

Er überlegte. »Ich habe eine Freundin. Genauer gesagt, ich hatte wohl eine.«

Falten auf ihrer Stirn.

»Wir haben uns zerstritten. Eigentlich läuft es schon lange schlecht.« Ist es jemals über eine längere Zeit gut gegangen?

»Ach ja«, sagte sie.

»Wir haben uns an der Uni kennengelernt, dann waren wir auseinander, und sie hat ein Kind bekommen von einem anderen. Danach waren wir wieder zusammen.«

»Klingt ein bisschen wie der Bericht eines Buchhalters.«

»Ja, stimmt.«

»Mir ist es nicht so wichtig«, sagte sie.

»Was?«

»Ob du in einer anderen Beziehung steckst oder nicht. Oder halb oder viertel.«

Und was bedeutete das? Dass sie ohnehin nichts mit ihm anfangen wollte?

»Wichtig ist, dass du ehrlich bist.«

Das traf ihn wie ein Schlag.

Du Lügner.

»Ich bin … fasziniert von dir, seit ich dich das erste Mal sah.«

Sie schaute ihn ungläubig an, dann lachte sie. »Das klingt wie in einem Film. Von der Sorte, die ich mir eher nicht anschaue. So etwas gibt es nicht.«

Um Himmels willen, Stachelmann sah, wie eine Mauer zwischen ihnen wuchs.

»Wäre ich sonst wiedergekommen?«

Sie schaute ihn lange an und schwieg. Wenn ich nur wüsste, was du denkst. Aber an der Mauer arbeitet sie im Augenblick nicht weiter. Doch abgetragen wird sie auch nicht. »Wenn ich nur wüsste, warum du wieder aufgetaucht bist.« Sie schaute ihn fast ein wenig verzweifelt an.

Sie hat eine schlimme Erfahrung gemacht, mindestens eine, mit einem Mann. Sie wurde betrogen, ausgenutzt, belogen. So, wie ich sie jetzt belüge. Nun, jedenfalls nicht die ganze Wahrheit sage. Aber sagt sie mir die ganze Wahrheit? Nun, ich bin gekommen, ich muss mich erklären.

»Wegen dir und wegen … Cecilia.«

Sie lehnte sich zurück und hob die Augenbrauen. Ihre Miene sagte: Hab ich es doch gewusst.

»Ich bin in Not«, sagte Stachelmann. »Es ist etwas Merkwürdiges geschehen, und ich bin schuld daran.« Ja? Wirklich?

»Was ist passiert?«

Er berichtete von den Puppen und davon, wie alles angefangen hatte. Sie hörte fast reglos zu. Als er fertig war, beugte sie sich vor, nahm seine Hand, drückte sie kurz und ließ sie wieder los. »Du hast bestimmt keine Schuld«, sagte sie leise. »Ganz bestimmt nicht. Wer ein Kind bedroht, ist ein Schwein.«

Er war erleichtert, als sie dies sagte. Er glaubte ihr. Natürlich, wie war er nur darauf gekommen, dass sie etwas damit zu tun hätte?

»Aber ich habe dir doch gesagt, dass ich diese Cecilia eigentlich gar nicht kenne. Sie war bei mir, und dann ging sie wieder. Glaubst du mir nicht?«

Die Kellnerin stand am Tisch. »Schmeckt nicht?«

»Doch, doch, aber ich … wir haben keinen Hunger.«

Die Kellnerin schaute erstaunt von einem zum anderen. Diese Leute bestellen etwas zu essen, und dann fällt ihnen ein, dass sie keinen Hunger haben. Sie lächelte. Dann trug sie die Teller ab. Sie bestellten noch zwei Gläser Wein, was Stachelmann etwas beruhigte. Er hatte gefürchtet, Valentina würde plötzlich aufspringen und das Lokal verlassen. Nun hatte sie noch etwas bestellt. Vielleicht war die Mauer nicht so hoch, wie er fürchtete.

»Hast du noch andere Geschwister, sofern man das so nennen kann?«

»Ja, einen Halbbruder. Ich bin die Frau mit den Halbheiten.«

»Und wie heißt er?«

»Arno. Und du bist ein Einzelkind, stimmt's?«

»O je, merkt man das?«

Sie schüttelte den Kopf und lachte. »Ich habe ins Blaue geschossen.«

»Und Arno, verstehst du dich mit dem? Wie ist er mit Cecilia verwandt?«

Sie schaute ihn fast streng an. »Du interessierst dich aber sehr für meine Familie.«

»Ja.«

»Arno ist auch Cecilias Halbbruder. Genügt das?«

Stachelmann überlegte. Cecilia hatte einen engen Verwandten gefunden. Was bedeutete es?

»Cecilia schuldet dir Geld.«

»Das Geld kann sie behalten.«

»Aber du hast keinen Beweis, dass sie mit der Puppenaktion etwas zu tun hat.«

»Nein, aber es liegt nahe. Wie heißt denn dein Bruder mit Nachnamen?«

Sie zögerte. »Arno Wiemer, Herr Kommissar.«

»Kann ich mit ihm sprechen? Ihn nach Cecilia fragen?«

»Nein … nein. Er ist verreist.«

»Um es mir klarzumachen: Arno ist dein Halbbruder. Und er ist auch Cecilias Halbbruder. Aber du und Cecilia, ihr seid eigentlich nicht richtig verwandt miteinander. Franz Laubinger ist Cecilias und Arnos Vater. Arnos Mutter ist auch deine Mutter, Laubinger aber nicht dein Vater.«

»Komplizierte Verhältnisse, nicht?« Eine Pause. »Aber nur, wenn es etwas bedeutet. Mir bedeutet es nichts.«

»Das heißt, du verstehst dich nicht gut mit Arno.«

»Kann ich so eigentlich nicht sagen. Wir sehen uns nur selten, fast nie. Er ist so … umtriebig. War er schon immer.«

»Und dein Vater, wo ist der?«

»Auf dem Friedhof. Krebs«, sagte sie. Diesmal musste sie nicht überlegen.

»Tut mir leid.«

Sie winkte ab. »Er ist schon zehn Jahre tot. Ich hatte vor seinem Tod kaum mehr Kontakt mit ihm.«

»Du hast deine Eltern früh verloren.«

»Meinen Vater schon, bevor er gestorben war.«

Ihm lag die Frage auf der Zunge, was mit dem Vater gewesen sei. »Im Westen hat man den schönen Begriff Patchworkfamilie erfunden.«

Sie lächelte. »Dieser Begriff ist schon in den Osten

eingewandert, so, wie wir ja ohnehin unendlich bereichert wurden durch die Worte und Werte des heiligen Westens.«

Gott sei Dank, das Gespräch wurde leichter, die Mauer zwischen ihnen niedriger. Wie konnte er sie ganz beseitigen? »Du bist mir nicht allzu böse, hoffe ich.« Er griff nach ihrer Hand. Sie ließ die Berührung zu, doch dann zog sie ihre Hand weg.

»Nein, natürlich nicht.«

»Ich bin wegen dir gekommen. Und auch wegen Cecilia. Ein besserer Grund wäre mir auch lieber. Aber ich kann mir leider keinen aussuchen.«

»Die Sache mit den Puppen ist wirklich schlimm. Aber eine Forderung haben diese Typen nicht gestellt?«

»Nein, nichts. Es ist wohl eine Art Nervenkrieg. Die Ungewissheit nervt.«

Die Kellnerin brachte den Wein, sie lächelte.

Valentina schaute ihn an, sagte aber nichts. Diesmal wanderte ihre Hand über den Tisch und streichelte seine. Sanft und kurz. Stachelmann zitterte innerlich.

»Weiß Cecilia, dass ich nach ihr gefragt habe?«

»Du glaubst doch nicht etwa …«

»Ich weiß nicht, was ich glauben soll. Wenn Cecilia in die Sache verwickelt ist, dann muss sie mich ausspioniert haben. Ich habe ihr jedenfalls nicht erzählt, dass es eine … Freundin und deren Sohn gibt. Und ich hätte es wohl gemerkt, wenn sie mich verfolgt hätte. Sie ist ja keine Privatdetektivin.« Er kratzte sich an der Stirn und überlegte, dann fragte er: »Und was ist mit Arno? Hast du Kontakt mit ihm?«

»Nein, Arno ist weg, habe ich doch gesagt.«

»Hat Cecilia Kontakt mit ihm?«

Sie überlegte. »Arno hat mich vor vielen Jahren gebeten, keine Auskünfte über ihn zu geben. Ich möchte das eigentlich respektieren. Versteh das bitte. Ich habe schon zu viel erzählt.«

Fast wäre aus Stachelmann die Frage herausgeplatzt, warum sie diese Akten für Arno verwahre. »Gut«, sagte er. »Verhör beendet. Aber du musst verstehen, ich bin verzweifelt wegen dieser Puppengeschichte. Und es wäre vielleicht möglich, die Sache ein für alle Mal zu beenden durch ein Gespräch, ein Telefonat, eine Mail.«

»Wenn Cecilia sich meldet, werde ich es ihr sagen. Und glaub mir, sie hat mit diesen Puppen ganz bestimmt nichts zu tun.«

»Weißt du das, oder gehst du davon aus?«

»Glaub es mir.«

»Wann hast du ihn das letzte Mal gesehen?«

»Ich dachte, das Verhör ist beendet.« Sie verzog missmutig ihr Gesicht. »Gerade erst. Er war in der Gegend und hat hereingeschaut.«

»Hast du eine Telefonnummer von ihm?«

»Ja, er hat mir eine Handynummer gegeben.«

Stachelmann spürte die Aufregung. »Ob du mir die gibst?«

»Nein. Ich hab doch gesagt …« Sie klang verärgert.

Er hob kurz die Hände.

»Bitte ruf du ihn nachher an. Sag ihm, ich will mit ihm sprechen. Ich komme, wohin er will.« Eine Hoffnung, immerhin etwas.

»Gut, ich mach es. Wohl ist mir nicht dabei.«

»Bitte!«

»Ja, ja, ich mach es ja. Bis dahin will ich nichts mehr hören von Puppen und Ähnlichem. Abgemacht?« Sie lachte gequält. »Du bist eine Nervensäge.«

»Stimmt«, sagte Stachelmann. Aber er war zufrieden. Die Mauer zwischen ihnen war abgerissen. Sie verstand, um was es ihm ging. Sie steckte nicht in der Sache drin, da war sich Stachelmann sicher. Und er wollte jetzt ohnehin über etwas anderes sprechen.

Es war selbstverständlich, dass er ihre Hand nahm, als sie das Lokal verließen, die Kellnerin grinste über beide Backen.

Draußen regnete es, und es war viel zu kalt. Er legte seinen Arm um sie und spürte, wie zierlich sie war. Es war unbequem für ihn, der Rücken schmerzte bald, aber er wollte sie nicht loslassen. An einer Straßenecke hielt er und küsste sie. Er sah, wie sie die Augen schloss, und wusste in diesem Augenblick, dass es richtig war, was er tat. Sie blieben lange stehen, und er genoss es, wie sie ihren Körper gegen seinen drückte. Sie würden heute zusammenbleiben. Mindestens heute. Er fühlte sich gut. Sie gingen weiter. Eine alte Frau eilte an ihnen vorbei und keifte: »Sie haben wohl kein Zuhause.« Valentina lachte, hell und froh, als wäre ihr das Keifen eine Bestätigung für das, was sie gerade tat. Sie lehnte ihren Kopf an seine Brust und sagte heiter: »Ich fürchte, du bist ein schwieriger Fall.«

»Warum?« Blöde Frage, du findest dich selbst nicht einfach.

»Weil du noch in einer anderen Beziehung steckst. Wahrscheinlich bist du auch nicht der Typ für Seitensprünge …«

»Na ja, die bisherigen haben mir nur Ärger gebracht.«

»Also doch. So einer bist du also.«

»Nein, so einer bin ich nicht.«

Sie lachten beide, und in diesem Augenblick waren alle seine Ängste und Sorgen verschwunden, als hätte es sie nie gegeben. Als sie endlich im Flur ihrer Wohnung standen, befreite sie sich aus seiner Umarmung, küsste ihn auf den Mund und sagte: »So, jetzt mache ich, was ich versprochen habe. Du kannst es dir im Wohnzimmer gemütlich machen, und ich versuche, Arno zu erreichen.«

Sie hatte bestimmt nichts zu tun mit der Puppenaktion. Sie wusste gar nichts darüber. Und wenn Cecilia oder Arno die Täter waren, hatten sie es Valentina verschwiegen. Meine Kosmonautin, dachte er. Er setzte sich aufs Sofa.

Nach nicht einmal zwei Minuten erschien sie mit dem Telefon in der Hand. »Nimmt keiner ab, keine Mobilbox, nichts. Vielleicht stimmt die Nummer nicht.«

»Ist er abgetaucht?«

»Arno taucht auf und verschwindet, warum auch immer.«

»Was für einen Beruf hat er?«

»Ich weiß nur, dass er früher eine Zeit lang in Potsdam war, an einer Hochschule, glaube ich, dann in Berlin. Über seinen Beruf hat er nie gesprochen.«

Stachelmann stutzte. Das konnte er sich nicht vorstellen. »Hat er eine Frau oder Freundin?«

»Hatte er mal. Ich hab die aber nur einmal gesehen.«

»Und ihr Name?«

»Du bist vielleicht hartnäckig.«

»Ich habe ein paar Fragen an Arno.« Er überlegte, ob er die Polizei einschalten sollte. Aber die würde nichts unternehmen, schließlich hatte er nichts anzuführen außer Vermutungen. Es war nicht verboten, nicht erreichbar zu sein.

Sie setzte sich auf seinen Schoß, und er vergaß, weiter nach Arno zu fragen. Nach seinem Beruf, nach Name und Adresse der Freundin, nach Freunden oder Arbeitskollegen, nach ehemaligen Wohnanschriften.

In dieser Nacht beschäftigten sie sich nur mit sich.

In den wenigen Stunden, die er schlief, träumte er von einer Kosmonautin mit dem großen weißen Helm, die ihn durch das Sichtfenster anlächelte, ihre Raumkapsel mit Sowjetstern bestieg und mit einem Feuerschweif in den Himmel geschossen wurde. Sie muss zurückkommen, so viele Kosmonauten sind umgekommen, wurden verheizt, Hunde, Affen, Menschen. Sie muss wiederkommen. Er hatte solche Angst, sie würde im Himmel verbrennen.

Am Morgen weckte ihn das Klingeln des Telefons. Sie nahm ab und sagte irgendetwas, er verstand es nicht, wollte auch nicht lauschen. Sie sprach leise, das Telefonat war kurz. Dann roch er den Duft frischen Kaffees. Stachelmann schlug die Augen auf, versuchte, den Traum der Nacht festzuhalten, aber der entschwand ihm wie Nebel im Wind. Er spürte die Schmerzen, die gestern verflogen gewesen waren. Er war müde. Stachelmann schloss die Augen wieder und erinnerte sich an das, was geschehen war. Es erregte ihn, und die Erregung kämpfte mit der Müdigkeit. Er hörte sie leise singen, so unbeschwert. Er hätte noch Stunden so daliegen und ihr zuhören können. Anne erschien in seinem Gedächtnis, irgendetwas in ihm forderte ein schlechtes Gewissen. Er hatte keines. Es war alles so klar. Er hatte es gewollt, von Anfang an. Und sie offenbar auch.

Er hörte sein Handy klingeln. Es ärgerte ihn. Dann war es endlich still.

Sie steckte den Kopf in die Türspalte. »Handys nerven«, sagte sie. »Guten Morgen. Hätte ich es irgendwo gesehen, hätte ich es dir gebracht. Aber in fremder Leute Taschen fingere ich nicht herum. War bestimmt deine Freundin.« Sie grinste und verschwand.

Ja, vielleicht war es Anne.

Arno. Was weißt du über ihn? Nichts. Hat Cecilia Arno

getroffen, immerhin ist sie so etwas wie seine Schwester. Sogar im selben Jahr geboren. Ein merkwürdiger Zufall. Hat sie die Akten für Arno bei Valentina hinterlegt? Oder es war anders. Cecilia hat Arno die Aktenkopien gegeben und der hat aus irgendeinem Grund Valentina gebeten, sie für ihn aufzubewahren.

Und dann kam ihm die Idee, die Puppenaktion diene allein dem Zweck, dass er Arno nicht auf die Spur kam, nachdem Cecilia ihren Bruder gefunden hatte. Es ging vielleicht gar nicht um Cecilia, sondern um Arno. Arno, der studiert hatte, aber nie über seinen Beruf sprach. Vielleicht war er bei der Stasi gewesen, da war es Pflicht, die Tätigkeit zu verschweigen. Aber warum musste einer, der bei der DDR-Staatssicherheit war, heute noch abtauchen? War doch alles verjährt. Stachelmann stellte sich vor, dass Arno ein Spinner war. Macht auf Undercover ohne Sinn und Verstand. Gibt den Geheimnisvollen und ist wahrscheinlich Straßenfeger in Pirna. Oder Hartz-IV-Empfänger in Schönberg.

»Wünschen der Herr eine Extraeinladung?« Valentina lachte ihn an. Sie trug einen Bademantel.

»Komm her!«, sagte Stachelmann.

»Damit du schlimme Sachen mit mir machen kannst«, sagte sie und tat, als würde sie zittern. Dann streifte sie den Bademantel ab und kam. »Schade um den Kaffee.«

Als sie frühstückten, fragte sie: »Und wann gehst du wieder?« Es klang sachlich, aber er hörte heraus, dass sie angespannt war.

»Ich weiß nicht«, sagte er. Er dachte an Georgie, der bestimmt auf ihn wartete.

»Du kannst bleiben.«

»Musst du nicht zur Schule?«

»Ich habe erst die dritte Stunde.«

»Welch Glück!«

»Ich muss mich jetzt trotzdem beeilen. Bist du noch hier, wenn ich zurückkomme?«

»Wann?«

»So gegen zwei Uhr. Ich bring auch was zu essen mit.«

»Dieser Versuchung kann ich natürlich nicht widerstehen.«

Sie lächelte, stand auf, umarmte ihn von hinten und ging ins Badezimmer. Bald rauschte die Dusche.

Er fand sein Handy und sah, dass Georgie angerufen hatte. Er wählte dessen Nummer.

»Ja?« Georgie klang müde und schlecht gelaunt.

»Josef. Hast du dich gelangweilt ohne mich?«

»Im Gegenteil. Bist du bei der Kosmonautin?«

»Ja.«

»Und wie lange gedenkst du dort zu bleiben?«

»Bis morgen Mittag.« Soeben hatte er sich entschieden.

»Ach, so ist das.«

»So ist das.«

»Und nun?«

»Was, und nun?«

»Wir sind ja nicht hier, damit du fröhlich herumvögelst.«

»Ich weiß, warum wir hier sind. Wir reden morgen Mittag, ja?«

»Meinetwegen.« Georgie legte auf.

Wenn ich nur wüsste, was er wirklich denkt. Warum er schlecht drauf ist. Ich kenne ihn nicht. Er ist nicht berechenbar. Seine Jugend muss die Hölle gewesen sein. Schwul in der Provinz. Stachelmann entsann sich der Hänseleien, denen er aus nichtigen Gründen ausgesetzt war. Weil er kein guter Fußballer und überhaupt ein schlechter Sportler war, weil seine Mutter ihn in Hosen mit gestopften Löchern in die Schule schickte, wegen einer unfreiwillig komischen Antwort im Unterricht. Nicht nur er, auch andere wurden verspottet von der Meute. Aber er war nicht homosexuell. Das wäre das Inferno gewesen.

Die Dusche hatte ausgesetzt. Die Badezimmertür öffnete sich.

»Du hast telefoniert?«, sagte sie.

Gleich fühlte er sich mies. Was sollte er darauf antworten? Wollte sie ihn kontrollieren?

»Nimm doch mein Telefon. Ist billiger.« Sie war nackt und schön. Im Vorbeigehen strich sie ihm über die Haare und ging ins Schlafzimmer. »Ich fände es nett, du bliebst noch ein paar Tage. Ich könnte dir einiges zeigen«, rief sie aus dem Schlafzimmer.

Will sie mich ablenken von meiner Suche? Ist das alles nur ein Ablenkungsmanöver? Opfert sie sich auf? Du spinnst. Obwohl …

Sie brauchte nicht lang, um sich anzuziehen. Sie verschwand noch einmal im Bad, dann nahm sie ihre Aktentasche, die neben der Kommode im Flur gelegen, und den Schirm, der an der Garderobe gehangen hatte. »Du siehst die am schlechtesten vorbereitete Lehrerin Thüringens.«

»Dafür die schönste.«

»Schmeichler. Glaub bloß nicht, dass so was bei mir wirkt.«

»Das wirkt bei jeder.«

»Na gut.« Sie grinste, hob die Hand, öffnete die Wohnungstür und ging.

Er saß eine Weile und überlegte, was geschehen war. Stachelmann hatte sich gefühlt wie in einem Rausch.

Und wenn er auf dem Holzweg war? Hatte er etwas

übersehen oder nicht begriffen bei Kolumbitsch? Der und die Schneyders hatten eine Menge zu verlieren, wenn er die Akten veröffentlichte und schilderte, warum die Firmengeschichte nicht geschrieben wurde. Aber was würde es bringen, Kolumbitsch jetzt wieder zu bedrängen? Er sah den Geschäftsführer auf seinem Stuhl herumhüpfen, die Finger auf dem Schreibtisch trommeln, ohne sich eine Blöße zu geben. Dumm war der nicht. Und er war bereit, Verbrechen zu begehen. Aber würde einer, der Akten verbrannte, auch ein Kind bedrohen?

Stachelmann spielte einen Augenblick mit dem Gedanken, Kolumbitsch anzurufen. Doch er ließ es. Er hatte das letzte Telefonat noch im Ohr.

Anne.

Er musste mit Anne sprechen, auch wenn er Angst davor hatte.

Er wählte ihre Nummer. Es dauerte eine Weile, bis sie abnahm.

»Derling.« Es klang fast metallisch.

»Josef.«

»Ich habe keine Zeit.«

»Gibt es was Neues?«

»Du meinst, ob mir wieder jemand so eine schöne Puppe geschenkt hat? Nein.« Sie legte auf.

Es traf ihn wie ein Faustschlag in den Magen.

Aber er rappelte sich auf, trank noch eine Tasse Kaffee und räumte den Tisch ab. Danach duschte er, schaute auf die Uhr und begann mit der Suche. Er mahnte sich, sorgfältig zu sein. Lieber langsam. Im Regal fand er das Fotoalbum. Er nahm es und setzte sich aufs Sofa. Auf der ersten Seite ein Schwarzweißbild: Franz Laubinger, zaghaft lächelnd, die eine Hand gestützt auf eine Stuhllehne, in einem Garten, im Winter. Alles grau, aber das Foto war schon verblasst, sodass die Atmosphäre verfälscht sein mochte. Womöglich schien an diesem Tag die Sonne. Auf der Rückseite eine Frau mit einem Jungen in kurzen Hosen. Renate Wiemer mit ihrem Sohn Arno. Er schaut fast herausfordernd in die Kamera, sie eher missmutig. Dann Fotos, die offenbar Valentinas Vater zeigen, mal mit Renate Wiemer und Arno, mal nur mit Arno. Im Wohnzimmer, bei irgendeinem Fest in einem Saal. Es folgte ein Säuglingsfoto, Valentina mit Schnuller. Stachelmann grinste. Aber das Grinsen verflog, er fühlte sich mies, schnüffelte in den Privatsachen einer Frau herum, in die er sich verliebt hatte.

Er klappte das Fotoalbum zu. Er konnte nicht mehr weiterblättern. Zudem hatte er schon ein Bild von Arno, was sollte also die Schnüffelei?

Er öffnete die Kommodenschubladen und fand den Aktenstapel, dessen erste Seite Georgie abfotografiert hatte. Der Klebezettel mit der Aufschrift *Arno* lag darauf.

Er setzte sich in die Küche und blätterte in der *Thüringischen Landeszeitung*. Der Ministerpräsident meldete sich zu Wort, früher Mitglied der Blockpartei CDU und ziemlich vergesslich, was den Empfang von Auszeichnungen zur DDR-Zeit betraf. Er hatte offenbar in irgendeiner Akademie eine Rede über Moral in der Politik gehalten. Das fand Stachelmann witzig. Dann, aber schon nach hinten gerückt, ein Bericht über die Versuche von Justiz und Polizei, den Karlsruher Terroranschlag aufzuklären. Der Generalbundesanwalt verbreitete Optimismus, wollte aus taktischen Gründen keine Ermittlungsergebnisse nennen, aber es las sich eher so, dass er keine hatte.

Während Stachelmann blätterte, kämpfte in ihm die Neugier mit dem Anstand. Wenn er Arno fände, würde er vielleicht auch den Urheber der Puppenaktion finden oder eine Möglichkeit ausschließen können. Gut, wenn er wenigstens Arnos Telefonnummer herausbekäme. Auch wenn sie gesagt hatte, da melde sich niemand. Vielleicht konnte er beim Mobilfunkanbieter herauskriegen, wo Arno wohnte. Vielleicht hatte sie ihm auch etwas vorgemacht und die Nummer war immer noch gültig. Vielleicht hatte sie sich einfach verwählt. Also ging er in den Flur und suchte nach einem Telefonverzeichnis. In den beiden Schubladen fand sich kein Adressbuch. Wahrscheinlich trug sie das mit sich herum, er tat es jedenfalls. Er schaute auf das Telefon, erkannte die Wahlwiederholungstaste und überlegte. Sie hatte gesagt, er könne ihr Telefon benutzen. Und wenn er sich verwählte? Wenn er zu dumm war, die richtigen Tasten zu treffen? Die Gefahr war, dass ihre Nummer vom Telefonapparat des Angerufenen angezeigt würde. Und wenn sich dann ein paar zurückmeldeten: Du, da ist was Seltsames passiert, es hat bei uns geklingelt, deine Nummer wurde gezeigt, aber nachdem wir uns gemeldet hatten, wurde aufgelegt. Einmal konnte er das gefahrlos machen. Irrtum, kann passieren. Aber mehrmals? Das würde sie misstrauisch machen, und Misstrauen war der erste Sargnagel einer Liebesbeziehung.

Er rief Georgie an.

»Wird eine Nummer angezeigt auf dem Display deines Handys?«

»Nein. Was soll denn der Quatsch?«

Stachelmann war erleichtert. »Erklär ich dir später.«

»Die Liste mit Fragen, die du erklären musst, wird immer länger.«

Er holte sich einen Stuhl und setzte sich neben die Kommode im Flur. Der Telefonapparat ähnelte dem in seinem Büro. Man konnte mehrere Anrufe wiederholen. Er drückte die Wahlwiederholungstaste, eine Handynummer. Er notierte sie. Die Nächste hatte eine Berliner Vorwahl. Die anderen Vorwahlnummern waren länger, Stachelmann kannte sie nicht. Er überlegte, ob er tatsächlich von ihrem Apparat aus anrufen sollte. Dagegen sprach der Missbrauch, aber den hatte er schon begangen, als er die Nummern notierte. Mein Gott, du hast keine Zeit zu verlieren. Also wählte er mit ihrem Telefon die letzte Nummer auf der Liste. Es ist immer die letzte Nummer, wie im Kriminalroman.

»Hier ist die Mobilbox von Annette Schweiger …«

Er legte hastig auf und setzte einen Haken hinter die Nummer.

Die vorletzte Nummer. »Teilnehmer.« Eine Männerstimme.

Stachelmann spürte den Schnitt eines kleinen Messers im Unterleib, die Eifersucht. »Guten Tag, hier ist Ihr Elektrizitätswerk, mit wem spreche ich bitte?«

»Getränkehandel Jordan.« Unfreundlich, Thüringer Dialekt.

»Entschuldigung, ich habe mich verwählt.« Er legte auf, wieder ein Haken.

Dann überlegte er. Wenn Arno den Taucher gab, dann hatte er eher keine Festnetznummer. Stachelmann nahm sich also zunächst die Handynummern vor. Die zweite war offenbar ein Lehrerkollege, die Mobilbox verwies auf seine Festnetznummer und die Sprechstunde. Wieder das kleine Messer.

Weiter. Die nächste Handynummer war nicht mit einem Anrufbeantworter verbunden. Niemand nahm ab. Er hatte kein Glück. Er kritzelte ein Fragezeichen hinter diese Nummer. Die nächste Nummer gehörte einer Frau Wind. Stachelmann entschuldigte sich, er habe sich verwählt. Auch die anderen Handy- oder Festnetznummern ergaben nichts. Nicht einmal Nahrung für seine Eifersucht.

Er steckte die Liste in sein Portemonnaie. Nur eine Nummer kam infrage. Er würde es weiter versuchen.

Er legte sich aufs Bett, die Müdigkeit packte ihn und ließ ihn einschlafen. Ein unruhiger Traum, an den er sich nicht mehr erinnerte nach dem Aufwachen.

Wo sollte er weitermachen mit seiner Suche?

Er rief wieder Georgie an.

»Du nervst«, sagte Georgie. »Oder hast du was gefunden? Hm.«

Stachelmann fand es immer wieder erstaunlich, wo Georgie sein »Hm« unterbrachte.

»Eine Handynummer, bei der niemand abhebt, auch kein Anrufbeantworter.«

»Toll. Wenn ich gewusst hätte, dass es darum geht, hätte ich auch ein bisschen herumtelefoniert. Und was gedenkst du nun zu tun?«

»Wir beschäftigen uns mit dieser Telefonnummer. Vielleicht stoßen wir so auf Arno.«

»Was hältst du denn davon, du verlässt dein Liebesnest, und wir beschäftigen uns wieder mit dem richtigen Leben?«

»Gut, morgen.«

»Wie es dem Herrn beliebt.«

Erstaunlicherweise schien die Sonne. Sie saßen auf der Terrasse des Hotelrestaurants und tranken einen Kaffee nach dem Mittagessen. Stachelmann hatte Valentina einen Zettel auf den Tisch gelegt:

Ich musste dringend weg. Ich komme wieder. Versprochen.

Es kam ihm dünn vor, was er geschrieben hatte.

»Wie kriegen wir Arno?«, fragte Stachelmann. Er hatte es noch einmal mit der Handynummer versucht, wieder nichts.

»Weißt du, wenn das Arno ist, dann wird der nicht einfach abnehmen. Der wartet auf ein Zeichen. Also einmal klingeln, kurze Pause, noch mal klingeln«, sagte Georgie. »Das hab ich mal in einem Film gesehen.«

»Raffiniert«, sagte Stachelmann. Er wählte die Nummer, ließ es einmal klingeln, legte auf, wartete zwei Sekunden und ließ es wieder klingeln, ohne gleich wieder aufzulegen.

»Ja?« Eine Männerstimme, tief, ein wenig rau.

»Spreche ich mit Arno Wiemer?«

Es klickte.

»Aufgelegt«, sagte Stachelmann. »Hast du noch so einen Trick?«

Georgie grinste. »Ohne mich wärst du aufgeschmissen. Nein, wir müssten die Adresse herausfinden. Nur wird uns niemand die Adresse geben, die zur Nummer passt. Wenn der Typ es überhaupt war.«

»Außer vielleicht Valentina«, sagte Stachelmann. Aber wenn ich sie frage, ist es vorbei mit uns. »Sie hat zwar gesagt, sie kenne keine Adresse, aber …«, sagte Stachelmann halblaut. Er fühlte sich elend. Sie glaubte bestimmt nicht, dass ihr Bruder in ein Verbrechen verwickelt war.

Mit zitternder Hand klingelte er an ihrer Wohnungstür. Die Haustür war ihm von einer Frau mit einer Einkaufstasche in der Hand geöffnet worden. Er hörte Valentinas Schritte im Flur. Als sie ihn sah, zog sie ihn hinein, schloss die Tür und nahm ihn in die Arme.

»Ich dachte, du wärst weg.«

»So schnell wirst du mich nicht los.«

»Gut.«

»Ich muss mit Arno sprechen«, sagte er. Besser gleich, als die Zitterpartie fortzusetzen.

»Was willst du von ihm?« Sie ließ ihn los und trat einen Schritt zurück.

»Ich muss ausschließen, dass er in diese … Sache verstrickt ist.«

Sie schüttelte den Kopf, dann schaute sie ihn eindringlich an. »Du meinst, er bedroht Kinder.«

»Nein … ich weiß nicht. Ich muss ihn das fragen. Es gibt eigentlich niemanden außer Cecilia, der einen Grund hätte für diesen Puppenquatsch. Die Puppe heißt: Folge mir nicht. Und als ich sie weiter gesucht habe, wurde Felix bedroht. Und vielleicht wird er demnächst ja nicht nur bedroht. Nun glaube ich nicht, dass Cecilia das allein gemacht hat. Ich kann es mir nicht vorstellen. Sie hat keine Ortskenntnis, und es passt auch nicht zu ihr.« Beinahe hätte er gesagt: Sie ist nicht der Typ, der Puppen köpft. Aber dann kam es ihm albern vor.

»Wurde denn wieder eine Puppe verschickt?«

»Nein.«

»Du hast mit deiner Freundin gesprochen?«

»Das ist übertrieben. Sie will nicht mit mir reden. Sie glaubt, ich sei schuld an der Sache. Versteh doch bitte, ich bin verzweifelt. Ich will dich nicht verlieren, obwohl ich ja nicht einmal weiß, ob ich dich gewonnen habe. Ich weiß doch, dass es unsere … uns belastet, wenn ich weiter herumbohre. Aber kannst du für Arno deine Hand ins Feuer legen? Wirklich?« Er schaute ihr in die Augen.

Sie lehnte sich an die Wand und stöhnte leise. »Warum Arno?« Dann schloss sie die Augen. »Eigentlich kennen wir uns erst ein paar Stunden.« Sie blickte ihn an. Fragen lagen in ihren Augen, auch Misstrauen.

Er konnte es lesen. Was hieß das: Wir kennen uns erst ein paar Stunden? Dass sie Arno nicht verraten konnte an jemanden, den sie kaum kannte?

»Er ist mein Bruder«, sagte sie.

»Und was ist mit Felix?«

Sie schaute ihn wieder lange an. »Ich kenne Arno kaum noch. Seit er von zu Hause ausgezogen war, hat er immer ein großes Geheimnis um sich gemacht. In den Achtzigerjahren schien es ihm nicht schlecht zu gehen, äußerlich betrachtet. Er hatte ein Auto, immerhin, und eine Wohnung in Berlin.«

»Sagen wir es kurz: Er war bei der Stasi. Oder einem anderen Verein dieser Sorte.«

»Das habe ich mir auch schon überlegt. Ja, vielleicht war er bei der Stasi.«

»Aber daraus muss man doch heute nicht mehr so ein Brimborium machen.«

»Ich glaube, er kann nicht anders.«

»Ja, die durften keine Westkontakte haben und mussten über ihren Job schweigen oder lügen. Wenn man immer nur lügt, kann man vielleicht nicht mehr aufhören. War er überzeugter Kommunist?«

»Ich vermute es. Er hörte sich immer so an.«

»Dann hat er den Untergang der DDR auch als persönliche Niederlage empfunden?«

»Bestimmt. Versteh bitte, er hat nie viel mit mir geredet. Wie geht's? Danke, gut. Alles klar sonst? Ja, alles klar. Für den bin ich die kleine Schwester.«

»Das ist alles?«

»Ja … und nein.«

»Was heißt nein?« Er bereute sofort die Schärfe in seiner Frage. »Entschuldigung.« Er hob die Hand und ließ sie wieder sinken.

Sie standen sich immer noch im Flur gegenüber.

»Er hat in letzter Zeit öfter angerufen als sonst.«

»Was heißt öfter?«

»Zwei Mal.«

»Wann zuletzt?«

»Gestern früh.«

»Was hat er gesagt?«

»Er hat gefragt, ob ich Besuch habe.«

»Wie kommt er darauf?«

»Ich weiß nicht.«

»Hat er so etwas schon mal gefragt? Interessiert er sich für deine Besucher?«

Sie schüttelte den Kopf.

»Hast du gesagt, dass ich hier bin?«

»Er hat danach gefragt.« Sie schüttelte wieder den Kopf und schaute ihn dann verzweifelt an. »Er ist doch mein Bruder«, wiederholte sie. »Was soll ich glauben? Sag es mir!«

»Arno hat was mit der Sache zu tun«, sagte Stachelmann.

»Wegen des Geldes? Das glaube ich nicht.«

»Wenn er das nächste Mal anruft, sag ihm bitte, Cecilia könne das Geld behalten.«

Ihre Miene hellte sich auf. »Es tut mir leid, dass mein Bruder vielleicht …«

»Sippenhaftung gibt es nicht.«

Sie nickte.

Sie nahmen sich in den Arm, dann ließ sie ihn los und wandte sich ab. »Pass auf dich auf«, sagte sie.

»Das tue ich immer.«

Draußen, vor der Haustür, schluckte er. Es fühlte sich an wie ein Abschied für immer. Er ging zu seinem Auto, drehte den Zündschlüssel, fuhr an, und es holperte. Der Wagen war über etwas gefahren. Stachelmann fuhr zusammen, als hätte ihn ein Tiefschlag getroffen. Er saß einen Augenblick, dann streckte er den Rücken langsam im Sitz.

Nein! Eine innere Stimme schrie: Nein!

Er stieg aus und sah es gleich. Es war Felix. Mit einem gelben Stoffelefanten. In seiner Brust steckte ein Dolch.

16

Es war ein Albtraum. Wach auf! Wach endlich auf! Er schaute zum Haus, in dem Valentina wohnte, und sah, wie sie herausstürzte. Sie hatte ihn durchs offene Fenster gehört. Ausgerechnet jetzt schien die Sonne.

Es war wieder eine Puppe

Er legte sich neben sie. In diesem Augenblick glaubte er, Felix müsse sterben. Bald. Und es wäre auch sein Tod, nicht körperlich, aber sonst in jeder Hinsicht. Es ist deine Schuld. Hättest du dich nicht auf Cecilias Auftrag eingelassen, könnte Felix nichts passieren.

Eine Hand fasste ihn an der Schulter. Valentina beugte sich zu ihm, versuchte, ihn hochzuziehen.

Ein Mann kam vorbei und glotzte.

»Haben Sie ein Handy?«, schnauzte Valentina ihn an.

»Ja«, stotterte der Mann.

»Dann rufen Sie die Polizei! 110! Sofort! Und auch einen Arzt.«

Der Mann glotzte noch einmal, dann wählte er.

»Komm hoch«, sagte Valentina.

Er gehorchte.

Sie packte ihn fest am Arm, führte ihn die zwei Meter zu seinem Auto und drückte ihn auf den Beifahrersitz.

»Soll ich jemanden anrufen?«

Er schüttelte den Kopf. Was hatte sie gefragt? Er starrte nach vorn, sah, wie sich langsam ein Pulk von Menschen bildete, die sich an der Not eines anderen weideten. Sie gafften, tuschelten, zeigten mit den Fingern auf Stachelmanns Auto und auf die Puppe, die hinter dem Auto lag.

Valentina kniete neben dem Beifahrersitz und hielt seine Hand.

»Das war dieser elende Arno, dein wunderbarer Bruder«, flüsterte Stachelmann, doch es klang wie ein Schrei. »Wo ist er, der tolle Arno? Sag mir endlich, wo er ist.«

»Vielleicht war er hier«, sagte sie ebenso leise.

»Ich bring ihn um«, sagte Stachelmann.

Sie drückte seine Hand und schaute ihn traurig an.

Stachelmanns Handy klingelte. Er ließ es klingeln. Dann verstummte es, um ein paar Sekunden später wieder zu klingeln. Arno ist dran, dachte Stachelmann. Er will mich auslachen, mich in seiner Häme ersäufen. Er hielt das Handy an sein Ohr, drückte die Taste zur Gesprächsannahme und brüllte: »Du Schwein, ich kriege dich!«

Schweigen, dann hörte Stachelmann jemanden atmen.

»Josef, bist du das?«

Es war Georgie. »Komm her, zu dem Haus, in dem Valentina wohnt. Schnell.«

Georgie legte auf.

Ein erstaunter Blick von Valentina.

Dann eine Sirene. Ein Polizeiauto hielt neben Stachelmanns Golf. Ein Arzt eilte herbei und drängte Valentina zur Seite. Er schaute Stachelmann in die Augen, dann fühlte er den Puls, und schließlich nahm er eine Spritze und stach sie Stachelmann in die Vene. »Sie haben einen Schock«, sagte der Mann. »Können Sie sich irgendwo hinlegen, oder soll ich Sie ins Krankenhaus bringen lassen?« Er richtete die Frage eher an Valentina.

»Er wohnt hier«, sagte sie. »Komm, Josef.« Sie stützte ihn am Arm.

Er stieg aus, ging einen Schritt zum Haus, dann blieb

er stehen und drehte sich um. Da stand das Auto, da lag die Puppe, das Messer im Herz. Eigentlich war nichts geschehen. Niemand war verletzt, schon gar nicht tot. Aber Stachelmann verstand: Was immer du tust, das Puppenspiel geht weiter. Bis Felix tot sein wird. Vielleicht will der Puppenspieler dich gar nicht abhalten von irgendeiner Recherche. Vielleicht will er einfach nur, dass du verrückt wirst.

Er schlug die Augen auf und sah Georgie. Erst verschwommen, dann klar. Georgie grinste, aber es sah seltsam aus. Verlegen, unsicher.

Valentinas Gesicht tauchte neben Georgies auf.

Stachelmann überlegte, wie er Valentina Georgies Anwesenheit erklären sollte, aber dann war es ihm egal.

Sie setzte sich auf die Bettkante und nahm seine Hand.

»Valentina, hast du Arno gesagt, dass ich ihn nicht suche?«

»Nein. Er weiß aber, dass du hier warst. Wenn ich geahnt hätte …«

»Georgie, wir müssen Arno kriegen.«

»Gut.«

Der Zweifel meldete sich. »Wenn er es denn war«, sagte Stachelmann. »Für zehntausend Euro dieses Theater? Welch ein Aufwand!«

»Hm. Es wurden schon für weniger Geld Leute ermordet. Aber keine Puppen«, sagte Georgie.

»Ja, ja. Aber doch nicht, um sich davor zu drücken, eine Erfolgsprämie zu bezahlen, die auf einer mündlichen Vereinbarung beruht, die vor keinem Gericht der Welt beweisbar wäre. Einfach nicht zahlen, wie sollte ich je an mein Geld kommen? Wir hätten es abschreiben sollen, von Anfang an. Warum sind wir ihr überhaupt gefolgt? Wobei, folgen, wir haben sie doch nicht einmal von hinten gesehen.« Stachelmann staunte, wie klar er im Kopf war. Sein Verstand arbeitete messerscharf. »Es steckt etwas anderes dahinter. Es geht nicht ums Geld.«

»Aha«, sagte Georgie.

»Es geht um etwas anderes«, wiederholte Stachelmann. »Wir haben Arno oder wen auch immer gestört.«

»Hm«, sagte Georgie.

»Oder der Typ ist völlig durchgeknallt. Ist verrückt.«

»Verrückt«, sagte Georgie.

»Ist Arno verrückt?«, fragte Stachelmann.

Valentina schüttelte den Kopf. »Nein, gewiss nicht. Aber warum versteifst du dich so darauf, dass Arno etwas damit zu tun hat?«

»Weil alles dafür spricht.«

»Die Plausibilität ist eine der größten Fallen für die Wahrheit. Stammt von einem Hamburger Philosophen, der seinen Job an der Uni geschmissen hat. Hab ich selbst gehört, wie er das gesagt hat.«

Warum konnte Georgie schon wieder Witze reißen? Ein Gedanke überfiel Stachelmann: Steckte Georgie in der Sache drin? Er war überall dabei oder wusste viel von dem, was Stachelmann tat. Welches Motiv konnte er haben?

»Glotz mich nicht so an«, sagte Georgie.

Welches Motiv könnte er haben? Langeweile. Langeweile? Absurd, solche abwegigen Motive gab es nur in amerikanischen Psychokrimis. Der Killer, der im Kindergarten gekränkt wurde und sich nun rächt, indem er Puppen mordend durchs Land zieht. Lächerlich.

Und Valentina? Hat sie Arno immer auf dem Laufenden gehalten? Stachelmann ist hier, morgen dort, er hat das vor und jenes und überlegt … Jedenfalls hat sie mit Arno über ihn gesprochen.

Er sah wieder das Bild vor sich. Die Puppe mit dem Dolch in der Brust.

Georgie wandte sich ab. Valentina blieb sitzen. Sie machte keine Anstalten, das Zimmer zu verlassen, während Georgie ging und die Tür von außen schloss.

Sie saßen lange und schwiegen. Stachelmann starrte an die Decke, aber er sah nur Felix mit dem Messer in der Brust. Es war eine Puppe, redete er auf sich ein. Aber beim nächsten Mal ist es Felix, bestimmt.

Es klopfte an der Tür. Ein Mann, eine Frau, beide mittleren Alters, er mit kurzen roten Haaren und einem bleichen Gesicht, sie mit schwarzem Pagenkopf, untersetzt, ein rundes Gesicht, kleine, dunkle Augen.

Als er sie sah, wusste Stachelmann, es war die Kripo. Beide hatten einen Schreibblock in der Hand. Das Handy des Mannes klingelte, er meldete sich mit »Ja!«, hörte kurz und trennte dann das Gespräch. »Wir haben ein paar Fragen«, sagte er. Es klang so, als wäre es ein Akt der Gnade.

Sie fragten, was sie fragen mussten. Stachelmann schilderte genau, was geschehen war, angefangen von Cecilias Besuch.

»Sie wollen sagen, dass jemand die Puppe extra hierher gebracht hat, um sie Ihnen unter das Auto zu legen.«

»Das will ich nicht sagen, ich sage es. Der Sohn von Frau Derling wird bedroht, falls Sie es noch nicht verstanden haben. Diese Puppen sind Botschaften.«

»Gut, gut.«

Stachelmann reizte der verständnisvolle Ton.

Sie fragten nach Cecilia und wie er so sicher sein könne, dass sie in die Sache verstrickt sei. Und überhaupt Arno, kenne er den? Habe der etwas mit Felix zu tun gehabt?

Die Frau wandte sich an Valentina: »Und Ihr Halbbruder, ist er in diese Sache verwickelt?«

»Bestimmt nicht.«

Stachelmann hoffte, dass die Kriminalbeamten sich endlich verzogen. Er wollte nur wissen, was sie herausgefunden hatten. Spuren: bisher keine. Zeugenaussagen: nur Stachelmanns. Auffälligkeiten: keine.

»Es muss ein Auto hier vorbeigefahren sein, gehalten haben, und es muss jemand ausgestiegen sein und die Puppe unter mein Auto geschoben haben. Und zwar von der Straßenseite. Und da will niemand etwas gesehen haben?«, fragte Stachelmann.

»Niemand«, sage die Polizistin.

»Und wenn ein Wagen vorbeigefahren ist, der in einem solchen Zusammenhang niemandem auffällt. Ein Taxi, die Müllabfuhr … die Straßenreinigung …«

»Die Straßenreinigung«, sagte der Polizist. »Die ist wohl vorbeigefahren. Das hat der Nachbar links erwähnt, Herr« – er blätterte eine Seite zurück – »Schmidtjohann.«

Seine Chefin warf ihm einen kurzen Blick zu. »Kann ja sein …« Und Stachelmann verstand: Wir haben Besseres zu tun, als einen Puppenmörder zu jagen.

»Nein«, sagte Stachelmann. »Das kann nicht sein. Ich würde an Ihrer Stelle bei der Stadtreinigung nachfragen, ob denen ein Fahrzeug entwendet worden ist. Und dann würde ich es einfach mal suchen. Vielleicht finden sich darin Spuren. Und jetzt gehen Sie bitte.«

Stachelmann war laut geworden. Er verzweifelte angesichts der Lahmheit dieser Beamten. Natürlich würden sie es irgendwann herauskriegen. Die Stadtreinigung würde den Diebstahl anzeigen, und dann würden diese Kriminalistengenies auf die Idee kommen, dass ein solcher Wagen durch die Straße gefahren sei, in der die Puppe gefunden wurde. Und dass der Lastwagen einmal kurz gehalten hatte, dicht neben diesem Golf, um dem unerkannt eine Puppe unterzuschieben.

Valentina schaute ihn verblüfft an. Die Polizisten wechselten Blicke, dann gingen sie, ohne sich zu verabschieden. Als die Tür gerade geschlossen war, öffnete sie sich wieder, die Polizistin kam zurück und reichte Stachelmann eine Visitenkarte. Er las den Namen: *Hauptkommissarin Charlotte Tauber-Mohl, LKA Thüringen.*

Dann zog sie endgültig ab, ohne ein Wort zu verlieren.

»Ich glaube, sie liebt mich.«

»Bestimmt«, sagte Valentina. »Kann ich etwas für dich tun? Wollen wir uns betrinken?«

»Keine schlechte Idee.«

»Wie kriege ich den Unsinn aus deinem Kopf, dass du schuld bist?«

»Probier es gar nicht erst.«

»Du kannst dir jetzt natürlich auch ganz furchtbar leidtun.«

Er schaute sie an, sie erwiderte den Blick, bis er seinen abwandte. »Ich habe sie gerade gefunden, diese Puppe, verstehst du? Und ich habe gedacht, es sei Felix.«

»Du wirst es vergessen, bald schon.«

»Ja, ja.«

»Zunächst würde ich versuchen, diejenigen zu finden, die das getan haben.« Ihr Gesicht zeigte Entschlossenheit. »Und wenn ich dir dabei helfen kann …«

»Du kannst mir helfen. Hast du irgendetwas, das uns die Suche nach Arno erleichtern könnte? Ein Foto vielleicht? Gibt es hier etwas, das ihm gehört?«

Sie nickte und stand auf. Als sie zurückkam, hatte sie ein Foto in der Hand und einen Stapel Papier, obenauf ein gelber Klebezettel. »Er war es nicht. Aber wenn du meinst, du musst diese Möglichkeit ausschließen.«

Stachelmann tat so, als sähe er diese Dinge zum ersten Mal. »Das sind die Akten, die ich Cecilia gegeben habe.«

»Ich weiß«, sagte Valentina.

»Warum hast du mir das nicht gleich gesagt?«

»Warum, die Akten kennst du doch?«

»Dass Arno sie auch kennt. Und warum liegen die bei dir?«

»Die hat er mir beim letzten Besuch gegeben. Es gehe um seinen Vater, hat er gesagt. Und er würde sich die Papiere später wieder abholen.«

Stachelmann überlegte. Warum hatte Arno die Akten hier deponiert? Sie nahmen nicht viel Platz weg. Er hätte sie überall ablegen können.

»Ich würde wirklich gern mit ihm sprechen. Fünf Minuten, und die Sache ist erledigt. Jedenfalls, was ihn angeht. Hast du eine gültige Telefonnummer? Wenn er doch gerade da war?«, fragte Stachelmann.

»Eine Nummer habe ich, aber ob die noch stimmt?«

»Probier es! Bitte!«

Sie ging hinaus in den Flur. Stachelmann fühlte ein Kribbeln im Magen. Nach einer guten Minute kam sie zurück und schüttelte den Kopf. Sie knüllte einen Zettel zusammen und warf ihn auf den Tisch. »Nichts. Können wir vergessen.«

»Georgie!«, rief Stachelmann. Und als der nicht antwortete, noch einmal: »Georgie!«

Georgie steckte den Kopf durch den Türspalt.

»Georgie, es geht nach Hamburg. Du fährst.«

Sie hielten nur einmal, um zu tanken. Georgie starrte auf die Autobahnspur vor ihm. Kurz vor Hamburg-Horn sagte er: »Ich bin auch dabei, wenn du das Schwein kriegen willst.«

»Dann sind wir ja schon drei Verrückte.«

Mehr sprachen sie nicht. Stachelmann kam nicht einmal über die Lippen, wie dankbar er Georgie war. Es war Verlass auf ihn. Er war ein Freund geworden, fast unmerklich.

Georgie setzte Stachelmann vor Annes Wohnung ab. »Ich warte hier.«

Stachelmann wollte zunächst widersprechen, doch dann sagte er nichts und drückte die Klingel.

Nach einer Weile: »Ja?« Leise.

»Josef.«

Wieder eine Weile. Dann der Summer. Stachelmann stieg die Treppe hinauf, die Wohnungstür war angelehnt. Er betrat die Wohnung und schloss leise die Tür.

»Hallo?«

Er ging den Flur hinunter zum Wohnzimmer. Sie saß auf dem Sofa, die Beine angewinkelt auf der Sitzfläche. Als er vor dem Sofa stand, schaute sie ihn an. Sie hatte gerötete Augen.

Er stand und wusste nicht, was er sagen sollte. Dann setzte er sich auf den Sessel. Sie schwiegen lange. Er schaute sich um und sah, wie unordentlich es war.

»Die Polizei hat dich also schon gefragt?«

»Ja, sie nehmen es ernst. Endlich. Was aber auch heißt, dass es wirklich ernst ist. Jemand will Felix umbringen. Und du bist schuld daran.«

»Du meinst, weil eines Tages diese Cecilia zu mir gekommen ist und mich gebeten hat, ihren Vater zu suchen? Da hätte ich wissen müssen, dass es am Ende darauf hinauslaufen würde? Das meinst du?«

»Du weißt genau, was ich meine.« Es klang scharf.

»Nein.« Er respektierte ihre Angst. Sie quälte ihn genauso. Aber er musste diese Vorwürfe nicht annehmen. Es genügte, dass er sich schuldig fühlte. Aber nicht in dem Sinn, wie sie es meinte.

Sie warf ihm einen bösen Blick zu. »Du magst ihn sowieso nicht. Um nicht Schlimmeres zu sagen. Warum hast du nicht aufgehört mit deiner lächerlichen Schnüffelei, als die dir die erste Puppe unters Auto geschoben haben?«

»Ich hatte aufgehört.«

»Und warum haben die dann weitergemacht?«

»Vielleicht weil sie glaubten, ich würde weitersuchen. Aber ich habe nicht gesucht. Ich habe zu Hause herumgesessen und nichts getan. Jedenfalls nichts in dieser Sache.«

»Irgendwas wirst du schon gemacht haben.«

»Nein.« Warum fiel ihm jetzt Kolumbitsch ein?

»Ach, das ist jetzt auch egal.«

»Ist er hier?«

Sie schüttelte den Kopf.

Er erhob sich. Ohne ein Wort verließ er die Wohnung. Auf der Straße sah er seinen Golf mit Georgie am Steuer, wo er ihn verlassen hatte. Georgie war ein Stück nach vorn gerutscht, sein Kopf lag auf der Kopfstütze. Er schien zu dösen. Doch als Stachelmann auf den Wagen zukam, rutschte Georgie zurück und ließ den Motor an. Stachelmann setzte sich auf den Beifahrersitz. Sein Blick wanderte die Hausfassade nach oben bis zum Fenster ihrer Wohnung. Er sah einen Schatten hinterm Vorhang. Georgie fuhr los.

Stachelmann fühlte nichts.

Georgie setzte Stachelmann in der Glashüttenstraße ab und fuhr weg. »Du brauchst das Auto heute sowieso nicht mehr.« Stachelmann quälte sich die Treppen hinauf, rempelte ein Fahrrad an, das im Weg stand, woraufhin zwei weitere umfielen. Im zweiten Stock hätte er sich fast übergeben wegen der Küchengerüche, die aus einer der beiden Wohnungen drangen. Schwer atmend im dritten Stock angekommen, ging er als Erstes in die

Küche und suchte etwas Alkoholisches. Er fand eine Flasche Grappa, die ihm vor langer Zeit jemand geschenkt und die er längst vergessen hatte. Er goss sich ein halbes Wasserglas voll und trank einen großen Schluck. Die Schärfe schüttelte ihn. Er nahm die Flasche und das Glas mit ins Schlafzimmer, setzte sich aufs Bett und leerte das Glas. Er goss wieder ein und trank.

Er versuchte, sich an schöne Zeiten zu erinnern, an den Anfang, als diese Liebe noch nicht belastet war durch seine Fehler. Er hatte unendlich viel falsch gemacht. Und sie nie etwas, so erschien es ihm. Wann hatte sie einmal versagt?

Und ich? Laufend, immer wieder. Selbst in Situationen, wo man keinen Fehler machen kann, schaffe ich es, Katastrophen anzurichten. Woran liegt das? Er grübelte, obwohl die Gedanken im Kopf zu schwirren begannen. Er schenkte nach und trank wieder einen großen Schluck.

In seinem Hirn reifte ein Gedanke. Einfach Schluss machen. Es reichte nun. Ein versautes Leben, na gut, wen kratzte es? Es war niemand mehr da, der um ihn trauern würde. So sah es also aus, das Ende. Sein Ende. Carmen und Ines würden grinsen, wenn sie hörten, dass er abgetreten war. Sie hatten ihn überlebt.

Schade, dass ich die Pistole vom Vater nicht mehr habe. Ich hätte nicht den anderen, sondern mich umlegen sollen. Was hätte ich mir alles ersparen können. Und anderen auch. Wie soll ich es machen?

Er stand auf, taumelte, gewann aber die Kontrolle über sich zurück. Er hielt sich am Türrahmen fest. Jetzt habe ich die Kraft, es zu tun.

Und die Mutter?

Er zögerte, ging zwei Schritte in den Flur, dann ins Bad, wo er sich aufs Klo setzte. Er stützte sein Gesicht in die Hände und verharrte lange Minuten in dieser Haltung. Die Mutter habe ich sowieso im Stich gelassen. Weil er nicht zurande kam, hatte sie immer noch kein Altenheim gefunden. Ein einziges hatten sie zusammen angeschaut, und das war auch schon ewig her. Stachelmann wusste nicht einmal, ob sie immer noch ins Altenheim wollte. Ach, ohne mich geht es ihr besser. Dann ist es so wie mit mir, nur muss sie nicht mehr warten, ob ich mich vielleicht doch mal um sie kümmere, um dann wieder enttäuscht zu werden.

Er zog seine Jacke an und ging ins Treppenhaus. Stachelmann hielt sich am Geländer fest, während er hinunterwankte. Einmal fiel er hin, knallte auf den Hintern, aber er stand wieder auf und humpelte weiter hinunter.

Als er auf der Straße stand, spürte er einen kalten Wind, doch er fror nicht. Er stolperte über den Bordstein, stürzte aber nicht.

Da packte ihn einer von hinten. Arno! Es konnte nur Arno sein. Na gut!

»Hab ich's doch gewusst«, sagte Georgie. »Wenn man nicht auf dich aufpasst, machst du nur Unsinn. Los, wir gehen hoch.«

»Ha, ha«, sagte Stachelmann. Irgendwie war er erleichtert, dass es nicht Arno war. Obwohl es eigentlich egal war. Sollte Arno ihn ruhig umbringen, er ersparte ihm die Arbeit. Dann würde der Typ endlich mal was Sinnvolles tun.

»Wir gehen hoch«, sagte Georgie.

»Du kannst gerne hochgehen. Wenn du reinkommst. Haha. Kommst du aber nicht. Haha. Ich habe nämlich keinen Schlüssel dabei.«

»Du spinnst, Josef. Wenn ich das Valentina erzähle.«

Stachelmann versuchte, diese Aussage zu verstehen. Valentina, was würde sie sagen? War das nicht alles egal jetzt? »Das ist doch egal.« Und Georgie, wo kam der her? Der sollte längst zu Hause sein. Oder in einer Bar. Oder wo auch immer. Nur nicht hier. »Was machst du hier?«

»Ich bin Amme für besoffene Historiker.«

»Was?«

»Kindermädchen für unreife Exdozenten.«

»Ich versteh dich nicht. Warum redest du so einen Scheiß?« Stachelmann versuchte, sich auf die Straße zu legen, aber Georgie hatte ihn im Griff. Stachelmann wollte Georgie abschütteln, er zappelte wie ein Wilder, aber Georgies Klammer lockerte sich nicht. Georgie war kräftig, auch wenn man es ihm nicht ansah. Er zog Stachelmann zum Auto, öffnete die Beifahrertür, drückte Stachelmann auf den Sitz, schlug die Tür zu, winkte warnend mit dem Zeigefinger, ging ums Auto herum, zog die Fahrertür auf und ließ sich auf den Sitz fallen. Er beugte sich zu Stachelmann hinüber und schnallte ihn an. Dessen Gegenwehr war matt.

Als Georgie um die erste Ecke fuhr, war Stachelmann eingeschlafen. Er wachte auf, als Georgie an ihm rüttelte. »Laufen musst du schon selbst.«

Stachelmann blinzelte, dann öffnete er die Augen. Sie standen vor dem Haus, in dem Georgies Wohnung lag. »Was soll ich hier?«

»Schlafen, zum Beispiel. Du kannst auch Purzelbäume schlagen oder Gedichte schreiben. Ganz, wie der Herr wünschen. Allerdings, wenn du zu viel Krach machst, verdresche ich dich. Ich hoffe, wir haben uns verstanden.«

Stachelmann versuchte, die Hacken zusammenzuschlagen, traf aber nicht, sondern stürzte zu Boden.

»Es gibt Leute, die stolpern über ihre Beine, ohne zu gehen.«

Stachelmann streckte seine Hand Georgie entgegen.

Der nahm sie und zog Stachelmann hoch. »So, jetzt ist Schluss mit dem Quatsch.« Er packte Stachelmann am Kragen und zerrte ihn zur Haustür. Mit der einen Hand hielt er Stachelmann fest, mit der anderen schloss er die Tür auf.

Er zog Stachelmann die Treppe hinauf. Oben, auf dem Treppenabsatz, schnaufte er empört und erschöpft. Dann öffnete er die Wohnungstür und zerrte Stachelmann hinter sich in die Wohnung. Er brachte ihn in Brigittes Zimmer, schubste ihn aufs Bett, löschte das Licht, schnauzte »Jetzt wird geschlafen, du Saufnase!« und knallte die Tür zu. Das Knallen hörte Stachelmann schon nicht mehr.

Das Licht blendete. Er schloss die Augen wieder. Dann öffnete er sie einen Spalt. Irgendwo rumorte es. Wo bin ich? Er schloss die Augen wieder, in seinem Kopf stach und donnerte es. Als würde jemand fortlaufend anklopfen. Er wälzte sich auf dem Bett, öffnete wieder die Augen und begriff, er war nicht in seinem Schlafzimmer. Er sah Bilder an der Wand, die er nicht kannte. Doch, er kannte sie. Das Bild neben dem Bett. Brigitte mit ihren Eltern. Aber sie war doch tot. Und er hatte nicht verhindert, dass sie ermordet wurde. Er schaute genau hin. Es war das Bild, Brigitte mit ihren Eltern.

Stachelmann setzte sich auf die Bettkante. Draußen schlug eine Tür, dann öffnete sich die Tür von Brigittes Zimmer. Georgie schaute hinein.

»Einen Kaffee, du Säufer?«

Jetzt bemerkte Stachelmann, er hatte Hemd und Hose an, sogar die Schuhe. In seinem Mund war ein ekliger Geschmack.

»Du trinkst zu viel«, sagte Georgie. »Ist dir das schon mal aufgefallen?«

Ich wollte Schluss machen, gestern, dachte Stachelmann. Dunkel kam die Erinnerung. Und Georgie hat mich daran gehindert. Diesmal hätte ich es geschafft. Ich war betrunken und entschlossen, eine gute Kombination. Ich hätte mich vor die S-Bahn geworfen. Oder vor einen Laster auf der Rothenbaumchaussee. »Du bist ein Idiot, Georgie.«

»Und du hast eine originelle Art, dich zu bedanken.«

»Das war kein Dank, das war eine Verfluchung. Mögest du ewig in der Hölle schmoren!«

Georgie grinste und schloss die Tür. Von draußen rief er: »Solltest du irgendwann mal wieder nüchtern werden, ich sitze in der Küche.«

Stachelmann lag ein Fluch auf der Zunge, doch dann schwieg er. Er erhob sich, setzte sich aber gleich wieder hin, ihm schwindelte. Dann stand er erneut auf. Er torkelte mehr, als dass er ging, erreichte aber die Küche, setzte sich auf einen Stuhl und stützte den Kopf in beide Hände.

»Ein Bild des Jammers«, sagte Georgie. »Meine Damen und Herren, Sie sehen hier einen Mann, der vor Kurzem noch ein ganz brauchbarer Historiker war, inzwischen aber zum Wrack wurde, weil er der Versuchung des Teufels Alkohol nicht widerstehen konnte.«

»Halt's Maul!«

»Deine Konversation war auch schon vornehmer.«

Stachelmann antwortete nicht.

»Du wolltest Arno kriegen«, sagte Georgie. »Und ich wollte dabei assistieren.«

Stimmt, er wollte Arno kriegen. Er sah Arno vor sich, wie er ihn vom Bild kannte.

Da fiel ihm Valentina ein. Er hätte einiges dafür gegeben, wenn sie hier wäre. Obwohl, so, wie er gerade aussah, besser nicht. »Wir müssen zusammenfassen, was wir über Arno wissen. Und dann überlegen wir, wo wir anfangen mit der Suche. Weißt du, wo wir eine Knarre auftreiben können?«

Georgie stellte einen Becher Kaffee vor Stachelmann und begann, ihm einen Toast zu schmieren. Er legte eine Scheibe Käse darauf. »Jetzt iss erst einmal. Und beim Kauen redet man nicht.«

Stachelmann biss in das Brot. Es schmeckte pappig. Er kaute langsam und lustlos. Dann trank er einen Schluck Kaffee.

»Du sagst, Arno hat in Potsdam studiert?«

Stachelmann nickte. Ihm schwindelte, er hörte auf zu nicken. »Potsdam, da war die Stasihochschule.« Valentina hatte gesagt, in Potsdam. Zählte man eins und eins zusammen, dann war der Fall ziemlich eindeutig. »Der hat bestimmt nicht an der Potsdamer Uni studiert, sondern an der Stasihochschule. Und darf sich vielleicht sogar bis heute *Doktor* nennen, auch wenn der Doktorvater Erich Mielke heißt. Sagt der Einigungsvertrag.«

»Irgendwas machen wir falsch«, sagte Georgie. »So 'nen Doktor fürs Spitzeln hätte ich auch gern. Doktor sp., klingt doch gut, noch besser als h. c.«

»Ich habe mich mal damit beschäftigt, als es um diese Spionagesache ging. Mein Gott, bin ich blöd. Sie sagt Potsdam, da muss es doch gleich klicken. Obwohl, in Potsdam gab es auch andere Hochschulen.«

»Trotzdem.« Georgie grinste.

Warum hat der mich daran gehindert, mich vor die S-Bahn zu werfen? Dann hätte ich alles hinter mir. Und jetzt muss ich mich um Arno kümmern.

»Wenn wir mit unserer Vermutung recht haben, sollte man ihn in der Stasiaktenbehörde unter den Studenten finden. Nur, was hätten wir davon? Was sagt uns das darüber, wo der heute steckt? Ist ja eine Weile her, dass er dort studiert hat.« Stachelmann kratzte sich auf dem Kopf.

Georgie nippte an seiner Tasse und verzog das Gesicht, als er sich die Lippen verbrannte. »Scheiße!« Er nippte wieder, verzog wieder das Gesicht und sagte: »Aber warum das Ganze? Warum macht Arno so einen Aufstand? Warum verschwindet Cecilia, wenn sie nichts auf dem Kerbholz hat?«

Stachelmann antwortete nicht. Er wusste es auch nicht. Er wusste nur, dass Georgie ihn daran gehindert hatte, sich umzubringen, und dass er nun Arno jagen würde, bis er ihn gefunden hatte. Oder der ihn. Eine Vorstellung, die Stachelmann keine Angst einjagte. Er fühlte sich furchtlos, bereit zu allem. Er fragte sich, was sein würde, wenn das alles vorbei war, fand aber keine Antwort. Vor allem, weil es ihm gleichgültig war.

»Er war an dieser Juristischen Hochschule in Potsdam. Davon gehe ich jetzt einfach aus. Wir sollten ihn in der Stasiaktenbehörde suchen. Vielleicht gibt es eine Akte über ihn. Oder es ist alles verbrannt und zerstückelt, was ihn betrifft. Auch möglich. Dann sollten wir Cecilia suchen lassen. Sie hat uns um zehntausend Euro betrogen. Das reicht aber nicht, um die Polizei auf Trab zu bringen. Ich behaupte, sie hat mir außerdem irgendetwas Wertvolles aus dem Büro geklaut. Wird mir schon was einfallen. Die Polizei wird sie jedenfalls nicht suchen, wenn sie uns nur ein Honorar schuldet, das ist eine zivilrechtliche Sache. Und Nichterreichbarkeit ist auch kein Verbrechen. Wir brauchen ein Verbrechen, das wir ihr anhängen können. Dann kommt die Polizei vielleicht an ihre Handynummer ran, sofern sie mich übers Handy angerufen hat. Außerdem sollten wir das Hotel suchen, in dem sie in Hamburg gewohnt hat.«

»Nicht schon wieder!«, stöhnte Georgie. »Irgendwann träume ich vom Hotel-Abklappern. Außerdem, wenn überhaupt, dann hätten wir das am Anfang unserer denkwürdigen Sucherei machen sollen. Aber wir mussten ja unbedingt nach Hannover. Herr Dr. Stachelmann, Rechercheexperte ohnegleichen!«

»Hinterher ist man immer schlauer.«

»Nach deiner Theorie ist es egal, ob wir Arno suchen oder Cecilia. Finden wir Cecilia, finden wir auch Arno. Und andersherum.«

»Genau.«

»Wie du meinst, Holmes. Wieder so ein Geniestreich, den Normalsterbliche wie ich nur mühsam begreifen.«

Stachelmann holte das Telefonbuch, überwand einen Anfall von Übelkeit, nahm von Brigittes Schreibtisch ein Blatt Papier und einen Kugelschreiber und setzte sich damit an den Küchentisch. Er schlug die Seiten mit den Hotels auf und fing an zu schreiben.

»Um Gottes willen«, sagte Georgie, als die Liste immer länger wurde. »Und die Pensionen?«

»Cecilia hat Geld, und sie ist eine verwöhnte Ziege. Die steigt nicht irgendwo ab.« Er zeichnete Kreuze hinter die Namen der besseren Hotels, soweit er sie als solche kannte. »Wir fangen mit denen an.« Er faltete die Seite in der Mitte, dann riss er sie in zwei Hälften. Eine schob er Georgie zu. »Die machst du, die andere Hälfte ich. Und wir fangen jetzt an, indem ich mich in mein Auto setze und das erste Hotel ansteure.«

»Nein. Du fährst zuerst nach Hause und entstänkerst dich. Hm. Frische Klamotten werden die Portiers daran hindern, dich gleich als Penner zu entsorgen.«

Georgie hatte Cecilias Bild mehrfach ausgedruckt, sodass sie mit einem kleinen Stapel in der Tasche losziehen konnten. Stachelmann nahm Georgie mit zum nächsten Geldautomaten und hob tausend Euro ab. Es war ihm egal, wie viel Geld er ausgab. Stachelmann gab Georgie die Hälfte des Geldes, und als der zögerte, es zu nehmen, sagte Stachelmann: »Zick nicht herum, du brauchst das in den Hotels. Nicht verjubeln!«

Dann gab er Georgie einen Stapel seiner Visitenkarten. »Kannst du den Portiers und so weiter geben. Dazu ein Schein. Die sollen anrufen. Ich suche meine Schwester. Ihr ist bestimmt was Furchtbares passiert. Es hat ein schreckliches Missverständnis gegeben, und ich fürchte, sie tut sich etwas an.«

»Du kannst richtig gut lügen. Das macht mich misstrauisch.«

Während sie fuhren, holte Stachelmann sein Handy aus der Tasche und wählte Tauts Nummer. Er hatte Glück, der Kriminalrat war da.

»Nein, ich kann Ihnen nichts sagen. Sie sind nicht berechtigt, solche Informationen zu erhalten.« Taut war kalt wie eine Gefriertruhe. Was hatte Anne ihm erzählt?

»Mein Gott, Herr Taut, wir kennen uns doch …«

»Das tut nichts zur Sache.«

»Diese Cecilia hat mir Geld aus der Schreibtischschublade geklaut …«

»Das fällt Ihnen ja früh ein. An Ihrer Stelle würde ich zu einem Polizeirevier fahren und Anzeige erstatten.«

Stachelmann trennte das Gespräch. »So ein Idiot.«

»Fahnden die nach Cecilia?«

»Ganz bestimmt. Was sollen sie denn sonst tun? In Wahrheit interessieren die sich nur für die Terroristen, die den BGH in die Luft gejagt haben.«

»Das heißt, sie klappern auch die Hotels ab.«

»Glaube ich nicht, aber wenn, dann ohne Geld.«

»Aber als Polizei.«

»Fällt dir was Besseres ein?«

»Nein … doch. Wir fahren nach Berlin und suchen Arnos Spuren. Außerdem kannst du ja schon mal in der Stasiaktenbehörde einen Antrag stellen auf Akteneinsicht.«

Stachelmann überlegte. Georgie hatte recht. Allerdings, den Versuch mit den Hotels wollte er nicht schon aufgeben, bevor er angefangen hatte. Vielleicht wusste ein Portier oder ein Zimmermädchen etwas, das ihnen half. Und vielleicht mussten sie gar nicht die Stasiaktenbehörde bemühen, denn es gab doch diese Liste der hauptamtlichen Mitarbeiter des Ministeriums für Staatssicherheit im Internet. Wenn sie darin Arno Wiemer fanden, erfuhren sie, in welcher Dienststelle er gearbeitet hatte. Und wenn sie dann ehemalige Kollegen von ihm fanden, hatten sie einen Anknüpfungspunkt. Es sei denn, er hatte keinen Kontakt mit ehemaligen Kollegen. Was dann? Aber darüber wollte er sich nicht den Kopf zerbrechen. Noch nicht. »Komm, wir machen jetzt diese Hoteltour. Heute Abend treffen wir uns bei mir zu Hause und schauen, wie es weitergeht. Okay?«

Georgie nickte resignierend. Stachelmann setzte ihn am Atlantic ab, und Georgie verschwand in dem Nobelschuppen, in dem vor 1945 Hitler abgestiegen war, wenn er sich in Hamburg bejubeln ließ. Dann fuhr Stachelmann die Rothenbaumchaussee in Richtung Norden, wo er vor einem Hotel anhielt, das erst vor einigen Jahren fertig gebaut worden war. Natürlich hatte hier niemand Cecilia gesehen, und auch das Bild von Arno, das Stachelmann vorzeigte, half nicht weiter. So ein Quatsch, dachte Stachelmann. Systematik ist nicht deine Stärke. Aber nach ein paar Stunden, als die Gelenke heftig zu schmerzen begannen und seine Geduld am Ende war, stand er im Empfangsraum eines auf Japanisch getrimmten Hotels in der Nähe der Sierichstraße, mit Blick auf die Alster.

»Ja, die Dame habe ich schon mal gesehen«, sagte der

Empfangschef, nachdem Stachelmann sein Märchen erzählt und einen Zwanzigeuroschein »als Anzahlung« auf den Tresen gelegt hatte, den der Mann fast gleichgültig in die Tuchtasche seines Jacketts steckte.

»Wann?«

Er tippte etwas auf der Tastatur. »Sie hat zuletzt vom 1. bis zum 4. Juli hier gewohnt.«

Noch ein Blick auf den Bildschirm. »Am Vormittag des 4. Juli ist sie abgereist.«

»Hat sie ein Taxi genommen?«

Der Empfangschef kratzte sich am Kopf, dann nahm er seine Brille ab und setzte sie wieder auf. Stachelmann holte einen Fünfzigeuroschein aus dem Portemonnaie und hielt ihn zwischen Daumen und Zeigefinger.

Endlich nickte der Mann. »Ja, mit dem Taxi.«

»Sie haben es gerufen?«

»Ja, natürlich.«

»Geben Sie mir bitte die Nummer des Taxiunternehmens?«

»Gerne.« Er schrieb die Nummer auf. »Die Firma heißt Schüttoff. Wagen von denen warten in der Regel links um die Ecke. Da können Sie hinlaufen.«

»Ist Ihnen sonst irgendetwas aufgefallen an meiner Schwester?«

»Vor allem dass sie ausgesprochen gut aussah. Ach ja, und arm scheint sie nicht zu sein. Sie war sehr distanziert. In gewisser Weise vornehm.«

Stachelmann dankte dem Empfangschef und ging zu den Taxis. Es warteten drei Wagen. Die Fahrer standen am Mercedes, der vorn parkte, und rauchten. Stachelmann ging auf sie zu und zeigte ihnen das Bild von Cecilia.

Sie schüttelten den Kopf. »Nein«, sagte einer mit einem Schnauzbart und einer Lederweste. »Nie gesehen. Leider.« Die drei lachten.

»Sie ist mit einem Wagen von Schüttoff gefahren.«

»Wann?«, fragte ein Mann mit Stirnglatze.

»Am 4. Juli, vormittags.«

Der Mann rieb Daumen und Zeigefinger, die anderen beiden nickten. Stachelmann zeigte einen Fünfziger. Völlig verrückt, viel zu viel, aber es war ihm egal. Der mit dem Schnauzbart streckte seine Hand aus. Stachelmann legte den Fünfziger hinein. Der Mann setzte sich ans Steuer des letzten Wagens und sprach ins Mikrofon seines Funkgeräts. »Wichtige Frage. Wer hat am 4. Juli, vormittags, an diesem Japan-Hotel eine Blondine aufgelesen? Ich habe hier einen Kunden, der die Frau vermisst. Okay, Zentrale?«

Es zischelte. »Ausnahmsweise.«

Dann nur noch Zischen.

Der Mann stieg wieder aus. »Niemand«, sagte er. »Jedenfalls keiner von denen, die unterwegs sind. Probieren Sie es heute Nacht noch einmal.« Er wandte sich seinen Kollegen zu und tat so, als gäbe es Stachelmann nicht. Der erinnerte sich, dass er früher Theater gemacht hätte wegen dieser Unverschämtheit.

Am Abend saßen sie enttäuscht und erschöpft in Stachelmanns Küche. Das Notebook stand auf dem Tisch. Stachelmann hatte die Liste der hauptamtlichen Mitarbeiter und den Diensteinheitenschlüssel des MfS heruntergeladen und dazu einige andere Dokumente zur Struktur der Staatssicherheit.

»Ich hasse Listen«, sagte Georgie. »Vor allem wenn so viele Ziffern darin stehen. Das ist genauso blöd, wie sinnlos Hotels abzuklappern.« Er las laut: *»120852 208567;97;22;80;;Wiemer, Arno.* Toll. Ist das die Telefonnummer?«

»Das ist dein Dummstellreflex«, sagte Stachelmann.

»Auf den greifst du zurück, wenn du keine Lust hast. Er bewirkt, dass andere für dich arbeiten. In diesem Fall ich. Man nennt die Ausnutzung fremder Arbeitskraft und Intelligenz auch Vampirismus, aber nur wenn sie besonders übel ausfällt. Wie in unserem Fall.«

Georgie verzog keine Miene.

»Die erste Zahl ist die Personenkennziffer. Die kann uns egal sein.« Stachelmann schaute noch einmal in den Diensteinheitenschlüssel. »Die drei mal zwei Ziffern, getrennt durch Strichpunkte, sind der Diensteinheitenschlüssel. Die 97;22 steht für die Hauptabteilung XXII, die 80 steht für die Abteilung 7.« Er suchte in den anderen Dateien. »So, hier. Die Hauptabteilung XXII wurde im Frühjahr 1989 gebildet, unter anderem aus der Abteilung XXIII, zuständig für Terrorismusabwehr, genauer gesagt: für Abwehr und Kontakt zu terroristischen Gruppen im Westen. Die wollten verhindern, dass es in der DDR krachte. Und Mielke hatte bekanntlich Sympathien für den sogenannten bewaffneten Kampf im Westen. Also versuchte er, dort Spitzel zu lancieren.«

»Was du so alles weißt.«

»Zeitung lesen bildet«, sagte Stachelmann. Und natürlich hatte er nicht vergessen, was er dereinst über das MfS gelesen hatte, als er in die Griesbach-Sache verstrickt worden war. »Weiter. Die Abteilung 7« – wieder ein Blick in ein Dokument – »der Hauptabteilung XXII …«

»Kein Wunder, dass die DDR untergegangen ist, die haben am Ende nicht mehr gewusst, wo ihre ganzen Hauptabteilungen und Abteilungen waren, und haben gesucht und gesucht …«

»Unterbrich mich nicht. Die Abteilung 7 der Hauptabteilung XXII beschäftigte sich mit Ausbildung. Der eigenen Leute und von Kämpfern aus dem Westen.«

»Was heißt, der Wiemer war Terrorspezialist. Ausbilder sogar.«

»So sieht es aus.«

»Und wenn wir ihn suchen, dann machen wir das mithilfe einer Liste seiner ehemaligen Genossen. Irgendeiner von denen sollte wissen, wo der sich versteckt.«

»Und wird es uns liebend gern verraten, hat geradezu darauf gewartet.«

»Du sagst es. Ich fürchte, es wird das Schwierigste, das mir bisher untergekommen ist.«

»Ihr schwierigster Fall, Holmes.«

»Genau«, sagte Stachelmann. »Und der gefährlichste.«

17

Morgens, es war fast halb drei Uhr, hatten sie eine Liste aus siebzehn Namen zusammengestellt. Es waren so alltägliche Namen dabei wie Meier und Schmidt, aber auch seltene wie Altengöl und Boltrott.

»Mit den Exoten fangen wir an«, sagte Stachelmann.

»Ein bisschen Schlaf täte uns gut.«

»Du kannst hier pennen. Das Sofa reicht für einen jungen Menschen wie dich.«

»Du redest auch schon wie ein Zonenfunktionär.«

Um Viertel vor neun Uhr öffnete Stachelmann die Wohnzimmertür. Er hatte bereits geduscht und war angezogen. Georgie lag zusammengekrümmt auf der Seite und schnarchte leise.

Stachelmann trat neben das Sofa und klatschte kräftig in die Hände. Georgie fuhr hoch, sah Stachelmann, erschrak, um gleich wieder die Augen zu schließen. »So darf ein Tag nicht anfangen. Erst der Krach und dann die Fratze des Todes.«

»Los, aufstehen, die Arbeit ruft.« Stachelmann fühlte sich etwas besser, obwohl er in der Nacht kaum geschlafen hatte.

Georgie stöhnte, dann fluchte er. Er ging aufs Klo, dann duschte er, um schließlich immer noch mies gelaunt in der Küche aufzutauchen. Als er den Kaffee roch, hellte sich seine Miene etwas auf. Er aß ein Brot und trank drei Becher Kaffee, ohne ein Wort zu sagen. Dann rieb er sich ausgiebig die Augen, starrte Stachelmann an und fragte mit nöligem Unterton: »Und nun?«

»Altengöl wohnt offenbar in Nordhausen, Boltrott in Leipzig. Behauptet jedenfalls die Telefonauskunft. Und meine Telefonbuch-CD findet auch nicht mehr.«

»Dann sind wir ja einen entscheidenden Schritt vorangekommen, während ich geschlafen habe.« Er redete in einem Ton, der größtmögliche Langeweile ausdrückte. »Was zeigt uns das?«

»Das zeigt uns, dass wir nach Leipzig und Nordhausen fahren. Vorher versuche ich, diese Herren anzurufen.«

»Eine geniale Idee hetzt die andere.«

»Ich bin sicher, dass du das so meinst, wie du es sagst.«

»Natürlich.«

Stachelmann nahm sein tragbares Telefon, schaltete den Mithörlautsprecher ein und wählte die Leipziger Nummer. Es klickte.

»Ja?«

»Guten Tag, hier Rechtsanwalt Dr. Schmidt, Berlin. Spreche ich mit Herrn Boltrott, Franz Boltrott?«

»Was wollen Sie?«

»Ich suche Arno Wiemer. Er hat eine Erbschaft gemacht, ich bin Anwalt der Erblasserin und kann ihn nicht finden. Meine Mandantin, also, meine verstorbene Mandantin wollte ihm unbedingt etwas vermachen. Aber nun stehe ich da und finde ihn nicht. Ich hoffe, Sie können mir helfen.«

»Wie kommen Sie auf mich?«

Stachelmann stutzte. Blöderweise hatte er diese Frage nicht erwartet. »Ich überlege gerade, das stand auf einem Zettel meiner Mandantin. Woher sie das wusste, keine Ahnung, tut mir leid.«

»Aha. Und was soll denn dieser Herr Wiemer, oder wie er heißt, erben?«

»Ich würde es Ihnen gern sagen, darf es aber nicht. Anwaltliche Schweigepflicht, Sie verstehen.«

»Aha.«

Stachelmann spürte, wie der Mann nachdachte.

»Rufen Sie mich heute Abend noch einmal an. Wie war Ihr Name bitte?«

»Schmidt, Rechtsanwalt Schmidt, Berlin.«

»Aber … Sie rufen aus Hamburg an. Ich sehe das im Telefondisplay.« In diesem Augenblick beschloss Stachelmann, diese Funktion sofort abschalten zu lassen. »Ja, ich bin auf Reisen.«

»Und Ihre … Kundin, wo wohnte die?«

»Auch in Hamburg.«

»Aha.« Er legte auf.

»Scheiße«, sagte Georgie.

»Der Typ ist misstrauisch.«

»Wäre ich auch, wenn ich bei der Stasi gewesen wäre.«

»Gerade bei dem, was die Hauptabteilung XXII getrieben hat«, sagte Stachelmann.

»Aber dieser Typ weiß was. Oder er ist ein besonders elender Wichtigtuer. Oder beides.«

»Gut, versuchen wir's bei dem anderen.« Stachelmann wählte die Nummer von Hermann Altengöl.

Es klingelte lange, ohne dass jemand abhob. Dann: »Teilnehmer.«

»Ja, guten Tag, hier Rechtsanwalt Schmidt, Berlin. Ich bin gerade in Hamburg, um den Nachlass« – Georgie grinste und hob den Daumen – »einer Mandantin zu regeln, die vor Kurzem verstorben ist. Ich suche Herrn Arno Wiemer. Wissen Sie, wo ich ihn finden könnte? Ich habe leider keinerlei Unterlagen über seinen Verbleib.« Stachelmann hoffte, sich geschwollen genug auszudrücken. Menschen sterben ja nicht mehr, sondern versterben, und sie bleiben nicht irgendwo, sondern verbleiben.

»Und wie kommen Sie da auf mich?«

Es war zunächst fast eine Kopie des ersten Gesprächs. »Ich habe eine Notiz auf einem Zettel gefunden in der Hinterlassenschaft. Da steht: *Arno Wiemer? H. Altengöl.* Und da habe ich so eine Telefon-CD benutzt und Ihre Nummer gefunden.«

»Ach so.«

Immerhin sagte er nicht »Aha«.

»Ja, der Herr Wiemer hat etwas geerbt. So viel darf ich sagen, ohne meine Schweigepflicht zu verletzen. Und ich möchte natürlich, dass Herr Wiemer das Erbe erhält. Das ist der Wille meiner Mandantin.«

»Ja, gut, ja. Ich weiß aber nicht, wo er ist.«

»Haben Sie denn gar keine Vermutung? Vielleicht hat er mal gesagt, dass er dahin oder dorthin fahren will. Oder von einem Freund gesprochen oder einem Verwandten.«

»Hm. Nein, ich kann mich an so etwas nicht erinnern. Wie kommt mein Name auf diesen Zettel? Das verstehe ich nicht.«

»Ich kann es Ihnen leider auch nicht sagen. Und meine Mandantin kann ich nicht mehr fragen. Sie verstehen?«

»Ja, ja, gut.« Er schwieg eine Weile. »Das ist so lange her.«

»Vielleicht kennen Sie jemanden, der mit Herrn Wiemer befreundet ist. Oder war?«

»Ich denk mal darüber nach. Ist ja schon eine Weile her.« Er legte auf.

»Man kann jetzt nicht sagen, dass diese Stasileute besonders auskunftsfreudig sind.«

»Das hatte ich nicht anders erwartet«, sagte Georgie. »Weiter, oder schlaffst du schon ab?«

»Ich werde gerade erst wach.«

»Warum macht Arno das? Wenn wir das Motiv kennen würden, ich glaube, dann wäre schon alles klar.«

»Vielleicht hat die Polizei den Kerl längst gefunden«, sagte Stachelmann.

Stachelmann griff wieder zum Telefonhörer. Er wählte Tauts Nummer, der Kriminalrat nahm nach dem ersten Klingeln ab.

»Gibt es was Neues?«

»Ich darf es Ihnen immer noch nicht sagen. Und daran wird sich nichts ändern.«

»Haben Sie Arno Wiemer gefunden?«

»Siehe Antwort Nummer eins.«

Stachelmann legte auf. »Dann die Nächsten auf der Liste. Helmut Lister, mal sehen, wie viele es mit diesem Namen gibt.« Er startete die Telefon-CD, im Osten gab es sieben Lister, aber nur einen *Lister, H.*, auch in Leipzig. »Nehmen wir doch mal diesen Herren.« Er wählte die Nummer.

»Bei Lister.« Eine Frauenstimme.

»Ich suche Herrn Helmut Lister.«

»Wer spricht da?«

»Dr. Rainer Schmidt, Rechtsanwalt.«

»Und was wollen Sie von Helmut?« Die Stimme wurde schrill.

»Es geht um eine Erbschaft.«

»Helmut!«, rief sie. »Es ist für d-i-i-i-ch!«

Stachelmann hielt den Hörer vom Ohr weg.

»Lister.« Eine dunkle Stimme, leichter sächsischer Akzent.

»Ja, hier Rechtsanwalt Dr. Schmidt, ich suche den Herrn Arno Wiemer.«

Schweigen. Dann: »Wie kommen Sie auf mich?«

»Die Erblasserin, meine Mandantin, hat Ihren Namen genannt. Wenn Sie Arno nicht finden, fragen Sie Helmut

Lister. Das hat sie gesagt. Ich habe leider damals nicht nachgefragt, die Dame war auch schon sehr hinfällig. Sie verstehen das gewiss.«

Lister zögerte. »Sie haben nicht einmal eine Telefonnummer?«

»Doch, aber da nimmt niemand ab.«

»Er will vielleicht nicht gestört werden. Oder die alte Dame hat Ihnen eine falsche Nummer gegeben.«

»So wird es sein.« Möglichst oft zustimmen.

»Also, einfach so am Telefon möchte ich Ihnen nichts sagen.«

»Dafür habe ich Verständnis. Das würde ich auch nicht tun.«

»Wenn Sie mir vielleicht die Anschrift Ihrer Kanzlei und Ihre dortige Telefonnummer geben könnten. Ich will nicht zu misstrauisch sein, aber in diesen Zeiten … man weiß ja nie.«

»Ich bin zurzeit viel unterwegs, rufen Sie mich auf dem Handy an. Und mein Büro zieht gerade um. Ich bin quasi ein Einmannbetrieb, so eine richtige Kanzlei …«

»Ein Anwalt ohne Kanzlei?«

»Ohne nicht, keineswegs. Aber nur eine kleine, und die ist geschlossen wegen Umzugs.« Stachelmann überlegte fieberhaft, wie er Lister belügen konnte, ohne dass der es merkte. »Könnten wir uns vielleicht morgen treffen? Da lässt sich alles in Ruhe bereden.«

Lister zögerte, dann sagte er: »Gut, wenn Sie sich den Weg machen wollen.«

»Ihre Anschrift stimmt noch, Hauschildstraße 16?« Er las sie vor.

»Ja, wann wollen Sie kommen?«

»Später Nachmittag. Ich rufe Sie von unterwegs an, sobald ich das einschätzen kann.«

»Gut.«

Es klingelte, als er das Gespräch gerade getrennt hatte. Es war Kolumbitsch.

»Ich wollte Sie nur informieren, dass ich Sie einer anderen Firma empfohlen habe. Für eine Firmengeschichte natürlich.«

»Sehr freundlich«, sagte Stachelmann, während er überlegte, was dieser Anruf bedeutete.

»Die werden sich bei Ihnen melden, hat mir jedenfalls mein Geschäftsführerkollege versprochen. Und der hält, was er verspricht. Das ist ja heutzutage nicht mehr selbstverständlich.«

War das eine Botschaft? Etwa so: Halte deine Zusage, die Akten nicht zu veröffentlichen, und wir belohnen dich.

»Die Sache mit den Puppen hätten Sie sich schenken können«, sagte Stachelmann. »Ein riesiger Aufwand für nichts.«

Schweigen. Dann: »Ich verstehe nicht, was Sie meinen.«

»Doch, Sie verstehen mich ganz genau. Sie haben irgendjemanden beauftragt, mich einzuschüchtern. Und der hat sich dazu eine üble Masche ausgedacht.«

Wieder Schweigen: »Von was sprechen Sie?«

Stachelmann trennte das Gespräch. »Und wenn es doch dieser Kolumbitsch ist? Wenn wir die ganze Zeit die Idioten geben und einem Phantom nachlaufen?«

Georgie zuckte die Achseln. »Wenn hier einer ein Idiot ist, ich bin es nicht.«

Die Fahrerei war ein Elend. Seit Berlin krochen sie in einer Dieselwolke fast nur noch meterweise voran. Ein Lastwagen nach dem anderen auf der rechten Fahrbahn.

»Wir hätten es noch bei anderen versuchen sollen«, sagte Georgie.

»Nein, wir machen nur die Pferde scheu. Ich gehe davon aus, dass die Herren wenigstens zum Teil noch Kontakt miteinander haben. Das ist ja unsere Hoffnung, unsere einzige womöglich. Aber wenn wir wild herumstochern, dann kommt irgendeiner auf blöde Gedanken. Wenn er nicht schon längst darauf gekommen ist.«

»Und dass nun Lister sich bei Arno meldet und sagt, da sind ein paar auf deiner Fährte.«

»Mit dem Risiko müssen wir leben«, sagte Stachelmann. »Oder sterben.«

»Du guckst zu viele Western.«

»Ich gucke nie Western.«

Eine dunkle Rußwolke hüllte sie ein. Ein Lastwagen aus Rumänien, der so aussah, als würde er jeden Augenblick zusammenbrechen, dröhnte rechts neben ihnen vorwärts.

»Wenn es so weitergeht, kommen wir nie an«, stöhnte Georgie. Er trug einen Anzug mit Schlips wie Stachelmann. Der hatte sich den Mund fusselig reden müssen, bis Georgie begriffen hatte, dass Anwälte so aussehen, ja, auch deren Gehilfen.

Und dann ging es doch voran. Als sie die Ausfahrten von Halle hinter sich hatten, zog Stachelmann den Stadtplan von Leipzig, den er beim Tanken gekauft hatte, aus der Türablage und legte ihn Georgie auf den Schoß. »So, Pfadfinder, jetzt mach dich mal nützlich.«

Stachelmann rief Lister an, um ihm mitzuteilen, dass sie bald bei ihm eintreffen würden. Lister klang muffig.

Georgie blätterte erst ins Register, dann in den Kartenteil. Er führte sie fehlerlos in die Hauschildstraße, wo sie fast direkt vor dem Haus einen Parkplatz fanden hinter einem tiefergelegten BMW mit Breitreifen und Heckspoiler. »Na, ob unser Herr Lister diesen Pimmelersatz braucht?«, fragte Georgie.

Stachelmann klingelte an der Gartentür. Am Einfamilienhaus mit grauer Fassade hing ein Emailleschild, das den Bewohner des Hauses als Vertreter einer großen Versicherungsgesellschaft auswies. Stachelmann zeigte aufs Schild und sagte: »Wenigstens jemand, der die speziellen Fähigkeiten dieser Herren zu nutzen weiß.«

Die Tür öffnete sich. Ein Mann mit roten Haaren und einer Halbglatze stellte sich oben auf die dreistufige Steintreppe und musterte die Ankömmlinge.

»Sie sind Herr Dr. Schmidt?«

»Ja«, sagte Stachelmann. »Und das ist mein Gehilfe, Herr Heinze.« Er zeigte auf Georgie.

Lister musterte sie. »Dann kommen Sie mal rein.« Er führte sie ins Wohnzimmer. Eine kleine dicke Frau saß auf dem Sofa und guckte Fernsehen, irgendeine Talkshow mit aufgeregten Menschen. Die Frau drückte unwillig einen Knopf auf der Fernbedienung und stand auf.

»Mach mal 'nen Kaffee!«, rief Lister ihr nach.

Sie schnaubte und verschwand in einem Zimmer.

»Nehmense Platz«, sagte Lister und zeigte aufs Sofa. Er setzte sich auf einen grauen Sessel, der aussah, als hätte er schon die Gründung der DDR erlebt.

Stachelmann und Georgie setzten sich.

»Sie sind also Rechtsanwalt«, sagte Lister.

Stachelmann nickte. Ihm schwante Übles.

»Schmidt war der Name, nicht wahr?« Da klang etwas Triumphales in der Stimme.

»Nein«, sagte Stachelmann. »Ich heiße nicht Schmidt, sondern Stachelmann, Dr. Josef Maria Stachelmann.«

»Sie heißen … Stachelmann, melden sich aber unter dem Namen Schmidt.«

»Ja.«

Georgie schaute Stachelmann von der Seite an. Dann

starrte er an die Wand, wo ein Landschaftsbild hing. Ein gelbes Feld, blauer Himmel, ein Bauer hinterm Pferdepflug.

Lister glotzte Stachelmann an.

»Ich bin auch kein Anwalt, sondern Historiker. Manchmal melde ich mich unter dem Namen meines Auftraggebers. Das ist wie wenn Sie als Mitarbeiter einer Firma anrufen. Dann melden Sie sich auch erst mit dem Firmennamen. Zum Beispiel Ihrer Versicherung.«

Lister nickte zögernd.

»Ich führe eine Recherche für einen Anwalt durch.«

»Diesen Dr. Schmidt.« Jetzt ging es Lister auf. »Aber Sie haben doch was gesagt von wegen Umzug und dass Ihre Kanzlei …«

»Ich suche einen Mann«, sagte Stachelmann. »Und Sie kennen ihn.«

Lister glotzte wieder. »Einen Mann?« Er tat so, als wäre das eine Sensation.

»Ja, Arno Wiemer. Er ist ein Erpresser. Mindestens.«

Im Flur klapperte es.

Lister fuhr sich mit der Hand durch die Haare. »Und warum haben Sie mir erst so eine … Lügengeschichte aufgetischt? Machen Sie mir nichts vor, das ist eine Lügengeschichte.«

»Sie hätten uns wohl nicht empfangen, wenn ich Ihnen von Anfang an gesagt hätte, um was es geht?«

»Und warum sucht die Polizei ihn nicht?«

»Warten Sie's ab. Die kommen früh genug.«

Wieder ein Klappern im Flur. Eine Tür wurde geschlossen.

Stachelmann war sich sicher, dass Lister diesen Vorwand nicht glauben würde. Seltsamerweise widersprach der aber nicht. Stattdessen stand er auf, murmelte: »Ich schau mal nach dem Kaffee«, und verließ das Wohnzimmer.

Georgie schaute Stachelmann fragend an. »Da hast du ja eine tolle Show abgezogen«, flüsterte er.

»Hier ist was faul«, sagte Stachelmann. »Ich glaube, es gibt Ärger.«

Lister erschien wieder, er hatte an Selbstsicherheit gewonnen. Er setzte sich und sagte: »Das ist ja eine echte Räuberpistole. Eigentlich müsste ich Sie rausschmeißen.« Er schaute auf die Uhr.

Stachelmann sah gleich, der Mann wartete auf etwas oder jemanden. Er hatte vielleicht in einem anderen Zimmer mit dem Handy irgendwen angerufen. Nun bekam Stachelmann Angst.

Die Frau betrat das Wohnzimmer mit einem Tablett, darauf eine Kanne und drei Tassen.

Während die Frau umständlich den Tisch deckte, fragte Lister: »Die Polizei kommt also, sagen Sie. Aber Sie sollten mir noch erklären, warum Sie sich mit diesem Fall beschäftigen.«

»Man hat den Sohn meiner … Freundin bedroht. So was nehme ich persönlich.«

Lister nickte bedächtig. »Und Arno soll etwas damit zu tun haben?«

»Das würden wir ihn jedenfalls gerne fragen. Nur, so, wie er sich verhält, macht er sich verdächtig.«

»Ja? Was …« Es klingelte an der Tür. Lister sprang fast auf und eilte hinaus. Er kam zurück in Begleitung eines groß gewachsenen Manns mit riesigen Händen und Füßen. Lister verließ wieder das Wohnzimmer und kehrte mit einem Stuhl zurück.

»Das ist Herr Bade«, sagte er. Bade setzte sich.

»Guten Tag, Herr Bade«, sagte Stachelmann.

Bade nickte.

Die Frau erschien mit einer weiteren Tasse, die sie vor Bade auf den Tisch stellte. Dann goss sie allen ungefragt ein. Sie sagte nichts, wirkte fast eingeschüchtert. Ob er sie schlägt?

»Sie wollten mir sagen, was für ein Motiv Arno haben soll, Sie zu erpressen.«

Stachelmann fühlte sich bedrängt, nicht nur von dem Mann auf dem Stuhl, sondern auch von der eigenen Unsicherheit. Ja, was für ein Motiv sollte Arno haben? Außerdem hatte er Lister keineswegs zugesagt, ihm das Motiv zu nennen. »Das ist mir noch unbekannt. Es wird der gleiche Grund sein, warum Wiemer sich versteckt.«

Bade lachte. »Arno versteckt sich immer. Der kann nicht anders. Arno ist der größte Geheimniskrämer weltweit. Und warum? Es macht ihm Spaß.« Bade krächzte ein wenig wie einer, der erkältet war.

Stachelmann erschrak. Arno ein Spinner? »Haben Sie auch in der HA XXII des MfS gearbeitet und vor Frühjahr 1989 vielleicht in der Abteilung XXIII? Terrorabwehr, wie das hieß.«

Die beiden schauten sich an und nickten gleichzeitig. »Das hieß nicht nur Terrorabwehr, das war es.« Lister lachte selbstsicher.

»Na ja, nicht nur. Kein Terror in der DDR, gewiss. Aber im Westen, warum nicht? Die Bombe für diese Westberliner Diskothek, Sie erinnern sich gewiss, haben Sie dem Attentäter an der Grenze nicht weggenommen.«

Bade lachte trocken. »Das war nicht unsere Aufgabe. Und wie sollten die Genossen wissen, was der Typ vorhatte? Aber wir haben doch immerhin ein paar von der RAF aus dem Verkehr gezogen. Solange die am Aufbau des Sozialismus«, er grinste, »teilnahmen, haben sie keinen Unsinn im Westen gemacht.«

»Aber Sie haben die anderen mit Waffen herumreisen lassen. Darüber gibt's sogar einen Film.«

»Sie sollten nicht alles glauben, was im Fernsehen behauptet wird«, krächzte Bade. Gleichzeitig hob er die Schultern, was vielleicht sagen sollte: Es geschah auf Befehl von oben. Oder: Was juckt es mich?

»Und Arno?«, fragte Stachelmann. »Was hat der gemacht?«

»Das erzählt er Ihnen entweder selbst, oder Sie erfahren es nie«, sagte Lister.

»So ist es«, sagte Bade.

»Sie halten zu einem Genossen, der wahrscheinlich ein Verbrecher ist?«

»Ich könnte es mir jetzt einfach machen«, erwiderte Lister. »Ich könnte erklären: Wir müssen Ihnen gar nichts sagen. Nur der Polizei.«

»Gewiss«, sagte Stachelmann. »Dann werde ich der Polizei mal Dampf machen. Wäre es nicht viel besser für alle Beteiligten, ich würde vorher mit Arno reden? Bevor die Mühle anfängt, sich zu drehen. Die hört dann so schnell nicht wieder auf. Und Sie geraten vielleicht auch hinein in diese eklige Geschichte.«

»Glauben Sie, es macht uns noch etwas aus?«, fragte Bade.

»Dem Arbeitgeber von Herrn Lister bestimmt«, sagte Stachelmann. »Man nennt das heute Imageschaden. Die hassen so was. Aber das muss ich Ihnen ja nicht sagen.«

Schweigen.

Dann räusperte sich Lister: »Ich warne Sie …«

»Sie brauchen mich nicht zu warnen. Sagen Sie mir, wie ich Wiemer finde, und Sie sind mich los.«

»Ich muss mich nicht wiederholen«, sagte Lister.

»Nein, es wäre sinnvoll, Sie würden etwas Neues sagen.«

»Raus!«, sagte Lister. »Und wenn Sie irgendetwas gegen mich unternehmen, dann werden Sie richtig unglücklich. Glauben Sie es mir.«

»Ich sag Ihnen mal was« – Stachelmann erhob sich langsam, Georgie tat es ihm nach. »Mir ist es scheißegal, ob Sie mich bedrohen, ob Sie mir was antun wollen oder was auch immer sich in Ihren Hirnen zusammenbraut. Wenn ich es für richtig halte, Ihre Versicherung zu unterrichten, wen sie da beschäftigt, dann tue ich das. Das ist das eine.« Nun stand er direkt vor Lister. »Das andere ist, dass ich keinen Zweifel daran habe, dass Sie etwas wissen, das Sie mir besser anvertrauen sollten. Ich werde von hier aus schnurstracks zur Polizei gehen und, gestützt auf diesen Zeugen mit bestem Leumund« – er zeigte auf Georgie, der noch blasser wurde –, »behaupten, Sie hätten zugegeben, dass Sie wissen, wo Wiemer ist. Und dass Sie ihn verstecken, obwohl Sie wissen, dass Wiemer eines Verbrechens verdächtigt wird. Und noch etwas: Sie sollten wissen, es ist heutzutage immer noch nicht von Vorteil, in Ihrem Verein gewesen zu sein. Terrorhelfer im Staatsauftrag.« Stachelmann lachte trocken. Er trat in die Diele, Georgie überholte ihn. Stachelmann drehte sich noch einmal um: »Wir setzen uns ein paar Minuten ins Auto und warten, ob Sie zur Vernunft kommen. Wenn nicht …« Er wandte sich ab und verließ das Haus. Georgie stand schon an der Gartentür.

Im Auto schnaufte Georgie hinterm Steuer zweimal heftig, dann sagte er: »Du bist echt verrückt. Die hätten uns fast zu Hackfleisch verarbeitet.«

»Na und?«

»Es mag ja sein, dass dir alles egal ist. Aber du solltest dir mal merken, dass ich noch eine Weile dieses Leben genießen will, und zwar nicht als Frikadelle. Kapiert?«

»Der kommt raus«, sagte Stachelmann. »Wetten?« Er drehte den Rückspiegel so, dass er die Gartentür im Blick hatte.

»Mit Irren wette ich nicht.«

Stachelmann lachte. Er schaute in den Spiegel. »Gewonnen«, sagte er.

Georgie drehte sich um. »Ich glaub es nicht.«

»Jetzt wird Billard gespielt. Mal sehen, mit wie vielen Kugeln.«

Lister klopfte gegen die Scheibe auf der Beifahrerseite.

Stachelmann kurbelte sie demonstrativ langsam herunter.

»Kommen Sie rein!«

Gemächlich stieg Stachelmann aus. Georgie zögerte, dann folgte er Stachelmann ins Haus. Der quetschte sich an der Frau vorbei, die am Türrahmen lehnte. Bade saß immer noch auf dem Stuhl. Er hatte seinen Kaffee nicht angerührt. Mit übertriebener Gestik zeigte Lister aufs Sofa. »Bitte nehmen Sie Platz. Einen frischen Kaffee vielleicht?«

Bade verfolgte alles mit den Augen, ohne den Kopf zu bewegen. Dann kratzte er sich auf dem Nasenrücken.

Endlich setzte sich auch Lister wieder.

»Also, Arno, ich meine, Herr Wiemer ist bestimmt kein Verbrecher. Sie müssen sich irren. Wir«, er wechselte einen Blick mit Bade, »kennen ihn schon fast drei Jahrzehnte. Er war immer ein guter Genosse. Nie ist er negativ aufgefallen. Wir haben ihm vertraut und er uns.«

»Er war Ausbilder, jedenfalls in der Abteilung 7 der HA XXII? Was hat er denn ausgebildet?«

»Alles … Mögliche.«

»Und was ist alles Mögliche? Kaffee kochen, marschieren …«

»Kämpfer hat er ausgebildet. Ideologisch und praktisch.«

»Die Ideologie kann ich mir vorstellen, das Praktische nicht.«

»Waffen aller Arten, Kampftechniken.«

»Hat er auch Leute ausgebildet, die dann im Westen eingesetzt werden sollten?«

Die beiden Genossen schauten sich an. »Keine Ahnung«, sagte Bade. »Einen Besseren hätten sie jedenfalls nicht finden können im Ministerium.«

18

Der Mann schaute hinaus auf den Wald. Dieser Morgen erinnerte ihn wie jeder Morgen daran, dass das Leben hier fast unerträglich schön war. Er war zwar nicht überall herumgekommen in der Welt, und doch wusste er, solch einen Wald gab es nur hier. Er dachte an die weiten Wälder Russlands oder Polens, aber diese waren karger, sie hatten nicht dieses Grün, das fast strahlte. Und doch packte ihn immer noch die Wehmut, als er an Russland dachte, wo er so viel gelernt und so viele gute Genossen kennengelernt hatte. Wenn einer viel erlebt hatte, konnte er von seiner Erinnerung zehren. Eigentlich hätte nichts mehr geschehen müssen. Aber dann war doch etwas geschehen. Etwas, das seinem Leben einen neuen Sinn gegeben hatte. Früher hatte er über Leute gelacht, die über den Sinn des Lebens redeten. Er hatte ihn früh gefunden gehabt, und es war so einfach gewesen, ihn zu finden. Aber dann hatte er ihn verloren. Genauer gesagt, er war ihm geraubt worden. Er lebte in seiner Vergangenheit. Sie unterschied sich von der Gegenwart wie Wasser von Feuer. Bis die Schwester aus Amerika in sein Leben trat.

Eines Tages hatte das Handy geklingelt, und sie war dran gewesen. Valentina hatte ihr die Nummer gegeben. Glücklicherweise hatte er sie nicht gerade gewechselt, wie er es in unregelmäßigen Abständen tat. Da gab es jemanden, der ihn mit seinem Vater verband. Mit dieser Erscheinung. Er trug sein Bild im Kopf immer mit sich herum. Der Vater, von dem er nur Fotos kannte, war verfolgt und gequält worden, erst von den Nazis, dann von den Adenauers. Er hatte fliehen müssen, und die DDR hatte ihn aufgenommen, ihm Arbeit gegeben. Die Mutter hatte erzählt, wie wohl sich der Vater gefühlt hatte, gerade auch in seiner Brigade im Betrieb. Gut, sie mochte manches verklärt haben, und doch hatte sie recht.

Und dann besuchte ihn Cecilia in seiner Hütte. Arno war glücklich gewesen, er hatte eine schöne und kluge Halbschwester. Die erzählte ihm von diesem Historiker und was der herausgefunden hatte. Erst jetzt begriff Arno genau, was das für eine Verfolgung gewesen war nach Kriegsende. Zuchthaus und Aberkennung der Opferrente, wie sie nach dem Untergang der DDR auch führenden Genossen die Opferrenten aberkannt hatten, weil diese Antifaschisten nach fünfundvierzig ein Unrechtsregime unterstützt hätten. Kurt Hager etwa, der unter Einsatz seines Lebens gegen die Nazis gekämpft hatte. Opferrenten gibt es nur für Leute, die sich wohlverhalten. Und Pensionen für die Nazis, der Lohn für Mord und Totschlag. Anrechnung der Dienstjahre. Seit Cecilia ihn besucht und von der Recherche dieses Historikers berichtet hatte, tobte die Wut in Arno. Und sein Leben bekam einen neuen Sinn, einen, der ihm in kürzester Zeit so wichtig wurde wie der alte.

Am Morgen hatte das Telefon wieder geklingelt. Nur wenige kannten seine derzeitige Nummer, er hatte die Prepaidkarte unter falschem Namen bei einem guten Genossen gekauft, der mit Handys handelte und keine Fragen stellte.

»So ein Historiker war hier. Er ist hinter dir her. Er sagt, du seiest ein Erpresser.«

»Quatsch«, sagte Arno. »Der Typ spinnt. Der geht mir schon eine Weile auf die Nerven.«

»Dann begrüß ihn anständig.« Der Anrufer lachte.

»Wir haben ihn dir geschickt. Damit dir nicht langweilig wird.«

Dieser Historiker war hartnäckig. Nichts konnte ihn offenbar abhalten davon, ins Unglück zu rennen. Er hätte diesen Stachelmann erledigen müssen. Aber er hatte Cecilia versprochen, den Typ in Ruhe zu lassen. Sie hatte ihm in den Ohren gelegen. Der Mann habe sich die Füße abgelaufen, um den Vater zu finden. Und wenn sie nun etwas wüssten über den Vater, dann hätten sie es allein Stachelmann zu verdanken.

»Und warum regt dich dieser Kerl so auf?«, hatte Cecilia gefragt.

Er hatte lange geschwiegen, wollte erst gar nichts sagen, aber dann log er: »Er kann mir Ärger machen. Ist eine alte Sache.«

Sie hatte ihn angeschaut, viele Fragen in ihrem Blick. Aber gefragt hatte sie nichts.

»Erschrick ihn meinetwegen«, hatte sie dann gesagt. »Aber tu ihm nichts.«

Er hatte sich daran gehalten und alles getan, damit Stachelmann aufhörte zu schnüffeln.

Arno war selbstkritisch. Ohne Kritik und Selbstkritik wurde man weder ein guter Genosse noch ein guter Kämpfer. Er gestand sich ein, dass er einen Fehler gemacht hatte, als er Cecilia beredet, geradezu bearbeitet hatte, diesem Typen die eilfertig versprochenen zehntausend Euro nicht zu überweisen. Cecilia bedauerte ihre Zusage, aber sie hatte sie gleich einlösen wollen. Eigentlich bestand auch Arno darauf, dass ein einmal gegebenes Wort gehalten werden müsse. Aber in diesem Fall musste er seine Schwester schützen. Dieser Scheißkerl in Hamburg hätte dieses irrwitzige Angebot nicht annehmen dürfen, niemals. So etwas tut man nicht, außer man ist ein Abzocker. Aber hätte er geahnt, dass dieser

Stachelmann sich auf ihre Fersen setzen würde wegen dieser saublöden Prämie, er hätte Cecilia gebeten, das Geld zu überweisen. Nun löffelte er also die Suppe aus, die er sich selbst eingebrockt hatte.

Arno hatte in Hamburg schnell herausbekommen, dass Stachelmann bei seiner Freundin wohnte. Und sie hatte einen Sohn, den er fotografierte mitsamt diesem albernen gelbohrigen Stoffelefanten, als sie ihn von dieser anderen Frau abholte. Er besorgte sich, was er brauchte. Arno war geschickt mit den Händen, ihm fiel es nicht schwer, eine Puppe zu basteln und sie dann Stachelmann unters Auto zu schieben. Früher hatte er schwierigere Aufgaben lösen müssen. Aber Stachelmann hatte nicht aufgegeben. Also hatte Arno weitergemacht.

Er war allein, konnte sich auf niemanden verlassen. Cecilia würde nicht durchhalten, wenn es hart auf hart kam. Er hatte ihr nicht einmal von den Puppen erzählt. Und sie glaubte tatsächlich, dass dieser Typ ihr nicht mehr auf den Fersen war. Wegen zehntausend Euro. Warum hatte sie ihm diese Irrsinnssumme versprochen? Das verstand er nicht. Und als sie sagte, Stachelmann habe die Suche bestimmt längst aufgegeben, da verstand er sie erst recht nicht. Er würde solch eine Suche nie aufgeben. Und dieser Typ bestimmt auch nicht. Er konnte sich nicht auf Cecilias Intuition verlassen. Und was Valentina ihm erzählte, glaubte er nicht. Die ließ sich was vormachen, war schon immer naiv gewesen. Außerdem, was schadete es, dem Kerl noch einen Schreck zu verpassen?

Arno schaute hinaus auf den Wald. Der zog sich hoch hinauf, und auf dem Gipfel stand dieser Riesenbau, den die Gewerkschaft damals für die Werktätigen gebaut hatte, weil die Luft und der Wald für alle da sind. Es hatte sich gelohnt, dafür zu kämpfen. Wenn einer kämpfen kann, ist für ihn die Niederlage nur der erste Schritt zum Sieg. Ihr Land war nicht vollkommen gewesen, aber es war für die Werktätigen besser als alles andere. Nach den Jahren der Verzweiflung, nach den durchwachten Nächten, nach der einsamen Sauferei hatte Arno die Hoffnungslosigkeit überwunden und war wieder in den Kampf gezogen.

***

»Und nun?«, fragte Georgie, als sie am Abend in Gotha in einer Kneipe saßen, die so aussah, wie nach Meinung des Besitzers Touristen glaubten, dass eine Thüringer Kneipe auszusehen hatte. Aus einem versteckten Lautsprecher erklang Volksmusik. Sie hatten nichts anderes gefunden, wo sie etwas essen konnten. Natürlich bestellten sie Thüringer Spezialitäten, Würste und eine Rinderroulade mit Klößen.

Er hatte erst zu Valentina gehen wollen, um sie noch einmal zu bitten, tief in sich zu forschen, ob sie wirklich nichts fand, was ein Hinweis auf Arnos Aufenthalt sein könnte. Doch dann lenkte ihn ein Gefühl in die Stadtmitte. Er unterdrückte seine Sehnsucht nach ihr. Die Vernunft sagte ihm, es sei möglich, dass sie immer noch Kontakt zu ihrem Bruder hatte. Dass sie immer noch nicht überzeugt war von dessen Schuld.

Aber am meisten verwirrte Stachelmann die Frage: Warum das alles?

Er bedachte zum soundsovielten Mal, was die beiden Männer in Leipzig erzählt hatten.

Stachelmann hatte gefragt: »Sie müssen doch etwas wissen, das hilft, ihn zu finden. Er hat bestimmt mal etwas gesagt. Was er im Urlaub macht. Wen er besuchen will. Wo er es am schönsten findet …«

Bade tippte sich an die Stirn. »Am schönsten fand er es in Thüringen. Im Thüringer Wald. Kennen Sie Friedrichroda? Da gab es ein Ferienheim des Ministeriums, und da war er mehrmals. Eigentlich kannte er die Gegend, er ist da ja aufgewachsen. Da kam er auf die Idee, dort Urlaub zu machen. Er hat seine Mutter besucht, obwohl er mit der nicht so einen guten Draht gehabt hatte. Ich glaube, sie mochte nicht, was wir taten. Irgendwie hatte sie es gerochen, dass wir beim Ministerium waren. Also, gesagt hat er es ihr nicht. Bestimmt nicht. Arno kann schweigen. Aber dass er keinem normalen Beruf nachging, merkte natürlich bald jeder, der ihn kannte. Import/Export, na gut, damit konnte man Dienstreisen ins Ausland erklären. Aber wenn einer richtig nachfragte, na ja. Und die Mutter von Arno war, glaube ich, ziemlich neugierig. Er ist am Ende wohl gar nicht mehr hingefahren.«

»Woher weißt du das?«, fragte Lister.

»Na, das hat man doch gemerkt.«

»Was du so alles merkst.«

»Soll ich dir sagen, was nun passiert?«, fragte Stachelmann. »Ganz einfach: Einer von den beiden Tschekisten wird dem Genossen Arno Bescheid sagen, dass wir ihm auf der Spur sind. Und vielleicht wird er ihm sogar sagen, dass wir ihn in Friedrichroda suchen, hier um die Ecke gewissermaßen. Und Arno wird sich überlegen, wie er uns zu Rostbratwürstchen verarbeiten kann. Er muss sich jedenfalls steigern, da die Puppen nicht gereicht haben.«

»Hm. Ich reise wirklich gern mit dir. Wo sonst erlebt man solche spannenden Abenteuer, und welcher Bundesbürger kommt schon in den Genuss, sich mit einem Typen anzulegen, der in seinem Leben vor allem gelernt hat, wie man Leute umbringt.«

Stachelmann überlegte, dass er nun schon wieder in ein Duell ging. Nicht auf die französische Art, mit Sekundanten und Arzt. Es waren postmoderne Duelle, ohne Regeln, ohne Moral. Das erste mit Holler, das zweite mit Heinz, das dritte mit Hanno. Das vierte mit Arno. Der war der Gefährlichste, der Erste, der es gelernt hatte zu morden. Und der keine Hemmung hatte. Arno verbarg etwas, etwas viel Größeres als lumpige zehntausend Euro.

Und was für ein Spiel spielte Cecilia?

Und warum hatte Kolumbitsch noch einmal angerufen? Was sollte diese Empfehlung für eine andere Firma? Wahrscheinlich wollte er Stachelmann unter einem Vorwand nur zeigen, dass er an ihn dachte.

»Wir besorgen uns jetzt also Pumpguns und schusssichere Westen, fahren in dieses Kaff und durchkämmen die Straßen. Plötzlich taucht Arno auf, dann geht das Geballer los. Frauen und Kinder werfen sich kreischend auf den Boden …«

»Du redest Quatsch. Wir hätten keine Chance, wenn wir uns auf Arnos Stärken einließen.«

»Holmes, großartig!«

»Wir brauchen eine Methode, die unseren Stärken entspricht.«

Georgie lachte. »Hm. Und was soll das sein, unsere Stärken?«

»Wir werden es sehen. Vielleicht gelingt es uns, ihn zu überraschen. Oder wir finden ihn und hetzen ihm die Polizei auf den Hals.«

»Erstaunliche Gedanken. Ein handfester Plan geradezu.«

Stachelmann winkte ab.

»Aber bevor wir ihn abknallen« – Georgie tat so, als hätte er eine Maschinenpistole in der Hand –, »müssen wir ihn finden.«

»Wir nehmen das Foto und laufen durch Friedrichroda. Wir quatschen jeden an, den wir erwischen. Und irgendeiner wird ihn schon gesehen haben. So viele Leute wohnen da nicht.«

»Und wenn du an seiner Stelle wärst, was würdest du tun?«, fragte Georgie.

»Ich würde gucken, ob mich irgendwelche Leute suchen. Ob zum Beispiel einer mit meinem Porträt herumläuft und Leute nach mir befragt.«

»Ruf die Bullen, die sollen das erledigen.«

»Die haben nichts in der Hand. Sonst wäre Taut nicht so schweigsam gewesen. Aber vielleicht haben die auch recht und es war alles ganz anders.« Er erinnerte sich an die so ungeheuer plausiblen Erklärungen, auf die er in den letzten Jahren hereingefallen war.

Stachelmann wurde bang. Es ist verrückt, sich mit diesem Mann anzulegen. Der hat alle Vorteile auf seiner Seite. Und gegen einen Rheumatiker und einen Milchreisbubi wie Georgie sollte er leichtes Spiel haben. Sein Handikap: Er muss sie töten, ohne dass der Verdacht auf ihn fällt. Das ist nicht einfach. Aber: Wiemer rechnet mit ihnen. Lister oder Bade oder beide werden es ihm gesagt haben.

Und Valentina?

Was tat sie gerade? Sollte er sie anrufen?

Dann fiel ihm etwas ein, unausgegoren noch, aber der Keim eines Plans.

»Ich bring dich jetzt in das Hotel, wo wir schon mal waren …«

»Nein, wir nehmen ein anderes, sicher ist sicher.«

»Du siehst zu viele Fernsehkrimis.«

»Wie die Wahrheit sich anschleicht, ist doch egal.«

Gut, er soll seinen Willen haben. »Wir nehmen das beste Haus am Platz.«

Stachelmann ließ sich das Telefonbuch bringen und fand tatsächlich ein Hotel, das zu einer bekannten Hotelkette gehörte, die es unter fünf Sternen nicht machte.

»Mein Gott, glotzt du finster«, sagte Georgie.

»Ich hatte gerade eine prima Idee«, sagte Stachelmann. »Wirklich prima.«

»Du darfst sie mir verraten.«

»Später, vielleicht. Lass dich überraschen.«

»Hm. Es geht um Leben oder Tod, und der Herr macht auf Geheimniskrämerei. Sehr hilfreich.«

Er überlegte, ob er sie vorher anrufen sollte. Nein, er würde sie überraschen. Und wenn …? Der Zweifel tat weh.

Sie öffnete die Wohnungstür, starrte ihn einen Augenblick an, hatte eine Frage im Blick, aber dann fiel sie ihm in die Arme. Sie sagte kein Wort. Umschlungen betraten sie die Wohnung. Im Wohnzimmer blieben sie stehen.

»Schön, dass du hier bist«, sagte sie.

»Willst du gar nicht wissen, warum?«

»Hauptsache, du bist da.«

Sagt so etwas eine Lügnerin?

»Kann ich dir vertrauen?«

Sie schaute ihn fragend an. Da nickte sie. »Ja, natürlich.«

»Ich muss Arno finden. Und ich muss sicher sein, dass er nicht weiß, wo ich bin.«

»Bist du deshalb gekommen?«

»Ja … Du hast mir gefehlt. Und wenn alles vorbei ist, komme ich wieder. Für länger. Wenn du es willst.«

Sie schaute ihn zweifelnd an. »Was hast du mit Arno vor?«

»Ich will ihn stellen.« Er erzählte ihr von seinem Besuch bei Lister.

»Du bist verrückt, du hast keine Chance. Auch wenn es mein Halbbruder ist, zeig ihn an. Überlass es der Polizei.«

»Ich habe nicht den geringsten Beweis. Und die auch nicht, fürchte ich. Vielleicht sitzt er in seiner Bude, ich klingele, er öffnet und lacht mich aus. Eigentlich ist diese Puppensache eher lächerlich.« Er stellte sich vor, wie Arno gar nicht mehr aufhören konnte zu lachen. Wie ihm die Tränen aus den Augen quollen. Wie er den Mund nicht mehr schließen konnte, als hätte er eine Kiefernstarre. »Und wenn sie ihn suchen würden, wären sie doch auch bei dir gewesen. Waren sie bei dir? Nein.« Er konnte sich die Frage selbst beantworten. »Ich habe doch versucht, sie auf Cecilias und Arnos Spur zu setzen. Das Schwein, Entschuldigung, aber er ist eines, das Schwein hat ein Kind bedroht, um mir zu sagen: Stopp, du kommst mir zu nahe, lass mich in Ruhe. Was verbirgt er? Weißt du wirklich nichts? Denk noch einmal nach!« Er war heftig geworden.

»Was glaubst du, was ich in den letzten Nächten getan habe? Ich habe mich gequält mit dieser Sache. Was er verbirgt? Vielleicht nichts, was weiß ich? Er war schon immer ein bisschen seltsam. Ob er es mit der Angst gekriegt hat? Terrorismusabteilung, was hat er da genau gemacht? Ach, ich kann's mir vorstellen. Will ich das so genau wissen? Die wollten nicht, dass es in der DDR knallt wie im Westen. Kann doch auch sein, dass er früher einmal eine Aktion für das MfS unternommen hat, die ihm jetzt zum Verhängnis werden kann …«

»Ach du lieber Himmel!«, rief Stachelmann. »Natürlich, warum komme ich nicht darauf? Manchmal bin ich wie vernagelt. Es liegt auf der Hand, es drängt sich geradezu auf. Ich bin Historiker und bin hinter Cecilia her, aber er denkt, es geht um ihn, weil er Dreck am Stecken hat. Irgendeine Operation irgendwann, vielleicht ist sie aus dem Ruder gelaufen, vielleicht nicht. Es hat Tote gegeben oder sonst was. Natürlich wurde es damals vertuscht, das scheint ja die Hauptbeschäftigung von Geheimdiensten zu sein. Alle Akten vernichtet, sofern es welche gab. Doch er fürchtet, dass irgendwo etwas aufgetaucht ist, das ihn belastet. Und dass ich derjenige bin, der es gefunden hat und ihn nun fragen will. Nur eine Kleinigkeit, die aber zu einer Sache führt, die ihn ins Gefängnis bringen kann.« Es sprudelte aus ihm heraus, als hätte der Gedanke lange in ihm gelauert, um endlich freigesetzt zu werden. »Die Sache mit Cecilia könnte Zufall gewesen sein, die mich auf seine Spur gebracht hat. Also aus seiner Sicht. Es wäre ein irrwitziger Irrtum.«

»Lass die Finger davon.«

»Es wird schon gut gehen.«

»Aber du bist allein.«

»Nein. Georgie ist dabei.«

»Und der riskiert sein Leben? Warum? Kannst du dich auf den verlassen?«

»Ja, auf den kann ich mich verlassen. Er riskiert sein Leben im Kampf gegen Langeweile und Sinnlosigkeit.« Er lachte, und Valentina schaute ihn entgeistert an.

Er überlegte noch einmal, was er sich gerade zusammengereimt hatte über Arnos Motiv. Eine Stasioperation. Davon dürfte es unzählige gegeben haben. Wie sollte man sie aufdecken? Und gerade die Operation finden, um die es ging? Zumal die Akten womöglich vernichtet waren. Und dass die Stasi sich bei ihren Geheimoperationen, besonders im Ausland, besondere Mühe gegeben haben sollte, sie für die Nachwelt zu dokumentieren, das glaubten nur Naivlinge. Es hatte also keinen Sinn, nach solchen Akten zu suchen. Er durfte Wiemer keine Zeit lassen. Der würde sie nur nutzen, um sich besser vorzubereiten.

»Was überlegst du?«

»Ich habe gerade die Idee verworfen, die Stasiaktenbehörde heimzusuchen. Ich würde sowieso nichts finden. Außerdem, was würde es nutzen?«

Sie stand am Fenster und schaute hinaus, als erwartete sie Besuch. Ob Wiemer kommt? Ob sie mich verraten hat? Aber sie wusste nicht, dass ich bei ihr auftauchen würde. Sie wird mich nicht verraten. Sie nicht.

Sie drehte sich um und schaute ihn traurig an. »Warum konnten wir uns nicht unter anderen Umständen kennenlernen?«

»Unter anderen Umständen wäre ich nicht hierhergekommen. Wir verdanken es Cecilia. Und Arno.«

»Natürlich«, sagte sie und schaute an ihm vorbei an die Wand. »Lass es«, sagte sie. »Ich rede mit ihm.«

»Wie willst du mit ihm reden, wenn du nicht weißt, wie er zu erreichen ist?« Du wirst mich nicht verraten, nicht wahr?

Sein Handy klingelte. Er ließ es klingeln, dann holte er es doch aus der Tasche. Auf dem Bildschirm stand *Mutter*.

»Ja?« Er bereute gleich seine Ungeduld.

»Wo bist du?«

»In Gotha. Bin gerade in einer Besprechung.«

»Wir wollten doch … gut, vielleicht rufst du mich mal an, wenn du Zeit hast.«

»Ich verspreche es.«

»Meine Mutter«, sagte er.

Sie lächelte.

»Sie ist allein, hat kaum Kontakt zu Leuten. Gesund ist sie auch nicht mehr. Und ich vernachlässige sie. Seit

Ewigkeiten will ich ihr helfen, einen Platz in einem guten Altenheim zu finden.«

»Wenn du keine Zeit hast …«

»Das ist weniger die Frage. Irgendwie klappt es nicht. Wenn wir uns verabreden, kommt was dazwischen, fast immer.« Er sagte nicht, dass er genug Gelegenheiten gehabt hätte, die Initiative zu ergreifen, die Mutter wohnte fast um die Ecke.

»Nachher bereut man es«, sagte sie.

Diese Einsicht plagte ihn schon lange. Er nickte.

Sie näherte sich, stellte sich vor ihn und nahm ihn in den Arm. »Ich habe die ganze Zeit überlegt, ob ich es dir sagen soll.« Sie flüsterte fast, als hätte sie Angst, jemand könnte mithören. »Es fiel mir gestern Nacht ein. Ich denke oft an dich, aber irgendwie ist er mein Bruder.«

Seltsam, obwohl es um sein Leben ging, verstand er sie. Eigentlich fand er es erstaunlich, dass sie ihm überhaupt half.

Sie wird dich nicht verraten. Vertraue ihr.

»Er war vor vielen Jahren in Urlaub, in Friedrichroda.«

Fast hätte Stachelmann gesagt: in einem Stasiferienwohnheim. »Er hat ein paar Witze gerissen über eine Pension, als er bei Mutter war. Das fiel mir gestern wieder ein. ›Man hört die Tannen rauschen. Mitten im Wald. Du würdest da Angst kriegen‹, das hat er zu mir gesagt. Vielleicht, wenn man« – warum sagte sie nicht »du«? – »da mal fragt. Könnte doch sein, dass jemand ihn wiedererkannt hat?«

Endlich ein Schimmer. Er drückte sie ein paar Sekunden an sich, wie um ihr zu sagen: Es ist schwer für dich. Er ist dein Bruder.

»Aber ich komme mit«, sagte sie.

»Nein«, entfuhr es ihm. »Bloß nicht!«

»Das ist meine Bedingung.«

Georgie machte große Augen, als er sie sah.

»Sie kommt mit, sie kennt sich aus. Ich habe sie nicht abhalten können.«

»Aber du wirfst dich auf sie, wenn es knallt?«

»Red keinen Quatsch. Die Frauen von heute sterben genauso heldenhaft wie wir Männer.«

Valentina tippte sich an die Stirn.

Sie waren in Georgies Zimmer. Valentina und Stachelmann setzten sich an den Tisch. Georgie legte sich aufs ungemachte Bett. Er hatte wohl geschlafen oder versucht, es zu tun. Wie kann man schlafen, wenn man sich mit so einem Kerl anlegen will?

Stachelmann rutschte auf dem Stuhl nach hinten, da packte ihn der Schmerz. Erst der Rücken, dann die Beine, die Arme, die Brust. Er krümmte sich.

Sie schaute ihn erstaunt an. »Was ist?«

»Ach, das Theater macht er manchmal. Steht in der Gebrauchsanweisung unter ›bekannte Fehler‹. Das Beste ist, es taktvoll zu übersehen. Alte Männer bringen es nicht.« Georgie kroch aus dem Bett, nahm Stachelmann sanft an der Schulter, und der ließ sich zum Bett führen.

Valentina beobachtete es.

Als Stachelmann sich vorsichtig hingelegt hatte und Georgie auf dem Stuhl saß, fragte Valentina: »Was ist das?«

»Rheuma, rheumatoide Arthritis, wenn Sie es genau wissen wollen«, sagte Georgie im Tonfall des Chefarztes bei der Visite zur Assistenzärztin.

Stachelmann legte sich auf die Decke und schob das Kissen unter den Kopf. Er fand Blickkontakt zu Georgie und zeigte aufs Jackett, das über dem Stuhl hing. Georgie warf es aufs Bett. Als Stachelmann endlich seine Tablette gefunden hatte, schluckte er sie ohne Wasser. Valentina schaute zu, sagte aber nichts mehr.

Wahrscheinlich denkt sie: Und so einer will Arno stellen. Verrückt.

»Wir kriegen ihn nicht mit den Fäusten, sondern mit dem da.« Stachelmann tippte sich an die Stirn.

»Dann erzähl mal von deinem großartigen Plan«, sagte Georgie.

Die Schmerzen pressten den Brustkorb zusammen, in den Knöcheln und Knien pochte es wild. »Ich habe keinen.«

»Dann bleibt es also bei der Pumpgun. Ich werde nachher mal gucken, ob es hier einen Spielzeugwarenladen gibt, wo man die Wasserpistolenversion kaufen kann. Wir machen Arno nass, quatschnass!« Er lachte hämisch. »Wenn der mit irgendwas rechnet, damit nicht. Wetten?« Er kreischte fast vor Freude. Und vor Angst.

Warum geht sie mit? Was wird sie tun, wenn wir auf ihren Bruder treffen?

Sie schaute ihn an, als würde sie ahnen, was er dachte. »Ich gehe nachher zu dieser Pension *Tannenzapfen*«, sagte sie. »Allein. Ich bin die Schwester. Da schöpft niemand Verdacht. Wenn die Pension immer noch demselben Typen gehört wie damals … vielleicht war der ja auch bei der Stasi?«

Sie hatte recht. Allerdings, es war zwei Jahrzehnte her, dass die Stasi aufgelöst wurde. Und war es überhaupt eine private Pension gewesen? Hatte sie nicht eher einem Volkseigenen Betrieb gehört? Oder der Gewerkschaft? Oder einer Behörde? Wie hoch war das Risiko, wenn er mitkam?

Du musst ihr vertrauen.

»Wir kommen mit«, sagte Stachelmann.

Aber wenn der Verwalter von damals nicht mehr in der Pension war, was nutzte es dann, sie aufzusuchen? Ach, vergiss die Zweifel. Geh hin, mehr als umsonst kann es nicht sein.

Valentina schaute erst Stachelmann an, dann Georgie. »Gut, dann ziehen wir da als Prozession hin.«

»Ich wusste gar nicht, dass du katholisch bist. Dachte, du stammst aus einem Heidenland.«

»Los! Geht es wieder, Opa?«, fragte Georgie.

Valentina lachte kurz, schaute Stachelmann zu, wie der sich aus dem Bett quälte, dann ging sie voraus.

Georgie fuhr. Niemand sagte etwas, außer Valentina, die Georgie knapp, aber bestimmt den Weg wies. Bald fuhren sie in den Wald hinein, die Straße kurvte hoch, dann tauchte links in einem Tal ein Schloss auf, danach stießen sie auf eine Kreuzung.

»Geradeaus«, sagte Valentina. Ein Ortsschild verriet, dass sie in Friedrichroda waren. Ein großes Gebäude, ein Hotel, Häuser. Es ging noch einmal steil hinauf in einer großen Kurve, dann gerade hinunter. Der Ort setzte sich im Tal fort, umsäumt von den bewaldeten Höhen des Thüringer Walds, mächtig und dunkel. Links und rechts der Straße Villen, die von einer besseren Zeit des Kurorts kündeten, manche renoviert, andere zerfallen. Zwei, drei Schilder mit Aufschriften. *Zimmer frei*.

»Die zweite Straße rechts. Vorsicht, das ist ein Waldweg.« Georgie bog ab, der Wagen rumpelte in den Wald hinein.

Wo führt sie uns hin?

Die Tannen schluckten das Licht, es war finster. Der Weg krümmte sich, dann auf der linken Seite ein Fachwerkhaus, groß, gedeckt mit Schindeln.

»Dahin«, sagte Valentina. Sie zeigte auf das Haus.

Georgie parkte neben dem Eingang. Eine Holztür, grün, mit Ornamenten. Erst jetzt entdeckte Stachelmann das Schild über der Tür: *Pension Tannenzapfen*.

Georgie schaute in ein Fenster neben der Tür. Er verzog sein Gesicht. Stachelmann drückte die Klinke, es war abgeschlossen. Er klopfte kräftig, die Handgelenke und Finger schmerzten. Er fühlte sich alt.

Sie warteten, und als sich nichts tat, schlug Georgie gegen die Tür.

Nichts.

Stachelmann bekam Angst. Ob Wiemer hier auf sie wartete?

Georgie ging zur Ecke und winkte den anderen. Stachelmann und Valentina folgten ihm. Georgie ging ums Haus, aber nicht, ohne vorher um jede weitere Ecke zu schauen. An der Rückseite des Hauses war eine Veranda. Sie war vor Kurzem gestrichen worden, das Grün glänzte. Die Holztreppe hinauf war neu, und als Stachelmann die Veranda betrat, sah er, dass in deren Boden frische Bretter eingefügt waren. Eine Glastür. Stachelmann drückte sein Gesicht an die Tür, schirmte mit den Händen die Augen ab und starrte hinein. Umrisse von Möbeln. Bilder an der Wand, verschwommen.

Keine Lampe, kein Mensch.

Er wandte sich den anderen zu, die auf der oberen Stufe der Treppe standen. »Niemand da. Ein Schuss in den Ofen.«

»Und nun?«, frage Valentina.

»Verlassen ist es nicht. Dafür ist der Zustand zu gut. Vielleicht kriegen wir heraus, wer hier haust, dann könnten wir es mal per Telefon versuchen im Lauf des Tages.«

»Scheiße«, sagte Georgie.

Ja, es ist ärgerlich, aber wenn ich schon solche Angst habe, auf Wiemer zu treffen, warum soll ich dann hier warten?

»Was suchen Sie hier?« Schrill, angriffslustig. Der Mann

war klein, fast dürr und hatte einen großen Kopf, der nicht zum Körper passte. Auf dem Kopf einen grünen Hut mit Wappen und Feder. Rote Wangen deuteten auf frische Luft hin oder auf Schnaps oder auf beides.

»Wir suchen den, der hier wohnt.«

»Warum?«

»Das möchte ich nur dem sagen, den es betrifft. Es ist wichtig.«

»Kommen Sie rein.« Der Waldschrat sprach ein derbes Thüringisch, es war gerade noch verständlich. Er führte sie ums Haus herum und öffnete die Tür. Dahinter lag eine Art Empfangsraum. Ein Tresen, ein Tisch am Fenster, darauf eine Messingglocke, Stühle mit Schnitzereien in der Lehne.

Der Mann zeigte fast ruckartig auf den Tisch. Die Besucher setzten sich, der Mann blieb am Tresen stehen.

»Mir gehört die Pension.«

»Haben Sie Gäste?«, fragte Georgie.

»Ich wüsste nicht, was Sie das angeht. Aber es ist kein Geheimnis, nein, keine Gäste, ich renoviere gerade.«

Stachelmann nickte. »Mir gefällt's«, log er.

»Es ist wirklich schön geworden«, sagte Valentina. »Und bestimmt unheimlich teuer. Richtig gute Handwerker sind nicht billig. Früher hat man keine gekriegt, heute ruinieren sie einen.«

Der Waldschrat lachte, es klang wie Husten. Stachelmann sah, er war geschmeichelt.

»Wann öffnen Sie wieder?«, fragte Stachelmann.

»Wenn ich fertig bin.«

Stachelmann malte sich aus, wie es wäre, wenn es auf der Treppe zum ersten Stock knarrte, und Wiemer stünde vor ihnen, die Pistole im Anschlag. Der Waldschrat schaute nun auch zur Treppe und fragte sich wohl, was Stachelmann dort entdeckt haben könnte.

Noch ein Blick auf Stachelmann, dann schaute er zu Valentina.

»Ich suche meinen Bruder«, sagte sie.

Der Waldschrat stutzte, dann fragte er: »Ja, und was habe ich damit zu tun?«

Valentina lächelte ihn an.

Sie macht das geschickt, sie wickelt ihn ein. Wie oft spricht dieser Mann mit einer schönen Frau? Wie oft wird er von einer umgarnt?

»Mein Bruder hat mal in dieser Pension gewohnt. Und er hat so sehr davon geschwärmt, dass ich es nicht vergessen habe.«

»Wann war das?«

»In den Achtzigerjahren.«

Der Mann winkte ab. »Damals war das ein Ferienheim eines VEB aus Potsdam. Und ich habe in der Forstverwaltung gearbeitet. Wie soll ich da Ihren Bruder kennen?«

Eine Sackgasse, schon wieder eine Sackgasse. Er würde Wiemer nie finden.

»Ach wie schade, ich war ganz sicher, Sie könnten mir helfen, wo schon diese beiden Herren nicht weiterwissen.«

Sie überzieht, dachte Stachelmann. Trägt zu dick auf.

»Tut mir leid«, sagte der Mann.

Nein, sie hat den Waldschrat im Griff.

»Kennen Sie Ihren Vorgänger?«, fragte Valentina. »Also den, der das Haus zur DDR-Zeit geleitet hat?«

Der Waldschrat nickte.

Ein Sonnenstrahl fand seinen Weg durch die Tannenkronen und zeichnete einen weißgelben Fleck auf Georgies Gesicht.

»Das war ein … merkwürdiger Mann.«

»Ach ja!«, sagte Valentina.

Mein Gott, ist sie schön, dachte Stachelmann. Diese Augen.

»Ich bin sicher, er war bei der Stasi.«

Stachelmann fiel ein Stein vom Herzen. Hier würde Wiemer nicht auf sie lauern. Es sei denn, Wiemer und dieser Waldschrat hatten eine Lüge abgesprochen. Die Angst verschwand nur kurz.

»Und woher wissen Sie das?«

»Das wird so herumerzählt im Ort.«

»Klar«, sagte sie. Sie war geduldig.

»Und wo finde ich diesen Herren?« Sie war sanft. Sie war beharrlich.

Macht sie das auch mit dir?

Der Waldschrat kratzte sich am Kopf. Dann nahm er den Hut ab und legte ihn auf den Tresen. »Ich habe nur gehört, er ist weggezogen. Weit weg. In den Westen, sagen die Leute. Der hat hier richtig Ärger gekriegt in der … Wende. Die Leute haben hier vorm Haus demonstriert gegen ihn. Stasipension, hat es geheißen. Kann man sich heute gar nicht mehr vorstellen, diese Aufregung. Na ja …« Er winkte ab.

Den werden wir nie finden.

»Aber hier haben doch noch andere Leute gearbeitet damals.« Sie ließ es sich nicht anmerken, dass sie enttäuscht war. Wenn sie es war.

Der Waldschrat nickte. »Der Joachim, der hat auch noch danach geholfen. Dieses und jenes, hat mich vertreten. Und einer, der hieß Albert. Der hat auch vor der Einheit hier geschafft.«

»Wissen Sie, wo die wohnen, der Joachim und der Albert?«

»Der Joachim wohnt in Waltershausen, der Albert, also das Letzte, was ich gehört habe, in Ohrdruf.«

»Vielleicht erinnern Sie sich auch noch an die Nachnamen, auch wenn es schon so lange her ist. Sie schaffen das.«

Das ist zu viel, er schmeißt uns raus.

»Hm. Lassen Sie mich mal gucken.« Er ging hinter den Tresen, bückte sich, kniete sich und kramte. Endlich hatte er eine Kladde in der Hand, schwarz und alt. Er blätterte. »Klamroth und Schneider.«

»Das ist ja wunderbar, so finde ich meinen Bruder vielleicht doch noch.«

Der Waldschrat blätterte wieder. »Damit ich das nicht durcheinanderkriege. Äh. Hier steht was: Joachim Klamroth, ja, so heißt er. Dann heißt der andere Schneider, Albert Schneider. Wir reden uns ja nur mit Vornamen an, da vergisst man die Nachnamen leicht. Und überhaupt, Namen sind nicht mein Fall.«

»Wie ist denn Ihr Name?«

Er schaute sie an. Dann sagte er: »Otto Kalm.«

Als sie nach wenigen Kilometern Fahrt nach Ohrdruf kamen, wusste Stachelmann wieder, woher er den Ortsnamen kannte. Hier hatte es ein Lager gegeben, das zum KZ Buchenwald gehörte. Nach der Eroberung durch die Amerikaner wurden die Ohrdrufer zwangsweise durch das Lager geführt, damit sie später nicht sagen konnten, das habe es nicht gegeben.

Sie fragten sich durch, bis sie das Auto vor dem Haus abstellen konnten, in dem Albert Schneider wohnte.

»Guten Abend. Herr Kalm, Otto Kalm, Sie kennen ihn ja, hat uns empfohlen, Sie aufzusuchen. Ich hoffe, wir kommen nicht ungelegen.« Niemand sonst hätte auf diese blendende Idee kommen können. Valentina war überwältigend.

Ihr gegenüber in der Tür stand ein Durchschnittsmann, nicht groß, nicht klein, nicht wirklich dick, auch wenn der Bauch zwischen Gummihosenträgern hervorragte. Er hatte Schweinsbäckchen, seine Haut glänzte. Ein Mann, den man gleich wieder vergaß. Es sei denn, er gab ihnen den entscheidenden Tipp. Oder Wiemer wartete im Wohnzimmer.

Schneider nickte und schaute sie blöd an. »Ja und?« Dumpf. Gläserne Augen. Er war angetrunken.

Valentina ließ sich nichts anmerken. »Ob wir vielleicht ein paar Minuten mit Ihnen reden dürften? Es ist sehr wichtig. Es ist *mir* sehr wichtig.«

Er glotzte sie an, dann grinste er. »Ich hab ja heute Abend nichts mehr zu tun. Na, denn mal herein in die gute Stube.«

Die Wohnung lag im Erdgeschoss. Ein Zimmer, Küche, Bad, alle Türen offen. Kleidungsstücke, Werkzeuge, Besteck, Gläser, Flaschen lagen herum. Und es stank nach Fäulnis, Zigaretten und einem Mann, der sich ungern wusch.

Valentina tat so, als würde sie nichts davon merken und als wäre Albert Schneider der netteste Mensch, den sie in letzter Zeit getroffen hatte.

Stachelmann lächelte. Sie sah es und lächelte zurück.

»Ich suche meinen Bruder. Er ist gewissermaßen verschollen, seit vielen Jahren. Er ist einfach gegangen und nicht mehr aufgetaucht.«

Sie saßen in seinem Zimmer. Er auf dem Bett, Stachelmann auf einem Stuhl neben dem Ofen, Georgie schaute zum Fenster hinaus, und Valentina setzte sich auf die Ecke des Bettes, eine Unterarmlänge von Schneider entfernt.

Sie schaute Schneider traurig an. »Sie können sich gar nicht vorstellen, wie schlimm das ist, wenn man plötzlich allein ist. Meine Mutter ist gerade gestorben, und jetzt suche ich den Bruder. Aber nicht nur wegen des Erbes, sondern auch weil er der einzige Verwandte ist, der mir bleibt.«

Schneider stierte auf ihre Brüste. Als das Wort »Erbe« fiel, schimmerte es in seinen Augen.

»Natürlich würde ich dem eine Belohnung zahlen, der mir den entscheidenden Hinweis gibt.«

Es schimmerte wieder. Er hob den Blick und schaute ihr ins Gesicht. »Wer soll denn Ihr Bruder sein?«

»Arno Wiemer heißt er. Er hat früher in der Pension *Tannenzapfen* Urlaub gemacht und ich weiß, dass er immer noch gerne hier in die Gegend kommt.«

Stachelmann griff in die Jackettinnentasche und holte das Bild von Wiemer heraus. Er gab es Schneider. In dessen Gesicht las er, dass der Wiemer kannte.

»Der Arno«, sagte er. »Ein feiner Kerl, kann nicht klagen. Sehr ordentlich. Der Arno …«

»Ich freue mich, dass Sie ihn kennen«, sagte sie. »Da haben wir ja den Richtigen getroffen.«

Schneider war ein bisschen stolz.

»Was hat der Arno denn so gemacht, wenn er in Ferien war?«

»Gewandert ist er. Den Rennsteig hoch und runter. Er war richtig sportlich.« Er schloss kurz die Augen, um sich in die Vergangenheit zurückzuversetzen. Dann öffnete er sie und stierte wieder auf Valentinas Brüste.

»War er denn gern in Friedrichroda?«

»Sehr gern. Er ist ja in Gotha oder Eisenach aufgewachsen …«

»In Gotha«, sagte sie. »Wie ich.«

»Ach, Sie kommen von hier?«

»Ja, ich bin Lehrerin in Gotha.«

»Ja, da müssen Sie mich wieder besuchen.«

»Versprochen«, sagte sie. »Aber zuerst muss ich meinen Bruder finden. Das verstehen Sie doch?«

»Ja, natürlich.« Er war das Verständnis selbst.

»Wo, glauben Sie, könnte er sich denn aufhalten, wenn er in Friedrichroda sein sollte?«

Stachelmann und Georgie hörten zu und sagten nichts. Stachelmann wusste, wenn er sich einschaltete, würde er die Atmosphäre zerstören. Mit welchem Geschick sie auch diesen Alten einlullte.

Kann ich ihr vertrauen?

Schneider dachte nach. Es war offenbar nicht seine Lieblingsbeschäftigung. »Hotel, Pension?«

»Aber wenn man seine Ruhe haben will. Wenn man nicht erkannt werden will. Er ist ein bisschen komisch, mein Bruder. Ein Eigenbrötler.«

»Ja, das ist er«, sagte Schneider. »Aber ein anständiger Kerl.«

»Genau«, sagte Valentina. »Ein anständiger Kerl.«

»Ja, wenn die Menschen nicht anständig sind …«

»So ist es. Leider gibt es nicht viele.«

Stachelmann wurde ungeduldig. Der Gestank, das Gelaber, die Angst.

»Wo könnte man sich, sagen wir mal, verstecken?«

»In Friedrichroda?«

»Ja, oder in der Umgebung.«

»Tja …«

»Wenn Sie sich verstecken wollten, wo würden Sie hingehen?«

»Früher, so kurz nach der Einheit, in einem Hotel oder einer Pension. Da waren viele verlassen. Aber heute sind die hergerichtet. Und da wohnen Leute drin. Nein …« Er schüttelte den Kopf und schloss wieder die Augen für ein paar Sekunden.

»Wo würden Sie sich heute verstecken?«, wiederholte Valentina.

»Nicht im Ort«, murmelte Schneider.

Stachelmann sah sich schon die gesamte Umgebung von Friedrichroda absuchen.

Doch dann schlug sich Schneider an die Stirn. »In der Waldsiedlung … vielleicht.«

»Kennt Arno die Siedlung?«

»Das ist doch genau der Punkt. Er war mal da, jetzt erinnere ich mich, und dann hat er mir gesagt: Wenn ich mal die Schnauze voll habe, dann ziehe ich in die Waldsiedlung. Jawohl, das hat er gesagt. Ich habe gelacht und gesagt: Da wecken einen die Füchse. Und er sagt: Ich wollte schon immer dahin, wo einen die Füchse wecken. Und dann hat er auch gelacht.«

»Ich hole eine Karte«, sagte Georgie und ging hinaus. Er kehrte mit der Straßenkarte aus dem Auto zurück. Er reichte sie Valentina.

Sie faltete die Karte auf. »Ob Sie mir die Siedlung zeigen können.«

Er rutschte zu ihr, auf Tuchfühlung. Sie ließ sich nichts anmerken. Sein Finger fuhr über die Karte. Stachelmann merkte schnell, dass Schneider es ausnutzte und so lange neben ihr bleiben wollte, wie er es herausschinden konnte. Endlich blieb sein Finger stehen. »Da«, sagte er.

Stachelmann stand auf und stellte sich neben Valentina. Schneiders Finger ruhte auf einem Fleck, drei oder vier Kilometer entfernt vom Ortsrand, eine Lichtung im Wald.

»Da hat es ihm gefallen?«

»Es sind kaum Leute dort, und sie lassen einen in Ruhe. Früher wohnten da Leute aus Berlin, aber die meisten kommen nicht mehr. Sind nicht mehr so wichtig.« Er grinste. »Manchen von denen kannte man aus dem Fernsehen.«

»Vielen Dank«, sagte Valentina. Auch sie erhob sich jetzt. Seine Hand zuckte, fast hätte er nach ihr gegriffen.

»Und die Belohnung?«

Stachelmann drückte ihm eine Visitenkarte in die Hand. »Wenn wir ihn gefunden haben, bekommen Sie eine Belohnung.«

Schneider schaute ihn misstrauisch an.

»Ich verspreche es«, sagte Valentina.

Das besänftigte ihn.

Draußen sagte Stachelmann: »Dann wollen wir mal Indianer spielen.«

»Jetzt?«, fragte Georgie. »Es ist bald stockduster.«

»Eben.«

Sie fuhren mit dem Auto in Richtung Siedlung. Als es laut Karte noch etwa zwei Kilometer waren, hielt Georgie an. »Näher kommen wir nur ohne Licht, wenn wir uns nicht ankündigen wollen.« Draußen war es finster. »Allerdings kann ich nicht ausschließen, dass wir an einem Baum enden.«

»Und wie machen wir es?«, fragte Valentina.

Schweigen.

»Wir gucken erst mal, ob er da ist«, sagte Stachelmann. »Und wenn er da ist, müssen wir uns was einfallen lassen. Pläne haben ja die unangenehme Eigenschaft, dass sie meistens in die Hose gehen.«

»Das baut uns richtig auf«, sagte Georgie.

»Los!«, sagte Stachelmann. »Wir fahren noch ein Stück ohne Licht, wenden das Auto, falls wir es nachher eilig haben, und dann spielen wir Indianer.«

»Au Mann!«, sagte Georgie genervt.

»Hast du eine bessere Idee?«

Georgie ließ den Motor an. Das Gesicht an der Frontscheibe, steuerte er den alten Golf den Waldweg entlang. Stachelmann hatte die Scheibe auf der Beifahrerseite hinuntergekurbelt und streckte den Kopf hinaus.

Bald schmerzte der Halswirbel. Der Schmerz wanderte den Rücken hinunter. Er zog den Kopf ein, beugte das Rückgrat nach vorn und hinten. Ihre Hand fand seinen Nacken. Sie massierte ihn sanft, was den Schmerz nur verstärkte. Aber sonst war es gut.

»So, alles raus«, zischte Georgie, als stünden sie schon vor Wiemers Haus.

Stachelmann und Valentina stiegen aus. Er griff nach ihrer Hand. Georgie wendete den Wagen.

Georgie ging vorneweg, Stachelmann und Valentina folgten. »Ich fange mit meinem Körper die ersten Kugeln ab, damit das junge Glück nicht ein kurzes wird. In solchen Nächten werden Helden geboren.« Georgie kicherte, Stachelmann hörte die Angst, die mitklang.

Vor ihnen waren Bäume. Stachelmann konnte sich nicht erinnern, jemals in so einer Finsternis gesteckt zu haben. Aber die Augen hatten sich daran gewöhnt, immerhin erkannte er Umrisse. Sie folgten dem Weg und gingen auf die Bäume zu. Hin und wieder ein Knacken, manchmal raschelte es, Tiere im Unterholz.

Weit entfernt schien ein schwaches Licht durch die Bäume, kaum zu erkennen.

»Da wird die Siedlung sein«, zischte Stachelmann. »Einer ist immerhin da.«

Was machen wir, wenn es Wiemer ist?

Sie drückte seine Hand, als ahnte sie seine Gedanken. Er erwiderte den Druck. Die Schmerzen hatten die Beine erreicht, es war die Hölle. Aber weiter, immer weiter. Sie gingen auf das Licht zu. Georgie stöhnte plötzlich auf, dann sagte er: »Scheiße«, und es ging weiter. Es würde mich nicht wundern, wenn sich jemand die Knochen brechen würde.

Der Weg wurde kurvig. Ein Kauz klagte. Augen am Waldrand, ein Fuchs vielleicht.

Das Licht schien stärker. Bald erkannten sie ein beleuchtetes Fenster. Eine Hütte am Rand der Siedlung, etwas abgelegen von den anderen Häuschen.

Da wartet Wiemer auf mich. Er wartet schon eine Weile, seit er weiß, dass ich ihn aufspüren werde. Und er will sich nicht weiter verstecken. Wenn er uns umbringt, hat er seine Ruhe. Er wird uns spurlos verschwinden lassen. So was kann er. Und selbst wenn man ihn verdächtigt, die Polizei wird nichts finden.

Valentina, kann ich ihr trauen? Warum immer wieder dieser Zweifel? Ohne sie hätten wir ihn nicht gefunden. Ob es zu seinem Plan gehört? Soll sie uns zu ihm führen?

Sie schlichen sich ans Haus heran. Als sie zwanzig Meter entfernt waren, flüsterte Georgie: »Bleibt hier, ich schau mir das mal an.« Er kroch nach vorn.

Stachelmann sah, wie Georgie sich ans Haus robbte, dann eine Weile liegen blieb, um zu lauschen. Georgie hockte sich auf die Knie, dann stand er vorsichtig auf, langsam, ganz langsam, und schaute ins Fenster. Er zog den Kopf ruckartig nach unten, dann hob er ihn und schaute wieder hinein. Er blieb stehen. Stachelmann sah, wie sich die dürre Gestalt langsam streckte. Georgie verschwand hinterm Haus. Stachelmann konnte es kaum erwarten, dass Georgie wieder auftauchte. Eine innere Stimme sagte: Das ist eine Falle. Das Licht sollte uns anlocken wie Motten. Der ist da irgendwo. Er wartet, bis wir ins Haus gehen. Dann schnappt die Falle zu.

Aber sie hatten keine Wahl.

Endlich kam Georgie um die Hausecke. Er wandte sich den anderen zu, hob die Hände und schüttelte den Kopf. Niemand da.

Stachelmann und Valentina eilten zum Haus. Georgie stand schon an der Tür.

»Einer bleibt draußen und passt auf«, sagte Stachelmann. »Und zwar im Dunkeln.«

Georgie schaute auf Valentina und schüttelte den Kopf. Sie, nicht ich, sollte das heißen.

»Nein, du«, sagte Stachelmann. Er hatte es entschieden. Sie würden später darüber diskutieren, wenn sie dazu noch Gelegenheit haben sollten. Nicht Valentina. Erst formte Georgies Gesicht ein Nein, aber dann dachte er nach und nickte schließlich. Er hatte verstanden.

Kann ich ihr trauen?

Sie warf ihm einen neugierigen Blick zu. Und dann verrieten ihre Augen, sie hatte ebenfalls verstanden. Sie war traurig.

Später reden wir darüber. Wenn es ein Später gibt. Vorwärts.

Die Tür war abgeschlossen.

Georgie verschwand wieder hinterm Haus. Stachelmann hörte ein Knacken, dann quietschte es, und durchs Fenster sah er, wie Georgie das Haus betrat. In der Hand trug er einen Spaten. Dann ein metallisches Schleifen, die Haustür öffnete sich. Stachelmann ging hinein und schloss die Tür hinter sich. Er schaute durchs Fenster hinaus, Valentina war nicht zu sehen. Nun stand sie doch Schmiere.

Das geht nicht gut.

Im Haus war es ordentlich. Eine Liege mit einer Decke und einem Kissen, ein Tisch, drei Stühle. In der Ecke ein Ofen. Eine Spüle, daneben eine Arbeitsplatte, darauf ein Elektrokocher mit zwei Platten. Darüber an der Wand ein Hängeschrank, darin Geschirr, Gläser.

Stachelmann setzte sich an den Tisch und ließ die Augen umherschweifen. »Du solltest eigentlich draußen aufpassen und nicht Valentina.«

Georgie zuckte die Achseln. »Nun ist es halt so.« Als

wäre ihm alles egal. »Der Typ ist sowieso nicht da. Es sieht hier aus, als wäre ganz groß sauber gemacht worden.«

Stachelmann schaute wieder hinaus. »Wo ist sie?«

»Sitzt im Busch«, sagte Georgie.

Stachelmann ging hinaus. Er lief ums Haus herum, niemand zu sehen. Dann rief er: »Valentina! Komm rein, hier ist niemand.«

Eine Hand packte ihn von hinten, dann kam die andere. Er drehte sich um und nahm sie in die Arme. »Du kannst einen vielleicht erschrecken!«

Sie gingen ins Haus.

Georgie lag auf dem Bauch und guckte unter die Liege. »Da ist noch eine Matratze.« Er zog sie hervor.

Stachelmann erwartete eine Staubwolke, aber sie stieg nicht auf. »Sie ist vor Kurzem benutzt worden.«

»Bestimmt Arno«, sagte Valentina. Sie begann, die Hütte zu durchsuchen. Aber auch sie fand nichts. »Dachte, er hätte irgendetwas vergessen. Dann wüssten wir wenigstens, dass er hier war.«

»Warum brannte das Licht?«, fragte Stachelmann.

»Weiß ich nicht«, sagte Valentina.

»Die einfachste Erklärung: Er hat vergessen, es auszuschalten. Passiert mir dauernd.«

Valentina lachte kurz auf. Sie setzte sich zu den anderen beiden an den Tisch. »Und nun?«

»Er kommt zurück«, sagte Stachelmann. »Er hat noch etwas zu erledigen, dann kommt er wieder. Hier fühlt er sich sicher.«

»Oho, unser Psychologe spricht. Der *Profiler.*«

»Wir wissen doch nicht einmal, ob er hier war. Das kann doch ein x-beliebiger Mensch gewesen sein, Josef. Wir müssen Leute hier fragen. Vielleicht hat ihn ja jemand gesehen?«

»Sie hat recht«, sagte Georgie. »Wir fahren zurück und kommen morgen wieder. Und dann halten wir den Leuten sein Bild unter die Nase.«

»Dann müssen wir es noch kopieren«, sagte Valentina.

»Nicht nötig«, lachte Georgie und holte sein Bild aus dem Portemonnaie. Er legte es auf den Tisch.

Dann wurde er aschfahl.

Sie nahm das Bild, betrachtete es und schaute erst auf Georgie, dann auf Stachelmann. »Das hat jemand in meinem Fotoalbum abfotografiert, so sieht es aus. Man kann die Reflexion vom Blitz erkennen. Hier in der Ecke.« Sie zeigte auf die linke obere Ecke.

19

Sie schaute ihn von der Seite an. Ein Gesicht mit klaren Konturen. In ihm spiegelte sich die Kraft eines durchtrainierten Körpers. Auch wenn er nicht mehr jung war, strahlte er Jugendlichkeit aus. Und Ruhe. Er steuerte den Mietwagen sicher und schnell durch den Verkehr, hielt sich an die Vorschriften und redete kaum.

»Und was machst du, wenn du wieder zu Hause bist?«, fragte Arno mit kehliger Stimme.

»Was ich immer gemacht habe. Häuser verkaufen.«

Arno schwieg eine Weile. Dann fragte er: »Das befriedigt dich?«

Seltsam, darüber hatte sie noch nie nachgedacht. Sie verdiente gutes Geld, das befriedigte sie. Aber die Arbeit? Sie dachte an Käufer und Verkäufer, Gesichter, die schnell verblassten.

»Vielleicht solltest du dir etwas anderes suchen.«

Ja, vielleicht sollte sie sich etwas anderes suchen. Sie nickte. Mit Arno konnte sie sich richtig unterhalten. Mit ihm gab es kein Geschwätz, wie das Wetter war, sah man selbst. Aber Arno hatte auch Geheimnisse. Auf die Frage, was er in den letzten Jahren getan habe, hatte er nur einsilbig geantwortet.

»Bin gereist, habe Leute besucht, nachgedacht.«

Auf die Frage, was er bis zum Untergang der DDR gemacht habe, sagte er: »Ich war so eine Art Polizist.« Und sie verstand, dass es sinnlos wäre, ihn zu bedrängen. Sie empfand es nicht als Geheimnistuerei oder Unehrlichkeit. Arno war eben so.

»Und was machst du in dieser Hütte?«

»Ich will meine Ruhe.«

Er hatte sie ein paarmal nach diesem Historiker gefragt. Er hatte die Akten, die Stachelmann Cecilia gegeben hatte, gründlich gelesen, und sie glaubte, Zorn in seinen Augen erkannt zu haben. Dann war er losgefahren, nachdem er sie vorher mit Lebensmitteln und Büchern eingedeckt hatte. Sie hatte in dieser Zeit in der Hütte gewohnt. Zuerst war ihr unheimlich gewesen so allein im Wald, aber dann hatte sie es genossen. Diese Stille war einmalig. Nur das Rauschen der Tannen und ein paar Vögel. Merkwürdig, sie hatte keine Angst, als hätte Arnos Selbstsicherheit auf sie abgestrahlt.

Doch freute sie sich, als er zurückkam mit neuen Akten, die er irgendwo besorgt hatte, und mit einigen Tüten, die Aufschriften von Geschäften trugen, die sie nicht kannte. In der folgenden Zeit sprach er noch weniger als sonst. Er las, kritzelte in Papieren herum. Manchmal schnaubte er. Einmal sagte er: »Schweine!«

»Was ist?«, fragte sie.

»Nichts.«

»Was sind das für Papiere?«, fragte sie dann doch, obwohl alles an ihm anzeigte, dass er darüber nicht sprechen wollte.

»Nichts Wichtiges.«

Daran dachte sie, während Arno den Wagen durch die Gischt steuerte. Sie würden bald in Frankfurt sein.

***

Valentina starrte die beiden wütend an. Ihre Augen verengten sich, Zornestränen glitzerten. »Ihr habt mich betrogen!«, schrie sie.

»Nicht so laut«, bat Stachelmann.

»Es ist mir egal, ob das jemand hört.«

»Ich kann das erklären«, sagte Georgie. Es klang fast jämmerlich.

»Ich höre.«

»Er« – Georgie deutete auf Stachelmann – »wusste es nicht. Ich hab's allein gemacht.«

»Aber du hast es ihm gesagt. Du hast ihm gesagt, du, ich Genie bin bei dieser dummen Osttussi eingebrochen und habe was gefunden. Was bin ich für ein toller Hecht. So war's doch, oder?«

»Er hat mich zusammengeschissen«, sagte Georgie.

»Aber warum hast du's mir nicht gesagt? Nennst du das Vertrauen?« Sie blickte Stachelmann in die Augen.

»Wenn ich es gesagt hätte, du hättest mich sofort rausgeschmissen. Oder?«

Sie überlegte. Dann: »Das wäre wohl das Beste gewesen. Dieser Einbruch war nicht nur idiotisch, er war überflüssig. Warum hast du mich nicht nach einem Bild gefragt?«

»Ich habe nichts von Arno gewusst«, sagte er. Und: »Der liebe Arno hat Dreck am Stecken. Nicht nur wegen der Puppensache, das ist wohl das Geringste. Und wir versuchen ihn zu kriegen. Und Cecilia. Du bist mit beiden … verwandt, und ich dachte …«

Sie guckte beide an, schüttelte den Kopf und verließ die Hütte.

Stachelmann und Georgie löschten das Licht und folgten ihr. Es war ohne das Licht aus dem Fenster noch finsterer. Niemand würde sie erkennen. Stachelmann orientierte sich an Schemen, dann, als die Augen sich wieder eingestellt hatten auf die Dunkelheit, auch an seinen Begleitern. Sie sagten kein Wort, bis sie das Auto erreicht hatten. Valentina setzte sich auf die Rückbank, Stachelmann auf den Beifahrersitz. Georgie fuhr los und schaltete gleich das Licht an.

Stachelmann hätte sich gern zu ihr umgedreht, fürchtete aber, dass der Streit dann wieder aufflammen würde. Er hatte sie hintergangen, keine Frage.

»Entschuldigung«, sagte er.

Sie antwortete nicht. Georgie fuhr zu ihrer Wohnung. Stachelmann stieg aus und legte die Sitzlehne nach vorn. Sie zog sich aus dem Wagen, streifte ihn nur kurz, er roch sie einen Augenblick intensiv, dann ging sie wortlos zum Haus. Er folgte ihr ein paar Meter. Dann blieb er stehen und sagte: »Lass uns darüber reden. Du kannst mich nicht einfach so stehen lassen.«

Sie schloss die Haustür auf, öffnete die Tür, trat ins Haus und schloss die Tür, ohne sich einmal umzudrehen. Stachelmann stand noch lange und schaute aufs Haus. Als könnten seine Blicke Betonwände durchdringen und sie zurückholen.

Dann stand Georgie hinter ihm und sagte leise: »Komm, lass uns fahren.«

Stachelmann schüttelte den Kopf, dann folgte er Georgie doch zum Auto.

Im Hotel setzten sie sich an die Bar und bestellten Bier. Stachelmann dazu einen doppelten Wodka.

Georgie tat so, als müsste er husten. »Okay, ich hab Scheiße gebaut«, sagte er.

Stachelmann antwortete nicht.

Der Barkeeper stellte die Getränke auf den Tresen. Stachelmann nahm den Wodka und kippte ihn hinunter. »Noch einen.«

»Einen doppelten?«

»Einen doppelten.«

Der Barkeeper musterte Stachelmann einen Augenblick, dann holte er die Flasche aus dem Eis und kippte nach.

»Was nun?«, fragte Georgie.

»Wir fahren jeden Tag zu dieser Siedlung und gucken nach, ob der Kerl da ist.«

»Gut.« Georgie klang erleichtert.

»Du musst da nicht mitmachen«, sagte Stachelmann.

»Ja, ja«, sagte Georgie und trank einen großen Schluck Bier. Er suchte Augenkontakt mit dem Barkeeper und zeigte dann auf Stachelmanns Wodkaglas. Der Barmann nickte. »Gefährlich ist die Sache von Anfang an gewesen.«

»Wir müssen diesen Dreckskerl kriegen.«

»Warum macht der das?«, fragte Georgie.

Stachelmann dachte an Valentina. Wenn nur Georgie nicht diesen schwachsinnigen Einbruch begangen hätte. Er leerte sein Wodkaglas.

»Das hilft auch nichts«, sagte Georgie. »Was glaubst du, wie oft ich das schon versucht habe? Ich hatte gehofft, ich könnte die Erinnerung an Brigitte wegtrinken. Du säufst, denkst heftig an sie, dann ist die Erinnerung weg, aber am Morgen ist sie wieder da. Und wenn du dir jetzt die Kante gibst, dann vergisst du Valentina vielleicht, aber morgen früh ist sie wieder da.«

»Nein, dann ist sie immer noch weg. Wegen dieser Scheißeinbrecherei.«

»Hm. Es war blöd, ihr das Bild zu zeigen.«

»Es gibt welche, die werden erwischt, und welche, die erwischen sich selbst.« Zum Barmann: »Noch einen.« Der guckte fragend, dann wandte er sich dem Kühlschrank unterm Tresen zu. Stachelmann wischte mit der Hand über den Tresen, als müsste er ihn säubern.

»Irgendwas haben wir noch nicht begriffen«, sagte Georgie. Er deutete wieder auf sein Schnapsglas. »Irgendwas.« Er drehte sich auf dem Barhocker um und schaute in den Empfangssaal. »Ein blödes Leben im Hotel. Stell dir vor, du müsstest jeden Tag im Hotel wohnen. Jeden

Tag in einem anderen. Saublöd. Ich würde einen Rappel kriegen.«

»Wusste gar nicht, dass du so ein häuslicher Typ bist. Hängst du nicht dauernd in … Kneipen rum?«

»Sag's doch: Schwulenkneipen. Genau. Ich hab eben nicht so ein verklemmtes Verhältnis zum Sex wie du. Heterogewürge. Außerdem ist das meine Sache.«

Stachelmann lachte bitter. »Wir sollten noch mal tagsüber in die Hütte. Wir haben bestimmt was übersehen …«

»Und sind ein wenig hastig aufgebrochen. Weil du unbedingt eine Beziehungskrise anzetteln musstest.«

»Die Frage ist, wer hier was angezettelt hat.«

»Ist ja schon gut. Also, was meinst du, warum ist unser Freund Arno so, wie er ist? Was ist passiert?« Georgie trank einen großen Schluck Bier.

»Es gibt zwei Möglichkeiten: Arno ist verrückt, oder er hat einen handfesten Grund. Zu Punkt eins: Wenn er schon immer verrückt war, dann hätte die Stasi ihn nicht genommen. Bleibt also die Möglichkeit eins a, und die heißt, er ist verrückt geworden. Vielleicht weil es die Stasi nicht mehr gibt. Das würde aber bedeuten, er ist labil. Das widerspricht Punkt eins. Der ist alles Mögliche, nur nicht labil.«

»Sehr klug«, sagte Georgie.

»Unterbrich mich nicht. Punkt zwei: Der Genosse Arno müht sich, damit seine Schwester die zehntausend Euro nicht zahlen muss …«

»Das hatten wir schon abgehakt«, sagte Georgie gelangweilt.

»Das ist zwei b, nur der Vollständigkeit halber. Punkt zwei a: Arno hat was anderes am Laufen. Punkt zwei a, Unterpunkt eins: Es ist was aus seiner Vergangenheit …«

»Du wiederholst dich.«

»Quatsch nicht dazwischen. Ich ziehe eine Zwischenbilanz, und wenn du noch mal dazwischenfunkst, geh ich ins Bett.«

»Ist ja gut.«

»Nichts ist gut. Also noch mal Unterpunkt eins: Er hat jemanden ermordet, irgendwann. Alles andere wäre wohl verjährt. Spionage auch.« Stachelmann trank von seinem Bier und wischte sich den Mund mit dem Handrücken ab. Ein Pärchen nahm drei Hocker weiter Platz, sie in einem engen roten Kleid, oben und unten zu kurz, er mindestens zwanzig Jahre älter, dunkler Anzug, Weste, Uhrenkette, Bauch. Sie kicherte unentwegt. Georgie guckte hin und wieder hin. Er grinste.

»Stell dir mal vor«, sagte Stachelmann, »die haben zuerst Mitarbeiter der DDR-Spionage, also dieser sogenannten Hauptverwaltung Aufklärung, strafrechtlich verfolgt wegen Landesverrats gegen die Bundesrepublik. Muss man sich auf der Zunge zergehen lassen. Also hat es die DDR nie gegeben, sondern immer nur die Bundesrepublik. Fragt sich nur, wen Kohl 1987 zum Staatsbesuch eingeladen hat. Ein Alien wahrscheinlich.«

»Je mehr du säufst, desto mehr schwätzt du herum.«

»Also, weiter. Unterpunkt zwei: Der Genosse Wiemer bereitet gerade eine Sache vor, und ich habe ihn gestört dabei, zufällig. Und er denkt, ich wüsste was. Oder er denkt, ich wüsste nichts, könnte aber was rauskriegen.«

»Das war dann Punkt zwei a, Unterpunkt … so ein Quatsch. Was glaubst du, was es ist?«

»Ich geh jetzt ins Bett«, sagte Stachelmann.

***

Sie frühstückten gemütlich, nachdem sie im Flughafenhotel übernachtet hatten. Sie wollte nicht traurig sein, konnte sich aber nicht dagegen wehren. Jetzt würde sie nach Hause fliegen, auch wenn wenig sie nach Boston zog.

Nach dem Frühstück nahmen sie den Bus. Sie suchten ihr einen Flug und hatten Glück, dass sie nur zwei Stunden warten musste. Sie setzten sich in eine Cafeteria in der Nähe der Flugsteige. Sie ließ ihre Augen durch die hektische Menge schweifen. Menschen rannten, gingen, standen, suchten.

Arno beobachtete sie eine Weile. »Was ist?«, fragte er.

»Nichts. Gar nichts.«

Er lächelte.

***

Er drehte den Kaltwasserhahn voll auf und hätte fast geschrien. Er hielt den Wasserstrahl auf den Kopf, dann ins Gesicht. Aber das Dröhnen hörte nicht auf. Jetzt stach es auch. Als er anfing zu frieren, duschte er warm, dann wieder kalt. Allmählich bildete er sich ein, es ginge ihm besser. Er trocknete sich zitternd ab, zog sich an und ging in den Frühstücksraum. In einer Ecke saß Georgie und las Zeitung.

Stachelmann lud sich am Büfett einen Teller voll mit Schinken, Ei und Käse. »Morgen«, sagte er.

Georgie senkte die Zeitung. »Morgen.« Er hob die Zeitung wieder. Stachelmann konnte die Titelseite lesen. Der Kampf gegen den Terror, mal wieder, immer noch. Diesmal mit der Zugabe, dass immer mehr muslimische Einrichtungen beschädigt und Menschen bespuckt und verprügelt wurden, weil jemand sie für Araber hielt. Demonstrationen gegen den Terror mit Forderungen nach dem Einsatz der Bundeswehr im Innern, der Bombardierung islamischer Städte, der Zerstörung von Moscheen. Der Innenminister forderte Verständnis für die Sorgen der Bundesbürger, versprach aber, auf Recht und Gesetz zu achten. »Deutschland ist und bleibt ein Rechtsstaat.«

Stachelmann schenkte sich einen Kaffee ein aus der Thermoskanne auf dem Tisch und fing an zu essen. Es würgte ihn. Vielleicht war die Idee mit dem Essen doch nicht so toll.

»Na, gut geschlafen?« Georgie klang so munter, als hätte er am Abend keinen Tropfen getrunken. Er faltete die Zeitung und legte sie neben seinem Teller auf den Tisch.

»Wir hätten uns ja auch ein paar Araber greifen können«, sagte Georgie. »Als Frühsport.«

»Volkes Stimme im Gehör.«

»Immer«, sagte Georgie.

»Wunderbar«, knurrte Stachelmann.

»Und wie ist das Wohlbefinden?«

»Ich bin in Topform.«

»Dann können wir ja heute unseren Killer erlegen.« Georgie formte die Hand zu einer Pistole, drückte ab und blies den imaginären Rauch weg. »Was hast du vor, wenn wir ihn überwältigt haben?« Er klang nicht sonderlich selbstbewusst, als er es fragte.

Stachelmann überlegte, ob er einen Trick fand, wie man einen Mann überwältigte, der einem körperlich überlegen war und es gelernt hatte, Menschen zu töten. Sie hatten keine Chance. »Uns bleibt nur die Überraschung. Wir haben ihm eins voraus: Er weiß nicht, wann wir kommen. Das ist aber schon alles.«

»Da wär ich mir nicht so sicher.« Georgie nahm eine mit Käse belegte Brötchenhälfte von Stachelmanns Teller, sagte »Danke!« und biss hinein.

»Und was heißt das nun?«

»Denk an das Licht.«

»Weil er das Licht brennen ließ?«

»Genau.«

»Dabei können wir nicht einmal beweisen, dass er jemals dort war.« Georgie hatte recht. Über das Licht, das sie zum Haus geführt hatte, hatte Stachelmann nicht länger nachgedacht. Es war ein Fehler gewesen. Wenn es Absicht gewesen war? Eine Falle? Ein Zeichen? Im günstigen Fall: Mich kriegt ihr sowieso nicht, bin schon über alle Berge. Aber ihr könnt euch gerne anschauen, wo ich war. Im schlimmsten Fall hatte er sie beobachtet, wie sie sich anschlichen und in der Hütte herumsuchten, und er hatte einen Plan. »Der weiß vielleicht, dass wir wiederkommen«, sagte Stachelmann.

»Eben.« Georgie schmatzte.

»Wir glauben, wir sind ihm auf der Spur, aber in Wahrheit schaut der zu, wie blöd wir uns anstellen.« Stachelmann schauderte. Er versuchte sich vorzustellen, wie Arno Wiemer das Licht eingeschaltet hatte, um sie anzulocken. Vielleicht weil er wusste, sie würden das Haus sowieso finden. Und Wiemer wollte nicht so lange warten, und auf diese Weise konnte er gut beobachten, wie dumm sie sich anstellten. Und Valentina? Würde er ihr etwas tun? Stachelmann griff nach dem Handy, aber dann ließ er die Hand wieder sinken. Nein, seiner Schwester würde er nichts antun. Oder doch?

Er wählte ihre Nummer und fühlte sich schlecht.

»Ja?«

Er war erleichtert, ihre Stimme zu hören. »Josef.«

»Und?«

»Es könnte sein, dass Arno uns drei beobachtet hat. Dann weiß er, dass du auch hinter ihm her bist.«

»Ja und?«

»Ich will nicht ausschließen, dass er dir was tut. Es wäre … vielleicht besser, du bliebest bei uns.« Diese Idee war ihm gerade gekommen.

Sie lachte kurz, unterdrückt. »Ihr zwei wollt auf mich aufpassen. Ich fürchte, dass ich nicht die bin, auf die jemand aufpassen muss. Aber danke fürs Angebot.« Sie klang ein wenig offener. »Noch was?«

Er schwieg, dann sagte er: »Nein. Du hast meine Nummer. Wenn Arno sich meldet …«

»Tschüs!«

Georgie schaute Stachelmann einen Augenblick in die Augen, sagte aber nichts. Sein Gesicht verschwand für ein paar Minuten hinter der Zeitung, während Stachelmann fast reglos saß und sein Unglück innerlich verfluchte.

Georgie senkte die Zeitung und sagte: »Komm, wir schnallen uns die Revolvergürtel um und reiten da jetzt hin.«

Bei Tageslicht sah die kleine Siedlung freundlich aus. Hier und da arbeiteten Menschen im Garten. Als Stachelmann und Georgie zu dem Haus gingen, von dem sie glaubten, es gehöre Arno, spürten sie neugierige Blicke, aber niemand sprach sie an. Stachelmann öffnete die Gartentür, da tauchte über der Hecke zum Nachbargrundstück ein kleiner Kopf auf mit grauen Haaren, darauf ein Hut aus braunem Cord.

»Guten Tag!«, bellte der Mann unfreundlich.

»Guten Tag«, sagte Stachelmann betont freundlich. »Arno, also Herr Wiemer, hat uns geschickt … er hat etwas vergessen.«

»Zum Beispiel, das Licht auszumachen«, schnauzte der Mann. »Aber letzte Nacht ist offenbar die Birne durchgebrannt. Man muss dem Gesindel ja nicht auch noch den Weg beleuchten.« Er schaute sie misstrauisch an, ihm war etwas aufgefallen. »Haben Sie Wiemer gesagt?«

»Ja«, sagte Stachelmann. »So heißt doch der Besitzer dieser Hütte …«

»Nee«, sagte der Mann. »So heißt er nicht.«

»Wenn Sie uns vielleicht seinen Namen verraten könnten.« Georgie war die Höflichkeit selbst.

»Könnte ich«, keifte der Mann. »Könnte ich wirklich.« Er genoss es. »Aber ich tu's nicht.«

»Hören Sie«, sagte Stachelmann. »Es ist wirklich wichtig für Herrn Wiemer, dass wir ihm bringen, was er vergessen hat. Leider können wir mit seiner Ortsbeschreibung nicht viel anfangen. Ob Sie uns helfen könnten?«

Misstrauischer kann man nicht gucken, dachte Stachelmann.

Der Keifer kratzte sich am Ohr, starrte erst Stachelmann an, dann Georgie und sagte: »Ich kenn hier auch nicht mehr jeden. Hat sich ja alles geändert. Sie kommen, sie gehen, ich kümmer mich nicht drum.«

»Gibt es hier eine Hütte, die nicht benutzt wird?«

»Nicht nur eine.«

»Wann sind Sie denn hier?«

»Meistens am Wochenende.«

»Herr Wiemer hat von einer einsamen Hütte gesprochen, dort sei er ungestört.«

»Die Hütten hier sind nicht einsam.«

»Gibt es denn eine einsame Hütte in der Umgebung?«

Der Mann dachte nach, schaute auf den Boden, dann auf Stachelmann und Georgie, dann in den Himmel. »Gehen Sie mal dorthin. Direkt hinterm Waldrand ist eine Lichtung, da steht was.« Er zeigte nach Westen. »Dorthin.«

»Danke.« Stachelmann spürte die Enttäuschung. Das

ganze Gerede über das brennende Licht in einer Hütte, wilde Theorien, Blödsinn. Er war unfähig, bastelte sich Gedankenkonstrukte zusammen, bis sie passten und er daran glaubte.

»Heißer Typ«, sagte Georgie, der ihm leicht versetzt folgte und an einem Grashalm kaute.

Sie näherten sich dem Waldrand. Stachelmann stellte sich vor, wie sie gleich auf eine verrottete Hütte stießen. Aber womöglich wartete Arno dort schon auf sie. »Jetzt spielen wir wieder Indianer«, sagte Stachelmann.

Georgie hob den Daumen und grinste. Aber in seinen Augen las Stachelmann aufkeimende Angst.

Sie betraten den Wald. Nach ein paar Metern öffnete sich tatsächlich eine Lichtung, an deren hinterem Rand ein Blockhaus stand. Es war keineswegs verrottet. Sie blieben hinter Bäumen stehen und beobachteten das Haus. Vorne eine Tür, daneben ein Fenster mit weißer Gardine.

»Wenn ich Arno wär, ich würde mir genau dieses Haus aussuchen«, flüsterte Georgie.

Stachelmann nickte. »Wir versuchen es hinten herum.«

Sie kehrten zurück zum Waldrand und schlugen sich durchs Unterholz, bis sie endlich die Rückseite des Hauses zwischen Bäumen sahen. Georgie deutete auf Stachelmann, dann auf dessen Füße, schließlich auf sich und das Haus. Er schlich sich langsam zum Haus, wie er es in der Nacht getan hatte. Stachelmann wurde noch unruhiger, als Georgie aus seiner Sicht verschwand. Beim letzten Mal ist es auch gut gegangen. Es wird schon nichts passieren.

Ein Schlaggeräusch vom Haus her, dann ein Schrei: »Scheiße!«

Stachelmann stürzte nach vorn, umrundete das Haus

und fand Georgie auf dem Hosenboden. Daneben eine Harke, die Stahlzähne nach oben gerichtet. Georgie rieb sich die Schläfe. »Dieser Scheißkerl hat die Harke falsch herum hingelegt. Dabei weiß der blödeste Hobbygärtner, dass man das nicht tut.«

Stachelmann lachte auf und erntete einen bösen Blick. »Offenbar ist unser Freund nicht da. Er hätte sich deinen Kampf mit der Harke bestimmt nicht entgehen lassen.«

»Idiot!«

Stachelmann zog an der Tür, sie war abgeschlossen. Das Schloss sah stark aus. Er ging ein paar Schritte in den Wald und fand einen dicken Ast, von dem er die Spitze über dem Knie abbrach. Es schmerzte. Dann nahm er den Ast in beide Hände und schlug das Fenster ein. Georgie, der immer noch im Gras saß, schaute zu.

»Du passt da rein«, sagte Stachelmann und deutete auf die Fensterhöhle.

Georgie schnaubte wie ein Haflinger, dann stand er auf, wischte sich den Dreck von der Hose und schaute sich das Fenster an. Er nahm den Ast und schlug Reste der Scheibe aus den Fensterflügeln. Dann drehte er den Fenstergriff und zog die Fensterflügel nach außen. Jetzt war es ein Kinderspiel, in das Haus einzusteigen. Sogar Stachelmann schaffte es.

Das Haus bestand aus einem großen Zimmer und einem Abstellraum, der auch als Toilette diente. In seiner Aufteilung und Möblierung ähnelte es der Hütte, in die sie zuerst eingebrochen waren. Ein Bett, eine Spüle, an der Wand ein gerahmtes Foto einer Waldlandschaft.

»Ist das nun die richtige Hütte?«, fragte Georgie. Er ging umher und kramte herum, ohne etwas zu finden. Stachelmann stellte sich in die Mitte des Zimmers und drehte sich langsam. Seine Augen suchten die Wände ab, aber es fiel ihm nichts auf. Er nahm das Bild von der

Wand und löste den Rahmen. Nichts. Er suchte unter der Matratze, unter der Spüle, im Klo. Nichts. Sie gingen hinaus und fanden an der Seite einen Geräteschuppen hinter einem hochgewachsenen Busch. Sie räumten den Schuppen aus, fanden aber nichts außer Gartengeräten, einem Sack mit Kunstdünger und drei kleinen Kanistern, gefüllt mit Diesel oder Heizöl. Georgie schnaufte, dann sagte er: »Wonach suchen wir eigentlich? Nach dem Geständnis. Ich, Arno Wiemer, erkläre hiermit, dass ich …«

Stachelmann schwieg. Ja, wonach suchten sie eigentlich?

»Wir könnten natürlich auch noch das Grundstück umgraben.« Georgie klang so, als würde es ihn nicht erstaunen, wenn Stachelmann zustimmte.

Sie ließen die Geräte stehen und gingen zurück ins Haus. Wieder stellte sich Stachelmann in die Mitte, und wieder fanden seine Augen nichts. Georgie entdeckte ein rostiges Messer in einer Schublade neben der Spüle und begann die Bodenleisten zu bearbeiten. Er gab es nach wenigen Minuten auf. Dann nahm er die Tapetenfetzen, die er bei seiner Arbeit von der Wand gerissen hatte, und formte sie zu einem Ballen. Er ging zum Ofen, öffnete die Klappe und warf den Ballen hinein.

»Verdammt!«, sagte Stachelmann. Er ging zum Ofen und starrte in den Verbrennungsraum. Seine Augen entdeckten sofort einen schmalen Stapel verkohltes Papier, der aber nicht vollständig verbrannt war. Er griff in den Ofen und zog ihn heraus. Asche staubte durch den Raum.

»Muss das sein?«, fragte Georgie.

Stachelmann setzte sich mit dem Stapel aufs Bett und kümmerte sich nicht darum, dass er sich beschmutzte. Die meisten Blätter waren verkokelt, in der Mitte aber hatten die Flammen zwei Seiten nicht ganz verbrannt, sondern sich nur ins Papier hineingefressen. Da blieb wenig, das er lesen konnte.

»Es sind Kopien von Zeitungsartikeln«, sagte Stachelmann. Er starrte auf das gebräunte Papier und las laut: »Seit dem Parteiverbot im vergangenen Jahr … Zahl der Strafverfahren … Staatsschutzsenat … Rechtsanwalt Flü…«

»Der Artikel stammt also aus dem Jahr 1957«, sagte Georgie.

»Vielleicht. Theoretisch ist es aber auch möglich, dass er von 1953 ist. Im Jahr davor wurde nämlich die Sozialistische Reichspartei verboten als Nachfolgeorganisation der NSDAP.«

»Schlaumeier«, sagte Georgie. »Von der hab ich noch nie was gehört.«

»Dann wird's ja Zeit, die haben damals in manchen Regionen fast dreißig Prozent gekriegt. Das hat keinen tollen Eindruck gemacht auf die Amis im Kalten Krieg. Und die im Osten haben sich die Hände gerieben.«

»Und was sagt uns das?«, fragte Georgie. Er setzte sich neben Stachelmann und schaute auf die Papiere.

»Aber du hast bestimmt recht, dieses Zeug bezieht sich aufs KPD-Verbot. Das stammt von Arno, mit größter Wahrscheinlichkeit. Er hat also Material gesammelt. War in irgendeinem Zeitungsarchiv. Wenn wir wüssten, um welche Zeitung es sich handelt, könnten wir dort nachsehen, ob er so dumm war, dort seinen richtigen Namen und eine Anschrift anzugeben.« Er blätterte in dem Stapel, Asche staubte hoch, verbrannte Reste fielen auf den Boden.

»Du machst hier echt eine Sauerei«, schimpfte Georgie. Aber er schaute aufmerksam auf den kleiner werdenden verkokelten Papierstapel.

»Nirgendwo ein Hinweis auf die Zeitung, aus der das stammt. Wenn er es war, warum sollte Arno das Zeug verbrennen?« Stachelmann warf den Reststapel auf den Boden.

»Das muss nicht sein«, meckerte Georgie und wich der Staubwolke aus.

Stachelmann überlegte. Was konnte es bedeuten, dass Arno Zeitungsartikel übers KPD-Verbot sammelte?

20

»Die Akten?«

»Ja, die Akten, die du für Arno aufhebst.«

Sie starrte ihn an.

Georgie stand schräg hinter ihm, um Deckung zu finden. Wahrscheinlich hat er Angst, dass sie ihm eine runterhaut. Grund genug hätte sie.

»Du meinst, die Akten, die dein … Kumpan entdeckt hat, als er bei mir eingebrochen ist.«

»Ja.«

Sie schüttelte den Kopf, ganz langsam. Stachelmann konnte in ihrem Gesicht lesen, wie Neugierde und Wut miteinander rangen.

»Ich weiß, es ist eine Unverschämtheit, dich darum zu bitten.«

»Tut mir wirklich leid«, sagte Georgie.

Sie schüttelte wieder den Kopf. »Eigentlich ist das reichlich unverschämt.« Sie trat zur Seite und winkte Stachelmann mit dem Finger hinein. »Aber wehe, Arno hat nichts damit zu tun. Dann zeig ich dich an.« Sie warf Georgie einen bösen Blick zu.

»Schick mir die Rechnung«, sagte er. »Dafür.« Er deutete auf die Tür.

Sie schickte ihm einen zornigen Blick. »Das sowieso.«

Sie ging zur Kommode und holte den Aktenstapel heraus.

»Du hast die doch schon abfotografiert, oder?«

»Nein, das waren doch Josefs Akten. Die musste ich nicht abfotografieren.« Georgie war kleinlaut.

Sie legte den Stapel auf den Tisch.

Stachelmann zog ihn zu sich und blätterte. Es waren tatsächlich die Akten, die er Cecilia gegeben hatte. Aber was hast du dir erhofft, als du in Arnos Hütte geglaubt hast, diese Akten würden dir weiterhelfen? Was Arno verbrannt hatte, zeigt immerhin, dass er sich höchstwahrscheinlich mit diesen Dingen beschäftigt hat, die seinen Vater betreffen. Mit der politischen Verfolgung in Westdeutschland. Wie hängen diese Zeitungsfetzen zusammen mit den Akten? Gibt es überhaupt einen Zusammenhang zwischen ihnen?

Er blätterte weiter. Er kannte das alles, er selbst hatte es gesammelt. Die Enttäuschung griff nach ihm. »So kommen wir nicht weiter«, sagte Stachelmann enttäuscht.

Georgie griff nach dem Stapel und begann zu lesen.

»Das bringt nichts«, sagte Stachelmann.

»Lass mich mal gucken«, erwiderte Georgie. »Oder hast du eine bessere Idee?«

Stachelmann antwortete nicht.

Valentina verließ das Wohnzimmer.

Georgie schaute ihr kurz nach und beugte sich wieder über den Stapel.

Es bringt doch alles nichts, dachte Stachelmann.

Georgie hob ein Blatt hoch und legte es mit der beschriebenen Seite nach unten auf den Tisch. Stachelmann schaute beiläufig zu, dann zum Fenster, dann wieder auf das Blatt. »Da steht was!«

Auf der Rückseite des Blatts, das Georgie in der Hand hielt, war etwas geschrieben. Von Hand, mit Kugelschreiber. Stachelmann riss Georgie das Blatt fast aus der Hand. Er las halblaut: »Anton Czaplicki beschloss sogleich, dieses Messer zum Zwecke des Ausbruchs zu benutzen … Mein Gott, hat der eine Sauklaue …

Nachdem … mittels eines selbstgef… Dietrichs entfesselt … begann er mit dem …messer in die Holzverkleidung tiefe Rillen … um auf diese Weise die eisernen Gitter … freizulegen … keinem Zweifel unterliegen …, dass Capl… auch vor einem Morde an einem Beamten nicht zurück… Er war deshalb zum Tode … (Az.: 3 KLs 2/43).«

»Und was heißt das Gestammel nun?«, fragte Georgie.

»Wenn du genau zugehört hättest, dann wüsstest du es.« Stachelmann bereute gleich, dass er seine Ungeduld nicht besser im Griff hatte.

»Jawohl, Herr Professor.«

»Das ist offenkundig ein Zitat aus einem Gerichtsurteil. Also, ein Anton Czaplicki, der Name klingt polnisch, war eingesperrt und hat versucht, sich mit einem Taschenmesser zu befreien. Der Richter unterstellt, er habe mit dem Messer nicht nur die Gitterstäbe seiner Zelle beseitigen, sondern auch einen Wärter umbringen wollen. Deshalb hat er ihn zum Tod verurteilt. Und zwar im Jahr 1943, wenn das Aktenzeichen richtig ist. Da es im Deutschen Reich kaum Gefängniszellen mit Holzwänden gab, dürfte sich das Ganze im besetzten Polen abgespielt haben.«

»Irre.«

»Nein, das war damals alltäglich.« Stachelmann drehte das nächste Blatt auf dem Stapel um. »Hier steht auch was. Dieselbe Schrift, derselbe Kugelschreiber. Es sind Namen: *Kaczmarek u. Czarnecki, Ferkel von Ostpreußen nach Polen, Todesurteil (Az.: 3 KLs 96/43)*. Dann: *Jaroszewski Schwarzschlachtung, Todesurteil*. Diesmal fehlt das Aktenzeichen.« Er drehte ein weiteres Blatt um: »*Lamer (20. 6. 44), Gerlach (15. 9. 43), Varkulikova (22. 3. 1944)* und weitere Namen und Daten. Eine Aufzählung. Wahrscheinlich eine Opferliste mit den Daten von Todesurteilen.«

»Was soll das? Wer interessiert sich noch für diesen alten Kram außer Historikern?«

»Arno Wiemer. Die Frage ist nur, warum.«

***

»Gute Reise«, sagte Arno.

»Du gehst schon?«

»Ja, ich muss.«

Er nahm sie in den Arm, und sie spürte die Enttäuschung, dass er so abrupt aufbrach. Aber vielleicht war es gut so. Sie schaute ihm nicht nach, sondern machte sich auf den Weg zum Check-in.

***

Sie begannen, alle Blätter umzudrehen. Aber dann hielt Stachelmann an. »Da hat er was unterstrichen, auf der Vorderseite, eine von den Akten, die ich Cecilia gegeben habe.« Er las vor:

Nach dem Ergebnis der Beweisaufnahme hat sich eine auffallende Übereinstimmung der Verhaltensweise des Angeklagten mit der Taktik der illegalen KPD ergeben, und zwar über einen längeren Zeitraum hinweg. Dabei kommt es nicht auf den Wert der einzelnen Äußerungen des Angeklagten für sich und die Möglichkeit, dass auch andere Personen oder Organisationen ähnliche oder gleiche Äußerungen getan haben, an.

Stachelmann schnäuzte sich. Dann sagte er: »Wenn du also das Pech gehabt hast, dass ein Kommunist etwas gesagt hat, das du auch gesagt hast, dann bist du der Taktik der illegalen KPD gefolgt. So konnten die Gerichte im Grundsatz jeden drankriegen, der sich nicht am Kalten Krieg beteiligen wollte.«

»Und was war die Taktik der KPD zu dieser Zeit?«

»Die der SED. Neutralität, keine NATO, Friedensvertrag, Wiedervereinigung, demokratische Wahlen in ganz Deutschland. Davon war natürlich viel Propaganda, und dass Stalinisten Wahlen fürchten wie der Teufel das Weihwasser, wusste schon damals jeder außer ein paar Naivlingen. Aber Naivität darf man nicht verfolgen.«

»Das kann man sich heute nicht mehr vorstellen. Absurd.«

»Das war die Kommunistenhysterie, die spätestens mit dem Koreakrieg ausbrach. In den USA gab es auch so etwas, vor allem diesen durchgeknallten Senator McCarthy mit seinem Kampf gegen unamerikanische Tätigkeiten oder wie das hieß. Für den hat ja damals Ronald Reagan unter den Hollywood-Schauspielern gespitzelt. Ein anderer Aktivist gegen den Kommunismus oder was man dafür hielt, hieß Nixon. Erklärt vielleicht ein bisschen, warum diese Herren als Präsidenten geradezu besessen waren von der Kommunismusphobie.«

»Danke, Herr Professor. Wenn ich vielleicht daran erinnern darf, wir haben es eilig. Hm.«

»Weiß ich gar nicht. Könnte aber sein.«

»Warum hat Freund Arno das unterstrichen?«, fragte Georgie ungeduldig.

»Lass uns weitergucken, bevor wir spekulieren. Wer hat gesagt, wir müssten uns beeilen?«

»Und woher stammt das Zitat?«, fragte Georgie.

»Aus einem Urteil des Bundesgerichtshofs. Der BGH bestätigt die Zuchthausstrafe gegen Laubinger.«

»Warum beschäftigt sich Arno damit?«

»Laubinger ist sein Vater. Ist das nicht Grund genug?«

Dann schwiegen beide und arbeiteten sich zügig durch die Akten. Nach einer Weile begann Stachelmann zu sortieren. Die Akten über den Entschädigungsstreit auf einen Stapel, die über die strafrechtliche Verfolgung auf einen anderen. Der zweite Stapel wuchs höher als der erste. Es gab zwei Instanzen. Erstens: das Landgericht Lüneburg, zweitens: den BGH. Das Landgericht in Lüneburg, zuständig für das politische Strafrecht in Niedersachsen, verurteilt Laubinger wegen *Fortsetzung der verbotenen KPD, wobei es unerheblich ist, ob Laubinger zum Zeitpunkt der infrage stehenden Anklagepunkte offiziell Mitglied der verbotenen KPD war. Erheblich ist allein, ob er deren Ziele unterstützte oder nicht.*

Georgie pfiff durch die Zähne. »Hm. Also Cecilia gibt Arno die Akten. Eher zufällig, weil sie sie hat und sich Arno dafür interessiert. Sie hatte die Akten, bevor sie wusste, dass Arno existiert. Stimmt's?«

»Stimmt.« Stachelmann legte das Blatt, das er gerade aufgenommen hatte, zurück auf den Boden.

»Arno arbeitet die Akten durch. Er liest diesen Quatsch zum ersten Mal. Er wird wütend, als er es liest. Und ich wäre es auch, wenn es meinen Alten so erwischt hätte, während die alten Nazis sich bequem einrichteten und ihre Gehälter und Pensionen kassierten.«

»Ja, daran dachte ich auch schon. Es drängt sich auf. Arno will sich rächen. Nur, an wem? Die Richter und Staatsanwälte sind doch alle schon ...« Er unterbrach sich selbst. »Und wenn noch einer von denen lebt? Ein Methusalem? Einer, an dem Arno Rache nehmen kann? Es würde ihn doch befriedigen. Oder?«

Georgie nickte.

»Weißt du, was ich machen würde, wenn ich so gebaut

wäre, wie wir uns vorstellen, dass Arno gebaut ist? Ich würde diese Schweinehunde in die Luft sprengen.«

***

Arno fuhr zurück zum Hotel und lud sein Gepäck in den Mietwagen, nachdem er die Zahlenschlösser der Reisetasche und des Koffers geprüft hatte. Er bezahlte die Rechnung bar, gab durchschnittliches Trinkgeld und fuhr dann auf der Autobahn Richtung Süden. Es lief alles planmäßig, so, wie es immer gelaufen war, damals, als seine große Zeit war.

***

Sie hatten die Papiere hin und her gewälzt, mehr Zitate aus Urteilen gefunden und Namen, die entweder auf den Vorderseiten unterstrichen oder auf den Rückseiten notiert waren. Was auf den Rückseiten geschrieben war, passte zum unterstrichenen Text der Vorderseiten, so hatte Arno die Dinge allmählich zusammengefügt. Eigentlich war es einfach. Die meisten Staatsanwälte und Richter, die Laubinger angeklagt, verurteilt oder seine Entschädigungsansprüche abgewiesen hatten, waren schon in der Nazizeit in der Justiz beschäftigt gewesen. Einige hatten Todesurteile aus nichtigen Gründen beantragt oder verhängt. Es handelte sich um elf Juristen, deren Namen aus den Gerichtsakten hervorgingen.

»Dass einer von denen noch lebt, ist unwahrscheinlich«, sagte Georgie. Der war nachdenklich geworden, je mehr er gelesen hatte.

»Aber wenn, dann wird Arno ihn heimsuchen. Und das ist unsere Chance.«

»Das mit dem BGH, das sollen doch islamistische

Terroristen gewesen sein«, sagte Georgie. »Die haben DNS-Spuren gefunden, die eindeutig sind.«

»Im Unterschied zur Polizei kennen wir aber jemanden, der ein verdammt gutes Motiv hat.«

»Du spinnst«, sagte Georgie. »Das ist Spekulation. Und außerdem kennen die Islamisten auch genug Gründe, so ziemlich alles in die Luft zu jagen.«

»Wie auch immer. Aus diesen Akten geht klar hervor, dass Arno etwas plante. Sonst hätte er sich kaum die Mühe gemacht. Er hat die Akten nicht nur gelesen, sondern sich aus allerlei Quellen zusätzliche Informationen beschafft.«

»Okay, er will gucken, ob er noch einen von diesen braunen Juristen lebend erwischt. Aber einer allein sprengt nicht so einfach den BGH in die Luft. Da stehen ein paar Leute herum, die das verhindern sollen.«

»Wer sagt denn, dass ihm keiner geholfen hat?«

»Ach nee, Josef. Und, wie gesagt, die haben Beweise gefunden. Die DNS-Spuren in Karlsruhe führen nach Arabien.«

Natürlich hatte Georgie recht und Stachelmann nicht den geringsten Beweis. Aber es passte. Auch zeitlich. Cecilia gibt Arno die Akten, die Stachelmann ihr besorgt hatte. Und Arno kriegt einen Rappel. Er hat eine Weile recherchiert, sich Material beschafft, das war nicht schwierig. Aber es konnte doch nur klappen, wenn Arno einen kannte am BGH, keinen Richter natürlich, sondern einen Anwalt, einen von einer Kopieranstalt, einen im Wachpersonal, einen Assistenten. War die Überlegung abwegig, dass die Stasi IM geführt hatte im BGH, wo sie doch sonst kaum einen Kaninchenzüchterverein ausließ? Aber woher konnte Arno den kennen? Vielleicht ein ehemaliger Kollege, der die Sicherheitsprüfung fürs Wachpersonal überstanden hat? Ob Arno einen erpresst hat? Oder war es ganz anders? Waren es am Ende doch Islamisten?

»Wir werden Arno fragen«, sagte Stachelmann und grinste. Er tippte auf einen Zettel, auf den er sich in den letzten beiden Stunden fortwährend Notizen gemacht hatte. »Elf Namen. Und jetzt schauen wir mal, ob einer von denen noch lebt. Alte Nazis sind zäh.«

»Und du meinst, Arno will sich so eine Mumie schnappen?«

»Ich würde es tun, wenn ich Arno wäre.«

»Wie gut, dass du nicht Arno bist.«

***

Sie hatte entsetzliche Kopfschmerzen, als sie erwachte. Sie schaute hinaus auf die Wolken, die unter ihr lagen. Sie war schon weit weg von Deutschland. Weit weg von Arno und von diesem Historiker, aber sie hatte ihren Vater gefunden und nahm etwas von ihm mit. Das Wissen, dass er ein anständiger Mensch gewesen war. Und ihre Mutter ihn verraten hatte. So hatte sie etwas gewonnen und etwas verloren. Sie überlegte, was sie tun würde, wenn sie wieder zu Hause war. Walter wartete im Büro auf sie, wie er immer auf sie warten würde. Ein bisschen Alltag würde ihr guttun, ersehnte Langeweile. Und allmählich würde sie lernen, mit ihrer neuen Erinnerung zu leben. Es war doch richtig gewesen, nach Deutschland zu reisen, auch wenn sie es hätte besser vorbereiten können. Sei's drum. Sie schlief wieder ein.

21

»Guten Tag, spreche ich mit Herrn Dr. Oskar Kracke?«

»Ich bin Werner Kracke, mein Vater ist schon lange tot. Was wollen Sie?« Die Stimme war quäkig.

»Tut mir leid, da habe ich mich geirrt.«

Stachelmann trennte das Gespräch und steckte das Handy in die Jacketttasche. Seit fast zwei Stunden saßen sie in einem stickigen Internetcafé in Gotha an einem PC mit einer klebrigen Tastatur vor einem flimmernden Monitor, der besser als Heizung geeignet gewesen wäre. Das schlechte Gewissen und der Hunger hatten sie aus Valentinas Wohnung vertrieben. Mühselig suchten sie die elf Namen von Stachelmanns Liste. Sie hatten vier gefunden, und natürlich lagen alle längst im Grab. Wenn sie eine Nummer gefunden hatten, die infrage kam, verließ Stachelmann das Internetcafé, um draußen zu telefonieren. Dort blies zwar ein scharfer Wind, aber das war Stachelmann lieber als der Mief drinnen.

Er ging wieder hinein und setzte sich neben Georgie. »War nix«, sagte er. »Mausetot. In der Anzeige stand bestimmt was von einem erfüllten Leben. Ab wie viel Todesurteilen ist ein Leben erfüllt?«

»Hättest du früher fragen sollen. Tote antworten nicht.« Georgie grinste.

»Weiter geht's. Oder willst du in diesem Stinkladen übernachten?«

Natürlich, es musste weitergehen. Stachelmann las in seinem Notizblock: »Zernak, Dr., nein, komplett: Dr. Wilfried Zernak. Richter am BGH. Zernak hat sich ausgezeichnet durch die Hinrichtung von Polen, die schwarzgeschlachtet oder mit einem Messer bestimmt einen Wärter ermordet hätten, weil sie damit ja schon Gitterstäbe freilegen wollten. Stimmt, der ist das. 1945, auf den letzten Drücker, war er auch noch Beisitzer am Volksgerichtshof. Ein guter deutscher Jurist also mit einer soliden Karriere. Hat das Zuchthausurteil gegen Laubinger bestätigt.«

»Jetzt stell dir mal vor, der lebt noch, als höchste Auszeichnung gewissermaßen für seine unbestreitbaren Verdienste, und wir versuchen, sein Leben zu retten. Warum eigentlich?«

Stachelmann zögerte, dann gab er den Namen in die Suchmaske ein. Sekunden später tauchte das Ergebnis auf:

Zernak, Dr. Wilfried, Richter a. D., Bernhardusstr. 6, Ettlingen, (07 21) 93 45 32 90

Stachelmann wählte die Nummer, während er hinausging. Nach dem zweiten Klingeln klackte es in der Leitung: »Ja?«

»Spreche ich mit Dr. Wilfried Zernak?«

»Mit wem spreche ich?« Eine alte Stimme.

»Dr. Josef Stachelmann. Ich bin Historiker und im Besitz von Unterlagen, die mich befürchten lassen, dass jemand Sie töten will.«

»Ist das eine Drohung?« Der Mann klang nicht ängstlich, sondern aggressiv.

»Keineswegs, der Zweck dieses Anrufs ist es, zu verhindern, dass Sie umgebracht werden.«

»Warum wollen Sie das verhindern?«

Stachelmann stutzte. »Für einen Richter ist das eine seltsame Frage. Soll ich Ihnen ein paar Argumente aufzählen, die dagegen sprechen, dass Menschen ermordet werden? Sie sind der Jurist.«

»Ja, ja«, sagte der Mann. Er hatte wirklich keine Angst. »Um was geht's?«

»Laut meinen Unterlagen waren Sie Richter am BGH?«

»Das haben Sie ja meisterhaft herausgefunden.«

»Und Sie waren vorher Kriegsgerichtsrat und dann Beisitzer am VGH.«

»Ja. Ist auch bekannt. Ich habe in schwerer Zeit meine Pflicht getan. Es gab Zeiten, da wurde man dafür angegriffen, vor allem aus dem Osten. Ich habe die Traktätchen über die Blutrichter gesammelt.«

Stachelmann hätte das Gespräch am liebsten beendet. Warum sollte Arno den Kerl nicht umbringen? Weil es Selbstjustiz war? War Selbstjustiz in dieser Sache nicht gerecht, wo kein Gericht diesen Mörder auch nur angeklagt hatte? Stachelmann erinnerte sich an Berichte über israelische Mordkommandos, die der Gerechtigkeit nachgeholfen hatten. War das nicht begreiflich, wo die westdeutsche Justiz so ungeheuerlich versagt hatte? »Erinnern Sie sich an den Fall Laubinger?«

»Laubinger, Laubinger … nein, wer soll das gewesen sein?« Zernak war flink im Kopf, obwohl er längst älter als neunzig Jahre sein musste.

»Laubinger wurde vom Landgericht Lüneburg zu einer Zuchthausstrafe verurteilt wegen Fortsetzung der verbotenen KPD. Und Sie haben als Richter am BGH zusammen mit Ihren Kollegen das Urteil bestätigt.«

»Das wird so sein«, sagte Zernak. »Aber von diesen Fällen gab es damals so viele, wie soll ich mich da an einen einzelnen erinnern?«

»Ach ja, und Laubinger wurde auch die Entschädigung als NS-Verfolgter aberkannt.«

»Wir konnten ja nicht die Feinde der Freiheit finanzieren. Liegt das nicht auf der Hand? Sie können sich vermutlich nicht vorstellen, welch große Leistung die deutsche Justiz damals vollbrachte, um die Freiheit zu schützen. Das wird ja heute von manchen gering geschätzt.«

»Ein gewisser Arno Wiemer, so etwas wie ein ausgebildeter Killer, ist der Sohn von Laubinger. Er hat sich, wie soll ich es sagen, in die Gerichtsakten vertieft und die große Wut bekommen. Vielleicht hat er sogar den BGH in die Luft gesprengt …«

Zernak lachte. »Ach so einer sind Sie. Das hätte ich gleich wissen müssen. Das haben Sie aber gut eingefädelt, sich gut verstellt. Fast wäre es Ihnen gelungen, mich zu täuschen.« Er lachte scheppernd.

Stachelmann überlegte, ob er so auch gelacht hatte, als er die Schwarzschlachter in Polen aufhängen ließ.

»Was bin ich denn für einer?«, fragte Stachelmann.

»Den BGH … Sie sind ein Spinner.« Zernak lachte noch einmal scheppernd, dann legte er auf.

Stachelmann ging eine Runde spazieren. Er fasste im Kopf zusammen, was er wusste. Es war nicht viel, gestand er sich ein. Wirkliche Beweise waren nicht darunter. Hatte Arno den Anschlag auf den BGH verübt? Ein Motiv hatte er, die Fähigkeit dazu allemal. Arno war ein perfekter Terrorist. Wenn Arno diesen Zernak umbringen wollte, es konnte Stachelmann eigentlich egal sein. Dann soll er es tun. Soll ich Mitleid haben mit diesem Mann, einem Mörder, der vom Staat Pension erhält? Aber der Anschlag auf Zernak bietet vielleicht die einzige Chance, Arno zu stellen. Den Mann, der offenkundig Felix bedroht, ihn vielleicht umbringen will.

Wie das klingt: Arno stellen. »Wenn es einer ist, dann Zernak«, sagte Stachelmann, nachdem er sich wieder neben Georgie gesetzt hatte. »Ein anderer kommt nicht infrage. Arno hat einen Rachefeldzug gegen den BGH gestartet. Zuerst das Gericht, dann den Richter, der noch lebt.«

Georgie spielte mittlerweile ein Computerspiel, in dem Fabelwesen durch Höhlen huschten. Er hatte einen Kopfhörer auf.

»Hm«, sagte Georgie, nachdem Stachelmann ihm auf die Schulter getippt hatte. Seine Augen starrten weiter auf den Bildschirm.

Stachelmann entdeckte den Einschaltknopf des Monitors und drückte ihn.

Georgies Augen blieben noch ein paar Sekunden am Bildschirm hängen, dann riss er sich die Kopfhörer von den Ohren und schaute Stachelmann ungläubig an. »Mann, ich hatte das gerade im Griff …«

»Nach den zwei Minuten, die ich draußen war?«

»Zwei Minuten …?«

Aus dem Kopfhörer ertönte ein Geheul. »Jetzt bin ich tot«, sagte Georgie.

»Dann kannst du diesen Quatsch ja beenden. Tote spielen nicht.«

Georgie schaltete den Monitor ein, es zeigte sich ein blinkender Totenkopf. Georgie schloss das Programm, das Geheul hörte auf.

»Wir brauchen einen Plan«, sagte Stachelmann.

Georgie summte: »Ja, mach nur einen Plan, sei nur ein großes Licht! Und mach dann noch ’nen zweiten Plan, geh’n tun sie beide nicht.«

»Seit wann kennst du Brecht?«

»Seit wann kennst du mich?«

***

Arno fuhr auf der Autobahn an Darmstadt vorbei, dann auch an Heppenheim. In Hemsbach verließ er die Autobahn. Er fand bald den Bahnhof und stellte den Wagen auf einen kleinen Parkplatz in der Nähe zwischen zwei andere Autos.

Er stieg aus und ging über den Parkplatz, scheinbar ohne etwas zu beachten. Als er genug gesehen hatte, setzte er sich wieder auf den Fahrersitz. Er wartete, bis es dunkel wurde.

Endlich drehte er sich um und holte seine Reisetasche von der Rückbank nach vorn. Er kramte darin, bis er ein kleines Gerät in der Hand hielt. Dann stieg er aus, öffnete den Kofferraum, fand einen Schraubendreher und eine Zange, steckte beides in seine Hosentaschen und verschwand. Er schlich über den Parkplatz, verharrte hier und dort und benutzte Zange und Schraubendreher. Als er fertig war, nahm er das Gepäck aus dem Kofferraum und ging los. Hinter einem alten Toyota blieb er stehen. Arno öffnete den Kofferraum und legte das Gepäck hinein. Dann ging er zurück zum Mietwagen, öffnete den Tankverschluss und steckte etwas hinein.

Arno startete den Toyota, hörte kurz auf den Klang des Motors, nickte zufrieden und fuhr los. Nachdem er Hemsbach verlassen hatte, hielt er am Straßenrand, nahm sein Handy und wählte. Er drückte die Gesprächstaste, dann trennte er die Verbindung und steckte das Handy weg. Er stieg aus dem Wagen und schaute in die Richtung, aus der er gekommen war. Als er einen entfernten Feuerschein aufblitzen sah, setzte er sich wieder ans Steuer und fuhr los.

Allmählich wuchs seine Zufriedenheit. Er hatte Nummernschildervertauschen gespielt auf dem Parkplatz. Er fuhr mit einem Auto, dass schon ewig auf dem Parkplatz gestanden haben musste, wie ihm Witterungsspuren auf dem Lack verraten hatten. Und dieses Auto hatte das Kennzeichen eines anderen bekommen und das wiederum das Nummernschild eines anderen. Er lachte trocken. Es war fast wie in alten Zeiten. Die letzte Spur, die er hinterließ, endete nun in Hemsbach, wo ein Auto ausbrannte, das er unter falschem Namen gemietet hatte.

***

»Ich glaube, wir haben es eilig.« Stachelmann raste übers Kirchheimer Dreieck, ohne Rücksicht auf Geschwindigkeitsbeschränkungen. Ihn trieb das Gefühl, Arno wäre ihnen schon wieder einen Schritt voraus. Er hatte das Bild vor Augen. Sie würden in Ettlingen ankommen und vor Zernaks Haus auf eine Polizeiabsperrung stoßen, überall Polizisten. Ein Leichenwagen. Ein Sarg wurde hinausgetragen.

»Was du immer so alles weißt. Du wirst deinen Lappen verlieren.«

»Dann musst du mich fahren. Habe mir schon immer einen Chauffeur gewünscht. Schau lieber schon mal auf der Karte, wie weit es noch ist.«

»Hm. Ein paar Hundert Kilometer, da brauch ich nicht zu gucken«, sagte Georgie.

»Wenn man davon ausgeht, dass er diesen wunderbaren Richter umbringen will, dann kann man auch unterstellen, dass er es bald tun will. Ein Verbrecher hat keine Zeit. Er muss zuschlagen und abtauchen. Je länger er an der Oberfläche schwimmt, desto größer die Gefahr, dass er erwischt wird. Gerade in Zeiten, in denen die Polizei supernervös ist und überall Terroristen wittert.«

»Du bist ein Automat für Lebensweisheiten. Wenn

Sie mal einen Rat brauchen, fragen Sie unseren Doktor Stachelmann.«

»Du wirst es sehen«, sagte Stachelmann, obwohl auch er zweifelte. Diese Mischung aus Wissen und Intuition hatte ihn schon einige Male aufs Glatteis geführt. Aber er hatte keine andere Chance, Arno zu erwischen. Und wenn sie ihn fanden? Sollte er jetzt schon die Polizei anrufen? Da ist ein Killer, der diesen Zernak töten will. Geben Sie ihm Polizeischutz. Aber Arno würde nicht ins offene Messer laufen. Er würde sich zurückziehen und warten, bis der Polizeischutz gelockert wurde, während Stachelmann mal wieder als Spinner dastand.

Und wenn alles ganz anders war?

Kolumbitsch?

Nein, es war so. Vielleicht nicht genauso, aber so ungefähr. Arno bedrohte Felix, und Arno wollte Zernak umbringen. Und womöglich hatte er den BGH in die Luft gejagt. Haare und Hautpartikel aus aller Herren Länder findet man in jeder Unimensa, beim Friseur, überall.

Anne, was macht Anne?

Er war nicht schuld. Aber das konnte er sich so lange einreden, wie er wollte. Es nagte weiter, gnadenlos.

Und Valentina? Er hatte sie verloren, ohne sie gewonnen gehabt zu haben. Was für ein Elend.

Immer weiter. Schnell, schnell. Nicht müde werden.

»Soll ich dich ablösen? Das würde unsere Überlebenschancen um etwa achtundneunzig Prozent erhöhen.«

Stachelmann antwortete nicht.

Er fuhr nah an einen Lastwagen heran, der schon eine Weile die Überholspur versperrte. Stachelmann nutzte die Lichthupe, dann die Hupe.

Georgie hielt sich die Hände an die Ohren. Als Stachelmann endlich vorbeigezogen war an dem Laster, sagte Georgie: »Arno muss uns gar nicht umbringen, das nimmst du ihm ab.«

Stachelmann schwieg und raste. Einen Halt, um zu tanken, empfand er als Katastrophe. Er ließ sich kaum Zeit, auf die Toilette zu gehen, und schaute Georgie zornig an, als der aus dem Kassenraum herantrödelte, wo er Traubenzucker, Schokolade und Getränke gekauft hatte. Während Stachelmann auf der Beschleunigungsspur Vollgas gab, quetschte ihm Georgie ein Stück Traubenzucker in den Mundwinkel. »Iss das, auch Rennfahrer brauchen Kraft.«

Stachelmann kaute.

Es begann heftig zu regnen, Stachelmann raste weiter.

Dann klingelte das Handy. Stachelmann fand es in der Hosentasche und reichte es Georgie, ohne aufs Display zu gucken.

»Deine Mutter.«

»Abweisen!«

Georgie schüttelte den Kopf und drückte die betreffende Taste. »Du bist verrückt.«

»Fällt dir das jetzt erst auf?«

»Nein, nur dass es lebensgefährliche Ausmaße annimmt.«

***

»Ich will den Mann sehen. Und ich will erleben, wie er stirbt«, sagte Arno leise vor sich hin. Er fuhr zügig weiter in Richtung Süden. Nicht ein einziges Mal verletzte er eine Verkehrsvorschrift.

Ein alter Golf schoss an ihm vorbei durch den Regen. Zwei Männer saßen darin.

Dann war Arno in der Nähe des Ziels. Bald fand er

ein Hotel. Das Zimmer lag auf der Rückseite und war ruhig. Er würde gut schlafen.

***

»Wir schlafen im Auto. Abwechselnd.«

Sie hatten eine Ewigkeit im Stau gestanden. Ein Unfall kurz vor Darmstadt. Jetzt waren sie endlich in Ettlingen eingetroffen, standen schräg gegenüber der Haustür des Anwesens Bernhardusstraße 6, wo sie das Gartentor, den Eingang und ein Stück Straße vor dem Grundstück im Blick hatten.

»Und nun?«, fragte Georgie.

»Nun schnappen wir uns Arno.«

Georgie lachte meckernd.

»Vielleicht ist dieser Richter ja in der Nacht krepiert. Verdient hätte er es. Und Arno längst in Sibirien abgetaucht.«

»Vielleicht, vielleicht. Vielleicht ist jetzt kurz vorm Sonnenaufgang, und vielleicht halten wir die Klappe. Ich bleibe wach und beobachte das Haus. Du schläfst. Und wenn du aufwachst, dann schlafe ich, und du hältst die Stellung.«

»Jawohl, mein General!«

»Ts«, sagte Stachelmann.

»Hm.« Georgie kippte die Rücklehne nach hinten und schloss die Augen.

Stachelmann beobachtete das Haus. Eine Jugendstilvilla, groß, auf dem Grundstück eine Eiche, Hunderte von Jahren alt. Um das Grundstück herum eine Mauer, darauf Stacheldraht an Pfosten, die nach außen geknickt waren. Bestimmt gab es eine Alarmanlage. Der Mann fühlte sich sicher, das hatte in seiner Stimme gelegen. Oder er konnte sich gut verstellen. Aber warum sollte er?

Sie warteten den gesamten Sonntag, ohne dass etwas geschah. Außer dass ein alter Mann mit einem Stock das Haus verließ, an einer Leine ein Deutscher Schäferhund. Er ging die Straße hoch, bog um die Ecke und kam nach zwanzig Minuten aus der anderen Richtung zurück. »Herr Richter sind einmal ums Viertel gegangen. Gassi«, sagte Georgie, der fast ausgeschlafen schien, jedenfalls hatte er heftig geschnarcht. »Das wird er sein.«

Der Mann war klein und dürr, er ging vornübergebeugt, weiße Haare endeten weit über den Ohren. Er trug einen Anzug und einen dunklen Schlips. Eine eckige Brille saß auf der Nase.

Als der Mann im Haus verschwunden war, sagte Georgie: »Das wäre Arnos Chance gewesen. Vorbeifahren, schießen, fertig.«

***

Am Abend ging Arno in einem Restaurant in Rastatt essen. Während er aß, arbeitete er seinen Plan noch einmal im Kopf durch. Punkt für Punkt. Es kam nicht nur aufs Ergebnis an, nicht nur darauf, nicht gefasst zu werden. Die Ausführung selbst musste perfekt sein. Das war er sich schuldig.

***

Georgie war in der Nacht einmal verschwunden und hatte Werkzeug mitgenommen. Als er zurückkam, sagte er: »An der Seite ist die Mauer unterbrochen, da ist ein Nebeneingang mit Gitterdraht. Ich habe ein Loch hineingeschnitten.«

»Gut«, sagte Stachelmann. »Da hast du mir die Arbeit abgenommen, ich wollte uns auch einen Zugang verschaffen, wo wir unbemerkt aufs Grundstück kommen. Hoffentlich.« Er ließ sich genau beschreiben, wo Georgie das Loch geschnitten hatte.

Dann ging Georgie zum Bäcker und brachte belegte Brötchen mit. Während sie kauten, sagte er: »Wir sehen schon aus wie Penner. Und wir riechen auch so.«

»Egal.« Er schaute immer wieder zum Haus.

»Und wie lange willst du das hier machen?«

»Bis wir Arno haben.« Was sollte er auch sonst tun?

»Vielleicht versuchst du es noch einmal mit den Bullen.«

»Quatsch. Sogar das Opfer hält uns für verrückt.«

»Dich.«

»Meinetwegen.«

Georgie neigte wieder die Rückenlehne nach hinten und schloss die Augen. Stachelmann hatte den größten Teil der Nacht hinübergestarrt zum Haus. Hatte sich überlegt, was es bedeutete, wenn ein Licht anging und wenn eines erlosch. Ihr Vorteil war, dass sie vor Arno hier waren. Sie würden eine Chance bekommen, weil Arno nicht mit ihnen rechnete. Eine einzige Chance. Wenn überhaupt. Und wenn sie die vermasselten, waren sie tot.

Valentina, was würde sie tun? Er hatte sie belogen. Der Postbote kam und steckte Briefe und eine Zeitung in den Briefkasten. Ein Gedanke meldete sich. Wenn der eine Briefbombe brachte? Stachelmanns erster Impuls war, den Briefkasten irgendwie zu öffnen, aber wie sollte er eine Briefbombe erkennen? Und wenn er getötet wurde statt des Richters? Welch bitterer Scherz. Nein, Arno würde selbst kommen. Er würde es nicht dem Zufall überlassen. Arno würde vielleicht ins Haus einbrechen und den Richter erschießen. Das gefiel Stachelmann fast, aber er würde es nicht zulassen, er musste Arno vorher kriegen, nach dem Mord würde der schneller verschwinden, als man zugucken konnte. Der Augenblick vor der Tat, wenn sich Arno darauf konzentrierte, wenn er auf anderes weniger achtete, in dem Augenblick würde ihre Chance kommen. Es musste einfach klappen.

Und wenn sie jetzt wegfuhren? Sollte Arno den Richter doch umbringen. Aber Arno hatte einen Fehler gemacht. Er hatte angedroht, Felix zu töten. Er war einen Schritt zu weit gegangen. Er hatte Stachelmann von etwas abschrecken wollen, was der gar nicht mehr tat. Arno hatte sich geirrt, vielleicht geglaubt, Stachelmann wäre ihm wegen des BGH-Anschlags auf der Spur. Das wäre jedenfalls ein handfester Grund für die abwegigen Puppenaktionen. Dann hatte Stachelmann Arno gleich auf zwei Ideen gebracht: dass er seinen Vater rächen müsse und dass Stachelmann der Einzige sei, der Arno auf die Schliche kommen könnte, weil er die Akten kannte. Wenn es so war, dann hatte Arno das Gegenteil von dem erreicht, was er gewollt hatte. Ohne Puppenaktion säße Stachelmann zu Hause und Arno könnte den Richter töten. Das wäre, so dachte Stachelmann, doch die beste Lösung gewesen. Aber nun hatte ein Gestrüpp aus Vermutungen und Missverständnissen Georgie und ihn nach Ettlingen geführt vor das Haus eines Richters, der in Wahrheit ein staatlich honorierter Mörder war.

***

Arno kehrte mit zwei Tüten zurück. Er hatte eine Schramme an der Wange. Eine Tüte stammte von der Post, die andere war unbeschriftet. Er legte sie aufs Bett und ging ins Bad. Er betrachtete die Schramme an der Wange und ärgerte sich. Das war unnötig gewesen, früher wäre es ihm nicht passiert. Er hatte dem Typ eine Chance gelassen, sich zu wehren. Als er geduscht hatte, packte er die Tüten aus. In der einen waren ein Paketset, wie die Post es verkaufte, und eine Tageszeitung. Aus der anderen Tüte holte er zuerst eine Jacke. Sie war dunkelgrau und trug den Schriftzug eines Kurierdienstes. Dazu kam eine Mütze in der gleichen Farbe und mit der gleichen Aufschrift.

Er stellte seine Reisetasche aufs Bett und entnahm ihr einige Schachteln, die er nebeneinanderlegte. Dann öffnete er das erste Paket, es war ein elektronisches Bauteil. Arno prüfte die Platine mit den Augen und schien zufrieden. Dann packte er die nächste Schachtel aus. Deren Inhalt war so groß wie ein Lexikon und eingewickelt. Zwei Kabel ragten heraus. Arno legte den Gegenstand neben die Platine. Dann öffnete er zwei weitere Schachteln und entnahm ihnen Kleinteile. Er faltete das Postpaket, dann legte er den Block mit den Kabelenden hinein. Er verschraubte die Platine mit den Kabeln und die Platine mit einem kleineren Gerät, rund und schwarz. Er schraubte das Gerät auf und steckte eine Batterie hinein. Er legte alles ins Postpaket, nahm die Verpackungen und knüllte sie ins Paket, bis alles festsaß. Dann verschnürte er das Paket und adressierte es. Er nahm alle Sachen, die er besorgt hatte, und verließ das Zimmer.

***

Ein Auto näherte sich. Ein Insasse. Der Wagen fuhr an der Einfahrt vorbei und blieb an der Ecke der kleinen Seitenstraße stehen, in der Georgie den Nebeneingang gefunden hatte. Ein Mann stieg aus. Er trug eine Jacke und eine Mütze mit einer Aufschrift. Ein Kurierdienst. Der Mann trug ein Paket in Händen. Stachelmann stieß

Georgie den Ellbogen in die Seite. Der knurrte, dann richtete er die Rückenlehne auf.

»Was ist?«

»Hast du schon mal einen Kurierfahrer gesehen, der eine alte Karre aus Japan fährt?«

»Scheiße«, sagte Georgie.

Sie warteten, bis der Mann eingelassen worden war. Dann rannten sie zum Eingang und versteckten sich hinter der Mauer. Stachelmann lugte durch das offene Gartentor, jetzt verstand er, was geredet wurde vor der Haustür.

»Ich kann das nur Dr. Zernak persönlich aushändigen.«

»Aber wenn ich Ihnen doch sage …«

»Ich warte gerne«, sagte der Kurier. »Aber Vorschrift ist Vorschrift.«

»Los, wir müssen da rein«, zischte Stachelmann.

Sie rannten um die Ecke, dann vorbei an dem japanischen Auto zum Nebeneingang. Das Loch war eng, aber sie quetschten sich durch, Stachelmanns Jacke riss, er zerrte sie durch, sie riss weiter auf. Sie robbten zur Hausvorderseite, Stachelmann lugte um die Ecke.

Gerade trat der Richter hinaus. »Was ist denn nun?«, fragte er unwirsch.

»Sie sind Dr. Wilfried Zernak?«

Zernak nickte ungnädig.

»Eine Sendung, die ich nur Ihnen persönlich aushändigen darf.«

»Wo kann ich sie quittieren?«

»Hier«, sagte der Kurierfahrer.

Zernak unterschrieb.

»Wiedersehen«, sagte der Kurierfahrer, drehte sich um und ging in Richtung Gartenpforte.

In diesem Augenblick rannte Stachelmann los, Georgie

hinterher, beide geduckt. Sie sahen, wie der Mann die Straße betrat, warfen sich hin, als sie fürchten mussten, dass er zurückschaute. Aber der zog mit eiligem Schritt davon. Stachelmann erhob sich und rannte zu dem Richter, der sie erst jetzt wahrnahm. Er war so überrascht, dass er keinen Ton herausbekam.

Stachelmann sah, wie der Kurierfahrer ein Handy aus der Tasche zog. Er riss Zernak das Paket aus der Hand, nahm Anlauf und warf es mit aller Kraft in Richtung Straße, wo der Kurierfahrer gerade mit seinem Handy beschäftigt war. Zernak stürzte auf den Hintern.

Das Paket fiel auf die Mauer und rutschte dann zur Straße hinab. Stachelmann glaubte einen Ruf zu hören.

»Sind Sie wahnsinnig geworden?« Zernak versuchte aufzustehen. Er hockte sich erst auf die Knie, dann schaffte er es in die Senkrechte, indem er sich mit den Armen hochstemmte.

»Schade, dass Sie es überlebt haben«, sagte Stachelmann.

Durchs Gitter des Gartentors sahen sie den Kurier. Er hatte das Paket in der Hand und starrte sie wütend an.

»Ich rufe die Polizei«, sagte Zernak.

»Tun Sie das«, sagte Stachelmann. »Die Polizei findet uns im Auto.«

An der Gartentür summte es. Der Kurier kam zurück, schüttelte den Kopf und legte das Paket Zernak vor die Füße.

Stachelmann und Georgie gingen an dem Kurier vorbei, verließen das Grundstück und setzten sich ins Auto. Georgie fummelte herum, erst im Handschuhfach, dann schaltete er das Radio ein. Das Ende eines Popsongs, dann dreimal Fiepen als Zeitzeichen, es folgten die Nachrichten: »Baden-Baden. In dem badischen Kurort hat es nach Angaben der Polizei vor wenigen Minuten einen

Bombenanschlag gegeben. Nach bisherigen Erkenntnissen wurde ein Mann getötet. Bei dem Opfer handelt es sich offenbar um den ehemaligen Richter am Landgericht Lüneburg Emil Seiffert.«

22

»Es war die gleiche Methode wie beim BGH. Zündung per Handy. Der gleiche Sprengstoff, ANFO. Und wir werden irgendwo noch mehr finden, das Ihre Theorie stützt. Bestimmt in dieser Hütte in Friedrichroda. Wir vergleichen das Material mit dem, was wir in Baden-Baden finden. Und dann sollten wir die Sache geklärt haben.« Der Hauptkommissar, dessen Namen Stachelmann schon vergessen hatte, als der Polizist ihn nannte, dieser knochige Mann mit einem Gesicht, das ihm eine Rolle in einem Horrorfilm hätte einbringen können, war die Freundlichkeit in Person, als Stachelmann und Georgie am Tag nach dem Anschlag in Baden-Baden wieder im Karlsruher Polizeipräsidium auftauchten. Sie waren am Tag zuvor fast grob aus dem Auto geholt und zur Kripo gebracht worden. Doch die Stimmung taute auf, als Stachelmann und Georgie berichteten, was sie wussten.

»Sie hätten uns früher informieren müssen«, sagte der Hauptkommissar.

Stachelmann zuckte die Achseln. »Sie werden es natürlich öffentlich nie zugeben, aber es wäre nutzlos gewesen. Ich habe da so meine Erfahrungen. Und das ganze Land war auf der Jagd nach islamistischen Terroristen, alle hätten meinen Freund und mich für Spinner gehalten. Ich gebe zu, ich habe mich zeitweise selbst für verrückt gehalten.«

»Wahrscheinlich haben Sie recht«, sagte der Kommissar. Er grinste leicht. »Aber das habe ich nie gesagt.« Er schnaufte. »Aber Sie beide werden jetzt natürlich als

Helden gepriesen, auch wenn Sie den falschen Exrichter gerettet haben.«

»Um Himmels willen. Den BGH-Fall haben *Sie* geklärt, sofern man von Aufklärung sprechen kann, solange der Täter frei herumläuft.« Stachelmann lächelte.

Der Polizist nickte. Er sah zufrieden aus. Immerhin hatten sie einen Terroranschlag aufgeklärt. Die Fahndung nach Wiemer lief. Sie hatten bewiesen, dass sie immer in alle Richtungen ermittelten und sich nicht anstecken ließen von der Hysterie in Politik und Medien. Mit dem Richter würde er reden. Es würde keine Kunst sein, ihn dazu zu bringen, seine Anzeige gegen diese beiden merkwürdigen Figuren zurückzuziehen. Die hatten ja nicht wissen können, dass der Kurierfahrer seinen Privat-Pkw benutzt hatte, weil der Lieferwagen mit einem Motorschaden in der Werkstatt stand.

***

Cecilia saß in der Wohnung ihrer Mutter am Fenster und schaute auf den Charles River hinunter, wo die Schiffe hinauf- und hinunterfuhren. Manche über den Atlantik nach Europa. Wie gut, dass Paula noch keine Mieter gefunden hatte. Sie hätte gern mit ihrer Mutter über den Vater gesprochen. Franz Laubinger, der so gelitten hatte, weil er ein aufrichtiger Mann gewesen war. Nicht ohne Irrtum, aber ohne Lüge.

Morgen würde sie diesem merkwürdigen Historiker in Hamburg die Erfolgsprämie überweisen. Viel zu viel Geld für das bisschen Arbeit, da hatte Arno recht. Aber was man versprochen hat, muss man halten. Das hatte die Mutter immer gesagt. Und auch der Vater hätte es verlangt.

***

Sie schaute ihn einige Sekunden an. Dann öffnete sie langsam die Tür. Er blieb im Flur stehen. »Der Mann, der Felix bedroht hat, ist abgetaucht. Er hat keinen Grund mehr, irgendetwas zu unternehmen. Bestimmt hat er Felix nie etwas antun wollen.«

Anne nickte, dann drehte sie sich um und ging ins Wohnzimmer. Er stand noch eine Weile, dann verließ er die Wohnung.

***

In seinem Briefkasten fand er ein Schreiben einer Hamburger Firma. Der Geschäftsführer der Schneyder AG, Herr Dr. Kolumbitsch, habe ihnen empfohlen, Herrn Dr. Stachelmann hinzuzuziehen bei ihrem Projekt einer Firmengeschichte.

Stachelmann überlegte, was es bedeutete, und begriff, dass er ein unfreiwilliger Erpresser geworden war. Kolumbitsch würde nie ausschließen können, dass Stachelmann ihn eines Tages erpresste, auch wenn er dies nicht beabsichtigte. Stachelmann würde den Auftrag ablehnen.

Einmal rief Georgie an, fragte, wie es gehe und wann mit Stachelmann wieder etwas anzufangen sei. Der versprach, sich zu melden.

Dann schaffte er es, zusammen mit seiner Mutter ein Altenheim zu besichtigen, aber nach zehn Minuten flohen sie aus der Gruft.

***

Er fiel in eine Depression. Sie hatte sich lange angekündigt und war durch die Jagd auf Arno nur aufgeschoben worden. Jetzt traf sie ihn umso härter. Vier Wochen nach dem Anschlag in Baden-Baden sah er immer noch kein Licht in der Finsternis, die ihn umgab. Nachdem er aufgestanden war, las er lustlos in der Zeitung. Er übersah die Meldung, dass Spaziergänger die Leiche des seit dem BGH-Anschlag vermissten Handwerkers in einem Wäldchen nahe Heilbronn gefunden hatten. Mittags lief er in der Wohnung umher, starrte aus dem Fenster, versuchte zu schlafen, stand wieder auf, blätterte in Büchern, surfte sinnlos im Internet, versuchte erneut zu schlafen und wartete doch nur darauf, dass der Tag vorbeiging. Immer wieder stellte er sich die Frage, ob er den Mord in Baden-Baden hätte verhindern können. Ob er schuld war. Er fand keine Antwort. Die Polizei hatte ihm mitgeteilt, dass die Spuren in Arnos Hütte mit Spuren am Tatort in Baden-Baden übereinstimmten. »Es gibt keinen Zweifel mehr«, hatte der Hauptkommissar mit dem Horrorgesicht am Telefon gesagt. Es war Stachelmann ziemlich egal. Manchmal fragte er sich, warum Arno Zernak davonkommen ließ, zumal er sich mit dessen Vergangenheit beschäftigt hatte. Wahrscheinlich hat er nicht nur den BGH treffen wollen, sondern auch die erste Instanz in Lüneburg. Vielleicht hatte er vor, Zernak später zu ermorden. Manchmal hatte sich Stachelmann eingebildet, Arno zu verstehen. Aber nun gestand er sich ein, dass es ihm nicht gelungen war.

Eines Abends klingelte es an der Wohnungstür, als Stachelmann gerade die tägliche Flasche Wein entkorkt hatte. Er überwand sich, die Tür zu öffnen.

»Ich dachte, ich mache es mal so wie du. Einfach vor der Tür stehen, ohne sich vorher anzumelden.« Sie lachte und stellte ihren Koffer in den Flur. »Außerdem bin ich heute die Postbotin.« Sie reichte ihm eine Karte. Sie zeigte ein Kamel in der Wüste. Auf der Rückseite stand unter Adresse: *J. Stachelmann c/o Valentina Wolleben* und rechts daneben: *Wir sind quitt.*

»Diese Sauklaue kenne ich«, sagte Stachelmann. Er betrachtete den Poststempel. »Die Karte ist in Riad eingesteckt worden, Saudi-Arabien. Weißt du, wo er bestimmt nicht ist?«

»In Riad«, sagte Valentina.

Danksagung

Das Gedicht auf S. 104 stammt von meinem Freund *Pit Metz* (Marburg), dem ich dafür danke, dass er es mir für diesen Zweck überlassen hat. Alle Verlags- und Urheberrechte liegen bei ihm.

Außerdem gilt mein Dank
Elfi Müller (Berlin) fürs kritische Gegenlesen, das sie mit Geduld erledigt hat, obwohl ihr Stachelmann oft ziemlich auf die Nerven geht;

Stephanie Kratz (Köln), deren penibles Lektorat das Manuskript erheblich verbessert hat und die es ertragen muss, dass der Autor trotz aller Dankbarkeit bei allen möglichen und unmöglichen Gelegenheiten die Verben in den Sätzen nach vorne zwingt, weil er sich einbildet, seine Texte seien so leichter lesbar;

Susanne Schulz (Neustrelitz), die sich auch mit diesem Manuskript abgemüht hat, wohl immer noch in der Hoffnung, der Autor sei lernfähig;

Dr. Herbert Brehmer (Berlin), auf dessen sachkundige Hinweise ich nicht verzichten möchte;

Dr. Rolf Gössner (Bremen, http://www.rolf-goessner.de) für Ratschläge und die Vermittlung von Kontakten. Er ist Autor eines der Standardwerke zum Thema: *Die vergessenen Justizopfer des Kalten Krieges. Verdrängung im Westen – Abrechnung mit dem Osten?, 1998*;

Karl Stiffel von der *Initiativgruppe für die Rehabilitierung der Opfer des Kalten Krieges* (Hoffnungstr. 18, 45127 Essen), der mich mit reichlich Material versorgt hat, das erschreckend und aufschlussreich zugleich ist.

Solveig Nestler (Berlin) für die wie immer perfekte Orientierung im Labyrinth des Bundesarchivs.

Eine wesentliche Anregung für Stachelmanns neue berufliche Existenz gab mir *Dr. Alexander Ruoff* (Berlin), der mit Sachkunde und Erfolg auch komplizierteste historische Ermittlungen übernimmt: *www.history-house.de*.